NEBELFISCH

Nebelfisch

Die Chronik der Gestrandeten

Band Eins

S. R. Mueller

EDITION MEERGRUND

HINWEIS:

Am Ende des Buches findest du:
- ein **Personenverzeichnis**
- eine **Karte**
- das **Kapitelverzeichnis**

Impressum:

Bibliografische Information der Deutschen Nationalbibliothek: Die Deutsche Nationalbibliothek verzeichnet diese Publikation in der Deutschen Nationalbibliografie; detaillierte bibliografische Daten sind im Internet über dnb.dnb.de abrufbar.

Die automatisierte Analyse des Werkes, um daraus Informationen insbesondere über Muster, Trends und Korrelationen gemäß §44b UrhG („Text und Data Mining") zu gewinnen, ist untersagt.

»Nebelfisch« - Die Chronik der Gestrandeten Band 1
Text und Cover Bilder © 2025 by S. R. MUELLER
1. Auflage 04/2025

Verlag: BoD · Books on Demand GmbH, Überseering 33, 22297 Hamburg, bod@bod.de
Druck: Libri Plureos GmbH, Friedensallee 273, 22763 Hamburg

ISBN: 978-3-8192-7642-2

VORBEMERKUNG

Liebe Leserin, lieber Leser!

Falls du noch nicht sicher bist, ob dieses Buch für dich ist, möchte ich dich vorab auf einige Dinge hinweisen:

In dieser fantastischen Geschichte geht alles mit rechten Dingen zu! Es gibt Rätsel, Mystik und Magie – aber Magie von jener Art, wie sie auch in deiner Welt existiert: in überlieferten Erzählungen, in Volks- und Naturglauben, in bislang unerklärlichen Phänomenen – oder aber in Form von so fortgeschrittener Technik, dass Nichteingeweihte deren Effekte für Zauberei halten könnten.

Du wirst also in diesem Buch keine »echten« Zauberer, Elfen, Zwerge, Vampire, Werwölfe und dergleichen finden! Aber eine nie gesehene Welt mit wahren Helden, Heldinnen und Schurken, Romantik und Liebe, dazu unheimliche Wesen, Ungeheuer und sogar Drachen – nur heißen die hier *Dinks*.

Vorsicht Cliffhanger! Das Ende dieses Buches ist nicht das Ende der Geschichte! Diese wird in bisher zwei weiteren Bänden fortgesetzt (siehe Ausblick am Ende).

Bist du dabei?
Ich wünsche dir eine spannende Lektüre!
– S. R. Mueller

DIE GESTRANDETEN

Gestrandet vorzeiten
die Uralten Alten
dem Himmel verloren
dem finsteren Kalten

Auf immer verbannt
im Diesseits zu schreiten
vor verschlossenen Toren
die Wohnstatt zu bereiten

Dem Schicksal ergeben
auf immer verbannt
zum Sterben geboren
in helleres Land

BUCH I: NEBEL
மூடுபனி

DIE ZEIT IST EINE EWIGE FLUT
bringt TOD UND LEBEN
scheidet BÖSE UND GUT

Kapitel 1

Aufbruch

Der Regen kitzelt meine Zehen und läuft mir kühl in die Kniekehlen.

Ich freue mich auf das Meer.

Die Füße auf das Geländer unserer Terrasse gelegt, lehne ich mich in meinem Bambussessel zurück und schaue hinaus in den Dunst über den Baumwipfeln.

Nach der nächsten Schlafzeit werden wir aufbrechen.

Khi kommt die Leiter herauf und setzt sich neben mich. Sie hat eine Schale mit Früchten mitgebracht, die sie zwischen uns stellt.

Wir blicken gemeinsam über den dampfenden Wald und das Meer, hinüber zum fernen Berg. Dort, im aufsteigenden Nebel, ragt der Gipfel auf, ewig verborgen im Wechsel von Ebbe und Flut.

Khi sagt nichts.

Aber ich sehe, dass sie mitkommen möchte.

»Bald«, sage ich. »Es ist noch zu gefährlich für dich. Aber bald wird Pa dich auch mitnehmen.«

Sie seufzt.

»Vielleicht ...«, überlege ich. »Vielleicht fange ich eins von den ganz Kleinen und bringe es dir mit. Dann könntest du es in einem Käfig in Mhas Koje halten und dich darum kümmern.«

Sie schaut mich von der Seite an. »Ich will zwei«, sagt sie. »Sonst fühlt sich das eine so allein.«

Vom Berg her kommt das Mittagssignal: Zwei lange, tiefdröhnende Töne. Sie wälzen sich heran wie die großen Wellen unten an der Küste bei Wind.

Ich stehe auf und streiche Khi durchs Haar. Dann drehe ich mich weg und steige hinunter, um meine Jagdausrüstung vorzubereiten.

Ich schlafe, träume von Ion. Er begleitet uns den Berg hinauf, um mit uns zu jagen. Er trägt das helle Gewand der Wächterschüler, und ich habe Sorge, dass er damit leicht entdeckt werden kann. Ich sage ihm, er soll lieber zurückgehen, aber er will nicht. Vor uns kommt eine Gruppe Dinks aus dem Nebel. Der größte richtet sich auf – er hat Ion gesehen! Das Tier senkt langsam seinen Kopf. Dann stürmt es auf uns zu. Ion dreht sich um und will fliehen. Aber es ist zu spät. Der Dink packt ihn mit seinem Maul. Er schüttelt ihn ein paarmal wild, dann drückt er ihn zu Boden. Verzweifelt rufe ich Ions Namen – und wache vom Wimmern meiner Stimme auf.

Als endlich das Frühsignal vom Berg herüber tönt, liege ich schon lange wach. Ich ziehe den Vorhang vor meiner Koje weg und stecke den Kopf hinaus. Neben mir steigt Pa aus seiner Liege. Schweigend steht er da und schaut auf mich herunter. Sein Blick geht langsam durch mich hindurch und gleitet in die Ferne.

Als ich mich aufrichte, zuckt er zusammen.

»Dev.« Er sagt meinen Namen, als wäre er ihm gerade erst wieder eingefallen. Dann holt er tief Luft. »Bereit?«

Ich nicke.

Auf der großen Plattform summt es wie in einem Bienennest. Nur während der Schlafzeit ist es dort still. Jetzt, während ich hinter Pa zum Hauptsteg hinuntersteige, höre ich durch das feine Rauschen des Morgenregens schon von Weitem den Lärm von Hunderten gleichzeitig geführten Gesprächen, von Lachen, von Rufen und von Kindergeschrei.

An der Einmündung in den Platz bahnen wir uns den Weg durch dichtes Gedränge. Hier riecht es immer nach frischgekochtem Essen. Leute kommen und gehen, sitzen an Tischen, sie verabreden sich zu einem Besuch, zu einem Ausflug oder zum Sammeln von Zutaten für das nächste Mahl. Eltern oder Großeltern tragen ihre Babys herum, damit sie einschlafen, oder sitzen beisammen und plauschen. Die Kleinen spielen miteinander oder scharen sich im Kreis um einen Alten, der ihnen eine Geschichte erzählt. Gruppen von Alten sitzen beieinander, spielen Pala, trinken ein Schälchen Palmwein und unterhalten sich über den Berg und die Welt.

Die Leute grüßen Pa und mich freundlich, und viele schenken uns anerkennende Blicke oder ein Schulterklopfen. Muntere Sprüche und die besten Wünsche für die Jagd begleiten uns über den weiten Platz.

Am bergwärtigen Ende der Plattform, wo die breite Treppe zu den Flüssen hinabführt, treffen wir Ahn und Bo. Beide tragen wie wir ihr ledernes Jagdhemd. Am Speer über ihrer Schulter baumelt das Bündel mit Umhang und Schlafdecke, denn am Berg wird es kalt. Bo begrüßt uns und tätschelt dabei eine pralle Lederflasche, die er sich umgehängt hat. Seine gute Laune ist so ansteckend, dass sich sogar Pas Miene ein wenig aufhellt. Ahn trägt ihren Jagdbogen und einen Köcher, der mit Pfeilen vollgepackt ist. Auch mein eigener Köcher ist gefüllt mit Pfeilen, die ich gestern geschnitten und zugespitzt habe. Ahn zieht einen davon heraus und dreht ihn prüfend zwischen ihren Fingerspitzen. Sie nickt mir lächelnd zu, und ich atme tief ein. Die Anerkennung meiner alten Bogenlehrerin macht mich immer noch stolz.

Wir steigen die Treppe hinab ins Zwielicht unter den Bäumen. Es ist heiß. Der modrige Geruch von feucht-warmer Erde steigt in dunstigen Schwaden auf. Die dicke weiche Schicht von feuchten Blättern auf dem Boden raschelt und knistert beim Gehen. Der ausgetretene Pfad führt ein kurzes Stück bergwärts durch den Wald zu einer kleinen Lichtung an den Ufern des Meerflusses. Hier liegt die Anlegestelle.

Wir ziehen die Kanus ins Wasser und legen unsere Ausrüstung hinein. Ich pflücke schnell ein paar Banas als Proviant und werfe sie auf den Boden des Bootes. Dann setze ich mich nach vorne und halte das Paddel bereit. Ahn steht achtern und benutzt ihren Speer um uns vom Ufer abzustoßen. Bo und Pa kommen hinter uns. Ich höre, wie sie sich über das gestrige Spiel unterhalten. Bos Lachen hallt laut zwischen den Bäumen.

Als wir unter unserer Terrasse durchfahren, schaue ich nach oben. Dort sehe ich Khi, die auf Zehenspitzen über das Geländer zu uns herunter lugt. Wir winken uns kurz zu. Dann bleibt sie im dichten Blätterdach der Bäume zurück.

Der Regen hat aufgehört. Zwischen den Bäumen und Büschen des Uferwaldes steigen Schwaden von warmem Dampf auf. Der Meerfluss fließt träge dahin, dunkel und trübe. Wenn ich die Hand ins Wasser halte, kann ich meine Fingerspitzen nicht sehen, und es ist so heiß, dass ich es nur kurz aushalte. Schnell fange ich beim Paddeln an zu schwitzen. Ich schaue mich um und sehe, dass auch den anderen der Schweiß im Gesicht steht.

Trotz der Hitze paddeln wir kräftig, um schneller aus dem Wald zu kommen. Es ist nicht allzu weit, wir werden lange vor dem Mittagssignal am Meer sein, wo die Luft immer angenehm kühl ist.

Unterwegs tippt Ahn mir auf die Schulter und zeigt nach vorne. Unter den überhängenden Ästen am Flussufer sehe ich ein paar große Wasserschweine träge im Schlamm des Ufers liegen. Drei kleine Frischlinge jagen um sie herum und spielen Fangen. Immer wieder versuchen sie, einander ins heiße Wasser zu drängen, woraus sie mit lautem Quieken schnell wieder flüchten. Lachend passieren wir die Familie, und ich bin froh, dass wir heute auf größere Jagdbeute aus sind.

Kapitel 2

An der Küste

Bald lassen wir den Wald hinter uns. Vor mir spiegelt sich auf der glatten Oberfläche des Flusses der Berg. Hoch über allem anderen ragt er in den Himmel auf – die Mitte der Welt. Der Gipfel liegt in dichten Nebelwolken, dunkel im Zentrum, nach außen hin lichter werdend. Als unser Boot das Spiegelbild im Wasser zerschneidet, läuft mir ein Schauder über den Rücken.

Der Berg ist das Tor
Zum Nichts
Ist Anfang und Ende
Des Lichts

Der Meerfluss wird breiter und schlängelt sich in vielen Biegungen dahin. Immer wieder zweigen Seitenarme ab, die sich zwischen schilfbewachsenen Hügeln verlaufen oder weite, flache Tümpel bilden. Abgestorbene Bäume ragen aus dem Wasser. In den kahlen Ästen sehe ich große weiße Vögel sitzen. Sie haben die Flügel gespreizt und lassen ihr Gefieder im leichten Wind trocknen. Jenseits der beiden Uferstreifen liegt eine weite Graslandschaft mit kleinen Baumgruppen. Sanft fällt das Land hier ab, bergwärts, die Luft wird kühler, und ich spüre das Meer schon, bevor ich es sehen kann.

Nach einer Biegung weitet sich der Fluss. Zu unserer Linken ragt eine Landzunge ins Wasser, die mit einem Hain hoher Palmen bestanden ist. Gegenüber kommt das Dorf der Meerleute in Sicht. Die Ansiedlung ist viel kleiner als unsere im Waldland: Zwei, drei Dutzend Bauten ziehen sich neben der Flussmündung den steinigen Strand entlang, flache Hütten, die auf Pfählen gebaut sind. Gerade ist Ebbe; die Pfahlhäuser stehen alle auf trockenem Grund, und die Stege am Fluss ragen hoch aus dem Wasser. Zwischen den Palmen und hinter den Hütten mit den aufgespannten Netzen sehe ich endlich das Meer durchscheinen: Ein leuchtender Streifen fast bis zum Horizont, wo der Himmel sein Licht verliert.

Unsere Boote nähern sich der Anlegestelle. Am Ufer sitzen die Meerleute; sie flicken ihre Netze, unterhalten sich miteinander oder schauen einfach nur aufs Meer hinaus. An einem der Stege, der weit hinaus in tieferes Wasser führt, kommen wir an einem vergnügten Haufen badender Kinder vorbei. Laut kreischend springen sie von den Planken oder schubsen sich übermütig ins Wasser, plantschen quietschend wie kleine

Wasserschweinchen, bespritzen sich gegenseitig, klettern wieder heraus, hüpfen ungeduldig in der Schlange an der Kante des Steges auf und ab, bis die Reihe wieder an sie kommt.

Neben einem der Meerboote legen wir an. Om steht darin, ein Fischer und alter Freund von Pa. Er wird uns zum Berg übersetzen und zusammen mit seinen Söhnen El und Ka auf der Jagd begleiten. Die zwei reichen ihrem Vater gerade die Ruder vom Steg herunter. Ahn und Pa vertäuen unsere Kanus, während Bo und ich mit Hilfe der beiden Brüder auf den Steg hochklettern.

»Na, bist du schon aufgeregt?«, frage ich Ka, den kleineren.

Er schüttelt seinen lockigen Kopf. »Ich habe schon die ganze Zeit Bogenschießen geübt. Und Davonlaufen!« Er lacht. »Die Dinks sind groß, aber ich bin schneller!« Ka ist kaum älter als Khi, aber er darf heute zum ersten Mal mit auf die Jagd.

»Also, ich war *sehr* aufgeregt«, sage ich. »Und eigentlich bin ich es immer noch, wenn mich das Jagdfieber packt. Weißt du noch, El, gleich bei meiner ersten Jagd haben wir eine ganze Herde aufgescheucht. Und einer hätte dich um ein Haar gefressen.«

»Ach«, schnaubt El verächtlich. »Den hätte ich schon erledigt. Aber du bist einfach nach vorn gesprungen und hast mich zur Seite gerissen, als er nach mir schnappen wollte. Und dann haben Pa und Om das Biest getötet.« Er schaut auf Ka hinunter und zeigt dabei mit dem Kopf auf mich. »Dev war jedenfalls von Anfang an eine todesmutige Jägerin.«

»Na ja«, lache ich. »Ich würde eher sagen, *du* warst todesmutig. Oder einfach dämlich – man sollte wissen, wann es besser ist, Reißaus zu nehmen!«

»Genau!«, stimmt mir Ka zu und knufft seinen großen Bruder. »Muskeln sind nicht alles.«

»Nur kein Neid!«, gibt El zwinkernd zurück und bläst seine breite nackte Brust noch etwas mehr auf.

»Wirklich beeindruckend!« Ich schiebe meine Unterlippe vor, ziehe die Brauen hoch und nicke ehrfürchtig. Er sieht wirklich nicht schlecht aus mit seinem durchtrainierten Körper. »Die Dinks freuen sich bestimmt über so eine Portion Muskelfleisch.«

Bo, der schmunzelnd zugehört hat, wendet sich an Om: »Freund Fischer – wir haben doch noch Zeit, deine Frau zu begrüßen? So viel Höflichkeit muss schon sein, nicht wahr?«

Om lacht: »Na sicher, Bo – wir können doch nicht hungrig zum Jagen fahren! Legt eure Sachen ins Boot, und dann kommt!«

Nachdem unsere Ausrüstung verstaut ist, gehen wir ein Stück den Strand entlang zu Oms Haus. Dort erwartet uns Thi, seine Frau. Wie vor jedem Jagdausflug hat sie köstliches Essen vorbereitet: Es gibt frischen Fisch und Seeschnecken mit Lims-Saft, Amon-Fleisch, Reiher-Eier, gekochte Brotfrüchte, Palmherzen-Salat, dicke Koko-Milch, Regenwasser und die Banas, die ich mitgebracht habe.

»Auf dein Essen habe ich mich schon lange gefreut«, sage ich zu Thi, während ich ihr beim Anrichten helfe.

Thi strahlt mich aus ihrem runden Gesicht an. »Schön, es freut mich wiederum auch, wenn es euch schmeckt!« Sie legt ihre Stirn in Falten. »Pass auf dich auf, Dev! Ich bin jedes Mal froh, wenn ihr heil von der Jagd zurück seid.« Leiser fügt sie hinzu: »Und bitte pass auch auf den Kleinen auf. Ich sage immer zu Om, dass Ka nicht zum Jäger taugt. Er ist zu feinsinnig und zu verträumt für so eine blutige Sache.« Sie seufzt. »Aber Ka will unbedingt mitkommen, und Om meint: Lass ihn wenigstens einmal dabei sein, dann kann er selber herausfinden, was gut oder schlecht für ihn ist. Na ja, er hat wohl recht. Mir selbst hat auch das eine Mal gereicht, wo ich bei einer Jagd mitgemacht habe…« Sie schüttelt sich und schnauft besorgt.

»Keine Angst, Thi!« Ich streichle ihren Arm. »Wir werden dafür sorgen, dass Ka immer ganz hinten bleibt und uns und den Dinks nicht in die Quere kommt. Aber ich halte deinen Sohn nicht für leichtsinnig, und in ihm steckt bestimmt einiges, von dem wir und er noch nichts wissen. Ich glaube, er verdient, dass du ihm zutraust, diese Erfahrung selbst zu machen.«

Sie atmet durch und nickt mir mit einem zaghaften Lächeln zu. »Jetzt lass uns essen.«

Bo schenkt großzügig den selbstgebrauten Palmwein aus seiner riesigen Lederflasche aus. Er hebt den Becher. »Trinken wir auf den Jagderfolg!«, prostet er uns zu. »Und auf das Dinkfleisch, das wir bald nach Hause bringen werden. Nichts gegen deinen Fisch, Om, und schon gar nichts gegen deine Küche, Thi.« Er klopft auf seinen üppigen Bauch. »Aber so ein anständiges Stück Dink aus dem heißen Topf, das ist schon eine Reise über das Meer und auf den Berg wert.«

»Danken wir dem Berg für diese Gabe«, sagt Pa ernst. »Und bitten wir ihn, er möge unserem Jagdglück gnädig sein. Und er möge unserer Zeit gnädig sein. Achtet die Zeit!«

»Achtet die Zeit!«, schließen sich alle mit gesenktem Blick seiner Bitte an.

Vom Berg her dröhnt das Mittagssignal.

KAPITEL 3

GESCHICHTEN AUF DEM MEER

Angenehm satt und gestärkt gehen wir zurück zum Fluss. Das Wasser ist in der Zwischenzeit gestiegen, und das Boot liegt jetzt fast auf gleicher Höhe mit dem Steg. Drüben am Berg hat der Nebel sich über die oberen Hänge des Jagdreviers herabgesenkt.

Wir verabschieden uns von Thi. Lange steht sie noch auf dem Steg und winkt, während wir das letzte Stück der Meerflussmündung hinter uns lassen und auf das Meer hinausrudern.

An die Fahrt mit dem langen Meerboot muss ich mich wie jedes Mal erst wieder gewöhnen. Es ist viel größer und fester gebaut als unsere leichten Flusskanus. Die sind wendig, und leicht von einem einzelnen Paddler zu steuern. Hier auf diesem Boot dagegen sitzen sechs Ruderer mit dem Rücken zur Fahrtrichtung und sehen nicht, wohin sie fahren. Nur der Steuerer auf der hinteren Bank blickt nach vorne.

Es ist eine alte Tradition bei den Meerleuten, dass bei längeren Bootsfahrten der Steuerer nicht nur das Meer vor dem Boot und das Fahrtziel im Auge behält, um Beobachtungen oder Korrekturen an die Ruderer weiterzugeben. Sondern er soll die eintönige Fahrt mit dem Erzählen von Geschichten kurzweiliger machen. Auch bei unseren Jagdausflügen halten wir dies so. Und damit die Anstrengung zwischen Rudern und Erzählen gerecht verteilt wird, wechseln wir uns dabei ab.

Heute wird Ka als Neuling den Anfang machen. Er soll etwas erzählen, das uns auf die Überfahrt einstimmt, uns die Anstrengung erleichtert, uns zum Lachen bringt oder uns an zurückliegende Abenteuer und alte Gefährten erinnert.

Der Kleine sitzt angesichts unserer auffordernden Blicke verlegen da und versucht vergeblich, eine Geschichte aus seinen Erinnerungen hervorzuholen. Nach längerem Kopfkratzen und Nach-oben und Nach-unten-Starren fällt im plötzlich etwas ein. Er beugt sich schnell hinunter und holt einen kleinen, länglichen Gegenstand aus seinem Bündel. Es ist eine Bambusflöte. Er setzt sie an seine Lippen und bläst einen langen, wehmütigen, am Ende absteigenden Ton. Es folgt ein zweiter, tieferer. Wir schauen uns alle an. Ka schließt die Augen und fängt an, ein munteres Lied zu spielen, ein Lied, dessen Melodie uns heiter stimmt, und dessen Rhythmus uns das Rudern leicht von der Hand gehen lässt.

»Hey!«, sagt Bo überrascht, der mit Pa auf der ersten

Bank direkt vor Ka rudert. »Das ist schön! Von wem hat er denn das gelernt?«

»Von Thi«, sagt Om fröhlich, nicht ohne Vaterstolz. »Und die hats von ihrem alten Vater gelernt – uralte Meerleute-Lieder!«

»Das Lied klingt wie eine gute Geschichte, Ka!«, ruft Ahn neben mir. »Erzähl' weiter!«

Ka strahlt, und sein Spiel wird noch freudiger.

Beschwingt treiben wir das Boot über das ruhige Meer. Das Wasser ist kühl und klar wie Luft ohne Nebel. Nur sanfte Wellen schaukeln die Oberfläche. Eine Meerschildkröte taucht neben dem Boot auf und holt Luft. Ihr Schnaufen klingt wie das eines kleinen Kindes. Sie blinzelt bedächtig, schaut uns eine Weile nach und gleitet dann wieder langsam hinab. Wir sind noch nicht weit draußen, und wenn ich mich über den Bootsrand beuge, kann ich unter uns den Boden sehen. Er besteht aus großen, runden Steinen, wie sie auch am Strand liegen. Das Wasser wird kaum merklich tiefer, während wir hinausrudern, aber mit zunehmender Entfernung von der Küste ragen größere, von Korallen bewohnte Felsblöcke empor. Büschel von Tang und anderen namenlosen Wasserpflanzen wachsen überall dort, wo es wenig Gefälle gibt. Dazwischen sehe ich Schwärme von kleinen, glitzernden Fischen dahinschweben, die pfeilschnell alle gleichzeitig ihre Richtung wechseln können. Da und dort, tiefer unten, ahnt man die Bewegungen dunkler Schatten von etwas Größerem.

Dann verschwindet der Boden unter uns jäh an

einer Abbruchkante – und wir gleiten hoch über einem tiefen, grundlosen Dunkel. Obwohl ich schwimmen kann, rührt sich hier draußen jedes Mal ein dumpfes, kribbelndes Unbehagen in meinen Eingeweiden. Beim Blick nach unten steigt von dort das beklemmende Gefühl herauf, unser Boot könnte kentern, und ich müsste mich selbst, ohne Planken unter mir, schwimmend über diesem Abgrund fortbewegen. *Etwas* weit unten in der finsteren Tiefe könnte meine zappelnden Arme und Beine hier oben bemerken. *Etwas* Uraltes, Lauerndes könnte heraufkommen und mich hinabreißen. Je länger ich ins Wasser starre, desto schwerer scheint mein ganzer Körper zu werden und mich nach unten zu ziehen …

Ich schüttle mich und reiße meinen Blick vom Wasser los. Ich schaue auf Ka, und als ob ich meinen Kopf aus der dunklen, unheimlich murmelnden Unterwasserwelt heben würde, höre ich wieder sein munteres Flötenspiel, klar und hell – und die Angst vergeht. Kräftiger ziehe ich am Ruder, zusammen mit den anderen, im Rhythmus der Musik.

Mein Blick geht vorbei an Ka, zurück zur Küste. Der Strand mit den Hütten der Meerleute liegt weit entfernt, die Menschen dort sind nur noch winzige Punkte. Hinter dem Küstenstreifen sehe ich das Waldland aufsteigen, und fast an dessen oberem Rand kann ich zwischen Nebelfetzen den weiten Hügel mit unserer Siedlung ausmachen. Wenn ich die Augen zusammenkneife, meine ich, Plattformen, Terrassen, Stege und

Leitern zu erahnen, die sich in den hohen Bäumen unterhalb der Hügelkuppe entlangziehen.

Ob Khi jetzt von dort zu uns herunterschaut? Vielleicht ist sie aber auch zu Ghar hinaufgegangen und beobachtet uns mit ihm zusammen von seinem Turm aus. Ich sehe, dass auch Pa vor mir den Kopf hebt und dort hinaufblickt, wo über unserer Siedlung die höchste Erhebung des Waldlandes aufragt: die Waldlandkuppe. Von zu Hause ist sie nicht zu sehen, da zwischen ihr und dem Dorf ein weiterer Höhenzug liegt. Aber hier vom Meer aus zeichnet sich der Gipfel deutlich vor dem dunklen Hintergrund des Randes ab, gekrönt vom hellen Waldlandturm mit seiner stumpfen Spitze, der breiten Plattform und den mächtigen Signalanlagen.

»Wie es dem alten Ghar wohl geht«, sage ich zu Pas Rücken.

Pa senkt den Kopf. »Wie soll's ihm schon gehen«, seufzt er.

»Wir haben ihn schon ewig nicht mehr besucht«, sage ich. »So wie früher…«

Ich vermeide es, Mha zu erwähnen. Solange sie noch da war, waren wir oft alle gemeinsam bei dem Turmwärter. Doch danach wollte Pa ihn plötzlich nicht mehr sehen, ich weiß nicht, warum. Er redet nicht darüber, wenn ich ihn frage.

»Ghar sitzt da oben ganz alleine«, sage ich. »Er würde sich bestimmt über ein bisschen Gesellschaft freuen, und über-«

Er dreht sich halb zu mir um. »Die Kleine ist ja dauernd bei ihm oben«, knurrt er missmutig.

Er übertreibt; aber ich will nicht mit ihm streiten. Es stimmt: Khi ist die Einzige, die den alten Ghar noch manchmal besucht, während wir zur Jagd fort sind. Ein paar mal war ich noch zusammen mit ihr bei ihm, aber das ist so lange her, dass ich zu meinem Bedauern nicht mehr weiß, wann das war... Ich nehme mir vor, gleich zu Ghar hinaufzugehen, sobald wir vom Berg zurück sind – egal, ob Pa mitkommt oder nicht.

Ka unterbricht sein Flötenspiel und springt mit einem überraschten Ruf von seiner Bank auf. Er reckt sich und späht angestrengt über unsere Köpfe. Wir hören auf zu rudern und schauen uns in Fahrtrichtung um.

»Da war etwas – etwas Großes, Rundes!« Ka deutet aufgeregt nach vorne. »Es hat kurz aus dem Wasser geragt, und dann ist es abgetaucht.«

Wir versuchen alle, aufzustehen. Das Boot fängt heftig an zu schaukeln, und Om ermahnt uns lautstark, sitzen zu bleiben. »Ihr könnt aufhören zu rudern, und euch im Sitzen umdrehen, falls noch mal etwas zu sehen ist. Aber ich denke, ich weiß, was er gesehen hat, und wenn wir weiterrudern, werden wir es gleich überholen.«

Also rudern wir weiter, aber alle paar Augenblicke wendet einer von uns den Kopf in Fahrtrichtung. Und Ka hält aufgeregt Ausschau, indem er auf den Zehenspitzen balancierend seinen Blick von Seite zu Seite schwenkt.

»Was hat er gesehen?«, frage ich Om, der direkt vor mir sitzt.

»Ich denke, es ist ein…« Om zögert einen Moment. Dann streckt er seinen Hals und deutet an Ka vorbei auf das Wasser hinter dem Boot.

»Ein Amon! Ja, es ist ein Amon, und zwar ein Prachtexemplar!«

Wie auf ein Kommando hören wir alle auf zu rudern und recken die Köpfe. Etwas Großes, Rundes taucht aus dem Meer: Eine mächtige Spirale, wie eine perfekt eingerollte Riesenschlange, die nach außen immer dicker wird, steht senkrecht im Wasser, mannshoch, aber nur zu einem Drittel herausschauend. Hell und dunkel gestreift, mit gerippter Oberfläche, von der das glitzernde Wasser abläuft, während das Ding mit stoß-artigen Bewegungen hinter uns herschwimmt.

Langsam holt der Amon wieder auf. Während er näherkommt, hebt sich hinter ihm ein zweites Exemplar aus der Oberfläche. Es ist noch größer als der erste, der jetzt langsam an der Seite unseres Bootes vorbeizieht. Der zweite holt mit ein paar Stößen auf und nimmt die andere Seite. Für einige Augenblicke treiben wir zu dritt nebeneinander im spiegelglatten Wasser.

Jetzt kann ich die Tiere im Ganzen sehen, auch den Teil unter der Wasserlinie. Von dort herauf blicken uns riesige runde Augen an, sanft und irgendwie müde. Die Augen sitzen an der Seite des Kopfes, der aus dem breiten Ende der Spirale herausragt. Aus dem Gesicht wachsen dem Amon so viele Arme, dass ich sie nicht zählen kann; lange, dünne Tentakel, die sich bei jedem Schwimmstoß straffen und zwischen den Stößen schlaff rund um das Gesicht im Wasser treiben. Die Stöße erzeugt das Tier mit einem dicken kurzen Rüssel, der unterhalb der Arme aus seinem Körper kommt. Damit pumpt es Wasser hinaus und schießt dabei jedes Mal ein Stück nach vorne. Oder eher nach hinten, denn es sieht so aus, als ob der Amon sich rückwärts bewegt, genau wie wir als Ruderer.

Stumm bleiben wir auf unseren Bänken sitzen und schauen den Tieren nach, bis sie wieder abtauchen und langsam in der Tiefe entschwinden. Obwohl wir alle – außer Ka – solch riesige Spiralhörner schon zuvor gesehen haben, kennen die wenigsten von uns den überwältigenden Anblick lebender Exemplare aus nächster Nähe.

»Ich wusste nicht, dass sie so groß werden«, bricht Ka schließlich das Schweigen. »Die Kleinen an der Küste sind nicht größer als meine Hand.«

»Die Großen gibt es nur hier draußen auf dem offenen Meer«, sagt Om. »Aber ich hab' dir schon oft von denen erzählt, wenn du als Kind gefragt hast, wer die Signaltöne macht, die vom Berg kommen.«

»Ja stimmt, das sind die Amonshörner!«, fällt es Ka ein. Er steht auf, hält die Hände wie ein Trichter an seinen Mund und versucht, das Dröhnen der Signale nachzumachen. Es klingt eher niedlich.

»Und nach der nächsten Schlafzeit wirst du sie nicht nur hören«, sagt Ahn, »sondern auch sehen!« Sie deutet hinter sich zum Berg. »Dort oben beim Tempel der Wächter.«

Om verkündet mit einem feierlichen Ton in der Stimme: »Es heißt, der Anblick eines großen Amons auf

See bringt Glück oder eine große Neuigkeit. Ein gutes
Zeichen für unsere Jagd! Lasst uns weiterrudern!«

Nach Ka ist es nun an mir, den Platz des Steuerers zu
übernehmen. Ich schaue nach vorne und sehe, dass wir
der Insel und dem Berg, der dort in den Himmel
wächst, ein ganzes Stück nähergekommen sind. Ich
muss meinen Kopf schon leicht anheben, um die Stelle
zu sehen, wo die Hänge in der Nebelzone verschwinden. Weit darunter, etwa auf halber Höhe und genau
gegenüber von uns, kann ich das Plateau erkennen, auf
dem die Tempelanlagen der Wächter liegen. Eine Stufe
im Hang unterbricht den dichten Bewuchs der Bergflanken. Von dort oben verläuft eine feine helle Linie senkrecht nach unten – der Wasserfall des Bergflusses. Wo er
entspringt, liegt ein weiter freier Platz, von dem ein
schwaches Leuchten kommt, so als würde sich dort der
Himmel in etwas spiegeln, wie er es hier unten auf der
Wasseroberfläche tut. Mehr ist vom Boot aus nicht zu
sehen. Aber ich weiß, dass die Ursache des Leuchtens
keine Spiegelung ist. Es ist der Tempel selbst, der dieses
Licht aussendet.

Jemand räuspert sich vor mir, und ich schaue in
erwartungsvolle, vom angestrengten Rudern verzerrte
Gesichter, die sagen: »Bitte erzähl uns etwas, Steuerer!«

Kurz erwäge ich, den anderen zu berichten, was ich
im letzten Schlaf geträumt habe: Von Ion, der auf der
Jagd getötet wird... Aber ich will das gute Omen, das
uns die Sichtung der Amons verheißen hat, nicht mit

bösen Vorahnungen vertreiben. Und auch die Erinnerungen an Mha, von denen ich sonst oft erzähle ... davon, wie es war, als sie noch bei uns gewesen ist ... sie scheinen mir heute zu traurig und unpassend. Die Geschichte, die ich mir nun stattdessen aussuche, kennen alle hier im Boot. Und jeder im ganzen Land. Aber gerade deshalb hören und erzählen wir sie oft und gerne. Wir üben uns in der Kunst des Erzählens, und jeder versucht, der Beste zu sein. Wer es vermag, mit Worten einen Fluss zu erschaffen, ruhig, aber kraftvoll dahinströmend, macht seinen Zuhörern das Geschenk einer Reise. Einer Reise, die oft durch wohlbekannte Gegenden führt, in denen es doch bei genauerem Hinsehen immer wieder Neues zu entdecken gibt: Verborgene Winkel tun sich auf, überraschende Einblicke bieten sich an, feine Details werden sichtbar, Einzelheiten, die der Zufall oder die genaue Beobachtung des Erzählers dem gespitzten Ohr des Zuhörers enthüllen. Der gute Geschichtenerzähler genießt das Wohlwollen und die Anerkennung seines Publikums.

Meine Geschichte handelt von ...

VON DEN ERSTEN MENSCHEN

Die ersten Menschen kamen vor langer Zeit vom Berg herab. Sie waren Götter im Himmel, doch dort oben wurde es ihnen zu dunkel und kalt. Sie waren unsterblich, aber der Preis für die Unsterblichkeit war die Finsternis und die Kälte. Sie blickten nach Unten, und sahen im Land am Fuße des Berges üppige Pflanzen wachsen und sorglose Tiere umherziehen, die bei hellem Licht, in milder Luft und auf wohlig warmen Boden ihr Dasein genossen. Als die Götter es Oben nicht mehr länger aushielten, beschlossen sie, dass sie lieber sterben wollten, als ohne Licht und Wärme in Ewigkeit zu leben. Der oberste Wächter des Himmels sagte ihnen, dass ihre Entscheidung endgültig wäre, und dass sie nie wieder zurück in den Himmel kommen könnten, und dass ihr Leben Unten auf kurze Dauer befristet sein würde. Trotz dieser Warnung stiegen sie herab und fanden eine neue Heimat im Lande Unten.

Bald vergaßen sie ihr Leben als Götter über dem Berg und führten ein zufriedenes Leben ohne Dunkelheit und Kälte. Ihr Schicksal schien ihnen das glücklichste zu sein, das sie sich vorstellen konnten, denn ihnen mangelte es an nichts, und sie mussten sich auch nicht anzustrengen um Nahrung, Wasser und Kurzweil zu erlangen. Sie verbrachten ihre Tage in angenehmer Sättigung und Muße. Bis der Erste von ihnen sterben musste. Da wurde ihnen klar, dass das Leben Unten nicht ohne Preis war. Denn der Verlust des Verstorbenen schmerzte sie sehr, waren sie doch an das ewige Leben, nicht aber an den ewigen Tod gewöhnt.

Ein Teil der Götter, die jetzt Menschen waren, fing an, mit ihrem Schicksal zu hadern und drängte darauf, wieder in den Himmel zurückzukehren. Auch wenn der oberste Wächter ihnen dies untersagt hatte, war ihr Schrecken über das Sterben so groß, dass sie den verzweifelten Versuch wagen wollten, das Verbot im Geheimen zu umgehen, oder den Himmelswächter in einem offenen Kampf zu besiegen. Die andere Hälfte nahm den Tod als Preis für Licht und Wärme hin und widersetzte sich den Versuchen der Unzufrie-

denen, sie zu einer gemeinsamen Rückkehr zu überreden. So teilten sich die Bewohner in zwei verfeindete Gruppen auf: Die einen blieben Unten und wollten nicht mehr zurück in Dunkelheit und Kälte, die anderen rüsteten sich, den Himmel zurückzuerobern.

Die Armee derer, die zurückwollten, stieg den Berg hinauf bis zur Spitze. Dort drängten sie sich vor dem Tor des Himmels, das dort oben hinter ewigem Nebel verborgen liegt. Der oberste Wächter aber hatte sie schon erwartet und antwortete auf ihr freches Begehren, wieder eingelassen zu werden, mit donnerndem Zorn und Hohn: ‚Ihr wurdet gewarnt und habt nicht gehört. Ihr wolltet das Beste genießen und den Preis nicht bezahlen. Jetzt werdet ihr zur Strafe dorthin verbannt, wo ihr weder die Unsterblichkeit noch das Licht besitzen werdet! Ihr werdet Unten leben, aber nicht im Licht, ihr werdet Mühsal und Not erleiden, um euch zu ernähren, und ihr werdet in ständiger Angst vor dem Tod euer jämmerliches Dasein fristen!' Dann öffnete er die Schleusen des Himmelsmeeres, und die Große Sturzflut brach durch das Tor über das Land Unten herein. Die Armee der Rückkehrwilligen aber wurde vom Berg hinuntergerissen und quer durch das ganze Land davon geschwemmt. Über das Meer wurden sie gespült, über den Wald, die Wüste und sogar über das ferne Gebirge hinaus in die Höhlen und Spalten der hintersten Winkel am äußersten Rand des Landes Unten. Die Flut aber hörte erst auf, als alles Land unter Wasser stand.

Was geschah mit dem anderen Teil der Menschen? Mit jenen, die bereit waren, den Preis für das angenehme Leben zu bezahlen, und die sich nicht aufgelehnt hatten gegen den obersten Wächter des Himmels? Dessen Zorn über den Aufstand war so groß, dass auch diese Menschen von der Flut nicht verschont blieben. Aber für sie hatte er ein gnädigeres Schicksal vorgesehen: Auch sie wurden fortgerissen von der Flut, aber sie fanden Rettung in den großen Kavernen am Rand des Landes. Dort überlebten sie und durften, als das Wasser zurückging, wieder zurückkehren in ihre Siedlungen in den Wäldern und am Meer. Die wenigen anderen aber, die die Flut dort draußen überlebt hatten, in engen Löchern oder Ritzen, wo sich ein wenig Luft gehalten hatte, diese anderen wurden verdammt, auf ewig im finsteren und leeren Rand des Landes zu bleiben und als lichtscheue, tierähnliche Kreaturen mühselig und verzweifelt um ihr Überleben zu kämpfen.

Damit aber die Abkehr der Menschen vom Himmel und der Aufstand derer, die den Himmel zurückerobern wollten, nicht in Vergessenheit gerate und dieser Frevel dauerhaft gesühnt werde, sendet der oberste Himmelswächter seither allen nachfolgenden Generationen die Große Flut, immer und immer wieder, um das Land Unten von den Abtrünnigen reinzuwaschen und die Bußfertigen zu verschonen.

»Achtet die Zeit!«, sprechen wir am Ende der Geschichte gemeinsam. Dann wechsle ich den Platz mit Ahn, die nun für den Rest der Überfahrt den Sitz des Steuerers einnimmt.

Als ich mich neben Ka auf die Bank setze und das Ruder ergreife, fragt er mich mit ernster Miene: »Dev? Weißt du, wann die Große Flut wiederkommt?«

Ich schüttle den Kopf. »Nein, Ka. Das wissen nur der

Berg und die Wächter. Kannst du dich an das letzte Mal erinnern?« Er war bei der letzten Flut noch ein Kleinkind und konnte gerade laufen.

»Nur an das Dunkel«, sagt er. »Wir waren irgendwo, wo es fast ganz dunkel war. Und an das laute Rauschen.«

»Ja, das Rauschen des Wassers. Es war so laut, dass man nicht mal dein Geschrei gehört hat«, sagt El, der sich zu seinem Bruder umgedreht hat.

»Ich glaube, es schreien immer alle, wenn das Wasser steigt«, sage ich. »Solange bis es aufhört.«

El widerspricht mir ausnahmsweise nicht. Er starrt vor sich auf den Boden. Auch Ka und ich sagen nichts mehr. Wir versinken alle in unsere Erinnerungen. Wir hören das tosende Gebrüll des heraufschießenden Wassers, zurückgeworfen und verstärkt von den Wänden der riesigen Höhle, riechen den salzigen Sprühnebel im rasenden Wind, spüren den Druck in den Ohren, spüren das Entsetzen, das zusammen mit dem Wasser aufsteigt, und sehen die Panik in den Gesichtern der anderen. Ich sehe das Gesicht von Mha, sehe Mha, wie sie mir das Bündel in den Arm gibt, das Khi ist, sehe Mha das letzte Mal, bevor sie -

»Warum man nicht ins Meer pinkeln sollte!«

Ahn ist aufgestanden und hat die Stimme erhoben. Sie sieht zu Ka, El und mir, um sicherzugehen, dass wir zuhören. Ich schaue sie an und atme tief durch. *Danke, Ahn!* Auch die anderen richten sich auf und legen sich entspannter in die Ruder.

»Ich bin zwar keine von den Meerleuten, aber diese

Geschichte hat mir ein alter Fischer erzählt, mit dem wir vor langer Zeit zum Berg fuhren. Es war damals schon eine uralte Geschichte, die er von seinem alten Vater gehört hatte, und dieser wahrscheinlich von dessen Vater. Jedenfalls ist es schon lange her. Also hört zu...

WARUM MAN NICHT INS MEER PINKELN SOLLTE

Ihr kennt ja alle den Spruch, dass es Unglück bringt, wenn man ins Meer pinkelt. Aber wisst ihr auch, woher er kommt? Also passt auf:

Da waren einmal ein paar Jäger, die wollten zum Berg, um Dinks zu jagen. Ein paar Frauen, ein paar Männer, und sie trafen sich am Meer bei einem Fischer, der sie übersetzen sollte. Vor der Überfahrt stärkten sie sich noch mit einem guten Essen und mit einem Schluck Palmwein, um auf ihr Jagdglück anzustoßen – das kennt ihr ja soweit. Aber da war einer dabei – der jüngste – der hatte noch nie zuvor Palmwein getrunken. Und der schmeckte ihm so gut, dass er sich heimlich, als keiner aufpasste, ein paar mal nachschenkte.

Die anderen merkten erst, dass mit ihm etwas nicht stimmte, als sie schon weit draußen waren. Der Junge fing an, dem Steuerer in seine Geschichten dreinzureden oder an Stellen zu lachen, die gar nicht lustig waren. Es dauerte ein wenig, bis sie draufkamen, dass er betrunken war. Es war aber zu spät umzukehren, denn sie waren schon näher am Berg als an der Küste, sonst hätten sie ihn zurückgelassen. So hofften sie, dass er sich beruhigen würde, bis sie drüben waren. Am Ufer könnte er dann seinen Rausch ausschlafen.

Aber leider wurde es noch schlimmer. Denn plötzlich

sprang der junge Kerl von seinem Platz auf der Ruderbank ganz vorne auf und rief laut: ‚Ich muss pinkeln!‘ Alle Köpfe drehten sich nach vorne. Betretene Blicke trafen den Betrunkenen, der sich schon anschickte, seinen Schurz zu heben. Alle riefen durcheinander: Er solle sich unterstehen, er solle sich zusammenreißen, er solle sich schämen! ‚Es bringt Unglück, ins Meer zu pinkeln!‘ rief der Steuerer nach vorne, ‚Der Meerwächter wird dich holen!‘ Aber der Ruchlose rief noch lauter: ‚Ich muss jetzt unbedingt pinkeln!‘

Es gab einen Tumult, als einige von den Ruderern aufspringen wollten, um den Frevel zu verhindern. Das Boot geriet dadurch in so gefährliche Schwankungen, dass sie sich, aufgefordert durch lautstarke Protestrufe der anderen, wieder hinsetzen mussten. Aber es wäre sowieso schon zu spät gewesen. Denn der Missetäter hatte sich schon nach vorne gedreht, stand breitbeinig an der Spitze des Bootes, und richtete seinen Strahl bergwärts ins Meer. Bergwärts! Das war noch der Gipfel seiner schändlichen Tat, dass er den Berg mit dem Anblick seines peinlichen Geschäftes konfrontierte! Vor Scham wendeten sich alle Ruderer ab und gaben entsetzte Wehklagen von sich. Auch der Steuerer nahm seinen Kopf zwischen die Hände, schloss die Augen und keuchte so laut er konnte, um das plätschernde Geräusch nicht hören zu müssen.

Da wurde aus dem Plätschern mit einem Schlag ein brüllendes Tosen!

Und mit einem einzigen gewaltigen Platscher hörte es ebenso plötzlich auf, wie es eingesetzt hatte. Das ganze Boot wurde wie von einer Springflut hochgehoben und wieder *fallengelassen. Eine zweite Welle überspülte die Ruderer und brachte das Boot fast zum Kentern.*

Dann war das Meer schlagartig wieder so ruhig wie vorher.

Die durchnässten Jäger waren dabei, ihr Gleichgewicht wiederzufinden und sich von ihrem Schrecken zu erholen – da hörten sie den Steuerer laut aufschreien. Er zeigte zitternd nach vorne zur Bugspitze.

Der Platz des Betrunkenen war leer!

Und jetzt kreischte plötzlich auch der Nebenmann des Verschwundenen entsetzt auf und presste sich die Hand vor den Mund. Denn auf der Bank neben ihm – und das sahen nun auch die anderen, weil sie doch alle vorsichtig aufstanden und sich nach vorne beugten –, auf der vordersten Ruderbank, dort wo zuvor der Frevler gesessen und dann gestanden hatte, um seine unsägliche Tat zu begehen, dort auf dieser Bank stand jetzt eine Pfütze von Salzwasser. Und in dieser Pfütze zappelte ein winzig kleines, silbernes Fischlein, das sie mit großen Augen ansah und sein Maul auf und zumachte, immer wieder auf und zu, so als wollte er etwas zu ihnen sagen. Der Nebenmann packte mit einer raschen Bewegung den Fisch und warf ihn angeekelt ins Meer.

Keiner sagte etwas. Alle setzten sich hin. Sie ruderten weiter zum Berg, um zu jagen. Und als sie wieder zu Hause waren, berichteten sie von dem tragischen Unfall, der dem jungen Mann das Leben gekostet hatte. Durch eine Unachtsamkeit beim Aufstehen von der Ruderbank hatte er das Gleichgewicht verloren und war über Bord gefallen. So schnell war er ins tiefe Wasser gesunken, dass jeder Rettungs-

versuch vergeblich gewesen war, und er seinem Schicksal nicht mehr entrissen werden konnte.

Mit dieser Geschichte ersparten sie den Hinterbliebenen die peinliche Wahrheit über seine Leichtfertigkeit und sein unrühmliches Ende. Aber im Lauf der Zeit verbreitete sich unter den Meerleuten die Erzählung von dem jungen Jäger, der vom Wächter des Meeres zur Strafe für seine Ungebühr-lichkeit in einen Fisch verwandelt worden war. Und seitdem weiß jeder Fischer und jeder Bootsmann, warum man nicht ins Meer pinkeln sollte...«

»Ich müsste auch mal«, meint Ka leise.

Als wir alle ihn entgeistert anschauen, beeilt er sich, grinsend hinzuzufügen: »Aber ich halts leicht noch aus, bis wir an Land sind!«

»Also rudert, Leute! Rudert, was das Zeug hält!«, treibt uns Ahn zu schnelleren Schlägen. »Wir kommen schon ins Küstenwasser des Berges.«

Während wir uns kräftig in die Riemen legen, holen Om und El unter ihrer Bank ein aufgerolltes Netz hervor. Sie halten es auf ihren Knien und warten, bis wir das seichtere Gewässer vor der Küste erreicht haben.

»So, jetzt schön sachte«, übernimmt Om, der Fischer das Kommando.

Wir heben die Ruder aus dem Wasser und lassen das Boot langsam auslaufen. Unter uns kann ich wieder den Boden des Meeres sehen. Wie erwartet, gibt es hier große Schwärme von Fischen: Wolken von schlanken, armlangen, hell-dunkel gestreiften Wasserpfeilen treiben unter uns dahin. Aus starren Augen blicken sie hundertfach zu uns herauf, ziehen elegante Kurven oder schlagen jähe Haken, immer alle zusammen, wie auf das Kommando eines unsichtbaren Steuerers.

Om ist aufgestanden und entrollt mit Els Hilfe das Netz. Die kleinen Steine, die in dessen Ränder eingeflochten sind, klackern über den hölzernen Schiffsboden. Om setzt einen Fuß auf die Bank vor sich, richtet sich ganz auf und schwingt mit geübter Hand das Netz über seinem Kopf. Es entfaltet sich in der Luft wie der Schirm eines Riesenpilzes. Dann wirft er es mit Schwung in hohem Bogen neben dem Boot ins Wasser. Das Netz zeichnet kurz einen Kreis auf die Oberfläche und versinkt.

Auf Oms Handzeichen fangen wir wieder an, kräftig zu rudern. So ziehen wir das Netz hinter uns her, das Om und El gemeinsam festhalten.

»Ja ja, gut so!«, treibt Om uns an. »Immer fest rudern, nicht nachlassen!«

Wir geben unser Bestes, und das Boot jagt dahin wie ein Sturmvogel. Om ist mit beiden Füßen auf die Bank gesprungen. Er lehnt sich nach hinten, hält das Ende des Netzes mit der Linken umklammert und fuchtelt mit dem rechten Arm in der Luft, als würde er es immer noch über sich kreisen lassen. Der Fahrtwind zerzaust ihm die Haare und lässt seinen Schurz flattern.

»Ja! Ja!! Ich sehe sie schon alle im Netz. Ja!!! Futter für die Dinks!!!«

KAPITEL 4

DIE MITTE DER WELT

M it reicher Beute läuft unser Boot in den Hafen am Bergufer ein.

Ahn und ich rudern das letzte Stück, während die anderen die Fische töten. Wir haben so viele an Bord gezogen, wie wir den Berg hinauftragen können, und ein paar mehr, die jetzt für unser Abendessen ausgenommen und im Meerwasser gesäubert werden.

Der Rest unseres Fanges bleibt ganz. Die Fische werden anfangen zu stinken, bis wir im Jagdrevier sind. Aber das macht nichts, im Gegenteil: Der unwiderstehliche Geruch von totem, verdorbenem Fisch lockt die Dinks jedes Mal an wie Fliegen.

Wir legen an einem der hölzernen Schwimmstege an, die mit Seilen locker an Steinpollern oben auf der Kaimauer befestigt sind und wie Flöße die Wasserhöhe bei Ebbe und Flut ausgleichen. Das breite, rechteckige

Becken bietet Platz für eine Menge Boote. Jetzt sind wir aber alleine hier, nur zwei leere Fährboote liegen am entfernten Ende des Kais. In der Mitte der bergwärtigen Ufermauer, unter dem steinernen Bogen einer Brücke, ergießt sich träge rauschend der Bergfluss in das Hafenbecken. Diese Brücke, das einzige gemauerte Bauwerk dieser Art im ganzen Land, ist uralt, ebenso wie die Kaimauern und die Gebäude dahinter. Ich frage mich immer wenn wir hierher kommen, wer die Erbauer waren, die diese riesigen Steine bewegt und aufgerichtet haben, und was sie vor so langer Zeit bewegt hat, diese Mühe auf sich zu nehmen. Waren es die Götter, die über dem Berg gewohnt haben, bevor sie herabstiegen und sterblich wurden? Dieselben Baumeister haben sicher auch die Tempel oben am Berg errichtet, diese geheimnisvollen, leuchtenden Behausungen der Wächter. Vielleicht kann Ion mir morgen schon etwas darüber erzählen – wenn es ihm nicht die Schweigepflicht seines Standes verbietet.

Das Boot ist vertäut, und wir stehen auf dem Anleger. Bevor wir uns an das Entladen machen, wollen wir uns umschauen. Ka ist als Erster an Land geklettert und läuft aufgeregt voraus. Wir folgen ihm die Kaimauer entlang bis zu einer der beiden Treppen, die in den Ecken des Hafenbeckens hinaufführen.

Oben erreichen wir den weiten Hafenvorplatz, der mit großen steinernen Platten gepflastert ist. An den

Seiten umstehen ihn langgezogene, flache Häuser, gemauert aus mächtigen dunklen Quadern. Mitten durch den Platz verläuft ein eingefasster Graben: der Bergfluss, der vorne am Hafen unter der Brücke verschwindet. Der Wasserlauf kommt zwischen den Gebäuden an der Bergseite heraus, und jenseits davon sieht man in einiger Entfernung den Hangwald ansteigen. Über den Bäumen dort liegt feiner Dunst, wo die Wassermassen vom Tempel herab in einen kleinen See unterhalb der Steilwand stürzen.

Ka ist zur Brücke vorausgelaufen. Dort steht er staunend an der Brüstung und stößt begeisterte Rufe aus. Er deutet abwechselnd hinaus aufs Meer, auf die Bauwerke am Hafenplatz und hoch zum Berg.

Wir treten neben ihn und schauen. Obwohl ich schon oft hier war, spüre ich die eigentümliche Atmosphäre dieses Ortes so intensiv wie beim ersten Mal. Nach einigen Augenblicken ist Ka verstummt. Auch er scheint nun gebannt von der Energie, die eine geheimnisvolle Quelle hier in unserer unmittelbaren Umgebung zu verströmen scheint.

Es ist still.

Nur das entfernte Rauschen des Falls und das leise Plätschern des Flusses ist zu hören. Ein paar weiße Vögel ziehen hoch in der kühlen Luft über der felsigen Küste ihre Kreise. Fast senkrecht über uns, weit oben und doch an diesem Ort beklemmend nahe, liegt das Zentrum der Nebelwolken, in denen sich die obersten Berghänge auflösen und im Dunkel verschwinden.

Wenn ich dort länger hinaufstarre, scheint sich mein Blick mit einem Mal schwindelnd zu drehen, und mir ist, als würde ich draußen auf dem Meer in den finsteren Abgrund des Wassers hinabgezogen.

In die Stille hinein erhebt Pa seine Stimme. Er spricht zu Ka, oder zu sich selbst, oder zu uns allen. Ohne den Blick vom Berg abzuwenden, sagt er: »Beim Betreten des Ufers sind wir in der Mitte der Welt angekommen. Ein ganz besonderer Platz ist dieser Berg, diese Insel in der Mitte des Meeres, das wiederum in der Mitte von allem liegt, was wir kennen. Menschen haben das Meer umkreist, haben den Berg von der Rückseite gesehen, und haben die Küste jenseits dieser Rückseite besucht. Sie haben dort eine seltsam leere Welt vorgefunden, die zwar beschaffen ist wie das Land diesseits des Berges, mit Küste, Wald, Wüste und Gebirge. Doch dort lebt kein menschliches Wesen. Dort drüben herrscht eine Stille, die die Besucher mit Angst erfüllt hat. Alle, die dort waren, berichten von der Verlassenheit, die sich dort des Geistes jedes Menschen bemächtigt und ihn mit Schaudern fliehen lässt, zurück auf unsere Seite. Dort, hinter dem Berg, spürst du, dass wir ohne die Verbindung zu den Wächtern, den Bewahrern der Zeit, verloren sind. Auf *dieser* Seite, und an *diesem Ort* hier, direkt unter dem Blick und unter der Obhut der Wächter, liegt das Zentrum unserer Zuversicht und unserer Kraft.«

Pa spricht selbst wie ein Wächter, bedeutungsvoll und ernst. Mha hat mir einmal erzählt, dass er als junger Mann tatsächlich zu den Wächtern gehen wollte, und dass auch sie selbst einmal vom Hohen Rat berufen worden war. Doch die Gefühle der beiden füreinander hielten sie davon ab, dieses entsagungsvolle Amt anzutreten, und Pa ließ sich von Mhas Leidenschaft für die Jagd anstecken. Ich glaube, jedes Mal wenn wir uns jetzt dem Tempel am Berg nähern, leidet er besonders an dieser Entscheidung und an seinem damaligen Verzicht. Aber solange Mha noch bei uns war, war Pa immer fröhlich und offen. Wir alle waren es. Doch seit sie fort ist, spricht er zu Hause kaum noch mit uns – und von Mha will er überhaupt nicht mehr reden.

Bin ich etwa auch so geworden? So bedrückt und so … abweisend? Ich schüttle unwillkürlich den Kopf. Mein Schmerz über Mhas Verlust war heftig; aber er wurde bald von anderen Dingen überlagert: Ich sah, wie hilflos Pa ohne unsere Mutter war, und plötzlich gab es so viel für mich zu tun. Ich war selbst noch ein kleines Mädchen, so wie Khi es jetzt ist; aber ich musste mich um die Kleine kümmern, und schnell fielen mir auch alle die anderen Aufgaben zu, bei denen ich Mha vorher zur Hand gegangen war: die Ordnung im Haus, die Zubereitung des Essens, die Pflege der Früchte in der Plantage und der Tauschhandel mit den Meerleuten. Schließlich, als ich zu einer jungen Frau geworden war, wurde ich zur Jägerin. Zu einer leidenschaftlichen Jägerin – so wie Mha es gewesen war.

Jetzt ist sie schon so lange fort. Aber sie fehlt mir noch immer. Mir fehlt ihre Stärke und ihre Zuversicht, ihr Wissen, was zu tun ist – immer, egal was kommt. Ich vermisse sie und all die wunderbaren Geschichten, die sie sich für uns ausgedacht hat. An deren Ende war immer alles gut, und alle waren glücklich. Ich wünschte, das würde auch für Mhas eigene Geschichte stimmen. Doch ich kenne das Ende dieser Geschichte nicht. Mha war einfach weg, und was dort draußen am Rand wirklich geschehen ist, liegt im Dunkel des Schweigens. Zum Glück sind wenigstens Ahn und Bo für uns da – und vor allem ihr Sohn. Ion, mein bester Freund. Ihn werde ich morgen endlich wiedersehen!

Seufzend folge ich den anderen, die sich inzwischen dem Platz zugewandt haben.

Als Quartier beziehen wir eines der Häuser gleich neben dem Hafen. Wie bei allen Gebäuden hier haben die Wände keine Öffnungen außer einer schmalen Tür zur bergabgewandten Seite. Im geräumigen Inneren gibt es keine Zwischenwände. Als einzige Einrichtung steht dort eine Reihe flacher Pritschen aus Bambus. Hier finden wir alle großzügigen Platz zum Schlafen. Die Pritschen haben keinen Vorhang, aber wenn man im fensterlosen Raum eine Decke vor die Tür hängt, ist es richtig dunkel. Sogar dunkler als in meiner Koje zu Hause.

Wir bringen unsere Ausrüstung ins Haus und rollen unsere Umhänge auf den Liegen aus. Dann holen wir die Fische aus dem Boot. Om und El, und Ka und ich tragen jeweils gemeinsam ein pralles Netz mit Köderfischen an einem Speer über den Schultern. Wir legen die glitschige Fracht in das Gebäude nebenan, damit uns der Geruch nicht den Schlaf raubt.

Während Bo und Ahn die Fische für unser Abendessen vorbereiten, gehe ich mit El und Ka ein Stück den
Fluss hinauf. Dort kennen wir von früheren Besuchen
einen Platz am Fuße des Wasserfalls, wo Meernüsse,
Banas und ein paar Limbäume am Seeufer wachsen.

El und Ka schütteln Nüsse von den Palmen und
pflücken Lims vom Baum. Unterdessen schlage ich mit
meinem Messer zwei schwere Stauden mit Banas ab, die
für alle reichen sollten. Dazu schneide ich zwei Hand
voll großer Blätter ab.

Ka ist in der Zwischenzeit zum Fluss hinunterge-
gangen und hantiert dort mit seiner Lederflasche.

»Was machst du da?«, fragen El und ich fast
gleichzeitig.

»Na, Trinkwasser auffüllen!?«, antwortet Ka, belustigt von unserer offensichtlichen Begriffsstutzigkeit.

»Probier lieber erst mal. Dieses Wasser schmeckt
nicht jedem«, sagt El und beißt sich dabei auf die
Zunge.

»Wieso?«, meint Ka stirnrunzelnd. Er schöpft eine
Handvoll Wasser, trinkt – und spuckt prustend wieder
aus. »Salzwasser! Ein Fluss mit Salzwasser! Das gibts
doch nicht!«, schimpft er und prustet noch ein paarmal.

»Es gibt nichts, was es nicht gibt«, lache ich. »Vor
allem oben am Berg, das wirst du bald merken. Der
Bergfluss kommt direkt aus der Nebeltide, und deshalb
führt er Salzwasser.«

»Und wo sollen wir dann was zu trinken herbekom-
men?«, fragt Ka besorgt.

»Keine Angst, Ka«, sagt El. »Ich habe noch genug für

zwei in meiner Flasche für heute. Und weiter oben kommen wir an Quellen mit Süßwasser vorbei – du musst also nicht verdursten.«

Schwer beladen gehen wir zurück zu den anderen. Gemeinsam setzen wir uns dann vor das Haus und essen rohen Fisch mit Meernüssen, Banas und Lim-Saft auf Banablättern, trinken süßes Wasser, Kokomilch und den Rest von Bos Palmwein. Wir schauen hinaus aufs Meer, wo die großen Amons ihre unsichtbaren Bahnen ziehen, wo ruhelose Fischwolken sich im Wasser mit den Spiegelbildern der dahinziehenden Wolken unter dem leuchtenden Himmel vermischen.

Wir warten auf das Abendsignal. Als der dröhnende Stoß vom Berg herunterkommt, fahren wir alle zusammen wie unter einem Schwall kalten Wassers. Die Lautstärke lässt den Boden zu unseren Füßen erzittern. Ka hält sich erschrocken die Ohren zu, bis der Signalton verklungen sind.

»Zeit zum Schlafen«, sagt Bo. »Wenn ihr mögt, erzähle ich euch drinnen noch eine Geschichte.«

Wir gehen ins Haus. Müde legen wir uns auf die Pritschen. Om hängt eine Decke vor die Tür und tastet sich im Dunkeln zu seinem Schlafplatz.

Als es still ist, beginnt Bo mit seiner Schlafgeschichte:

VON DENEN, DIE NICHT SCHLAFEN

Wenn wir Menschen schlafen, werden wir an die uralte Zeit erinnert, als wir noch unsterbliche Götter waren und über dem Berg in der Dunkelheit wohnten. Im Traum können wir Dinge tun, die Menschen unmöglich sind, wir können höchste Gefahren bestehen und Geschehnisse voraussehen, die noch in der Zukunft liegen. Schlafend erlangen wir, was wir im Wachen so notwendig brauchen: die ruhige Besinnung, um mit unseresgleichen in Frieden zu leben und die wehrhafte Kraft, um uns vor Feinden und tödlicher Bedrohung zu schützen.

Doch nicht allen Menschen ist die Notwendigkeit des Schlafes höchstes Gebot und oberste Regel. Auch seit die Wächter einst die Aufgabe übernommen hatten, die Zeit zu behüten, auf dass ein jeder sie achte und dem Schlaf den zugemessenen Respekt widme, gab und gibt es doch manchmal Uneinsichtige, die Zweifel am Nutzen des Schlafes haben. Sie halten den Schlaf für sinnlos vergeudete Zeit, und die gemeinsame Einhaltung der Ruhe zwischen dem Abend- und dem Morgensignal scheint ihnen eine unrechte Einschränkung ihres freien Willens.

Einer von diesen war ein junger Mann mit dem Namen Waa, der noch bei seinen Eltern wohnte.

Eines Tages beschloss Waa, auf das Schlafen zu verzichten. Lieber wollte er, während alle anderen sich in das Dunkel ihrer Kojen zurückzogen, draußen umherziehen und erkunden, was man mit der gewonnenen Zeit alles anfangen könne. Also legte er sich am Abend wie die anderen zur Ruhe und wartete, bis er den ruhigen Atem der Schlafenden hörte.

Dann verließ er seine Liegestatt und ging nach draußen, um zu sehen, was in der Welt geschah während alle ruhten. Er lief durch die Waldsiedlung, über Stege und Treppen, ohne einen Menschen zu treffen, bis zum großen Platz, der jetzt völlig leer war. Es war sehr still, nur das Geräusch von Waas Schritten hallte unnatürlich laut von den Wänden der umliegenden Hütten zurück. Er schlich von Haus zu Haus, spähte hinein und sah die Bewohner in ruhigem wehrlosem Schlaf.

,Wenn jetzt jemand mit bösen Absichten käme', dachte Waa, ,so könnte er diese Ahnungslosen alle töten. Sie würden es vielleicht nicht einmal bemerken bis zum letzten Augenblick.' Er fragte sich, woher diese Gedanken in seinem Kopf kamen, konnte aber keine Antwort finden. Es war fast gewesen, als hätte jemand anderer ihm leise ins Ohr gesprochen.

Er ging zurück auf den Platz. Ein lautes Geräusch ließ ihn zusammenfahren – ein Schwarm Vögel, aufgeschreckt durch die außergewöhnliche Anwesenheit eines Menschen zu dieser Zeit, flog über dem Platz auf und verschwand hinter den Baumwipfeln.

Waa verließ das Dorf und stieg hinunter zum Flusspfad. Er wollte sehen, ob auch die Lebewesen des Waldes zu dieser Zeit schliefen. ,Vielleicht kann ich ein Tier im Schlaf überraschen und töten. So wäre es ein Leichtes, an Fleisch zu kommen, ohne die Mühsal der Jagd.' Auch diesmal kamen die Worte von irgendwoher, als hätte sie ihm jemand zugeflüstert.

Am Meerfluss ging er ein Stück entlang, und bald traf er wirklich auf ein Wasserschwein, das im Uferschlamm lag und friedlich schlief. Er schlich sich an, zog sein Messer und schnitt dem Schwein die Kehle durch. Es starb, ohne einen Laut von sich zu geben. Waa packte sich das Schwein auf die

Schultern. Stolz und über und über mit Blut beschmiert ging er zurück zur Siedlung. Er fühlte sich stark und mutig wie ein großer Jäger.

Als er die Treppe zum großen Platz hinaufschritt, hörte er oben jemanden leise seinen Namen rufen:

,Waa..., Waa...'

Mitten auf dem Platz sah er eine Gruppe von Gestalten stehen. Es waren hässliche, gebeugte Wesen mit lichtheller, durchscheinender Haut. Sie hatten das Aussehen von uralten, kranken Menschen, verwahrlost und aufgegeben. Sie warteten dort auf dem Platz auf ihn, mit leeren Blicken, schweigend. Nur die vorderste in der Gruppe, ihre Anführerin, sah zu ihm herüber und rief nach ihm. Die schaurige, flüsternde Stimme kam ihm jetzt irgendwie bekannt vor.

,Waa... Komm her zu uns, Waa!'

Er setzte das tote Schwein auf dem Boden ab und starrte hinüber.

Es waren Rander! Die Erzfeinde der Menschen vom Rand der Welt! Als Kind hatte er einmal welche gesehen – aber als Leichen. Auf dem Weg zu den Kavernen waren sie neben dem Pfad gelegen, getötet von den Wächtern. Wie kamen diese Kreaturen hierher in die Waldsiedlung?

,Komm zu uns, Waa...'

,Was wollt ihr von mir?' Waa versuchte, mutig zu klingen.

Er ging ein wenig auf die Rander zu. Dabei sah er, dass nicht nur ihre Haut, sondern der ganze Körper der Gestalten selbst durchsichtig war. Er konnte das, was hinter ihnen war, durch sie hindurchsehen.

,Wer seid ihr?'

Die Anführerin, die alle anderen überragte, trat einen Schritt nach vorne auf Waa zu.

‚Wir sind die Geister vom Rand der Welt', flüsterte sie. ‚Wir sind die, die nicht schlafen. Wir sind die, die nicht zurückkehren dürfen. Wir suchen nach unseresgleichen.'

Da erinnerte sich Waa an eine Geschichte, die ein Alter auf dem Dorfplatz ihnen als Kinder erzählt hatte: Die Geschichte von den Randgeistern, die durch die Welt ziehen und Menschen holen. Es sind die wandelnden Geister der Rander, dieser lichtscheuen blutgierigen Kreaturen aus den finstersten Winkeln unserer Welt. Die Rander selbst können den Rand nicht überschreiten und sind verdammt, dort auf ewig im Dunkeln zu hausen, hungrig und verzweifelt. Sie leben von kriechendem Getier und manchmal auch von verirrten Menschen, die sich in die gefährliche Gegend der Kavernen begeben müssen, um sich vor der Flut zu retten. Wenn die Rander vor Hunger und Blutdurst dem Irrsinn nahe sind, senden sie ihre Geister aus, um nach Beute zu suchen. Diese Randgeister lassen ihre Hülle zurück und machen sich als körperlose Wesen auf die Suche nach Opfern, die sie zum Rand locken und fressen können. Oder sie suchen nach ihresgleichen unter den Menschen – Schlaflose, die sie mit bösen Gedanken zu schändlichen Taten an wehrlosen Menschen und Tieren anstiften, und die dann, selbst zu Randern geworden, mit ihnen ins Dunkel hinausziehen müssen.

Waa begriff, dass er von den Randern gerufen worden war. Er hatte den Schlaf gemieden. Er hatte ein wehrlos schlafendes Tier getötet. Und er hatte daran gedacht, seine Mitbewohner zu ermorden.

War er selbst ein Rander?

‚Du bist einer von uns, Waa‘, raunte die Anführerin der Randgeister. ‚Komm mit uns. Komm mit zum Rand, dort kannst du nach Herzenslust töten und dich im Blut deiner Feinde baden. Und du wirst nie wieder schlafen müssen, wie diese Weichlinge hier im Dorf. Sie werden sich vor dir fürchten und vor deiner Stärke zittern.‘

Die Zeit zwischen Abend und Morgen war schon fortgeschritten, und eine schwere Müdigkeit hatte sich über Waas Denken gelegt, die er sich aber nicht eingestehen wollte. Die Worte des Randgeistes schienen ihm verlockend. Sie kreisten in seinem Kopf herum und wurden zu seinen eigenen Gedanken. Er wollte stark, er wollte unbesiegbar sein. Er kämpfte gegen den Schlaf an, sah auf das geronnene Blut hinunter, das die Haut seiner Brust und seiner Schultern bei jeder Bewegung spannte. Mit einem Ruck richtete er sich auf und sah in die fahlen Augen des Randgeistes, der jetzt direkt vor ihm stand.

Er fühlte sich stark und unbesiegbar.

‚Ich komme‘, sagte er. Und er erschrak über seine eigenen Worte. Seine Stimme klang schwach und verzweifelt. Aber er konnte nicht zurück. ‚Ich komme mit euch.‘

Da ging ein Aufseufzen durch die Schar der Geister, und plötzlich schauten ihn alle aus ihren durchsichtigen Augen an. Die Anführerin legte Waa ihre knöchernen Hände auf die Schultern.

‚Waa! Du bist jetzt ein Rander...‘, flüsterte ihm die Stimme ins Ohr. ‚Du kommst mit uns, Waa... Aber zuvor...‘

Die spitzen dürren Finger des Randgeistes bohrten sich in

seine Schultern. ‚Zuvor musst du sie töten. Töte sie alle, Waa!'

‚Töte sie! Töte sie alle!', klang es aus den durchsichtigen Mündern der Geister, die jetzt in einem Kreis um ihn herumschritten und unaufhörlich wiederholten: ‚Töte sie! Töte sie alle!'

Waa war jetzt so müde, dass er die Augen kaum mehr offenhalten konnte. Alles drehte sich um ihn, er selbst drehte sich im Kreis der Randgeister und murmelte mit ihnen: ‚Töte sie… Töte sie alle…'

Er zog das Messer aus seinem Gürtel. Es war noch beschmiert mit dem Blut des Schweines.

‚Töte sie! Töte sie alle!!'

Mit dem Messer in der erhobenen Faust betrat er die erste Hütte, gefolgt vom Zug der Randgeister. Er trat an eine Liege heran und zog leise den Vorhang zur Seite. Friedlich schlief ein kleines Mädchen darin, seine Puppe im Arm.

‚Töte sie!! Töte sie!!!'

Waa senkte lautlos sein Messer an den Hals des Mädchens, so wie er es zuvor bei dem Wasserschwein getan hatte. Aus halb geschlossenen Augen blickte er in den Kreis der durchscheinenden Gesichter, die sich um die Liege versammelt hatten. Sie flüsterten jetzt fast unhörbar: ‚Töte sie… Töte sie…'

Er atmete noch einmal tief ein und setzte sein Messer für den Schnitt an. Die Geister verstummten, sie schienen ebenfalls den Atem anzuhalten.

In diesem Moment der Stille brach laut und dröhnend das erste Morgensignal vom Berg. Das kleine Mädchen schlug die

Augen auf. Als das zweite Signal ertönte, steckte es verwundert den Kopf aus der Koje.

,Wer hat meinen Vorhang weggezogen?', fragte es.

Aber es war niemand zu sehen.

Als die Menschen aufgestanden waren, fanden sie mitten auf dem großen Platz ein getötetes Wasserschwein. Niemand wusste, woher es gekommen war, deshalb vergruben sie es unten im Wald. Dann merkten sie, dass Waa nicht da war. Sie suchten ihn überall, aber er war und blieb verschwunden. Keiner sprach jemals mehr von ihm.

KAPITEL 5

DER AUFSTIEG

E in gut befestigter Fußpfad führt vom Hafen zum
Tempel hinauf. Zuerst geht es am Fluss entlang
durch den Waldstreifen am Fuß des Berges. An einer
Abzweigung führt ein kurzes Stück geradeaus zum See,
wo der Wasserfall herunterkommt. Unser Weg hinauf
zweigt hier aber nach links ab und führt dann in vielen
Windungen die Hänge hinauf.

Schon nach einem kurzen Aufstieg wird es merklich
kühler. Die Luft ist angenehm frisch, sodass wir anfangs
munter und flott ausschreiten. Doch für uns Wald- und
Meerleute ist die Steilheit des Berges ungewohnt, und
bald schon brauchen wir eine Verschnaufpause.

Ka und ich setzen unser Netz mit den Köderfischen
ab und schauen auf das Stück des Weges zurück, das
wir schon geschafft haben. Ein weiter Blick hinunter
zum Hafen und zum Meer bietet sich uns: Die Küste auf
der Bergseite besteht zum größten Teil aus steilen

Felsen, die bis zu einer Höhe von drei Männern ins
Meer abfallen. Dahinter liegt ein breiter Streifen ebenes
oder leicht zum Berg hin ansteigendes Grasland mit
verstreuten Bäumen und Baumgruppen. Aus dem Grasland ragen immer wieder Felsblöcke aus dem Gestein
auf, das zum Bau des Hafenbeckens verwendet worden
ist. Im Inselinneren werden diese Felsen immer größer
und gehen schließlich in die unteren Hänge des Berges
über. Dort wächst ein dichter Wald, ähnlich wie in
unserem Waldland, doch der Boden hier ist viel stei-
niger und geht über Grate und Schluchten, zwischen
Rücken und Gräben immer steil bergauf.

Nach einigen Kehren und steilen Trittstellen
kommen wir an ein sanfter ansteigendes Wegstück. Eine
Quelle sickert an seinem Rand aus dem Hang. Das
Rinnsal läuft quer über den Weg und verschwindet auf
der anderen Seite im Unterholz. Wir machen Halt, und
Ka beugt sich zum Wasser hinunter. Er kostet es
vorsichtig aus seiner hohlen Hand.

»Trinkwasser!«, ruft er erleichtert und taucht beide
Hände ein, um sein Gesicht zu waschen. »Ihr könnt
vollmachen.«

Wir füllen unsere Lederflaschen mit dem süßen
Wasser und stillen unseren Durst.

Je höher wir kommen, desto unruhiger scheint Ka zu
werden. Er marschiert vor mir, das vordere Ende
unseres Speeres über der Schulter. Ich merke, wie sein
Blick hin und her wandert zwischen dem Weg vor uns

und den Bäumen und Büschen an den Seiten. Beim geringsten Geräusch von dort zuckt er zusammen.

»Was hast du?«, frage ich ihn nach einer Weile.

»Ich höre dauernd was rascheln«, flüstert er. »Meinst du, das sind Dinks?«

»Dinks? Aber nein, Ka«, lache ich. »Die wirst du heute bestimmt noch nicht zu Gesicht bekommen! Das ist wahrscheinlich ein Vogel oder eine Schildkröte.«

»Aber woher weißt du denn das?« Mit gesenktem Kopf späht er ins Unterholz. »Es könnte doch auch was anderes sein!?«

El, der mit Om vorausgeht, dreht sich zu seinem Bruder um. »Dinks kommen nie so weit nach unten«, sagt er. »Sie sind scheu und bleiben oben im Nebel. Unterhalb der Tempel habe ich noch nie welche gesehen…«

Irgendetwas raschelt wieder unter den Bäumen.

»Obwohl…« El schaut Ka mit plötzlich geweiteten Augen an. »Vielleicht hat sich ja einer verlaufen?«

»Hör auf, El«, sagt Om, und sieht seine Söhne missbilligend an. »Damit treibt man keine Späße!«

Ka ist nicht sicher, ob Om ihn damit beruhigen oder nur seinen Bruder tadeln will. Es raschelt wieder.

»Wirklich, Ka«, sage ich, »hier gibts keine Dinks.«

In diesem Moment bricht etwas Schweres aus dem Gebüsch! Eine große, weißliche Gestalt springt mitten vor uns auf den Weg, richtet sich zu voller Höhe auf und kommt mit erhobenen Armen heulend auf uns zugerannt. Ka lässt kreischend den Speer samt Fischnetz fallen, dreht sich um und rennt hinter mir den Weg hinunter. Auch wir anderen schreien erschrocken auf, ein paar flüchten panisch in alle Richtungen, andere – so wie ich – bleiben wie angewurzelt stehen...

»Ion!«

Ich muss tief Luft holen, um dann noch mal, und lauter, wütend seinen Namen zu brüllen.

»ION!!! Bist du wahnsinnig? Was fällt dir ein, uns so zu erschrecken?«

Ion steht vor uns, die Hände auf die Knie gestützt und schüttelt sich vor Lachen. Er trägt eine kurze helle Robe, die Kleidung der Wächterschüler.

»Hahaha! Ihr seid mir ja wirklich mutige Jäger!«, krächzt er. »Was macht ihr denn, wenn ihr wirklich einen Dink vor euch habt?« Er geht seufzend zu Boden und kichert weiter.

Als er meinen giftigen Blick sieht, hört er auf zu lachen und erhebt sich schnell wieder.

»Bitte entschuldigt! Ich grüße euch alle im Namen der Wächter«, spricht er jetzt ernst. »Achtet die Zeit!«

Wir beantworten den Gruß – auch Ka, der zögernd wieder den Weg heraufgekommen ist.

Ion kommt zu uns und umarmt Ahn und Bo.

»Grüß dich, Sohn!«, sagt Bo, vor Erleichterung schnaufend. »Du bist mir ja ein schöner Wächter! Springt aus dem Gebüsch wie ein kleiner Junge, der kleine Mädchen erschrecken will!«

»Er ist noch kein Wächter«, sage ich streng. »Er ist noch Schüler. Und wie ich sehe, ist er immer noch ein Kindskopf, der sehr viel lernen muss!«

Ion wendet sich mir zu und versucht eine ungeschickte Umarmung. Aber ich halte ihn ein wenig auf Abstand und schaue ihm durchdringend in die Augen.

»Du hörst dich ja furchtbar an«, sage ich. »Seit wann hast du Stimmbruch?«

Wir haben uns nicht mehr gesehen, seit er das Dorf verlassen hat und als Schüler hierher gekommen ist. Er ist noch ein Stück gewachsen, und sein Gesicht sieht ein bisschen schmäler aus.

Ich habe mich so sehr auf unser Wiedersehen gefreut! Aber jetzt könnte ich ihn ohrfeigen vor Schreck und Ärger!

Wir starren uns schweigend an.

Dann erscheint ein Grinsen auf Ions Gesicht.

Und ich merke, dass ich zuerst mit dem Grinsen angefangen habe.

Und dann fallen wir uns noch mal um den Hals.

»Hey, Ion«, sage ich in seinen Nacken.

»Hey, Dev. Wie gehts dir?«

Ion und ich tragen jetzt zusammen das Netz mit den Fischen. Der Pfad ist breit genug, sodass wir nebeneinander gehen können, den Speer quer über unsere Schultern gelegt. Ka, plötzlich mutig geworden, trabt voraus und sichert den vor uns liegenden Weg.

»Es ist langweilig zu Hause ohne dich«, sage ich mit vorwurfsvollem Blick. »Ich hoffe, wenigstens *du* hast Spaß hier.«

»Dev, du fehlst mir auch«, sagt Ion beschwichtigend. »Aber doch, es gefällt mir wirklich sehr gut hier.

Du weißt, dass ich schon immer zu den Wächtern wollte.«

»Ja, weiß ich«, seufze ich. »Wenn jemand Wächter werden sollte, dann du. Jetzt kannst du wenigstens deinen Eltern und allen anderen keine Löcher mehr in den Bauch fragen über den Berg und die Zeit und die Welt.«

Ahn und Bo nicken schmunzelnd. Ion war schon als Kind anders. Während die anderen Verstecken oder Fangen gespielt haben, hat er lieber nachgedacht. Er hat sich dauernd Gedanken gemacht über die Welt um ihn herum, hat ständig Dinge untersucht, Pflanzen und tote Tiere (manchmal sogar beim Essen!), um herauszufinden, wozu die einzelnen Teile gut sind und wie sie funktionieren. Und wenn er etwas entdeckt hatte, hat er mir voller Begeisterung davon erzählt.

Ion ist klug, humorvoll und nicht eingebildet. Das gefällt mir seit Kindertagen an ihm. Und ich glaube, er war auch immer gerne mit mir zusammen…

Aber ich fürchte, es gibt jetzt Dinge, die ihm wichtiger sind.

»Es gibt so viel, was ich noch nicht weiß«, sagt er aufgeregt. »Und ich habe das Gefühl, je mehr ich hier lerne, desto mehr gibt es immer *noch* zu wissen, über die Zeit, ihre Ordnung und ihre Beschaffenheit, über die Gefahren und Bedrohungen in den unbekannten Regionen der Welt… Ich hoffe, dass ich als Wächter einmal *alles* verstehen lerne…«

»Und ich hoffe, deine Erwartungen sind nicht zu hoch«, sage ich nüchtern. »Die Wächter haben sehr

strikte Regeln und Gesetze. Und sie führen ein abgeson-
dertes Leben voller Entsagungen. Bist du sicher, dass du
das auf Dauer willst?«

»Na ja, du hast nicht ganz unrecht… Momentan
heißt es den ganzen Tag nur: Gesetze, Regeln, Tagesordnungen… Und vor allem: den Lehrmeistern gehorchen!
Aber jeder Schüler muss halt zuerst einmal die
trockenen Grundlagen des Wächterlebens
durchlaufen…«

»Und du denkst, das ändert sich später? Ich habe
Angst, dass du zu einem staubigen, alten, rechthaberi-
schen Tempelschrat wirst! Ich würde lieber meinen
neugierigen, gescheiten Freund behalten, der mir die
Welt erklärt!«

»Jaja – Dev bevorzugt Menschen mit geistigen
Fähigkeiten!«, mischt sich jetzt El von hinten ein. »Ich
glaube, Ion, dass du eigentlich eine wichtige Rolle in
Devs Familienplanung spielen solltest. Stimmts, Dev?«

Ion zieht die Brauen hoch und sieht El verständnislos an.

Der zuckt die Schultern und seufzt mit gespieltem
Bedauern: »Aber die Wächter dürfen ja leider nicht-«

Ich bringe ihn mit einem regenkalten Blick zum
Schweigen.

Ion schaut mich an. »Willst du nicht auch zu den
Wächtern kommen, Dev? Es wäre doch wunderbar,
wenn wir hier zusammen wären.«

Ich schüttle den Kopf. »Nichts für mich, Ion. Ich
gehöre zu den Jägern, nicht zu den Wächtern. Außer-

dem, wer würde sich dann zu Hause um Khi und um Pa kümmern?«

Vor uns macht der Weg jetzt noch einmal eine scharfe Linkskehre, und führt dann wieder steiler nach oben. Die Kehre liegt auf einem kleinen Plateau. Hier haben wir den Fall des Bergflusses direkt vor uns. Rauschend fällt das Wasser senkrecht in die Tiefe, ohne durch Felsen oder Bäume gebremst zu werden. Der See liegt weit unten, verborgen unter einem Nebel aus Gischt.

Nicht weit über uns sehen wir die Mündung des Falls: Der Fluss schießt dort aus einer Öffnung von einer mächtigen Mauer herab. Das Bollwerk besteht aus den gleichen dunklen Felsquadern wie die Bauten unten am Hafenbecken; doch diese hier sind so groß, dass wahre Riesen sie aufeinandergesetzt haben müssen. Es ist der Sockel einer Terrasse, die sich quer über die sichtbare Breite des Berges erstreckt: Dort oben liegt der Tempelplatz. Jenseits davon erhebt sich der Berg steil in den finsteren Nebel.

Und dazwischen leuchtet der Tempel, hell wie der Himmel über dem Meer.

KAPITEL 6

DIE WÄCHTER

Am Ende unseres Aufstieges trifft der Fußpfad auf die breiten, umlaufenden Stufen, die empor zur Terrasse führen. Nach ein paar Schritten in die Weite des Platzes hinein bleiben wir stehen, um tief durchzuatmen. Ein überwältigender Rundblick umgibt uns, weit hinaus auf das Meer und die ferne Küste vor uns, und zurück auf die leuchtende Flucht der Tempelgebäude und das himmelhohe Bergmassiv in unserem Rücken.

»Bevor wir von Meister Khor empfangen werden, kann ich euch ein bisschen herumführen und erzählen, was ich bisher gelernt habe«, sagt Ion. »Ich darf euch natürlich nicht alles sagen! Manches hier ist nur für die Wächter zugänglich. Und vieles, was dort hinter den Türen liegt, ist geheim, und wird es wohl auch für mich bleiben. Doch das eine oder andere, was ihr vielleicht von euren früheren Besuchen noch nicht kennt, kann ich euch zeigen.«

Von unserem Standort erstreckt sich der Tempelplatz soweit das Auge reicht in einem leichten Bogen den Hang entlang. An der Bergseite liegt die Front der flachen, leuchtenden Gebäude. Sie sind mit ihrer Rückwand in den Berg hinein gebaut. Der gesamte Platz unter der düsteren Nebelkappe erstrahlt in ihrem unwirklichen Schein.

»Das Material, aus dem unser Tempel erbaut wurde, ist Lichtstein«, sagt Ion, während wir weiter in die Tiefe des Platzes hineingehen. »Diese Anlagen wurden vor so langer Zeit errichtet, dass niemand mehr weiß, wie und von wo diese Steine hierher gekommen sind. Es gibt Geschichten, die davon handeln, dass am Anfang der Welt der Berggipfel noch frei war und bis zum Himmel reichte. Vielleicht haben die damaligen Bewohner diese Steine direkt vom Himmel herabgeholt. Andere meinen, dass die Steine vom Randgebirge stammen und hierher transportiert wurden. Seitdem, so sagt man, herrscht dort die Dunkelheit. Allerdings kann sich niemand erklären, wie ein solch mühseliges Unternehmen zu bewerkstelligen gewesen sein könnte.«

Wir nähern uns der Mitte des Platzes. Die Größe und die Leere dieses Ortes lassen meinen Nacken ein unbehagliches Kribbeln emporsteigen. Ich wäre jetzt lieber unter dichten Waldbäumen, als hier in dieser Weite. Ich fühle mich ausgesetzt, ungeschützt und wehrlos unter dem Gewicht des Wassers, das den Nebel über uns scheinbar immer schwerer werden lässt, je mehr wir uns dem Gipfel nähern. Auch die anderen sehen beunruhigt aus, so als sähen sie sich in dieser deckungslosen Fläche der Gefahr eines unmittelbar bevorstehenden Angriffes oder der Bedrohung durch herabstürzende Wassermassen ausgesetzt.

Ka zeigt über die Tempelgebäude zum Berg. »Und die Dinks – sind dort oben? Wie sollen wir da hinaufkommen?«

»Wenn du von hier zum Berg schaust, kannst du sehen, dass zu beiden Seiten des Plateaus hohe Felswände den Weg nach oben verwehren«, sagt Ion. »Wer dort hinaufwill, muss den Weg durch den Tempel und die Schlucht dahinter nehmen. Jeder Jäger, der oben am Berg ins Nebelrevier gehen will, muss sich zuvor bei den Wächtern melden.«

»Wozu denn?«, fragt Ka.

»Es ist gefährlich dort oben – und nicht nur wegen der Tiere. Wir wollen, dass jeder, der sich ins Jagdrevier begibt, die Verhaltensregeln kennt, damit er wieder lebend herunterkommt. Außerdem lassen wir euch nicht alleine hinauf. Der Wildhüter der Wächter lebt dort oben und kennt die Gegend besser als jeder andere. Er begleitet die Jäger und sorgt für ihre Sicherheit. Dafür versorgen sie den Tempel mit einem Anteil der Beute. Auch die Wächter lieben das Fleisch der Dinks.«

Ion führt uns nach vorne zur meerseitigen Kante der Terrasse. Genau in der Mitte wird sie in zwei Hälften geteilt von einer breiten Rinne, die den Bergfluss aus einem Durchlass unter den Tempelgebäuden heraus und über den Platz nach vorne zum Fall führt. Der gepflasterte Platz mit dem Flusslauf ähnelt dadurch dem viel kleineren unten über dem Hafenbecken und liegt mit diesem auf einer geraden Achse.

Wir stehen dort, wo der Fluss aus der Rinne über die Stufen des Sockels hinabfließt, um dann im freien Fall nach unten zu stürzen. Hier erheben sich sechs hohe steinerne Podeste. Je drei stehen zu den beiden Seiten des Wasserfalles am vorderen Rand der Terrasse entlang. Auf ihnen thronen große steinerne Spiralen: Es sind die mächtigen Amonshörner, die die Zeitsignale in das Land hinaussenden.

Mit geweiteten Augen geht Ka um eines der Signalpodeste herum. Ehrfürchtig schaut er zu dem Horn hinauf. Von unten wirkt es noch um ein Vielfaches größer als die Hörner der lebenden Tiere, die wir gestern auf dem Meer gesehen haben. Der Öffnungstrichter, der einen stehenden Menschen leicht aufnehmen könnte, zeigt hinaus auf das Meer in Richtung unseres Waldlandes und weiter, hinweg über das Gebirge jenseits der Wüste, bis zum dunklen Rand am Ende des Landes.

Ion legt Ka eine Hand auf die Schulter. »Sind sie nicht wunderschön?«

Ka schluckt und nickt schweigend.

»Jeder, der sie zum ersten Mal sieht, ist sprachlos«, fährt Ion fort, und ich merke überrascht, dass er versucht, seiner brüchigen Stimme würdevolle Tiefe zu verleihen. »Jeder ist bei ihrem Anblick überwältigt von ihrer erhabenen Größe. Sie sind der Ursprung der Töne, die dein Leben und das aller Bewohner der Welt von

Geburt an bestimmen. Sie teilen die Zeit in Morgen, Mittag und Abend, in Wachen und Schlafen. Sie verleihen den Regeln Ausdruck, die für Gesundheit und Frieden in unserer Gemeinschaft Sorge tragen.«

Ions feierlicher Ton zeigt mir, dass er sich doch schon verändert hat, seit er nicht mehr zu Hause ist. Er klingt jetzt gar nicht mehr so kindisch wie vorhin, als er uns erschreckt hat. Er kann schon reden wie ein Wächter.

Ion erklärt uns, dass die Signale der Hörner mit Wasserkraft erzeugt werden, mit einer uralten Vorrichtung, die durch den Fluss gespeist wird. »Wie das genau funktioniert, ist ein Geheimnis«, sagt er, »auch für mich. Hunderte von Wächtern sind hier mit der Wahrung der Zeit beschäftigt. Hier unter dem Platz und unter den Tempelgebäuden liegen viele Ebenen mit endlosen Räumen und Gängen. Dort dürfen nur die Besten und Erfahrensten der Wächter hinunter. Ich werde sicher noch eine lange Ausbildung und viel Erfahrung brauchen, um dort einmal mitarbeiten zu dürfen. Bisher beschränkt sich mein Zugang auf die oberste Ebene unter dem Tempel. Dort sind die Gärten, wo wir Früchte und Gemüse anbauen. Ein großer Teil meines jetzigen Schülerlebens besteht in Pflanzen, Gießen und Ernten.«

»Du bist jetzt Gärtner?«, schmunzelt Bo. »Baut ihr hier auch Palmen für das Keltern von Wein an?«

Ion schüttelt den Kopf. »Der Genuss von Wein ist uns Wächtern bekanntermaßen untersagt.«

»Na«, meint Bo zwinkernd, »sie werden da unten

bestimmt irgendwo einen speziellen Keller für beson-
dere Anlässe haben…«

Dann erbebt die Terrasse unter dem Dröhnen des
Mittagssignals aus den Amonshörnern, und wir werden
zu Meister Khor gerufen.

»Du wirst deiner Mutter immer ähnlicher.«

Der Meister mustert mich von oben bis unten und
blickt mir tief in die Augen.

»Du bist groß geworden, Dev. Hochgewachsen.
Sehnig. Wachsam«, sagt er anerkennend. Seine Stimme
ist tief und fest. »Und du bist sicher genauso gut bei der
Jagd wie sie.«

»So ist es«, antwortet Pa für mich. »Dev hat scharfe
Augen und ist schnell wie ein Pfeil. So wie Mha.«

»Und wohl auch genauso dickköpfig wie sie, was?«
Khor lächelt wehmütig. »Sie war eine der Besten« seufzt
er, und seine Schultern sinken nach unten. Plötzlich
klingt seine Stimme alt und zittrig, fast weinerlich.
»Und sie war noch viel zu jung.«

Pa senkt den Kopf und schweigt.

Khor sitzt zusammen mit drei weiteren Wächtern
an seiner Seite auf einer erhöhten Bank vor uns. Sie
tragen lange, helle Roben und Halsbänder mit Anhän-
gern aus Lichtstein. Khor ist der Meister der Wächter
und Oberste des Tempels. Ich kenne ihn von vielen
Jagdgängen am Berg. Und er war auch damals in den
Kavernen dabei, als Mha verschwand. Das ist lange
her, aber ich glaube, er macht sich noch immer

Vorwürfe, dass er ihr nicht helfen konnte. Genau wie Pa.

Es ist einen langen Augenblick still in der Empfangshalle. Durch die offene Tür dringt das leise Rauschen des Flusses herein. Wie in den Häusern am Hafen gibt es auch in diesem Bauwerk keine anderen Öffnungen nach draußen als die Türen zur Meerseite. Doch das Innere des Tempels ist strahlend hell. Denn auch hier drin sind die glatten Wände und der Boden aus Lichtstein, und alles leuchtet wie der Himmel ohne Wolken. Es gibt keinen Ort auf der Welt, der heller ist als das Innere des Tempels.

Khor räuspert sich. Er sieht kurz auf die Seite zu seinen Stellvertretern, dann richtet er sich auf.

»Aber grübeln wir nicht über Dinge, die nicht mehr zu ändern sind.« Seine Stimme ist wieder hart und gebieterisch. »Schauen wir voraus, und achten wir die Zeit, die kommt!«

Er mustert uns alle nacheinander, Ahn und Bo, Om und seine Söhne El und Ka, und dann wieder Pa und mich.

»Ich wünsche euch eine erfolgreiche Jagd und gute Beute. Ich habe Rok, den Wildhüter verständigt, dass ihr kommt. Er erwartet euch vor dem Abendsignal oben bei der Jagdhütte. Aber bevor ihr losgeht, sollt ihr noch zusammen mit uns essen.«

Beim Essen, das wir zusammen mit einer großen Anzahl von Wächtern in einem weiten, leuchtenden

Speisesaal einnehmen, setzt sich Ion zu uns an den Tisch. Außer ihm sehe ich keine anderen Schüler.

»Ich habe von Meister Khor die Erlaubnis erhalten, mit euch zu speisen«, sagt Ion. »Ausnahmsweise. Weil meine Eltern dabei sind. Und weil ich früher immer mit euch hierher zum Jagen gekommen bin.«

»Lange her«, sage ich.

»Ja – und stell dir vor«, sagt Ion, »ich habe ihn auch gefragt, ob ich heute mit euch hochgehen darf!«

»Sag bloß, er hat ja gesagt!?«, fährt es mir erschrocken heraus.

»Ist das nicht toll?« Er nickt freudig. »Ich freue mich wirklich, wieder mal mit euch hinauf auf Jagd zu gehen. Auf in die geheimnisvolle Nebelzone! Glaub mir, das wird spannend!«

Mir ist plötzlich der Appetit vergangen. Mein Bauch krampft sich zusammen.

»Ion, ich weiß nicht…«

»Was hast du? Ist dir schlecht?« Er sieht mich besorgt an. »Du bist ja ganz blass.«

»Vielleicht solltest du lieber nicht mitkommen… Es ist… gefährlich da oben.«

»Das weiß ich doch. Aber wir waren ja früher oft dort oben – warum sorgst du dich jetzt? Oder bist du mir noch böse, weil ich von zu Hause weggegangen bin?«

»Nein, bin ich nicht…«, sage ich zögernd. »Ich würde mich ja auch freuen, wenn du mitkämst…«

Ich schaue an Ion vorbei in das Leuchten der Wand hinter ihm.

»Es ist nur so... dass ich geträumt habe. Ich habe geträumt, dass dir etwas passiert, wenn du uns auf die Jagd begleitest.«

Ich schaue ihm wieder in die Augen. »Und ich will nicht, dass dir etwas passiert.«

»Ich will auch nicht, dass *dir* etwas passiert«, sagt Ion. »Allein schon deshalb muss ich mitkommen. Wir passen gegenseitig auf uns auf, einverstanden?«

Was soll man darauf sagen? »Einverstanden.«

Nach dem Essen packen wir unsere Ausrüstung zusammen und holen die Fische, die wir draußen auf dem Platz abgelegt haben. Ion führt uns durch eine Tür nahe dem Flussdurchlass wieder in den Tempel hinein. Von dort aus verläuft ein langer breiter Gang aus Lichtstein tief nach hinten zur Rückseite des Gebäudes. Er endet an einem großen Tor, das mit zwei schweren Platten aus dunklem Stein verschlossen ist. Ein Wächter erwartet uns dort. Er greift in eine kleine Nische neben dem Tor, und die Steinplatten gleiten geräuschlos zur Seite in die Wand.

Wir treten hinaus auf einen kleinen steinigen Hof hinter dem Tempel. Zur Linken steigt eine steile Felswand auf, zur Rechten fließt der Bergfluss in den Durchlass unter den Gebäuden. Geradeaus vor uns liegt die enge, steile Schlucht, durch die der Fluss vom Berg herunterkommt. Mit Bäumen und Büschen dicht bewachsen, führt sie zwischen Felsvorsprüngen und riesigen Steinblöcken in den Hang. Dort verschwindet sie hinter Kehren und Absätzen aus unserem Blickfeld, erscheint aber hoch über unseren Köpfen in dunstiger Ferne wieder, markiert durch den Schleier aus Gischt, der über dem springenden, fallenden Wasser weht.

»Achtet die Zeit« grüßt der Wächter zum Abschied, und das Tor schließt sich hinter uns.

Wir sind im Jagdrevier.

KAPITEL 7

DER WILDHÜTER

Der Pfad verläuft am Fluss entlang in die Schlucht hinauf. Weiter oben verlässt er das Ufer. In den Fels gehauene Treppen winden sich steil empor. Dann wieder führen uns lange, flachere Passagen quer durch Hänge oder um Abbrüche herum.

Es wird mit jedem Anstieg düsterer und kühler. Aber noch haben wir unsere Umhänge nicht ausgepackt. Die Anstrengung hält uns warm. Ion und ich tragen wieder gemeinsam ein Fischnetz, hinter uns folgen Om und El mit dem anderen. Bo und Pa bilden die Nachhut, während Ka und Ahn vorausgehen. Ka hüpft meistens ein Stück voraus von Stein zu Stein. Von Zeit zu Zeit bleibt er stehen und stellt Ahn Fragen.

»Wie weit ist es noch bis zur Jagdhütte?«

»Noch ein gutes Stück«, sagt Ahn. »Wir werden erst kurz vor dem Abendsignal oben sein.«

»Und was machen wir dann?«

»Essen und Schlafen, wie immer beim Abendsignal.«

»Dann werden wir erst morgen jagen?«

»Ja, wir brechen direkt nach dem Signal auf. Von der Hütte ist es noch ein Stück weit hinauf bis zu der Stelle, wo wir unsere Köder auslegen.«

»Aber was ist, wenn die Dinks zur Jagdhütte kommen und sich die Fische holen wollen?«

»Nein, so weit herunter kommen sie nicht. Die Dinks bewegen sich immer in der Übergangszone mit der Nebeltide auf und ab. Da sind ihre Weidegründe.«

»Was fressen die Dinks denn da oben – außer unseren Köderfischen?«, fragt Ka. »Und außer unvorsichtigen Jägern?« Er sieht zu Ion und mir und lacht kurz auf.

»Die Tide bringt alle möglichen Dinge herunter«, sagt Ahn, »Oft sind auch tote Fische dabei. Aber auch seltsamere Dinge. Manchmal findet man Überreste von großen, fremdartigen Lebewesen, die kein Mensch bei uns je lebendig gesehen hat. Niemand weiß, woher das alles kommt – von unten aus dem Meer oder von sonst wo… Aber die Dinks räumen dort oben alles weg, was für sie fressbar ist.«

»Und wozu brauchen wir dann die Köderfische?«

»In der Übergangszone ist es für uns zu nebelig zum Jagen. Deshalb müssen wir sie ein wenig nach unten locken und warten, bis der Nebel sich verzieht. Wenn sie die Fische riechen, kommen sie aus ihrer Deckung. Und dann gehts endlich los!«

»Ja, endlich!« Kas Begeisterung hat einen leicht ängstlichen Unterton.

»Du bist wohl schon ziemlich aufgeregt, was?«, sagt Ahn. »Aber keine Angst, du wirst morgen nur zuschauen – so wie alle Jäger bei ihrem ersten Mal.«

»Ja, ich weiß schon! Ich musste Thi fest versprechen, dass ich immer ganz hinten bleibe und mich ducke.« Ka schaut sich wieder zu Ion und mir um und grinst. »Dasselbe musste Ion vorhin auch Dev versprechen. Sie hat Angst, dass er sich blöd anstellt und ihm was passiert.«

»Na ja, ist vielleicht besser«, meint Ahn. »Soweit ich mich erinnern kann, war Ion – im Gegensatz zu Dev – noch nie ein begnadeter Jäger. Und ich habe gehört, dass Dev deswegen vor Kurzem einen beunruhigenden Traum gehabt hat. Man sollte auf seine Träume achten und das Schicksal nicht herausfordern. Also Ion, bleib immer schön bei Ka morgen, ja?«

»Ich werde mich nicht vordrängen, versprochen«, lacht Ion. »Ka – du und ich werden aufpassen, dass die Dinks unsere heldenhaften Jäger nicht am Hintern kriegen, stimmts?« Beide stoßen furchteinflößende Dink-Laute aus.

Unter dem Blätterdach mächtiger Bäume steigen wir weiter auf, hangeln uns über ausgesetzte Kanten, zwischen senkrecht emporsteigenden, mit dichtem Gestrüpp bewucherten Felswänden auf der einen, und tiefen Abgründen hinab zum Flussbett auf der anderen Seite.

Beim Blick zurück sehe ich weit unter mir die leuchtende Tempelterrasse, die der Fluss in der Mitte teilt. Und noch viel weiter unten, in dunstiger Tiefe, liegt der Platz am Hafen. Der Himmel über uns ist ein Schirm aus dunklem Nebel. Seit wir losgegangen sind, hat er sich langsam aber unablässig herabgesenkt und kommt uns immer noch näher entgegen. Erst weit draußen über dem Ring des Meeres lockert sich die Finsternis in hellere Wolken auf und lässt einen schmalen Streifen von Himmelslicht durch, bevor am fernen Horizont das Gebirge am Rand der Welt wieder in Düsternis versinkt.

Es fängt an zu nieseln. Nach einem letzten Anstieg durch einen steinigen, von Wurzeln durchsetzten Waldhang treten wir unter den Bäumen hinaus. Vor uns liegt ein schmaler Absatz vor dem zurückweichenden Berghang. Die grasbewachsene Fläche ist von hohen Bäumen und dichtem Buschwerk umstanden, eine Lichtung im Regenwald unter der Nebeltide. Hier gabelt sich der Pfad: Links verschwindet er im Hangwald; wir aber folgen dem Weg nach rechts, der die Wiese überquert. Er endet vor dem Jagdhaus des Wildhüters.

Am Rand der Wiese duckt sich der flache Bau unter den bewaldeten Hang. Direkt dahinter fließt der Bergfluss vorbei. Wie die Gebäude am Hafen und wie der Tempel ist das Jagdhaus ein flacher, niedriger Bau ohne Fenster und mit nur einer Türöffnung auf der bergabgewandten Seite. Die dicken Mauern bestehen aus dem dunklen Felsgestein des Berges und lassen das Gebäude im Zwielicht der Nebeldecke fast mit seiner Umgebung verschmelzen. Nur ein einzelner Stein über dem Eingang ist ein Lichtstein, dessen Leuchten anzeigt, dass dies ein Haus der Wächter ist.

Als wir uns der Tür nähern, gleitet die Steinplatte geräuschlos zur Seite, und heller Schein dringt aus dem Inneren. Für einen Augenblick sind wir geblendet. Im gleißenden Gegenlicht ragt der dunkle Umriss eines hünenhaften Mannes vor uns auf.

»Seid gegrüßt«, dröhnt eine strenge Bassstimme. »Ich bin Rok, der Wildhüter.«

»Hey, Rok«, grüßt Ion ihn fröhlich. »Die Jagdgesellschaft ist da.«

Rok tritt ein wenig zur Seite und bittet uns ins Haus. Er bleibt am Eingang stehen, und begrüßt uns alle einzeln beim Hineingehen. Seine mächtige Gestalt überragt uns alle, und im Schein der Lichtsteine wirkt sein zerfurchtes Gesicht wild und grimmig.

Als zuletzt Ka über die Schwelle tritt, legt ihm Rok seine großen Hände auf die Schultern und brummt: »Ah, ein neues Gesicht.«

»Mein Sohn Ka«, sagt Om. »Er ist zum ersten Mal auf der Jagd dabei.«

Ka sieht hinauf in Roks ernstes Gesicht. »Hey, Rok«, sagt er zaghaft.

»Ich grüße dich, Ka«, sagt Rok. »Bist du bereit, einem Dink gegenüberzutreten?«

»Ich glaube schon«, meint Ka. »Wenns nicht gleich einer von den ganz Großen ist. Und ich habe mir von erfahrenen Jägern sagen lassen, dass noch wichtiger als das Gegenübertreten das Davonlaufen ist, wenn es sein muss.«

»Ja, da hast du recht!« Das Echo von Roks dröhnendem Lachen schallt von den Felswänden draußen zurück.

Wieder ernst, zeigt er Richtung Berg und spricht zu Ka: »Hör zu, mein Junge. Dort oben gibt es Dinge, die dich töten können. Du musst dich auf die Jagd konzentrieren, und dich vom Nebel und allem, was darin ist, fernhalten. Manche Menschen überkommt dort oben eine gefährliche Neugier, und sie fangen an, unvorsichtig zu werden. Ich habe schon einige Male erlebt, dass Jäger im Nebel verschwunden sind. Nach einiger Zeit kann es sein, dass man Überreste von ihnen am Rand der Nebeltide findet. Manchmal bleiben sie aber ohne jede Spur verschwunden.«

Ka schluckt. Leise sagt er: »Aber ich habe von seltsamen Dingen gehört, die man dort oben findet, Kadaver von fremdartigen, riesigen Wesen... und Artefakte von unerklärlicher Beschaffenheit.« Er runzelt die Stirn. »Rok? Dort oben... liegt dort wirklich der Ort, von dem die alten Menschen herabkamen?«

»Jeder kennt die alten Geschichten«, schnaubt Rok, »vom obersten Himmelswächter, der den Durchgang bewacht. Manche erzählen auch, die Dinks seien seine Wachposten. Denn sie patrouillieren an der Grenze und lassen keinen Menschen lebend vorbei.«

Er geht vor Ka in die Hocke und schaut ihm tief in die Augen.

»Ich werde dir sagen, was dort oben ist: Da ist NICHTS. Nichts als schwarzes Wasser, eine undurchdringliche Barriere, lebensfeindlich und tödlich. Dort ist die Welt zu Ende – und wenn du dem Ende zu nahe kommst, stirbst du!«

Er steht auf und schiebt Ka durch die Tür ins Haus.

Innen ist das Jagdhaus aufgeteilt in zwei Räume. Der vordere Teil ist mit Lichtsteinen ausgekleidet und hell erleuchtet, hinten schließt ein dunkler Schlafraum mit Liegen an. In der Mitte des hellen Raumes gibt es einen großen Tisch, der von Bänken umgeben ist. In einer Wandnische findet sich allerlei Gerätschaft und Hilfsmittel für die Jagd: Bögen und Speere sind in Halterungen aufgereiht, daneben hängen Köcher mit Pfeilen, auf einem Brett liegt eine ganze Reihe von Messern aus Bambus, Stein oder Muschelschalen; auf einer weiteren Ablage stapeln sich aufgerollte Seile und große Bündel von Dinkleder.

Rok verschwindet hinter einem Vorhang, der den Zugang zur Zisterne verdeckt, und kommt mit einem großen Krug heraus. Er stellt ihn auf den Tisch und bittet uns, Platz zu nehmen. Dann trägt er Essen auf: getrocknetes Dinkfleisch, Früchte und Meernüsse.

Wir schmausen und erzählen Geschichten, bis das Abendsignal zum dritten Mal vom Tempel heraufschallt.

Im Dunkel des Schlafraumes liege ich noch eine Zeit lang wach. Ka spielt ein leises schläfriges Lied auf seiner Flöte. Plötzlich spüre ich eine Berührung an meinem Arm. Es ist Ion, der sich von der Pritsche neben mir herüberbeugt.

»Dev«, flüstert er. »Glaubst du, Rok hat recht? Dass da oben das Ende der Welt ist, und jenseits davon gar nichts?«

»Hmm... Ich weiß nicht«, brumme ich, schon fast eingeschlafen, »aber wissen möchte ich es schon...«

»Woher kommen die seltsamen Wesen, deren Überreste man unterhalb des Nebels findet? Aus der Tiefe des Meeres, wo sie sich vor uns verborgen halten? Aber wenn das so ist, wie kommen sie dann dort hinauf? Vielleicht leben sie ja im Wasser *über* der Nebeltide. Und wenn sie der Grenzzone zu nahe kommen... Dann müssen sie sterben, genau wie wir, wenn wir zu weit hineingeraten... ...Dev? Wie weit mag das Wasser dort hinaufreichen? ...ist es jemals zu Ende? ...Dev...schläfst du schon? Oder...«

Ions Stimme löst sich langsam auf...

... ich höre sie nur noch als Geräusch...

...ich glaube...

...ich... schlafe...

KAPITEL 8

AUF DER JAGD

»Glaubst du, sie kommen überhaupt noch?«

Bo kratzt sich nervös an der Schulter. Er späht mit vorgestrecktem Kopf durch die Zweige.

»Der Nebel ist schon sehr weit oben«, sagt Ahn, auch sie den Blick nach vorne gerichtet. »Könnte sein, dass es für heute zu spät ist.«

Es ist still. Nichts rührt sich. Wir kauern mit unseren Bögen in einem Unterstand, den wir aus Ästen, Gras und Blättern gebaut haben. Von hier aus haben wir einen weiten Blick hinauf über die Salzwiese. Der Hang ist mit hüfthohem, steifem Gras und vereinzelten Büschen bewachsen und steigt mehrere Pfeilschüsse vor uns auf. Weit oben an seinem Rand lassen sich schon die Konturen des Salzwaldes erahnen. Als wir nach dem Aufstieg hierher kamen, lag alles noch in dichtem Nebel.

Ich schaue mich zu den anderen um. Sie halten sich

etwas weiter unten versteckt. Pa und Rok spähen aus den Blättern eines niedrigen Gebüsches, Om und El ducken sich hinter einem Baumstumpf. Ihre Speere liegen neben ihnen im Gras versteckt, ebenso die langen Seile, die sie aus dem Jagdhaus mitgebracht haben.

Ein leises Rascheln kommt von unten herauf durch die Blätter. Es streicht kaum spürbar über uns hinweg und durchläuft als lautloses Zittern die Wiese vor uns.

Ich hebe meine Nase.

»Ich glaube, jetzt kommt ein bisschen Wind auf«, flüstere ich hoffnungsvoll.

Einen Steinwurf vor uns liegen die Köderfische im Gras. Eine Wolke Fliegen steigt summend hoch, als die Brise über den Haufen hinweg den Hang hinaufstreicht. Ich rieche den Lims-Saft, mit dem wir uns alle eingerieben haben, um den Fischgeruch an uns zu überdecken.

Ich schaue mich wieder um, halte Ausschau nach dem Wind vom Tal. Noch weiter unten, hinter Felsen am Waldrand unterhalb der Salzwiese, sehe ich die Köpfe von Ka und Ion hervorlugen. Hoffentlich sind sie vernünftig und bleiben unten, wenn es losgeht…

Falls es überhaupt noch losgeht. Unsere Chance auf Beute wird immer kleiner, je länger wir jetzt noch warten müssen. Wenn die Dinks schon zu weit oben sind, wittern sie die Köder nicht mehr, und wir müssen warten, bis die Tiere mit der nächsten Nebeltide erneut herunterkommen. Dann müssen wir hoffen, dass sie die Fische diesmal finden und solange dortbleiben und fressen, bis sich der Nebel wieder nach oben zurückzieht, denn es wäre viel zu gefährlich für uns, sie bei schlechter Sicht zu jagen. *Verdammt!* Das dauert alles viel zu lange. Und wenn es ganz schlecht läuft, holen sie sich unsere Köder erst zwischen dem nächsten Abend- und Morgensignal, wenn wir schlafen. Dann müssten wir noch mal ganz von vorne anfangen: hinunter zum Meer um neue Fische zu fangen, wieder aufsteigen, und auf mehr Glück und besseren Wind hoffen. Das würde sehr viel mehr Anstrengung bedeuten – aber keiner von uns möchte mit leeren Händen von der Jagd zurück-kommen. Das wäre beschämend für die Jäger und enttäuschend für die Menschen zu Hause. Ich kann mich nur an sehr wenige Male erinnern, dass Jäger ohne Beute heimkehrten. Und bisher ist keine Jagd, bei der ich dabei war, leer ausgegangen.

Ein kräftiger Windstoß reißt mich aus meinen Gedanken.

»Ja!«, flüstern Ahn und Bo gleichzeitig.

Wind ist gut – er trägt den Geruch der Köderfische nach oben. Vielleicht haben wir doch noch das Glück, das uns die Sichtung der großen Amons draußen auf dem Meer verheißen hat?

Oben am Salzwald fliegen Wirbel aus Dampf in die Höhe und lösen sich über den Baumwipfeln rasch auf. Aus den dunklen Wolken über uns fallen kalte schwere Tropfen, zuerst nur vereinzelt, dann immer dichter. Der Wind wird heftiger und treiben den Regen wie flat-ternde Vorhänge den Berg hinauf. Der Waldrand wird dahinter wieder unsichtbar.

Wir schauen uns hoffnungsvoll an, trotz des

Wassers, das uns in die Augen läuft, unsere Umhänge durchnässt und in kleinen Bächen über unsere Füße rinnt.

Wir warten.

Der Regen wird schwächer. Der Wind weht in Stößen herauf und jagt nasse Sprühwolken vor sich her. Überall ist Bewegung – hier jagt etwas durch das Gras wie unsichtbare Tiere, dort im Gebüsch rüttelt es, und oben am Waldrand zittert das Unterholz, als würde jeden Moment etwas daraus hervorbrechen.

Aber es ist nur das unruhige Wehen des Windes. Nach einer Weile wird es wieder schwächer und kommt fast ganz zum Erliegen. Mit ihm schwindet langsam auch unsere Hoffnung wieder. Ein feines, gleichmäßiges Nieseln hüllt uns ein, sonst ist alles still.

Da klingt von unten das dumpfe Dröhnen des Mittagssignales herauf, seltsam schwach und fern im Rauschen des Regens. Das Signal verhallt langsam, scheint vom Meer noch mal als Echo zurückgesendet zu werden, und erstirbt.

Als ob ich mit meinem Blick etwas erzwingen könnte, spähe ich angestrengt durch die Regenschleier zum Salzwald hinauf. Auf einmal fühle ich mich sehr müde.

»Wir sollten langsam ans Abbrechen denken«, brummt Rok, der jetzt hinter uns steht. »Es hat keinen Sinn, noch länger zu-«

Er verstummt abrupt und sieht über unsere Köpfe hinweg.

Ich folge seinem Blick.

Am Waldrand oben sehe ich einen Dink!

Mit erhobenem Kopf steht er zwischen den Bäumen. Seine lange, gespaltene Zunge geht vor und zurück, vor und zurück…

Er wittert die Fische!

»Also gut«, flüstert Rok. »Wenn wir schnell sind, erwischen wir ihn, bevor der Nebel zurück ist. Ich bleibe jetzt hier bei euch.« Er macht den anderen Zeichen, damit sie sich ducken und bereithalten.

Der Dink kommt aus dem Wald. Es ist ein riesiges Tier! Seine Schulterhöhe schätze ich auf zwei Erwachsene. Er bleibt stehen und dreht züngelnd seinen kantigen Kopf hin und her. Er blinzelt träge. Dann stampft er langsam weiter in unsere Richtung. Im Regen glänzen seine schwarzen Schuppen wie wabernde Spiegelungen auf Meerwasser. Bei jedem Schritt windet sich sein mächtiger Schwanz von Seite zu Seite und walzt das Gras nieder.

»Seht!«, stößt Ahn plötzlich leise hervor und deutet nach oben. »Da kommen noch mehr!«

Zwischen den Bäumen erkenne ich jetzt die Köpfe von drei weiteren Tieren. Züngelnd verfolgen sie mit ihren Blicken den großen Dink, der jetzt die halbe Strecke zum Fischhaufen zurückgelegt hat. Dann setzten auch sie sich in Bewegung.

Sie kommen quer über die Wiese herab auf uns zu.

Plötzlich entfährt mir ein jähes Keuchen – neben den ausgewachsenen Dinks schauen noch zwei kleinere Köpfe neugierig aus dem hohen Gras. Unsicher bewegen sich da zwei Jungtiere zwischen den Beinen der anderen! Sie sind etwa mannsgroß, sodass sie mit ihren Schultern bis an den Bauch der großen Tiere reichen.

»Wir nehmen nicht den ganz Großen, sondern einen von den anderen«, zischt Rok. »Wartet bis alle fressen. Ich gebe euch ein Zeichen. Sobald einer getroffen ist, wartet ihr, bis die anderen weggelaufen sind!«

Wir nicken. Alle haben wir Pfeile an unsere Bögen gelegt, aber die Sehnen noch nicht gespannt.

Der große Dink ist bei den Köderfischen und fängt an, sie sich ins Maul zu schaufeln.

Wir kauern so tief unten, wie es in unserm Versteck geht, und atmen langsam und flach.

Jetzt sind auch die anderen drei ausgewachsenen und die beiden jungen Dinks da und fressen. Sie kauern im Kreis um die Köderfische herum, der Große genau uns gegenüber. Ein Dink liegt mit dem Rücken zu uns, die anderen beiden großen Tiere sind seitlich an ihrer Beute. Diese bieten für uns die beste Angriffsfläche, um sie mit Pfeilen zu treffen. Die jungen Dinks bewegen sich unschlüssig zwischen den großen Tieren herum.

Ich würde das größere Exemplar an der linken Seite wählen…

Rok macht eine fast unmerkliche Kopfbewegung nach links.

Schnell und leise spannen wir unsere Bögen, richten uns auf und zielen zugleich.

Jetzt!

Ahns und mein Pfeil treffen den linken Dink in die

Brust – aber Bo erwischt ein Junges am Hals, das sich im Augenblick des Schusses zur Seite bewegt hat.

Die beiden getroffenen Tiere brüllen auf, zornig und kehlig das große, hell und panisch das Junge. Die anderen Dinks springen auf und fliehen den Hang hoch.

Wir schießen weitere Pfeile auf den Großen an der linken Seite, der sich jetzt wild mit dem Schwanz um sich schlagend um die eigene Achse dreht. Das verletzte Jungtier krümmt sich zuckend am Boden.

»JETZT!«, brüllt Rok den anderen hinter uns zu.

Er stürmt aus dem Unterstand nach vorne. Mit wenigen Schritten ist er bei dem Jungtier und tötet es mit seinem Speer. Dann wendet er sich dem großen Dink zu. Pa, Om und El sind mit ihren Spießen und Seilen herangekommen und stehen mit etwas Abstand um das sich vor Schmerz aufbäumende Tier herum. Es hat sich auf seine Hinterbeine erhoben und schlägt wild mit seinem Schwanz um sich. Es faucht und knurrt die Jäger an. Regenwasser läuft an seinen Schuppen herab und mischt sich mit Blut. Mit den Krallen seiner Vorderbeine versucht es vergeblich, die Pfeile in seiner Brust zu entfernen, während es sich immer weiter um sich selbst dreht. Plötzlich fällt etwas um seinen Kopf und seinen Hals hernieder – die Schlinge von Oms Seil, und gleich darauf eine zweite Schlinge, die Pa geworfen hat. Die beiden bewegen sich jetzt so schnell sie können in entgegengesetzte Richtungen zurück und ziehen dabei ihre Seile stramm. Der Dink bäumt sich wütend auf und wirft den Kopf in der Fessel hin und her. Jetzt sind El und

Rok dran: Sie nähern sich vorsichtig mit ihren Speeren. Geduckt weichen sie dabei dem wild zuckenden Schwanz und den scharrenden Hinterkrallen des wütenden Tieres aus. Pa und Om versuchen, sich mit den Seilen in den Rücken des Dinks zu bewegen und seinen Kopf nach hinten zu ziehen. Sie stemmen sich ins regennasse Gras. Das Tier bäumt sich zu seiner vollen Größe auf und verliert, auf den Hinterbeinen stehend, fast sein Gleichgewicht. In diesem Moment rammen El und Rok ihre Speere in die Brust des aufgerichteten Tieres. Mit einem schrillen Schrei spannt sich der gesamte Körper des Dinks noch einmal durch, sodass er für einen Augenblick auf den Zehenspitzen seiner Hinterbeine balanciert. Dann fällt er krachend nach hinten und bleibt regungslos auf dem Rücken liegen.

»Zwei Dinks sind eine gute Beute«, sagt Rok schnaufend. »Der kleine war zwar ein unbeabsichtigter Unfall, der dem Schützen wenig Ehre einbringt. Aber wir wollen das Beste daraus machen«.

Nachdem wir alle wieder zu Atem gekommen sind, treibt uns Rok zur Eile: »Lasst uns anfangen, sie zu zerlegen und nach unten zum Jagdhaus zu bringen. Wir haben keine Zeit zu verlieren – die Tide kommt zurück!«

Bo, Ion und Pa sind als Wachen eingeteilt und behalten den Hang über uns im Auge. Schon senkt der Nebel sich wieder herab. Der Wind hat aufgehört, und das Rauschen des Regens ist einem lautlosen, feinen Tröpfeln gewichen.

Jetzt fängt der blutige Teil an: das Ausnehmen und Zerlegen der toten Tiere. Ahn und Rok übernehmen das Handwerk des Aufschneidens an den richtigen Stellen; wir anderen gehen ihnen danach mit unseren Messern zur Hand, um das Fleisch in transportable Stücke zu teilen. Ka schaut neugierig zu.

Wir haben kaum angefangen, als Pa einen leisen Warnruf ausstößt.

Alle schauen zu ihm. Sein ausgestreckter Arm weist nach oben. Am Waldrand, der jetzt nur noch blass im Nebel sichtbar ist, steht wieder ein Dink.

Es ist das riesige Exemplar von vorhin!

Es dreht seinen Kopf etwas schräg, sieht zu uns herunter. Ein einzelnes Züngeln, dann duckt sich sein massiger Körper kurz nach hinten.

Und dann stürmt der Dink los!

Schweres Stampfen und das Krachen von brechendem Holz hallt vom Berg herab. Für einen langen Atemzug starren wir entsetzt das massige Tier an, dass mit erschreckender Geschwindigkeit auf uns zu galoppiert. Ich spüre den Boden unter dem Gewicht seiner Tritte erzittern.

»Lauft!«, brüllt Rok, »Lauft nach unten! Schnell!«

Wir laufen alle.

Ich sehe mich um, der Dink ist hinter uns und kommt schnell näher. Zwischen mir und ihm rennt Ion, springt über das getötete Jungtier. Wir laufen auf den Rand der Salzwiese zu, die Kante eines steilen Geländeabfalls, die dicht mit Bäumen bestanden ist. In der Mitte der Kante, zwischen niedrigen knorrigen Wassereichen liegt der Einstieg zum Fußpfad nach unten, ein enger Hohlweg. Wenn wir es bis dorthinein schaffen, können wir den Dink zwischen den Bäumen vielleicht abhängen.

Ich drehe mich im Laufen wieder um – und sehe, wie Ion stolpert und der Länge nach hinschlägt! Der Dink ist weniger als einen Pfeilschuss hinter ihm und wird ihn in wenigen Augenblicken erreichen.

Wie in meinem Traum!

Jähe Wut steigt in mir auf.

Nein! Ich stoße einen wilden Schrei aus und bleibe stehen. Meine Hand fliegt zum Köcher und holt einen Pfeil an den Bogen, ich ziele auf das Auge des Tieres und schieße – noch ein Pfeil – zielen – schießen – noch mal –

Der Dink brüllt auf. Er bremst ab und schüttelt wütend seinen Kopf. Ein Pfeil steckt in seinem rechten Auge!

Ion hat sich hochgerappelt und rennt mir entgegen, rennt an mir vorbei nach unten. Als ich ihm nachsehe, steht da Ahn mit erhobenem Bogen. War es ihr Pfeil oder meiner, der den Dink getroffen hat? Egal!

Der Dink setzt sich wieder in Bewegung, geifernd vor Schmerz und Grimm. Ahn dreht sich um und rennt abwärts, ich folge ihr, nur wenige Schritte vor dem schnappenden Maul in meinem Rücken. Ich spüre, wie der Boden unter dem schweren Stampfen meines Verfolgers erbebt. Meine Nackenhaare stellen sich auf, als mich die Stöße seines fauligen Atems im Genick treffen.

»Deeeev! Dev!«

Irgendjemand schreit meinen Namen. Irgendetwas packt mich von hinten und hebt mich hoch. Meine Füße treten ins Leere und strampeln hilflos in der Luft.

Der Dink hat mich erwischt!

Er hat mich am Rücken gepackt und wird mich gleich totschütteln oder totbeißen. Ich versuche verzweifelt, hinter mich zu schauen, ringe nach Atem, weil mir etwas die Luft abschnürt. Direkt über mir sind die riesigen gebleckten Zähne des Ungeheuers, mit denen es sich in meinen Köcher und meinen Umhang verbissen hat. Wild schlage ich um mich, um loszukommen, aber der Gurt meines Köchers und der Gürtel meines Umhanges halten mich fest eingespannt im Biss des Dinks. Stinkender Geifer läuft aus seinem Maul und rinnt mir warm und klebrig über Schultern und Arme. In meinen Nacken zischt ein langes, kaltes Schnaufen, als der Dink aus- und wieder einatmet. Er ist stehen geblieben, und ich zapple vor seiner hochgereckten Brust.

Aus der Tiefe des Schlundes dringt ein böses, dunkles Knurren.

Mein Körper erstarrt. Ich höre auf zu strampeln und halte den Atem an.

Vielleicht legt er mich ab, um nachzusehen, ob ich tot bin?

Aber nein. Der Dink möchte sichergehen und fängt an, mich zu schütteln. Sein Kopf macht heftige schnelle

Drehbewegungen, sodass ich, eingeklemmt zwischen seinen Zähnen hin und her geschleudert werde wie eine Puppe. Ich versuche, mich den Bewegungen anzupassen, aber lange werde ich das nicht durchstehen. Mein Genick wird brechen. Nach einigen Schüttlern wird mir schwarz vor Augen. Ich bin dabei, aufzugeben -

Plötzlich schreit der Dink schmerzerfüllt auf und reißt seinen Kopf in die Höhe.

Ich öffne die Augen und sehe weit unter mir am Boden eine Gestalt.

Pa!

Er hält seinen Speer umklammert, und versucht ihn aus dem Bauch des Dinks herauszuziehen. Aber der Speer steckt fest.

Der Dink stößt ein markerschütterndes Brüllen aus und schlägt wild mit seinen Krallen um sich. Dabei lässt er mich fallen. Ich lande auf allen vieren direkt vor Pas Füßen.

Als ich mich wieder aufrichte, hockt Pa neben mir am Boden und hält sich beide Arme vor den Bauch. Blut sickert dazwischen hervor.

»Pa!« Ich beuge mich über ihn.

»Pass auf, Dev…«, stöhnt er.

Rasch schaue ich mich um.

Der Dink ist ein paar Schritte zurückgewichen und duckt sich in seine Angriffsstellung. Jeden Moment wird er nach vorne schnellen.

Hinter Pa kommen die anderen wieder den Hang herauf. Sie brüllen und schwenken ihre Speere gegen den Dink.

»Was ist mit ihm?«, keucht Om.

»Er hat ihn mit seiner Kralle erwischt.« Meine Stimme ist schrill, ich zittere am ganzen Körper.

»Ion!«, ruft Om. »Hilf mir, ihn wegzutragen!«

Er greift Pa unter den Achseln. Schnell springt Ion herbei und nimmt seine Füße. So tragen sie Pa abwärts, weg von der Gefahr.

Die anderen Jäger bilden jetzt in einem Halbkreis um das fauchende Tier herum. Sie springen vor ihm auf und ab, brüllen ihn dabei an und stoßen ihre Speere in seine Richtung. Ahn und Bo schießen unablässig Pfeile auf ihn ab. Und auch Ka rennt schreiend dazwischen herum, schüttelt einen dicken Ast gegen den Dink und wirft Steine nach ihm.

Die wütende Echse schnappt ein paarmal nach ihnen, weicht aber jedes Mal schnell wieder zurück. Sie kennt jetzt den Schmerz, der von den Speeren ausgeht. Dann setzt sie an, sich umzudrehen.

»Passt auf den Schwanz auf!«, schreit Rok. »Duckt euch!«

Der Dink wirbelt rasend schnell herum. Sein schuppiger Schwanz schwingt auf uns zu wie eine Riesenkeule.

Alle werfen sich zu Boden. Ich sehe Bo durch die Luft fliegen und höre seinen wütenden Schmerzensschrei. Aber nach dem Aufprall am Boden steht er wieder auf. Er klemmt sich die blutige Hand unter die Achsel und rennt weiter. Auch die anderen versuchen, aus der Reichweite des Schwanzes zu fliehen.

Der Dink holt zum nächsten Rundschlag aus.

Ich sehe Ka, der plötzlich aufspringt und ein Stück seitlich den Hang hochläuft.

Der Dink wirbelt herum — und plötzlich steht Ka direkt vor seiner Nase!

Für einen Augenblick ist alles still: Ka steht da wie gelähmt und blickt hoch in das aufgerissene Maul des Ungeheuers. Der Dink erstarrt und fixiert ihn überrascht mit seinem unverletzten Auge. Seine Zunge schiebt sich langsam aus seinem Maul und wieder zurück.

Ich wage nicht, zu atmen.

»Angriff! Angriff!!«, brüllt Rok neben mir.

Alle springen auf und greifen den Dink von hinten an. Der wendet kurz seinen Kopf in unserer Richtung – und in diesem Augenblick fängt Ka an, zu laufen. Er dreht sich um und rennt direkt den Hang hoch!

»Nein, Ka, nein!«, rufe ich. »Komm zu uns runter!«

Aber Ka hört mich nicht. Er flieht in Panik, einfach nur weg vom Dink!

Der hat sich wieder ihm zugewendet und setzt sich in Bewegung. Mit wenigen langen Schritten hat er Ka erreicht. Er packt ihn in vollem Lauf und rennt einfach weiter den Hang hinauf. Ich höre Ka schreien und sehe ihn im Maul des Dinks strampeln, der ihn, so wie zuvor mich, am Kragen zwischen den Zähnen hält.

Wir verfolgen ihn, rennend, schreiend, verzweifelnd; er ist viel schneller als wir, und trotz seiner Verletzungen ist er jetzt schon am Waldrand und verschwindet im Nebel zwischen den Bäumen.

Als wir die ersten Salzbäume erreichen, hält Rok uns an.

»Halt!… Wartet!…«

Die Hände auf den Knien schnappe ich nach Luft. Auch die anderen sind völlig außer Atem.

Eine deutliche Blutspur führt hinauf in den Wald.

»Wir müssen Ka suchen!«, sage ich verzweifelt. »Er lebt noch. Ich habe gesehen, wie er strampelt.«

»Es ist zu gefährlich da oben«, erwidert Rok keuchend. »Die Sicht ist weg, und der Nebel nimmt dir die Luft.«

»Ich gehe«, sage ich bestimmt. »Der Dink ist schwer verletzt und wird nicht weit kommen. Ich bin schneller als ihr alle und kann es zurück schaffen, bis das Wasser kommt.« Ich wende mich dem Berg zu. »Bitte kümmert euch um Pa, bis ich zurück bin.«

»Dann nimm das hier«, sagt Rok und reicht mir das Ende einer langen Seilrolle. »Binde es dir um den Bauch und lass es abrollen.«

Ich nicke ihm zu. Während ich mir das Seil um die Hüften binde, verknotet Rok das Ende mit einem zweiten Seil.

Dann renne ich los, hinauf in den Salzwald, hinein in den Nebel.

»Achte die Zeit!«, rufen sie mir nach.

KAPITEL 9

IM NEBEL

E s ist still.
Die knorrigen Stämme der Salzbäume
verschwinden über mir in der trüben Düsternis der tiefhängenden Wolken. Dicht an dicht steht der Wald zu
beiden Seiten. Der breite Trampelpfad führt geradeaus
hinauf. Doch weniger als einen Steinwurf vor mir
verliert sich die Sicht in Nebel und Dunkelheit.

Ich haste keuchend über den steinigen Boden des
Pfades. Meine Augen suchen im Zwielicht nach den
Spuren des Blutes, das der Dink – hoffentlich nur der
Dink! – verloren hat. Sie sind nicht zu übersehen:
Pfützen und große Spritzer an Felsen und Blättern, hier
und da blutige Abdrücke der mächtigen Klauen des
Tieres.

Es wird dunkler.

Vor und über mir verdichtet sich der Nebel immer
mehr. Etwas dort oben verschluckt alles Licht des

Himmels. Ich schaue rückwärts an dem lockeren Seil entlang, das ich hinter mir herziehe. Aus der Ferne unten dringt ein schwacher Schein zwischen den Bäumen herauf, ein diffuser, hellerer Saum, wo der Rand des Waldes verläuft.

Ich muss schnell weiter! Meine Schritte und meine Atemzüge hallen zwischen den Stämmen, laut und dumpf. Jetzt höre ich von oben ein fernes Krachen und Poltern – dann ist es wieder still. Ich laufe, so schnell ich kann. Der Pfad führt immer noch geradeaus nach oben, manchmal aber unterbrochen von mannshohen Felskanten, die ich kletternd überwinden muss. Ich ziehe mich gerade an so einer Stufe hoch – da höre ich von weiter oben ein Jammern.

Ka!!

»Ka! Ka! Hörst du mich?« Schrill kommen flatternde Echos meiner Stimme von allen Seiten aus dem Nebel.

Ich horche… höre aber keine Antwort.

Ich laufe weiter, klettere wieder einen Felsen hoch, laufe oben weiter – als sich plötzlich das Seil mit einem Ruck hinter mir strafft! Ich falle auf den Rücken und bleibe keuchend liegen. Das Seil ist zu Ende, und Rok hält mich am anderen Ende fest – dessen bin ich mir sicher. Was jetzt? Soll ich ohne Sicherung weitergehen und riskieren, dass mich das Wasser von oben erwischt?

»Hey, hallo! Hört mich jemand?«, ruft es kläglich von oben.

Das ist Kas Stimme, schwach aber lebendig! Und sie klingt gar nicht so weit entfernt. Ich muss zu ihm!

Ich springe auf, laufe nach vorn, bis die Leine sich

wieder spannt. Dann ziehe ich zweimal kräftig daran. Nach einem Augenblick kommt als Antwort ein Ruck von unten. Ich ziehe nochmals, dreimal hintereinander jetzt, und Rok antwortet mit drei Rucks. Dann erschlafft das Seil, und ich weiß, dass Rok losgelassen hat.

Jetzt muss ich wirklich schnell sein! Ich renne den Pfad weiter hoch, der steil bergan geht und dann wieder vor einer Stufe endet, die höher ist als ich. Der Nebel ist hier schon so dick, dass ich beinahe gegen den Felsen laufe, weil ich ihn erst im letzten Moment sehe.

»Ka! Hörst du mich?«, rufe ich nach oben, während ich nach einer Stelle suche, wo ich hochklettern kann.

»Bist du das, Dev?«

»Ja! Ich bin gleich bei dir, Ka!«

Ich ziehe mich an der Kante hoch auf ebenen Grund.

»Wo bist du, Ka?«

Ich kann nicht weiter als bis zu meiner ausgestreckten Hand sehen. Es ist, als würde ich in finsterem, schlammigem Wasser tauchen. In *kaltem* Wasser.

»Ich bin hier!«, ruft Ka, jetzt laut und aufgeregt. »Du brauchst keine Angst zu haben, Dev. Ich glaube, der Dink ist tot.«

»Bleib, wo du bist. Ich bin gleich da.«

Mit ausgestreckten Händen stolpere ich vorwärts durch die dunkle, dichte Nässe. Ich habe Angst, dass sich das Seil verheddert, oder dass ich im Kreis laufe. Mittlerweile habe ich die Orientierung verloren. Das Seil ist die einzige Hoffnung, wieder nach unten zu finden.

»Ich höre dich, Dev! Hier bin ich.«

Meine Hände stoßen an etwas Großes. Noch ein Felsen zum Klettern? Kas Stimme kam gerade vom Boden, nicht von noch weiter oben. Ich bringe meine Augen ganz nahe an meine Hände, um zu sehen, was ich da betaste. Es sind große, schwarze Schuppen! Sie sind nass und kalt, und darunter öffnet sich ein klaffender Spalt mit riesigen, schleimigen Zähnen. In dem Augenblick, als ich begreife, dass ich direkt vor dem Maul des Dinks stehe, packt mich etwas an den Füßen.

»Dev! Den Wächtern sei Dank!«, ruft Ka erleichtert. »Kannst du mir bitte mal helfen? Ich sitze hier fest.«

Ich gehe in die Knie, und da ist Ka, der halb aus dem Maul des Dinks heraushängt.

»Den Wächtern sei Dank! Bist du verletzt, Ka?«

»Ich weiß es nicht genau. Ich würde gerne nachsehen. Mein Bein ist eingeklemmt.« Er ruckt mit schmerzverzerrter Miene an seinem rechten Bein, das zwischen den Backenzähnen des toten Ungeheuers feststeckt.

»Warte, warte... Ich versuche, ihm das Maul aufzudrücken.«

Gebückt zwänge ich mich in das vordere Ende des Maules und suche mit beiden Füße Halt. Der Gestank in der glitschigen Höhle ist unerträglich. Heftig würgend versuche ich, meine Schultern unter den Oberkiefer zu schieben.

»Ka – wenn ich *jetzt* sage, ziehst du dein Bein raus.«

Spitze Hauer graben sich schmerzhaft in meine Nackenmuskeln, als ich mich aufrichte. Der Oberkiefer hebt sich kaum.

Ich hole tief Luft und drücke mit aller Kraft nach oben.

»Jetzt!«

»Ja...«, krächzt Ka, »...noch ein bisschen... höher...«

Es gibt einen Ruck.

»Bin draußen!«

Ka kriecht aus dem Maul, legt sich ächzend auf den Rücken und wischt sich triefenden Schleim aus den Augen. Ich ziehe mich zwischen den Kiefern des Dinks heraus und lasse mich schwer atmend neben ihn fallen.

»Ka, du bist ein echter Glückskerl!«

Meine Stimme überschlägt sich zu ein paar Schluchzern der Erleichterung, und Tränen mischen sich in die Nässe des Nebels auf meinen Wangen.

Er grinst mich schief an. »Das Glück hilft dem Tapferen!«

Ich helfe ihm, aufzustehen. Leise jammernd humpelt er ein wenig im Kreis herum. Sein Knöchel ist stark geschwollen, aber nicht gebrochen.

»Wir müssen schnell nach unten, Ka«, sage ich. »Kannst du selber laufen, oder muss ich dich tragen?«

»Es geht schon«, meint er. »Also los!«

Mir fällt plötzlich noch etwas ein. »Einen Augenblick noch ...«

Ich taste mich am Kopf des Dinks entlang nach hinten zum Hals. Der massige tote Körper liegt auf der Seite und zeigt die hellen Schuppen seiner Unterseite. Ich taste mich weiter zur Brust und zum Bauch des Riesentieres.

»Was machst du, Dev?«, fragt Ka, der sich hinter mir am Seil festhält.

»Ich suche nach Pas Speer«, sage ich. »Er wird ihn brauchen.«

Da ist er! Er steckt noch immer im Bauch des Dinks und ragt schräg nach oben.

Ich packe die Waffe am Schaft, und kann sie wider Erwarten ganz leicht aus der Wunde ziehen. Aus dem klaffenden Loch ergießt sich ein Strom von Blut und schleimigen Körpersäften. Mit dem Speer in der Hand will ich mich gerade umdrehen, als mir an der Wunde etwas auffällt: Noch etwas kommt daraus hervor, durch das Gewicht des toten Fleisches nach außen gepresst. Es sind faustgroße, leicht durchscheinende Kugeln, vor Nässe stumpf glänzend im Zwielicht des Nebels. Fast wirkt es, als verströmten sie selbst ein kaum wahrnehmbares, schwach pulsierendes Leuchten.

»Das sind Eier!«

Glitschig gleiten sie aus der Wunde heraus. Eines nach dem anderen rutscht an den Bauchschuppen zu Boden. Etwas bewegt sich in ihrem Inneren. Fasziniert schauen Ka und ich diesem Geburtsvorgang zu. Kurz vergessen wir die Gefahr, in der wir uns befinden. Irgendetwas in meinem Gedächtnis versucht, sich bei diesem Anblick zu melden... Etwas, das mit neugeborenen, kleinen Dinks zu tun hat...

»Dev, wir müssen runter!« Kas Stimme rasselt beim Sprechen, er hustet.

Ich reiße mich von dem Anblick und von meinen Gedanken los. Wir müssen hier weg! Meine hustende

Lunge fängt an, Wasser anzusammeln. Nass läuft es mir in die Augen.

Kurz entschlossen greife ich mir ein paar von den Eiern und berge sie in der Tasche meines durchnässten Umhanges.

»Ka, nimm auch ein paar davon mit! Und dann nichts wie weg!«

Ich nehme Pas Speer auf, und wir tasten uns wieder ans vordere Ende des toten Tieres. Jetzt müssen wir dem Seil folgen, um wieder den Pfad hinunter zu finden. Inzwischen ist es fast völlig dunkel, und der Boden zu unseren Füßen ist kaum noch zu erkennen.

Ich schicke Ka voraus und drehe mich noch einmal zu dem gefallenen Dink um. Er liegt als schwarze Masse vor mir, mehr spürbar als sichtbar. Dahinter ragt der Berg als noch größere Masse auf, schwarz in der noch tieferen Schwärze darüber. Wie weit es wohl von hier noch zum Gipfel sein mag? Und wie es wohl da oben aussieht? Dort, wo noch nie ein lebender Mensch vor mir war … Nur die alten Menschen vor uns, die noch Götter waren, und die über dem Berg wohnten in der ewigen Dunkelheit und Kälte?

Mein Atem röchelt und scheint schon mehr Wasser als Luft zu enthalten, die Lunge will rebellieren und wehrt sich gegen das feindliche Element. Und doch kann ich meinen Blick jetzt nicht abwenden vom Berg, von der Richtung, in der der Berg liegen muss, denn in der flüssigen Dunkelheit über mir ist nichts mehr zu sehen, außer undurchdringlicher Finsternis, außer schwarzem Nebel, der dort oben kein Nebel mehr ist, sondern flüssiges, schweres, salziges Meerwasser.

Und doch! Dort oben ist etwas!

Ich sehe in der Schwärze eine Spur von Licht, einen sonderbaren Schein, der nichts gleicht, was ich zuvor gesehen habe. Außer vielleicht… eine ferne Erinnerung taucht am Rand meines Gedächtnisses auf, verschwindet aber wieder, bevor ich sie fassen kann. Etwas leuchtet dort oben, über dem toten Dink, am Hang dahinter. Etwas wie ein schwacher Widerschein aus einem Auge, das in einer Höhle das Himmelslicht von draußen reflektiert. Aber doch anders – denn dieses Glimmen hat eine Eigenschaft, die ich sehen, aber nicht benennen kann. Ich habe keine Worte für diese Art von Licht.

Ich schau mich zu Ka um, der immer noch auf mich wartet.

Aber dann wende ich mich wieder dem Berg zu. Ich muss unbedingt hinauf zur Quelle dieses Lichtes! Ich muss sehen, woher dieses unaussprechliche Leuchten kommt!

»Ka, geh du voraus!«, sage ich rasselnd. »Ich komme gleich nach.«

»Aber was...?«

»Nimm den hier mit.« Ich drücke ihm Pas Speer in die Hand. »Beeil dich, und pass auf dich auf – behalt' immer das Seil im Auge. Weiter unten musst du nur noch geradeaus dem Pfad folgen.«

Ich schiebe Ka die ersten Schritte am Seil entlang. Dann drehe ich mich um.

Ich stolpere zurück zum Kadaver des Dinks. Den Blick nach oben gerichtet, taste ich mich an dem toten Tier entlang nach hinten zum Berghang. Dort führt eine Schotterhalde steil nach oben; ich krieche auf allen vieren durch die nassen, rutschenden Steine aufwärts. Ständig muss ich mir das Wasser aus den Augen wischen, es läuft an mir herunter, als würde ich in dichtem Regen laufen, aber es kommt direkt aus der nebelgesättigten Luft. Hustend und röchelnd arbeite ich mich nach oben, das Wasser in der Lunge raubt mir den Atem, aber ich muss dort hin, muss zu dem Licht, muss schauen, was dort ist.

Und plötzlich stehe ich direkt darunter. Meine Hand berührt etwas Glattes, Hartes. Eine unerwartet sanfte Wärme strahlt davon aus, irritierend in der nassen Kälte des flüssigen Nebels um mich. Es ist eine schwarze Wand, die vor mir aus dem Schotter ragt, zu beiden Seiten und nach oben. Ein riesiges schwarzes Ding sehe ich jetzt, so glatt und fremdartig, wie nichts, was ich jemals zuvor erblickt habe.

Von oben herab kommt nun eine Änderung im Nebel, eine Klarheit breitet sich hoch über mir im Verschwommenen aus. Ein Brausen schwillt an, und ein Wind, der mich straucheln lässt. Ich würge Wasser aus meiner Lunge und atme wassergeschwängerten Nebel ein. Oben wird die Dunkelheit noch tiefer, aber die Konturen gewinnen plötzlich an Schärfe, so als ob sich der Nebel verflüchtigen würde, sich auflösen. Aber ich weiß, dass es nicht Luft ist, was dort herabkommt.

So also sieht es aus, wenn der Nebel zu reinem Wasser wird.

Mit angehaltenem Atem starre ich nach oben: Es ist wunderschön, in diese grenzenlose schwebende Tiefe hinaufzuschauen … Für einen Augenblick sehe ich den schwarzen Gipfel des Berges in der eiskalten Dunkelheit, wie er über mir in schwindelnde Wasserhöhen aufsteigt …

Noch einmal sauge ich meine Lungen voll, aber ich spüre schmerzhaft, dass die Luft nicht mehr reicht. Ich muss … nach unten … aber …

Das Licht!

Es kommt aus einer kreisrunden Öffnung in der Wand über mir, ein weicher Strahl kommt durch den wirbelnden, flüssigen Nebel, ein Strahl von dieser seltsamen Beschaffenheit, die ich nicht benennen kann. Da bewegt sich etwas in der Öffnung. Der Strahl flackert, als sich etwas davor schiebt und einen Teil des Scheines verdunkelt.

Ich sehe etwas …

Da ist ein …

KAPITEL 10

WASSER, BLUT, TRÄNEN

…

ein Gesicht…?

Ich öffne die Augen.

Licht.

Alles dreht sich…

Über mir…

…ein Gesicht?

Unscharf…

Mir tut alles weh.

»Sie wacht auf!«

»Dev? Dev??«

Eine Hand legt sich auf meine Schulter. Ich stöhne auf.

»Entschuldigung«, sagt Ka leise.

»Ka…!« Ich versuche, mich aufzurichten. »Ka, du hast es geschafft…«

Ich sinke ächzend wieder zurück. Mein ganzer

Körper sendet pochende Schmerzen, und meine Lunge brennt wie heißer Dampf.

»Den Wächtern sei Dank!«, sagt die tiefe Stimme von Rok irgendwo hinter mir.

»Und dem Seil sei Dank«, fügt Ka hinzu. »Das hat uns beiden das Leben gerettet, Dev. Auch wenn du ein paar Schrammen vom Herunterziehen abbekommen hast.«

Herunterziehen? Das erklärt die Schmerzen. Ich schaue an mir entlang und sehe überall Abschürfungen und Blutergüsse.

Um mich herum werden die Gesichter langsam klarer. Ihre Mienen sind erleichtert und ernst zugleich.

Ahn beugt sich über mich. »Trink das, Dev.« Sie hält eine Lederflasche an meine Lippen. Ich schmecke starken Palmwein und bittere Kräuter. Nach ein paar kleinen Schlucken breitet sich ein wohliges Glühen in meinen Adern aus.

»Als das Seil abgewickelt war, sind Rok und El dem Ende nachgelaufen«, sagt Ahn leise. Sie klingt besorgt. »Bis sie auf Ka getroffen sind. Als sie von ihm hörten, dass du noch höher hinauf wolltest, haben sie am Seil geruckt. Du hast nicht reagiert. Also haben sie das Seil samt dir heruntergezogen und sind gleichzeitig noch weiter hinaufgerannt – der Tide entgegen.«

»Das war wirklich sehr knapp, Dev«, sagt El. Er drückt seine Handballen gegen die Schläfen und presst Luft zwischen seinen Lippen hervor. »Und sehr leichtsinnig von dir. Wir konnten dich gerade noch finden und herunterbringen, bevor uns das Wasser eingeholt hat. Was hast du da oben gemacht?«

»Ich habe etwas gesehen…« Meine Stimme zittert. »Da war etwas im Nebel über mir…«

Ich erzähle ihnen von dem schwarzen Ding, das da am Hang lag, riesig und glatt wie ein ungeheurer Fisch.

»Aber seine Haut war wie… eine Felswand. So hart – aber doch auch glatt und weich und warm…«

Mir schwindelt. Ich merke, dass meine Worte eigentlich widersinnig sind, aber ich schaffe es nicht, die Erinnerung an meine Empfindungen in begreifbare Sätze zu fassen.

»Und da war dieses Licht. Es kam aus einer Öffnung, so etwas wie ein Auge in der Wand direkt über mir.« Ich versuche, meine Erinnerungsfetzen zu sammeln. »Es war irgendwie ganz anders als normales Licht, es war wie…«

Wo habe ich ein ähnliches Leuchten schon einmal gesehen?

Plötzlich fällt es mir ein: Es war vor langer Zeit, auf dem Weg zu den Kavernen.

»Es war wie das Leuchten in der Kluft, tief unten, dort wo es brodelt und der Dampf emporschießt aus dem Inneren der Erde. Es hatte diese… diese…«

»Diese *Farbe*«, sagt Rok.

»Ja!«, sage ich, »*Farbe*! So haben sie es damals genannt. Es ist sehr eigenartig, und ich dachte: Eigentlich ist es sehr schön… Aber dann kam das Wasser herab. Und ich konnte nicht mehr atmen. Aber in diesem Augenblick…«

Ich schließe die Augen, um mir das letzte Bild zu vergegenwärtigen, an das ich mich erinnern kann.

»...in diesem Augenblick habe ich oben in dem Licht etwas gesehen... Da war ein *Gesicht*. Dort drinnen war jemand, der zu mir herausgeschaut hat. Für einen kurzen Moment haben wir uns direkt angesehen! Und dann ist mir schwarz vor den Augen geworden.«

Noch immer überwältigt von der Intensität dieses Blickkontaktes starre ich schweigend zu Boden. Ich sehe das Gesicht noch vor mir, unscharf im Nebelwasser, mit vor Überraschung geweiteten Augen. Hat es gelächelt? Habe ich zurückgelächelt...?

Ich kann die Erinnerung nicht fassen.

Die Fragen der anderen dringen gedämpft zu mir, als wäre mein Kopf immer noch im Wasser.

»Was war das für ein Gesicht?«

»War es ein Mensch?«

»Wie hat er ausgesehen? Oder war es eine Frau?«

Jemand legt eine Hand auf meinen Hinterkopf, und ich tauche aus meiner Versunkenheit auf.

»Es war ein junges Gesicht. Ich kann nicht sagen, ob männlich oder weiblich. Es hat jedenfalls sehr erstaunt ausgesehen – wahrscheinlich ebenso wie mein Gesicht...«

Ich schaue die anderen der Reihe nach an. Etwas stört mich.

»Vielleicht war es eine Spiegelung, und du hast wirklich dein eigenes Gesicht gesehen«, meint Rok. »Oder du hast das alles fantasiert, als du schon bewusstlos warst...«

»Kann sein...«, sage ich irritiert. Mir ist immer noch so, als würde etwas mit den Anwesenden nicht stimmen... Wer fehlt da?

PA!!

Mit der Wucht eines Pfeils, der sich in mein Herz bohrt, ist da plötzlich die Erinnerung: Der rasende Dink, der mit seinen Klauen um sich schlägt... Pa, der ihm den Speer in den Bauch getrieben hat... Pa, der da kauert, blutend und keuchend... Om und Ion, die Pa wegtragen...

Ich springe auf. Alles dreht sich um mich, aber das ist mir egal.

»Pa! Wo ist Pa? Was ist mit ihm?«

»Er ist hier.«

Ahn kauert hinter den anderen im hohen Gras der Salzwiese. Und neben ihr liegt Pa. Sie haben ihn in seinen Umhang gewickelt und mit Decken zugedeckt. Ahn flößt ihm etwas von ihrer Medizin ein.

Ich knie mich an seine Seite, neben Ahn. Er atmet kaum, aber seine Augen sind offen.

»Pa!«

Sein verzerrtes Gesicht entspannt sich, als er meine Stimme hört.

»Dev...«, sagt er schwach. »Du hast Ka gerettet. Du warst da oben...«

»Ja, Pa.« Ich nehme seine Hand.

»Und du hast ihn gesehen. Im Nebel...«

»Wen? Wen habe ich gesehen, Pa?«

»Den Fisch... Den schwarzen Fisch...« Er atmet

schwer und schnell. »Ich... ich habe ihn auch gesehen, Dev. Sein leuchtendes Auge...«

»Du hast das Ding auch gesehen?« Ich schüttle verwirrt den Kopf. »Aber du warst doch hier unten, Pa!?«

Fantasiert er? Sein Blick geht durch mich hindurch, in die Ferne oder tief in sein Innerstes.

»Nein, Dev, nicht heute... Ich habe ihn damals gesehen... bei den Kavernen.«

Er stöhnt.

»Damals... als Mha verschwunden ist... Er war da... Ich...«

»Was?« Ich lege meine Hand auf seine Schulter und drücke sie fest. »Bist du sicher? Was war das, Pa?«

Pa bäumt sich plötzlich auf, Schmerzen im Gesicht, ein tiefes, gequältes Krächzen kommt aus seiner Brust. »Ich... ich konnte... nicht...«

Dann sinkt er zurück. Sein Kopf rutscht zur Seite.

»Pa? Pa??«

Ich schüttle ihn sanft, dann fester.

Aber er... Aber...

»PA!!«

Jemand schiebt sich neben mich und beugt sich über Pa.

Es ist Rok. Er legt seine Hand vorsichtig an Pas Hals.

Langsam richtet er sich auf und schaut mich an.

»Er ist tot«, sagt er, und gleichzeitig nimmt Ahn meine Hand in ihre beiden Hände.

· · ·

Es ist still. Alle sind still, auch ich bin still.

Pa!

Etwas presst mir den Magen zusammen wie eine Faust, etwas Glühendes sickert in meinen Bauch und hinab in die Beine, macht meine Knie weich. Ich höre mich zitternd ein- und ausatmen, ich hole ganz langsam und tief Luft, es kostet mich Mühe, das zu tun, als ob ich gegen einen Widerstand in der Lunge ankämpfen müsste, alles sieht plötzlich sehr klar und nahe aus, der Himmel und die locker dahinziehenden Wolken über dem Meer, die Wipfel der Bäume, die sich leicht in der kalten Brise wiegen, die vom Berg herunterstreicht, Ahns Gesicht vor meinem, die kleinen Fältchen und Härchen auf ihrer Haut, die Tränen, die aus ihren Lidern hervorquellen, für einen Augenblick dort an den Wimpern hängen und dann eine glitzernde Spur auf ihre Wangen zeichnen, sie erinnern mich an die Eier, die zu einer anderen Zeit aus der blutigen Wunde des Dinks hervorgequollen sind und eine ähnlich silbrige Spur gezogen haben, über die nass glänzenden Schuppen den Bauch hinab, und jetzt fällt mir wieder ein, warum ich diese Eier mitnehmen wollte, sie waren für Khi, der ich versprochen habe, ihr zwei kleine Dinks mitzubringen, auch wenn es die Wächter eigentlich verbieten, aber ich wollte, dass sie sich um etwas kümmern kann, ich glaube nicht, dass die Eier noch heil sind, bestimmt sind sie zerbrochen, als ich am Seil heruntergeschleift worden bin, Khi wird enttäuscht sein… aber nein, ich habe zu Ka gesagt, er soll auch welche mitnehmen, die sind sicher noch ganz und Khi wird sich freuen… Aber Pa ist tot! – und Khi wird traurig sein, sie wird traurig sein, weil Mha tot ist und jetzt auch Pa tot ist, Pa hat mir das Leben gerettet mit seinem Speer, er war immer so ernst, er gab sich die Schuld, dass Mha nicht mehr da ist, weil er sie nicht retten konnte, aber jetzt hat er mich gerettet, das hat ihn bestimmt stolz gemacht für einen Moment, oder ihm Frieden gegeben, ich hoffe es…

Sie haben Pa hinuntergetragen zum Jagdhaus.

Während die anderen die erlegten Dinks auf der Salzwiese zerteilen, gehen Ahn und Bo mit Ka und mir hinunter. Ich habe mich bei Ahn untergehängt. In der anderen Hand trage ich Pas Speer. Bos rechte Hand ist in einen dicken Blätterverband gepackt. Der Schlag des Dinks hat ihm zwei Finger abgerissen. Er ist blass, aber er geht aufrecht neben mir her.

Wir schweigen. Ein kalter Wind weht vom Berg herab. In den Blättern flüstert und seufzt es. Mein feuchter Umhang riecht schrecklich nach Dink, die Taschen sind von den Resten der Eier verklebt. Ich fröstele. Ahn drückt meinen Arm.

Ka, der voraus humpelt, bleibt auf einmal stehen. Er dreht sich zu mir um und umfasst meine Hand, die den Speer hält, mit seinen beiden Händen.

»Danke, dass du mich gerettet hast, Dev«, sagt er. »Ohne dich wäre ich da oben im Maul des Dinks ertrunken. Was für eine grässliche Vorstellung!«

Er zieht die Schultern hoch und schüttelt sich. Dann

fasst er in die Tasche seines Umhangs und holt zwei Dink-Eier hervor. »Die sind für dich. Ich werde auf sie aufpassen, bis wir zu Hause sind, einverstanden?«

»Ja, Ka, einverstanden.« Ich versuche ein Lächeln.

»Du warst sehr tapfer. Für deine erste Jagd war das heute fast zu viel an Herausforderungen. Aber jetzt bist du ein vollwertiges Mitglied unserer Jägerschaft.«

»Schlimmer kanns ja wohl kaum werden, oder?«, sagt Ka, während wir weitergehen.

»Nein, ich glaube nicht…«, sage ich, obwohl ich weiß, dass es immer noch schlimmer werden kann. Es hat sehr wenig gefehlt, und auch Ion, Ka und ich könnten jetzt tot sein.

»Manchmal frage ich mich«, sage ich nach einer Weile ins Leere, »ob wir nicht einfach auf die Jagd verzichten sollten. Wir könnten auch überleben, ohne das Fleisch der Tiere zu essen, ohne ihre Haut, ihre Sehnen und ihre Knochen für unsere Kleidung und unsere Waffen und Werkzeuge zu verwenden. Das würde uns vor vielen Gefahren bewahren, wir könnten auch einfach zu Hause im Waldland bleiben und uns von Kokos, Lims, Banas und was da noch so alles wächst, ernähren und würden keinen ernsthaften Mangel leiden. Und niemand müsste sich mit wilden Dinks anlegen und sterben.«

Meine Stimme ist laut geworden, ein bitterer Geschmack in meinem Mund lässt sich nicht hinunterschlucken. Gleich werde ich weinen. Ich will nicht.

Ahn legt mir ihren Arm um die Schulter und drückt mich.

»Wir sind Jäger«, sagt sie. »Unsere Ahnen waren Jäger, und deren Ahnen auch. Wir sind wie die Raubfische, die andere Fische töten: Auch unsere Natur ist es, zu jagen, zu töten und das Fleisch unserer Beute zu essen. Der Schmerz und der Tod sind ein fester Teil der Jagd. Aber Schmerz und Tod gehören auch zum Leben und der Zeit – sie sind die notwendige Kehrseite von Freude und Trost. Ohne Schmerz gibt es keine Geburt, und ohne Tod keinen Platz für neues Leben. Das müssen wir aushalten. Auch wenn es manchmal so weh tut, dass man verzweifeln könnte.«

Ka dreht sich zu uns um. »Einem unserer Nachbarn, er hieß Khru, ist vor Kurzem beim Sammeln von Pata-Wurzeln unter einer Palme eine Meernuss auf den Kopf gefallen. Er war gleich tot… So kanns auch gehen«, sagt er ernst.

Ich muss ganz kurz lachen, dann drücke ich mein Gesicht schluchzend in Ahns Umhang.

Pas Leichnam liegt im Lichtraum des Jagdhauses. Sie haben ihn auf dem großen Tisch in der Mitte aufgebahrt. In seinen Umhang gehüllt, die Hände auf der Brust gefaltet, scheint er zu schlafen. Seine Züge sind sehr bleich, aber entspannt.

»Er sieht so friedlich aus«, flüstere ich. Der Druck in meiner Kehle lässt ein wenig nach. »So wie ich ihn nur von ganz früher kenne, als Mha noch bei ihm war.«

Ich trete näher und streiche behutsam über Pas Wange. Sie ist noch ein bisschen warm und fühlt sich weich an. Die Niedergeschlagenheit und die Schuldgefühle, die ihn immer gequält haben, sind aus seinem

Gesicht verschwunden. Keine Spur von Schmerz, keine Verletzung ist zu sehen.

»Er hat zu viel Blut verloren«, sagt Bo leise. »Wir konnten die Wunde in seinem Bauch nicht stillen.«

Ich lege Pas Speer an seine Seite. »Hat er noch etwas gesagt, während ich oben im Nebel war?«

»Als sie ihn weggetragen haben, hat er gefragt, ob du dem Dink entkommen bist«, sagt Bo. »Sie haben ihm gesagt, dass er dich mit seinem Speer gerettet hat und dass du unverletzt bist. Er war erleichtert. Bevor er bewusstlos wurde, hat er ihnen noch aufgetragen, dass du gut auf dich und Khi aufpassen sollst. ‚Dev kann das‘, hat er gesagt, ‚ich weiß, dass Dev das kann‘.«

Ahn schaut mir fest in die Augen und drückt meine Hand. »Ich weiß auch, dass du das kannst, Dev. Du bist schlau und zäh. Und du hast ein gutes Herz. Bo und ich sind immer da, wenn ihr etwas braucht, das weißt du, ja?«

»Danke, Ahn«, sage ich müde. »Wir müssen ihn jetzt nach Hause bringen, alles andere kommt danach.« Mit einem Mal spüre ich eine übergroße Erschöpfung, meine schmerzenden Glieder und mein Kopf sind plötzlich so schwer, dass ich mich auf Ahn stützen muss, um nicht auf die Knie zu sinken. Sie bringen mich hinaus und setzen mich auf die Bank vor dem Jagdhaus.

Benommen lasse ich die nächste Zeit und die Dinge, die darin geschehen, an mir vorüberziehen.

Wie in einem Traum sehe ich die anderen vom Berg

herunterkommen, beladen mit der Beute unseres Jagdausfluges, schaue zu, wie sie Fleisch, Knochen, Sehnen
und alles andere, was man an einem toten Dink
verwerten kann, fest in Häute packen und verschnüren.

Sie bringen die Packen zu einer Stelle am Fluss
weiter unten, von wo aus das Treibgut ungehindert von
der Strömung hinunter transportiert wird. Dort am Ufer
waschen sie sich auch notdürftig das Blut von Körper
und Kleidung.

Schließlich kommen sie zurück, nass, erschöpft und
schweigend. Irgendwann währenddessen ist das
Abendsignal zu hören, wieder weit entfernt und dumpf.
Wir gehen hinein; keinem ist jetzt nach Essen zu Mute.
Wir lassen uns wortlos auf die Pritschen fallen.

In der Dunkelheit senkt sich der Schlaf herab,
schwer wie das kalte, schwarze Wasser über der Nebeltide. Es dringt in unsere Träume, vermischt sich darin
mit schwarzem Blut, mit Nebel, Regen und mit Tränen.

Mha…?Mha, was ist dieses schwarze Ding im Nebel…?
Und was ist damals bei den Kavernen geschehen…? Pa kann
es mir nicht mehr erzählen. Er ist jetzt tot, Mha. Aber du?
Wo bist du, Mha?

Den Abstieg am Morgen erlebe ich wie eine
Geschichte, die mir jemand erzählt, ohne dass ich
selbst dabei bin. Rok kommt diesmal mit uns hinunter.
Zusammen mit Om, El und Ahn trägt er Pas Leichnam.
Mit Speeren, Seilen und Netzen haben sie eine Trage
gemacht und den Körper darauf festgebunden, damit

er an den steilen Passagen des Pfades nicht herunterfallen kann. Wir erreichen die Tempelanlagen, und ich kann mich an den Weg hierher schon nicht mehr erinnern.

Dann stehen wir wieder in der großen Halle aus Lichtstein vor den Hohen Wächtern. Die Bahre haben wir vor der Stufe abgelegt, auf der die Wächter sonst thronen. Jetzt sind sie aufgestanden, um den Toten zu ehren, der vor ihnen auf dem leuchtenden Boden der Halle ruht.

Meister Khor blickt lange auf Pas Leichnam hinunter, ernst und schweigend.

Dann seufzt er. »Diese Jagd stand unter keinem guten Zeichen…«

Seine Augenbrauen ziehen sich zusammen, als er sich an Rok wendet. »Wie konnte das nur geschehen, Rok?«, fragt er vorwurfsvoll.

»Es war nicht zu vermeiden, Meister«, sagt der Wildhüter kalt. »Wir konnten nicht vorhersehen, dass uns ein gereiztes Muttertier angreifen würde, nachdem wir unsere Beute gemacht hatten. Wir hatten Wachen aufgestellt, aber der Dink war zu schnell. Nur die beherzte Reaktion von Ahn, Dev und Pa hat verhindert, dass es noch mehr Opfer gegeben hat.«

Meister Khor reckt das Kinn missmutig in Roks Richtung: »Ihr müsst beim nächsten Mal besser aufpassen!«

Dann wendet er sich ab und spricht wieder mit diesem verzagten, müden Ton: »Es ist sehr schlimm, dass Pa sterben musste! Ausgerechnet er!«

Er schüttelt traurig den Kopf. Dann richtet er seinen Blick auf mich.

»Dev, du bist jetzt allein mit deiner Schwester. Welch ein Jammer!«

Er geht um die Bahre herum zu mir und legt mir seine Hand auf die Schulter.

»Denkst du, ihr kommt zurecht?«

»Ja, Meister.« Ich versuche, meine Stimme fest klingen zu lassen. »Ich habe es Pa versprochen. Und Ahn und Bo werden uns helfen.«

»Recht so!« Khor nickt den beiden wohlwollend zu. »Der Dank der Wächter ist euch gewiss!«

»Aber sag, Dev…« Seine Hand gleitet von meiner Schulter und umfasst meinen Oberarm. »Man hat mir berichtet, dass du da oben etwas Ungewöhnliches beobachtet hättest.«

Er reckt seinen Kopf vor und fixiert mich mit zusammengekniffenen Augen.

»Was hast du gesehen, Dev?« Seine Stimme ist jetzt streng und forschend.

Ich erzähle es ihm: Von meiner Begegnung mit dem schwarzen Ding dort in der Nebeltide, von seinem leuchtenden Auge, und von dem Gesicht, das ich darin vielleicht gesehen habe, bevor mich das Wasser erreicht hat. Und von Pas letzten Worten, davon, dass er selbst bei der letzten Flut dieses Ding gesehen hat.

Der oberste Wächter hört mit zunehmend bestürzter Miene zu. Sein Griff um meinen Arm ist so fest, dass es weh tut. Als ich mit meiner Erzählung fertig bin, lässt er mich los und schüttelt tadelnd den Kopf.

»Du hast dich dort oben in sehr große Gefahr begeben, Dev!« Er wendet sich ab und beginnt, vor uns auf
und ab zu gehen. »Dort gibt es Dinge, die dich töten
können. Und damit meine ich nicht nur das Wasser der
Nebeltide. Man begegnet dort immer wieder den
fremdartigsten Erscheinungen – stimmts Rok?«

Rok schaut zu Boden und nickt.

»Und genau deshalb gibt es das strikte Verbot, diese
Zone zu betreten!«, schnaubt Khor. »Ihr wisst es doch.
Jedes Mal schärft es euch der Wildhüter ein. Das ist
seine Aufgabe. Und unsere Aufgabe als Wächter ist es,
diese fremden Dinge von der Welt und den Menschen
hier unten fernzuhalten. Das Fremde ist böse!«

»Aber was kann das gewesen sein?«, platzt Ion
heraus, der unserem Wortwechsel aufmerksam zugehört hat. »Vielleicht-«

»Es kommt nichts Gutes über die Schwelle«, unterbricht ihn Khor unwirsch. »Und es steht einem niederen
Schüler nicht zu, Anweisungen oder gar Gesetze der
Wächter infrage zu stellen! Das Gesetz lautet: Achte die
Grenze! Solange ich oberster Wächter bin, werde ich
nicht zulassen, dass die Menschen durch die Missachtung dieses Gesetzes in Gefahr gebracht werden! Haltet
euch fern von dort oben!«

Ion zieht den Kopf ein und schweigt.

KAPITEL 11

ZURÜCK

Zu Hause auf unserer Terrasse, direkt vorne am Geländer, steht mein alter Bambussessel. Er ist schon etwas wackelig, und das Flechtwerk des Sitzes sollte mal wieder geflickt werden. Auch das durchgesessene Kissen, ein altes Ding aus gegerbter Wasserschweinhaut, das mit Bambuswolle gefüllt ist, hat schon bessere Zeiten gesehen. Ich habe den Sessel als Kind zusammen mit Pa gebaut, aus getrockneten Bambusstangen, die wir unten im Wald geschnitten hatten. Pa hat mir gezeigt, wie man die Stangen zuschneidet, wie man Fasern aus dem Bast der Pflanzen macht, und wie man damit feste Verbindungen herstellen kann. Irgendwann war der Sessel *mein* Sessel, und der Platz, auf dem er steht, ist immer noch mein Lieblingsplatz. Von hier aus hat man den besten Blick hinaus über die Baumwipfel des Waldlands, über den schmalen Streifen des Meeres bis hinüber zum Berg. Oft wenn ich hier sitze, unter mildem Regen aus lichten Wolken, oder im trägen warmen Dunst des Waldes, kommt jäh die Erinnerung zurück. Die Ereignisse jenes Jagdausfluges brechen aus dem Nebel hervor, quälende Zerrbilder, die sich um mich verdichten und wieder zerspringen wie scharfkantige Bruchstücke auf dem Boden eines längst vergessen geglaubten Traumes. Für kurze Zeit frage ich mich dann, ob das damals wirklich geschehen ist, ob Pa wirklich nicht mehr da ist. Dann fällt mein Blick auf Khi, die neben mir mit ihren beiden Dinks spielt, und ich weiß, dass ich nicht träume.

Manchmal kommt Ahn vorbei, um nach uns zu sehen, manchmal auch in Begleitung von Bo. Wir essen dann zusammen und erzählen uns Geschichten. Ahn geht mit mir ab und zu in den Wald auf die Jagd nach Wasserschweinen, und manchmal helfen Khi und ich bei der Ernte in Bos Palmenhain. Er sagt immer, Khi und ich seien ein guter Ersatz für seine beiden verlorenen Finger. Ich bin sehr froh, dass Ahn und Bo da sind. Auch damals nach der Rückkehr mit Pas Leichnam haben die beiden alles unternommen, um mir und Khi bei der Ausrichtung seiner Bestattung zu helfen...

Die Nachricht von Pas Tod hat sich wie eine Sturzflut in der Waldlandsiedlung verbreitet. Alle Jäger, die dabei waren, bis auf Rok, den Wildhüter, haben mich nach Hause begleitet. Auch Ion hat die Erlaubnis erhalten, mitzukommen. Pas Tod bei der Jagd auf dem Berg hat bei allen tiefe Bestürzung ausgelöst. Wenn die Jäger sonst mit ihrer Beute vom Berg zurückkommen, gibt es immer ein fröhliches Fest für die Menschen der Siedlung. Aber diesmal ist eine Trauerfeier auszurichten, und das Festessen ist ein Leichenschmaus.

Pa liegt bis zum Morgensignal auf dem großen Platz aufgebahrt. Schon beim Abendsignal ist der Leichnam über und über mit Blüten, Federn, kleinen Lichtsteinen und allerlei sonstigem Schmuck bedeckt, von Verwandten, Bekannten und vielen anderen Bewohnern herbeigebracht, um den Toten zu ehren.

Am nächsten Morgen bringen wir Pa zum Totenfluss hinüber. Om, Ahn, Ion und ich tragen die Bahre, gefolgt von einem schier endlosen Zug von Trauernden. Direkt hinter der Bahre schreitet Ka und bläst auf seiner Flöte eine klagende Melodie. Vom großen Platz die breite Treppe hinunter, hinein in den dunstigen Wald, auf dem Flusspfad bis zur Gabelung, über den Hügel und wieder hinab bis zum Totenfluss geht der letzte Weg der Verstorbenen des Waldes. Dort, wo sich die Bäume lichten, am Ufer des trägen, dunklen Flusses, wartet ein Floß, mit Schmuck und Früchten als Wegzehrung üppig beladen, auf seinen Fahrgast für die letzte Reise.

Wir betten die Bahre vorsichtig auf das Floß. Das Ufer ist voller Menschen. Jetzt ist es an Khi und mir, mit Pa hinaus bis zur Mitte des Flusses zu waten. Dort stehen wir im hüfthohen, warmen Wasser und halten das Floß noch für ein paar Augenblicke fest. Dann überlassen wir es der sanften Strömung.

»Achte die Zeit«, sagen wir beide gemeinsam, wir

sagen es Pa hinterher. Langsam gleitet er davon, bis er in den Nebelschleiern über dem Wasser verschwindet.

»Achte die Zeit«, hören wir es vielstimmig vom Ufer hinter uns. Ich nehme Khi an der Hand, und wir gehen zurück ans Land.

Der Leichenzug kehrt zurück zum großen Platz, angeführt diesmal von Ka mit der Flöte und anderen Musikanten, mit wilden Trommeln und Rasseln, mit klingenden Bambusrohren und gezupften Klangbögen. Die fröhliche Musik hellt die Stimmung der Waldlandbewohner beim Gang zum Leichenschmaus auf. Dann, bei gutem Essen und schönen Erinnerungen, weicht die Trauer über den Tod einer tröstlichen Zuversicht. So war es auch damals bei Mha: Der Schmerz zieht sich in der Gemeinschaft zurück, um später in einsamen Momenten wieder vorbeizukommen.

Man hat das Dinkfleisch unserer Jagdbeute in Packen von Banablättern gewickelt oder in Meernussschalen gefüllt, zusammen mit Gemüse, Früchten und Nüssen, und diese hat man in der Erde vergraben, dort wo sie am heißesten ist, an der Kochstelle unten im Wald. Jetzt werden dampfende Platten mit dem gegarten Fleisch und vielerlei Beilagen auf dem großen Platz serviert, es wird mit viel Genuss gegessen – und es wird viel gegessen. Palmwein wird ausgeschenkt und getrunken, es wird erzählt und getratscht, gelacht und geweint, gesungen und getanzt bis zum Abendsignal.

·   ·   ·

Ion sitzt an unserem Tisch. Wir unterhalten uns über alte Zeiten, erzählen Geschichten von früher, wärmen Kindheitserlebnisse wieder auf, lassen Pa und alle anderen Anwesenden hochleben. Bald werde ich mich von Ion verabschieden müssen. Beim nächsten Frühsignal wird er mit Om und seiner Familie wieder hinunter zum Meer fahren und dann mit einer Fähre zurück zum Tempel.

»Ich hoffe, du wirst trotz allem wieder mit den anderen Jägern zum Berg kommen…«, sagt Ion.

Zögernd schaue ich ihm in die Augen. »Das werde ich wohl…«, seufze ich. »Ich weiß im Augenblick nur noch nicht, ob zum Jagen, oder …«

Ion schaut sich kurz um, dann flüstert er: »Du willst wissen, was da oben im Nebel ist, oder?« Er macht dabei ein Gesicht, als würde er sich auf einen bevorstehenden Schmerz gefasst machen.

Ich nicke verstohlen. »Du hast gehört, was Pa gesagt hat. Ich muss unbedingt herausfinden, was dieses Ding mit Mhas Verschwinden zu tun hat!«

»Ja, das habe ich gehört. Und ich würde es auch gern wissen.« Er atmet tief ein und rückt ein Stück zurück. »Aber du hast auch die Warnung von Meister Khor gehört. Willst du das Gesetz missachten? Es gibt auch gute Gründe für das Verbot!«

»Ich glaube, bei Khor ist es vor allem *Angst!*«, sage ich. »Er und Rok – sie sehen in allem Unbekannten immer die schlimmstmögliche Bedrohung. Deshalb wollen sie jede Konfrontation damit vermeiden. Und

wenn das nicht geht, versuchen sie alles zu töten, was –
vielleicht – Böses im Schilde führen könnte.«

»So sind die Gesetze der Wächter seit Menschengedenken – uralte Traditionen, begründet auf den Erfahrungen unzähliger Generationen...«

Ions feierlicher Wächterton reizt mich zum Widerspruch. »Bei Khor habe ich das Gefühl, seine größte
Befürchtung ist es, als oberster Wächter in seiner
Verantwortung für die Menschen zu versagen. Seinem
guten Ruf als Meister könnte es schaden, wenn etwas
passiert!«

Ion lacht kurz auf. »Ja, das beschreibt ihn wohl ganz
gut. Aber trotzdem – es ist wirklich gefährlich dort
oben, Dev!«

»Ha!«, schnaube ich grimmig. »Niemand weiß das
wohl besser als ich, oder?«

Wir schweigen eine Zeit lang.

Genau in dem Moment bevor ich meinen ganzen
Mut zusammengenommen habe und ansetze, ihn zu
fragen, hebt Ion seinen Blick zum Himmel und seufzt:
»Also gut – ich helfe dir. Aber natürlich nur, solange ich
nicht gegen die Wächtergesetze verstoße!«

»Natürlich, natürlich!« Mein Herz klopft und ich
drücke seine Hand so fest, dass er das Gesicht verzieht.

»Ich werde versuchen, mich im Tempel umzuhö-
ren.« Er spricht leise und schaut sich wieder um. »Ich
kann dir nichts versprechen, aber ich bin mir ziemlich
sicher, dass die Wächter ein wenig mehr über deinen
Schwarzen Fisch wissen, als Khor und Rok es zugeben
wollten...« Mit einem schiefen Grinsen fügt er hinzu:

»Und ich gestehe, dass ich selbst wahnsinnig neugierig bin, das herauszufinden!«

»Danke, Ion!«, flüstere ich gerührt. »Ich hoffe, du bekommst keine Schwierigkeiten deswegen.« Aber tief in meinem Inneren regt sich eine schwache, schuldbewusste Hoffnung, dass genau diese Schwierigkeiten Ion vielleicht doch noch von seiner Entscheidung für das Wächterleben abbringen könnten.

Später kommt Ka zu Khi und mir an den Tisch. Vorsichtig trägt er eine Meernussschale vor sich her, die mit einem Deckel verschlossen ist. Ich bedeute ihm, dass er sie vor Khi auf den Tisch setzen soll. Ka macht eine kleine Verbeugung, als er das Gefäß abstellt.

»Für dich«, sage ich zu Khi. »Die hat Ka unter Einsatz seines Lebens aus der Nebeltide gerettet.«

Khi hebt behutsam den Deckel und streckt langsam ihren Kopf über den Rand, um den Inhalt der Schale zu sehen.

Es sind die beiden Dink-Eier.

Sie liegen in einem duftenden Nest, das ihnen Ka aus feuchten Blättern und schmückenden Blüten bereitet hat. Die Eischalen sind immer noch leicht durchscheinend, und in dem kaum merklichen Leuchten, das ihr Inneres aussendet, kann man das sanfte Pulsieren von Leben erahnen.

»Du musst sie gut beobachten und wärmen«, sagt Ka. »Ich glaube, sie schlüpfen bald.«

Khi schaut von Ka zu mir und dann eine Weile auf die beiden Eier.

»Hallo, Dinkies«, sagt sie. Sie lächelt.

Meine Schwester hat es tatsächlich geschafft, die Dinks auszubrüten und die geschlüpften Jungen durchzubringen. Diese Aufgabe hat ihr über Pas Tod hinweggeholfen. Es ist für mich befremdlich, dass wir ausgerechnet *die* Tiere als Haustiere halten, von denen eines Pa vor meinen Augen getötet hat. Aber ich glaube, für Khi spielt dieser Zusammenhang keine Rolle – sie betrachtet die Dinks einfach als ihre Spielkameraden. Ich habe mit ihr darüber gesprochen und sie weiß, dass sie sich irgendwann von ihnen trennen muss, bevor sie zu gefährlichen Raubtieren herangewachsen sind. Sie hat mir versprochen, dass sie auf mich hören wird, wenn es soweit ist. Aber ich merke ihr an, dass sie insgeheim hofft, die beiden würden sich zu treuen Gefährten entwickeln, die sie vor Gefahren schützen, so wie sie sie jetzt vor Langeweile und Trübsinn bewahren.

Khi füttert ihre »Dinkies« mit Früchten, getrocknetem Fisch und Küchenabfällen. Sie nennt sie »Dinkie-Junge« und »Dinkie-Mädchen«, oder nur »Junge« und »Mädchen«. Wie sie sie auseinanderhält, weiß ich nicht. Für mich sehen die beiden völlig gleich aus. Sie gehorchen ihr aufs Wort, wenn sie sie zum Fressen ruft. Außerdem hat sie angefangen, ihnen kleine Kunststücke beizubringen. Sie überqueren Hindernisse, kriechen durch Bambusröhren, klettern an Seilen hoch, springen sogar über kleine Leerräume, um zu ihrem Futter zu kommen. Beim Abendsignal kehren sie freiwillig in den Käfig zurück, den wir ihnen aus Bambus gebaut haben. Er steht in Pas verlassener Koje. Khi zieht den Vorhang zu und wünscht den Dinks einen guten Schlaf. Manchmal erzählt sie ihnen auch noch eine Geschichte. Sie schlafen bis zum Morgensignal und kommen zum Frühstück mit uns an den Tisch.

Einmal bekamen wir Besuch von der Küste. Wir saßen mit Om, Thi, El und Ka auf der Terrasse beisammen, und Khi führte zur allgemeinen Begeisterung die Dressur unserer Haustiere vor. Da wollte Ka von ihr wissen, warum es ihr ausgerechnet die Dinks so angetan hatten. Ich sagte zu ihm halb im Spaß, dass Khi schon als Kleinkind ein wenig anders gewesen sei als die andern. Doch dann überraschte Khi mich mit einer Geschichte, die sie Ka so ausführlich erzählte, wie ich sie noch zu niemand anderem reden gehört hatte…

»Wenn Pa und Dev auf Jagd fort waren und ich mit den anderen Kindern vorne auf dem Platz war, ist mir immer schnell langweilig geworden. Während die anderen bei den Alten saßen und mit ihren Puppen oder mit ihrem Ball spielten, oder Verstecken und Fangen, wäre ich viel lieber mit auf Jagd gegangen, zum Berg, zum Tempel der Wächter, und zu den Dinks, die dort ganz oben leben. Dev erzählte oft von den großen Tieren, wie gefährlich es ist, sie anzulocken und zu töten. Das stellte ich mir sehr aufregend vor. Aber ich

war immer zu jung und musste warten und warten, bis
Pa mich irgendwann für alt genug zum Jagen halten
würde. Und jetzt weiß ich eigentlich gar nicht mehr, ob
ich Jägerin sein will, so wie Mha und Dev und Pa...
Aber ich möchte gerne zum Berg, um zu sehen, wie die
Dinks in Freiheit leben.

Einmal haben andere Jäger einen jungen Dink
gefangen und mit nach Hause gebracht. Obwohl das
ein Verstoß gegen das Gesetz der Wächter war – ich
weiß nicht, wie sie das Tier unbemerkt durch den
Tempel gebracht haben. Es war ein schönes, noch kleines, aber schon sehr starkes Tier, bestimmt so schwer
wie ich damals. Sie haben es ein paar Tage in einem
Käfig auf dem großen Platz ausgestellt, und ich habe es
mit Früchten und getrocknetem Fisch gefüttert. Am
Anfang war es neugierig, wenn ich kam, und nach
Kurzem hat es mich schon erwartet. Wenn ich es
gestreichelt habe, hat sich seine Haut ganz rau und
warm angefühlt.

Aber nach einiger Zeit wurde es traurig – so wirkte
es zumindest auf mich. Es lag nur noch in der Ecke und
wollte nicht mehr fressen und trinken. Andere Kinder
haben es geärgert und mit Stöcken gepiekst. Als es dann
einen von diesen Dummköpfen in die Hand gebissen
hat, haben die Eltern es mit den Jägern, die es hergebracht hatten, getötet. Sie haben es nicht den Wächtern
gemeldet, sonst hätten die Jäger eine strenge Strafe zu
befürchten gehabt. Das Tier wurde heimlich gekocht
und verspeist. Sie haben mir etwas davon angeboten,
damit ich sie nicht verrate, aber ich konnte natürlich

nichts davon essen. Seitdem habe ich kein Dinkfleisch mehr angerührt.«

Ka und ich hatten dieser Erzählung meiner Schwester gebannt zugehört. Danach sah er sie lange an. Schließlich sagte er sanft: »Ich verstehe dich, Khi.« Seitdem sind Ka und Khi unzertrennlich.

Seit jener Jagd oben am Berg, als ihn der Dink fast gefressen hätte, und seit er Khi die Eier übergeben hat, hat sich etwas in Ka verändert: Er ist ernster geworden (wenn er auch zuzeiten immer noch ein richtiger Kindskopf sein kann), er hat gelernt, wie schnell man sein Leben verlieren kann, er ist vorsichtiger und zugleich mutiger geworden.

Ka scheint die mysteriöse Verbindung zu teilen, die Khi zu den Dinks hat. Sie hat ihm gezeigt, wie sie die Tiere dressiert, und er war begeistert, wie gelehrig sie waren. Doch mittlerweile ist viel mehr daraus geworden, ein wortloses Verstehen, ein blindes Vertrauen zwischen Mensch und Tier, das die beiden keinem erklären können. Aber für sich nehmen sie diese innige Beziehung so selbstverständlich, als wäre sie das Natürlichste der Welt.

Was soll eine Dinkjägerin von so einer Beziehung halten? Mir ist sie fast unheimlich, und ich befürchte, Khi und Ka werden deshalb über kurz oder lang Ärger mit den Wächtern bekommen.

Noch einmal war ich seither mit einer Jagdgesellschaft oben im Revier unter der Nebeltide. Dabei machten wir gute Beute, und nie gab es eine solch gefährliche Situation wie bei Pas letzter Jagd.

Dieser Ausflug war zugleich die erste Jagd für Khi. Sie hatte so lange darauf gewartet, uns zu begleiten. Und als es endlich soweit war, dass wir sie mitnehmen wollten, ließ sie traurig den Kopf hängen, weil Pa nicht mehr dabei war. Schließlich kam sie aber doch mit, um den Lebensraum der Dinks zu sehen. Ka als »altgedienter« Jäger hat sich eifrig um sie gekümmert und ihr alles gezeigt.

Nach der Jagd, als Khi mit uns vor den getöteten Dinks stand und ihre Neugier endlich gestillt war, sah ich sie mit den Tränen kämpfen.

»Ist es wegen Pa?«, fragte ich sie.

»Hier ist er gestorben…«, sagte sie leise. »Und hier werden meine Dinkies getötet werden, wenn wir sie freilassen müssen… Wenn ich jemals wieder auf diesen Berg kommen sollte, dann nicht als Jägerin.«

Von der rätselhaften Erscheinung in der Übergangszone, von dem Ding, auf das ich damals dort oben gestoßen war, und mit dessen Bewohner ich diesen einen Blick gewechselt hatte, haben wir bei dieser Jagd nichts gesehen. Und doch geschah wieder etwas Ungewöhnliches: Es war kurz vor dem Mittagssignal, zu der Zeit, wenn der Nebel sich zum höchsten Stand unter dem Berggipfel zurückgezogen hat. Während wir am Rand der Salzwiese die erlegten Dinks zerteilten, hörten wir laute Geräusche von oben. Ich war sicher, dass der Lärm aus der Richtung der Schotterhalde kam, wo ich das schwarze Etwas im Nebelwasser gesehen hatte. Ein wiederholtes lautes Zischen gefolgt von dumpfen Schlägen drang von dort zu uns herunter. Keiner von uns Jägern hatte so etwas zuvor vernommen. Auch Rok, der Wildhüter, der mit uns auf Jagd war, konnte nicht erklären, was dort oben vorging.

Nach kurzer Zeit hörten die Geräusche auf. Ich war fest entschlossen, wieder in den Salzwald hinaufzusteigen, um nachzusehen. Als Khi das hörte, ließ sie sich nicht davon abbringen, mich zu begleiten, und natürlich wollte Ka dann unter keinen Umständen zurückbleiben. Doch als Rok unsere Absicht mitbekam, wurde er ernsthaft böse. Wutschnaubend wiederholte er Meister Khors strikte Verfügung, sich unter allen Umständen von der Übergangszone fernzuhalten. Also musste ich schweren Herzens für diesmal die Suche aufgeben – doch eigentlich weniger, um Meister Khor gehorsam zu sein, als um meine Schwester nicht in Gefahr zu bringen.

Auch Ion sah ich bei diesem Jagdausflug wieder, zum ersten Mal seit er nach Pas Bestattung zu den Wächtern zurückgekehrt war. Ich traf ihn im Tempel, als wir auf dem Rückweg waren. Wir waren nur kurz alleine und konnten nicht viele Worte wechseln. Ich erzählte ihm von den seltsamen Geräuschen und fragte ihn, ob er inzwischen etwas Neues erfahren habe. Er schüttelte den Kopf, aber er gab mir zu verstehen, dass auch er immer noch herausfinden will, was dort oben wirklich vorgeht. Als wir uns zum Abschied umarmten, versprachen wir uns, in Verbindung zu bleiben.

· · ·

Und jetzt sitze ich wieder auf meinem alten Sessel an der Brüstung unserer Terrasse, hoch über dem Fluss.

Ein leiser Regen hat eingesetzt.

Das sanfte Rauschen macht mich schläfrig …

… das vereinzelte Platschen von schweren Tropfen auf dem Blätterdach über mir …

… irgendwo in der Nähe ein großer Vogel, der aufflattert …

… die leise Stimme Khis, die mit ihren Dinkies spricht …

Ich schließe die Augen.

Der erdige Duft des Waldes …

… und darüber, getragen von einer sachten Brise, die über das Meer vom Berg herüberweht, der salzige Geruch von schwerem, dunklem Nebelwasser.

Buch II: DUNKEL
இருள்

Im Dunkel jenseits der tiefen Glut
kämpft die Angst gegen Hoffnung
ringt die Furcht mit dem Mut

KAPITEL 12

DER TURMWÄRTER

D er kühle Duft von Torf und Pilzen umfängt mich, von saftigem Holz und feuchtem Laub. Leise rieselt es aus den Baumkronen herab in das Halbdunkel des Waldes.

Ich atme tief durch und steige bergan. Das muntere Treiben und der Menschenlärm des großen Platzes verhallen im Tal, und das Dorf bleibt hinter den sanften Schleiern des Vormittagsregens zurück.

Mein Weg führt auf den Kamm des Hügels und folgt mit ihm eine Weile dem Lauf des Waldlandflusses, der sich im Tal auf der anderen Seite versteckt und lautlos unter dichtem Baumbewuchs dahinwindet. Doch dann geht der Pfad jäh hinunter, und plötzlich rauscht das Wasser laut in dem engen Einschnitt zwischen den beiden Bergrücken. Die mächtigen Stämme lassen den Lärm von allen Seiten widerhallen wie in einer riesigen, dunklen Tropfsteinkaverne. Nebel zieht von den Hängen herab, alles ist tropfnass.

Die Trittsteine der Furt liegen tief im wilden Wasser. Vorsichtig tastend setze ich meine Füße Schritt für Schritt auf das schlüpfrige Moos. Das schwere Bündel am Speer über meiner Schulter schwingt beim Balancieren bedenklich hin und her. Aber ich komme hinüber, ohne auszurutschen.

Drüben führt der Fußpfad wieder steil den bewaldeten Hang hinauf. Das Tosen des Flusses lässt allmählich nach und bleibt im Dickicht des Talgrundes zurück. Es wird wieder still, bis auf das Rauschen des Regens im Blätterdach.

Vom Berg jenseits des Meeres weht das Mittagssignal herüber.

Und fast ohne Verzögerung zerreißt ein viel lauteres Dröhnen die Ruhe des Waldes! Es kommt von ganz nahe, von der Bergkuppe direkt vor mir, noch unsichtbar hinter den Bäumen. Nach wenigen Schritten lichtet sich der Wald, und ich trete ins Freie.

Vor mir liegt die Waldlandkuppe. Es ist die höchste Erhebung der Wasserscheide und des gesamten Waldlandes diesseits des Berges. Dort oben liegen die Quellen des Randflusses und vieler andere Wasserläufe. Ein langgezogener Grat führt steil hinauf, und dort oben, auf dem flachen Gipfel, ragt zwischen dahintreibenden Wolkenfetzen ein Bauwerk über die Bäume: Der Waldlandturm.

Ich habe mein Ziel fast erreicht, doch der anstrengendste Teil liegt noch vor mir. Der Pfad hinauf führt ungeschützt über blanken Felsen und Schotter. Ein kalter, nasser Wind jagt fauchende Böen über den Grat und lässt meinen feuchten Umhang flattern. Unter mir, am Fuß der Geröllhänge zu beiden Seiten, wogt ein Meer aus großen, stacheligen Schirmblättern, die sich wie riesige, zitternde Tatzen aus dem wirbelnden Nebel strecken, als ob sie nach mir greifen wollten.

Kurz vor dem Gipfel lässt der Nebel nach. Jetzt kann ich weit in die Ferne sehen: Rechts liegt jenseits des Waldes die Küste und das weite Band des Meeres, mitten darin ragt der Berg in seine Wolkenkrone empor, mächtig und viel höher als er unten vom Dorf aussieht. Zu meiner Linken erstreckt sich die nebelige Hochebene des Waldlandes soweit das Auge reicht, bis hin zu einer harten Abbruchkante. In der Tiefe dahinter öffnet sich die Wüste, deren fahles Band das Land bis zum dunklen Streifen des Randes umzieht, einförmig und flach. Nur an einer Stelle am entfernten Rand der Wüste unterbricht eine senkrechte Säule die Waagrechte des Horizonts, wie ein riesiger, seltsamer Baum mit ausladender, wabernder Krone, flachgedrückt unter dem Gewölbe des Himmels.

Dann bin ich oben. Auf dem flachen Gipfel umringt der Wald eine weite Lichtung. Knorrige, windschiefe Bäume und zerzaustes Buschwerk umstehen eine Wiese mit kurzem Gras und Büscheln von niedrigen, blühenden Sträuchern. In der Mitte bildet ein natürlicher Sockel aus schwarzem Fels die Basis für den Waldlandturm.

Das Gebäude ist ein gedrungener Bau mit quadratischem Grundriss, aus mächtigen dunklen Felsblöcken gemauert. Seine leuchtende Plattform erhebt sich hoch über die Wipfel des umgebenden Waldes, sodass die beiden Amonshörner dort oben ungehindert die Signale vom Tempel empfangen und zum Kavernenturm weit draußen jenseits des Randgebirges weiterleiten können.

Als ich mich nähere, ertönt von der Plattform der Ruf einer hohen, freundlichen Stimme: »Grüß dich, Dev!«

»Hey Ghar! Erwartest du mich etwa schon?«

»Jajaja! Ich schaue dir schon zu, seit du losgegangen bist, jaja.« Der alte Turmwärter beugt sich über die Brüstung und reckt seinen Kopf herunter. »Hast du mir da etwas mitgebracht?«

Ich recke ihm lachend meinen Speer mit dem Bündel entgegen und schüttle ihn. Dann steige ich die Stufen hinauf, die in den Felssockel gehauen sind. Als ich den Turm durch die offene Tür in der Randseite betrete, ist Ghar schon heruntergeeilt. Strahlend streckt er mir seine dünnen Arme entgegen, und wir umarmen uns. Mir kommt vor, dass sein Körper in der langen Zeit, seit ich zuletzt hier war, noch ein wenig kleiner und dürrer geworden ist. Aber vielleicht ist es auch meiner, der seither gewachsen ist.

Er führt mich die umlaufenden Stufen hoch, die innen entlang der Wände nach oben führen. Dabei stößt er kleine freudige Kiekser aus und murmelt einen Singsang unverständlicher Silben, die nur für ihn selbst gedacht sind.

»Hihh, i-hmm, jajaja... Mm-hij, ih-ja...«

Die lange Zeit hier oben hat den alten Ghar eigen-
brötlerisch und schrullig gemacht, aber ich weiß, dass
sein Denken klarer und tiefer ist als das der meisten
Menschen. Beruhigt stelle ich fest, dass er auch heute so
gut gelaunt ist, wie ich ihn schon immer kenne.

»Komm rein, es gibt frisches Bergregenwasser, m-
hij!«

Durch eine Luke führt die Treppe in seine Behau-
sung unterhalb der Plattform.

Wir setzen uns an den einfachen Holztisch, der die
Mitte des Raumes einnimmt. Darauf stehen eine große
Wasserschale und ein paar kleinere Trinkschalen bereit.
Ghar gießt uns ein. Während ich den ersten, durstigen
Schluck nehme, blicke ich mich um. Vom Tisch aus
schaut man durch niedrige breite Fenster in alle vier
Richtungen hinaus ins Land. Der nahe Himmel taucht
den Raum in helles, weiches Licht. Neben den Fenstern
gibt es Lichtsteine, die das Zimmer auch dann beleuch-
ten, wenn die Vorhänge gegen kalten Wind und Regen
zugezogen sind – was hier oben nicht selten vorkommt.

In einer Ecke steht eine Schlafkoje aus Bambus. Die
Decken darauf sind sauber gefaltet und das Kissen
ordentlich aufgeschüttelt. Auf einer Anrichte an der
Wand reiht sich das wenige Geschirr, das Ghar braucht:
Platten, Messer, Löffel, ein Korb mit Lims, eine große
Schale mit Deckel und ein paar weitere Behälter für
seine Vorräte. An einem Haken an der Wand hängt
Ghars Umhang, an einem weiteren sein Bogen, daneben
der Köcher mit den Pfeilen, und in einem Bambusrohr

in der Ecke lehnt ein Speer. Alles hier hat seinen Platz, alles ist geputzt und übersichtlich aufgeräumt.

Ich nicke Ghar bewundernd zu. »Alles ist so ordentlich bei dir, Ghar. Ich bekomme fast ein schlechtes Gewissen, wenn ich das Durcheinander denke, das bei uns zu Hause manchmal herrscht…«

Ghar lacht. »Hij, du kennst mich ja, Dev. Ich höre die Dinge reden, und jedes Ding möchte so behandelt werden, wie es ihm zukommt, jaja…«

Ghar liebt die Ordnung. Er nimmt es genau mit den Dingen, so genau, wie er es auch mit seiner Aufgabe hier oben nimmt: Er wacht über die Zeiteinteilung und die zuverlässige Weitergabe der Zeitsignale vom Berg über die Wüste zum Kavernenturm. Er hat ganz genau im Gefühl, wann die Signale vom Tempel kommen. Dann steht er schon vorher an der Signalanlage, seine Hand am Hebel, mit dem er die Erzeugung des Signals aus dem großen Amonshorn auslöst. Er ist stolz darauf, noch nie verschlafen zu haben.

»Wie sonderbar, dass du gerade heute kommst, Dev!« Ghar stößt einen kurzen hellen Laut aus, als müsste er gleich niesen. »Ich habe euch schon so lange nicht mehr gesehen, dich und deine Schwester. Und gestern erst war Khi hier bei mir! Wusstest du das?«

»Nein«, sage ich überrascht. »Ich habe sie selbst schon einige Zeit nicht mehr getroffen. Sie hat das Dorf verlassen, mit Ka und den Dinks. Ich bin auch deswegen gekommen, um dich zu fragen, ob du etwas von ihr gehört hast.«

»Ja, allerdings«, sagt er aufgeregt, »Ka war auch

dabei. Kann man das glauben, hiij? Als ich die beiden zuletzt gesehen habe, waren sie noch Kinder. Und jetzt ... ein romantisches kleines Paar! Und ich habe die beiden Dinks gesehen! Stell dir vor, sie sind auf ihnen *geritten!*« Er schüttelt mit weit aufgesperrtem Mund und großen Augen den Kopf.

»Ich weiß«, lache ich, »wirklich unerhört, oder? Aber bevor wir weiterreden...« Ich setze mein Bündel auf den Tisch vor Ghar. Als er sieht, dass ich eine große Meernussschale mit einem Deckel auspacke, zieht er die Brauen hoch und spitzt die Lippen. Ich hebe den Deckel, und eine dampfende Wolke von Wohlgeruch steigt aus der Schale. Ghars Nasenlöcher werden erstaunlich weit; er grinst und blinzelt aufgeregt.

»Bitteschön – frisch gedämpfter, salziger Dinkeintopf mit Kräutern, Banas und Kokomilch! Extra für dich ein- und ausgegraben! Ich hoffe, du hast Hunger.«

»Aaaahhhh«, stöhnt Ghar lustvoll. »Warmes Essen! Dev, du weißt, was mir hier oben am meisten fehlt! Früchte, Nüsse und Gemüse – gut und gesund; kaltes Kaninchen in Limssaft gegart – auch nicht schlecht... Aber ich würde fast alles für eine heiße Kochstelle hier oben geben!«

»Armer Ghar! Ich verspreche dir, dass ich jetzt wieder öfter zu dir hochkomme.«

Ich erinnere mich, wie wir ganz früher, als Mha noch da war, oft gemeinsam bei Ghar waren, zusammen mit ihr, mit Pa und mit Khi, als sie noch ganz klein war. Khi hatte es Ghar besonders angetan, er trug sie herum und beantwortete geduldig ihre kindlichen Fragen. Sie durfte sogar mit ihm zusammen den Signalhebel bedienen, was beiden großen Spaß machte. Wir brachten dem alten Mann immer Schalen mit gekochtem Fleisch und ein wenig Palmwein vorbei, hielten dann auf der Plattform ein Schwätzchen und genossen die Aussicht. Aber als Mha dann nicht mehr da war, wurde Pa schweigsam und mürrisch, und er wollte Ghar nicht mehr besuchen. Es gab irgendeine Verbindung zwischen dem Turmwärter und Mha, die die beiden Männer nach Mhas Verschwinden belastet hat. Ohne Mha waren die Treffen im Turm, die früher immer heiter und freundschaftlich gewesen waren, auf einmal schwermütig und gezwungen. Den Turmwärter hat Pa seither nicht wieder besucht. Es war höchste Zeit, dass ich heute hergekommen bin!

Geräuschvoll stellt Ghar Schalen und Messer vor uns hin, die er von der Anrichte geholt hat. Er schaut mich erwartungsvoll an.

»Warte Ghar…«, sage ich mit gespielter Strenge. »Du weißt, dass das Essen nicht ganz umsonst ist!«

Mit hungrigem Blick fixiert er die Schale und sagt mit gespielter Ungeduld: »Ja, jaja, jajaja – ich weiß: Du möchtest ein Gedicht hören.«

»Ja genau. Und zwar ein neues, das ich noch nicht kenne!«

Ghar hat noch eine andere Seite als die des gewissenhaften Turmwärters: Er macht Gedichte. Wenn er zwischen den Signalen Zeit hat – und das ist viel Zeit – sitzt er auf seiner Plattform, macht sich Gedanken über den Berg und die Welt, und er denkt sich diese tiefgründigen Reime aus. Ich kenne sonst niemanden, der so etwas kann – abgesehen von den schlichten Kinderliedern, die Eltern ihren Babys vorsingen, oder den albernen Abzählversen der Kleinen beim Versteckspiel. Ghars kunstvolle Gedichte sind aber etwas ganz anderes.

»Also gut. Warte, lass mich nachdenken, jajaja, ein neues, ein neues…« Er kratzt sich aufgeregt am Hinterkopf. Dann erhellt sich seine Miene.

»Jaja, das hier! Hab' ich mir erst neulich ausgedacht. Pass auf…

> *Der Wüstenwind dreht seine Kreise*
> *mal wild, mal sanft, mal laut, mal leise*
> *Der Himmel leuchtet kühl und klar*
> *Und Wolken schweben immerdar*
> *Vom Berg herab führt ihre Reise*
> *Hinaus zum Rand zieht ihre Schar*
> *Und träumend singen sie die Weise*
> *Von dem, was wird, von dem, was war…«*

Ghar blickt mich erwartungsvoll an. Er kiekst und räuspert sich. »Gefällts dir? Gut. Warte, ich hab noch eins:

> *Zwischen Wachen und Träumen,*
> *zwischen Glut und Wasser,*
> *zwischen Dunkel und Licht,*
> *zwischen Kühle und Wärme,*
> *zwischen Unten und Oben,*

zwischen Drinnen und Draußen,
zwischen Tod und Leben...«

Meine Augen sind geschlossen. Ghars Worte sind wie so oft rätselhaft, aber sie zu hören und sie im Geist nachzusprechen hat etwas, das mir auf geheimnisvolle Weise Kraft und Zuversicht spendet. Ihr seltsamer Klang berührt etwas in meinem Inneren, wie die Beschwörung von etwas tief Verborgenem, Unbekanntem, das träumend darauf wartet, geweckt zu werden. Ich spüre ein Verlangen, dieses Geheimnis aus dem Schlaf zu holen und zu ergründen – und habe zugleich Furcht, seinen kostbaren Traum zu zerstören...

Ich schaue Ghar bewundernd an und hole tief Luft. »Wie schön, Ghar... Du bist ein wahrer Künstler!«

Dann klopfe ich munter auf die Tischplatte. »Aber jetzt gibts Essen!«

Ich tue ihm ordentlich auf, aber mir selbst gerade so wenig, dass wir zusammen speisen können, ohne dass ich ihm zu viel von seinem Leibgericht wegesse. Während Ghar hingebungsvoll kaut und schlürft, erzähle ich ihm, wie es dazu gekommen ist, dass Khi das Dorf verlassen hat, zusammen mit Ka und den Dinks:

»Es ist noch nicht so lange her, dass sie fort sind. Sie haben auch vorher schon öfter Streifzüge mit den Dinks in den Wald unternommen, und irgendwann haben sie wohl einen Platz gefunden, an dem sie auch zum

Schlafen bleiben konnten. Hin und wieder kommen Khi und Ka noch im Dorf vorbei, um uns zu besuchen, aber die Dinks nehmen sie nicht mehr mit. Seit die ausgewachsen sind, hat es immer wieder Gerede gegeben und Ärger mit den Nachbarn und den übrigen Bewohnern, wenn sie mit ihnen auf dem Platz erschienen sind. Viele hatten Angst vor den beiden Tieren, obwohl sie wirklich zahm sind und Khi und Ka aufs Wort folgen. Sie waren einfach zu groß. Bald wurde auf dem Dorfplatz lautstark das Gesetz der Wächter angemahnt, nach dem Dinks der Aufenthalt außerhalb des Jagdreviers am Berg verboten ist. Das Maß war endgültig voll, als die zwei zum ersten Mal auf dem Rücken ihrer Dinks auf den großen Platz geritten kamen.«

»Jajaja, das kann ich mir vorstellen«, sagt Ghar mit vollem Mund und stößt wieder einen Kiekser aus. »Wie sind sie denn auf die komische Idee gekommen, sich auf die Dinks *draufzusetzen?*«

»Es war ein Zufall«, sage ich. »Khi hat mir erzählt, wie es dazu kam: Sie waren im Grasland zwischen Wald und Küste unterwegs gewesen und machten ein Picknick auf einer weiten Wiese. Die Dinks hatten sich selbst etwas zu fressen gesucht. Ka hatte gesalzenen Fisch dabei, und Khi wollte ein paar Banas von einer Staude pflücken. Die schönsten hingen zu weit oben, aber *Uhiih* (so nennen sie *Dinkie-Mädchen*, seit sie groß ist) lag genau darunter im Gras. Also versuchte Khi, auf ihren Rücken zu klettern, um die Früchte zu erreichen. Das reichte nicht, und Khi sagte Uhiih, sie solle aufstehen. Sie tat es, und durch den Ruck dabei verlor Khi ihr

Gleichgewicht, ihre Beine rutschten auseinander und sie saß rittlings auf dem Rücken des Dinks. Der Plumps erschreckte Uhiih, sie machte einen Satz und lief ein paar Schritte. Hah! Die Banas waren vergessen, und Khi ritt mit ihr über die Wiese, beide johlten vor Spaß und Hoppelei. Ka schaute zu und klatschte begeistert in die Hände. Natürlich mussten er und *Ahiih* (das ist der neue Name von *Dinkie-Junge*) das auch versuchen! Sie drehten ein paar Runden über die Wiese und pflückten zu guter Letzt noch die Banas vom Strauch. Danach lagen sie alle vier satt und glücklich im Gras und dösten.

Als Ka und Khi dann mit ihren Tieren die Treppe zum Großen Platz hinaufritten, übermütig und stolz, brach ein Riesenwirbel unter den Leuten los. Die breiten Stufen bogen sich durch, und die dicken Bambusrohre knarzten bedenklich, als die beiden ausgewachsenen Dinks mit ihren Reitern auf dem Rücken den Platz betraten. Viele flüchteten in die umstehenden Häuser und Wege, lugten ängstlich aus den Türen, andere fingen gleich an, zu schimpfen und mit den Wächtern zu drohen. Ein paar waren allerdings auch dabei, die es ganz lustig fanden und anerkennend Beifall klatschten. Jedenfalls brachte Khi das bei den Bewohnern endgültig den Ruf ein, eine Spinnerin zu sein, im besten Fall wunderlich, im schlimmsten Fall gemeingefährlich. Von da an blieben die Dinks außerhalb der Siedlung, und Khi und Ka kamen immer seltener nach Hause. Und ich fürchte, jetzt haben sie beschlossen, gar nicht mehr ins Dorf zu kommen.«

Ghar hat sich inzwischen zurückgelehnt und die Hände vor seinem Bäuchlein gefaltet. »Jaja, genau das haben Khi und Ka mir gestern erzählt. Sie haben sich ein verstecktes Plätzchen im Wald gesucht, ziemlich abgelegen. Ich darf auf keinen Fall jemandem davon erzählen… Aber ich schätze, du bist eine Ausnahme, jajaja.«

Er macht ein leises Bäuerchen. Dann setzt er sich auf und sieht mich ernst an.

»Aber noch etwas haben sie mir gesagt: Sie wollen die Wächter um Erlaubnis bitten, die Dinks zu behalten. Wenn die Abordnung der Wächter das nächste Mal dem Dorf ihren regelmäßigen Besuch abstattet, dann wollen Khi und Ka bei ihnen vorsprechen, jaja. Die Wächter werden wie üblich nach dem Rechten sehen, anliegende Streitereien schlichten, neue Schüler auswählen und so weiter. Aber diesmal wird es noch etwas geben, etwas Besonderes, jaja…«

Ich beuge mich nach vorne und schaue Ghar fragend an. Er schaut kurz über seine Schulter, als fürchte er unliebsame Zeugen. Dann sagt er leise und bedeutungs-voll: »Die Wächter werden diesmal die Patrouille zwischen den Fluten ankündigen!«

Ich mache große Augen und hole tief Luft. *Die Patrouille zwischen den Fluten!*

»Jajaja-ja!« Ghar nickt eifrig. »Du weißt schon, der Versorgungszug zur Großen Kaverne!«

Ja, ich weiß. Ich erinnere mich ganz dunkel daran, einmal als kleines Kind den Aufruf zu so einem Marsch miterlebt zu haben… Die Zeit von einer Flut bis zur nächsten dauert sehr lange – so lange, wie ein neugeborenes Kind heranwächst, um kein Kind mehr zu sein.

Wenn sich dieser lange Zeitraum dem Ende zuneigt, fangen die Wächter an, Vorkehrungen zu treffen für die kommende Evakuierung. Das wichtigste Ereignis zur Sicherung unseres Überlebens ist die Patrouille zwischen den Fluten: Unter der Führung der Wächter macht sich eine große Gruppe von Bewohnern auf eine gefährliche Reise hinaus ins Randgebiet, um Vorräte für die Schutzräume und Unterstützung für die dortigen Kavernenwächter dorthin zu bringen. Schon vor langer Zeit – ich kann mich nicht mehr erinnern, wann genau, aber wahrscheinlich war es direkt nach Mhas Verschwinden – habe ich beschlossen, dass ich bei der nächsten Patrouille dabei sein würde. Aber dieses Ereignis lag immer in weiter Ferne. Und jetzt… Plötzlich ist die unbestimmte Zukunft da, und die schreckliche Prüfung, die sie über uns bringen wird, ist so nahe, dass sich mein Magen schmerzhaft zusammenzieht.

»Die Wächter«, erzählt Ghar aufgeregt weiter, »werden diesmal verkünden, dass der Marsch kurz bevorsteht, ja, und dass sie Freiwillige suchen, die sie als Träger, Handwerker und Kämpfer ins Randgebiet begleiten. Deine Schwester – sie will diese Gelegenheit nutzen, um den Segen der Wächter für ihre Dinks zu bitten. Und sie will sogar mit ihnen die Patrouille begleiten! Hij! Neinneinneinneinnein…«

Er schüttelt den Kopf und verzieht das Gesicht. »Wenn du mich fragst – ich halte das für gar keine gute Idee! Ich kenne die Wächter, vor allem Meister Khor, jaja. Der wird kein Haarbreit vom Gesetz abweichen, nicht einmal wenn die Dinks auf zwei Beinen gehen und sprechen und den obersten Wächter persönlich um Erlaubnis bitten würden, h-hij!«

Ghar lacht kurz auf, dann seufzt er. »Khis Dinks sind zwar zahm und friedlich, aber die Mehrheit ihrer Artgenossen sind nun mal wilde, gefährliche Tiere... Aber das brauche ich dir ja nicht zu erzählen, Dev, nachdem was mit Pa passiert ist...«

Bei der Erwähnung Pas ist seine Stimme plötzlich leise geworden. »Wie gehts dir überhaupt, Dev? Nach alldem... Das muss eine ziemliche Veränderung für dich sein, ja?«

»Es geht«, sage ich knapp, »Ahn und Bo sind da, und die anderen Jäger, mit denen ich zum Berg fahre...«

Ich zögere. Dann atme ich tief ein und seufze. »Nach jedem Abendsignal liege ich in meiner Koje. Ich kann nicht schlafen. Es ist traurig, so alleine zwischen den leeren Schlafplätzen zu liegen. Ich mag nicht daran denken, dass sich das vielleicht gar nicht mehr ändern wird. Ach Ghar, ich fürchte, ich werde den Rest meines Lebens in Einsamkeit verbringen – ohne Pa, ohne Khi... und ohne Ion...«

»Jaja, *Ion*...« Ghar sieht mich bedauernd an. »Du bist wohl nicht ganz einverstanden mit seiner Entscheidung, Wächter zu werden...«

»In letzter Zeit ist vieles nicht so, wie ich es mir wünschen würde.« Ich runzle die Stirn. »Oder wie ich es erwartet habe. Ach Ghar, ich weiß nicht, was ich will, was ich kann oder was ich soll... Ich wünschte, ich hätte

Ions Zuversicht und den Glauben an die unerschütterlichen Prinzipien von euch Wächtern.«

Bei diesen Worten stößt Ghar einen sehr hellen Kiekser aus. Dann seufzt er: »Alleinsein muss nichts Schlechtes sein.« Er sagt es mit einem freudlosen Unterton. Seine Augen starren auf die Tischplatte. Woran denkt er? Er erzählt zwar immer, dass er gerne allein hier oben ist, wo er seine Ruhe hat, fernab vom Gewimmel im Dorf und von den strengen Regeln und Tagesordnungen der Tempelwächter. Aber manchmal spüre ich eine tiefe Traurigkeit hinter seiner lustigen Art. Ich glaube, etwas muss in seiner Vergangenheit passiert sein, das ihn hier herauf in die Einsamkeit geführt hat... Irgendwann werde ich ihn danach fragen.

»Man hat jedenfalls viel Zeit zum Nachdenken.« Ghar hebt den Kopf und schaut aus dem Fenster in die Ferne. »Jaja... Auch über solche Fragen, wie sie dich jetzt quälen. Meine Methode, Antworten darauf zu finden ist es, Gedichte zu machen. Solltest du vielleicht auch mal versuchen. Kennst du das hier schon?

Geh hinaus, such nach dem Glück
Schau dich um, aber komm zurück
Finde, was das Leben bringt
Tu, wozu dich niemand zwingt
Alles ist Gelegenheit
bist du der Meister deiner Zeit«

»Danke, Ghar«, sage ich leise. »Ich hoffe, dass dein Gedicht mir Glück bringt...«

Ghar lächelt mich mit den Augen an und nickt kaum merklich.

Wir starren eine Weile schweigend ins Leere.

Dann fällt mir etwas ein. »Ghar…«, sage ich heiter, »das Gedicht war ohne Frage einen Nachschlag wert! Ich habe da noch etwas dabei, jaja…«

Ein kleiner Lederbeutel kommt aus meinem Bündel zum Vorschein und erhebt sich in meiner Hand über dem Tisch. »Mit schönen Grüßen von Bo…«

Der Beutel in meiner Hand schüttelt sich auffordernd, und ich schaue Ghar fragend an. Dann grinsen wir beide. Ich gieße uns etwas von der dunklen, öligen Flüssigkeit in die Trinkschalen.

»Aber nur einen winzigen Schluck, Dev! Du weißt ja, ich muss dann gleich das Signal abschicken, da brauche ich meine ganze Konzentration!«

»Ich weiß. Ich werde mich dann auch wieder auf den Heimweg machen. Es war schön, mit dir zu reden.«

Ghar nickt und seufzt. Wir trinken einen Schluck von Bos Palmwein. Ghar schließt genießerisch die Augen und lässt einen langgezogenen, wohlig wimmernden Ton hören.

Wir sehen uns lange in die Augen und lächeln.

»Auf dein Wohl, Ghar!«

»Auf dein Wohl, Dev. Und auf das deiner Schwester! Khi – die auf dem Dink reitet… Hji!«

KAPITEL 13

BESUCH DER WÄCHTER

»Bo ist weg.«

Ahn schaut an mir vorbei in die Baumwipfel über dem großen Platz. Wir sitzen an einem Tisch vorne an der Brüstung und trinken Regenwasser. Unter uns zieht der Meerfluss im dunstigen Wald dahin. Wir warten auf die Ankunft der Wächter.

Mein Herz klopft und mein Magen krampft sich schmerzhaft zusammen. »Bist du sicher? Seit wann?«

»Seit zwei Tagen. Er war mit den anderen noch unten bei den Palmen und kam mit dem Abendsignal heim.« Sie atmet tief durch. »Beim Morgensignal lag er nicht mehr in seiner Koje. Ich habe ihn gesucht, überall…«

»Weiß Ion schon davon?«

Sie schüttelt den Kopf.

Natürlich nicht – er ist ja drüben im Tempel.

Wir schauen uns an.

Dann schließe ich die Augen. Ich sehe schemenhafte, weiße Gestalten, lauernd im Halbdunkel, eingefallene Gesichter, schwarze Augen.

Die Wasserschale in meinen Händen knackt und zerbricht.

Ahn legt mir die Hand auf die Schulter. »Hast du etwas von Khi gehört in letzter Zeit?«

Ich nicke. »Sie ist irgendwo draußen. Im Wald mit ihren Dinks – und mit Ka. Aber Ghar hat mir erzählt, dass sie kommen wollen, wenn die Abordnung der Wächter da ist.«

Ahn gelingt es, kurz zu lächeln. Sie ist so stark.

Die Wächter sind da.

Der große Platz ist bis auf den letzten Stehplatz gefüllt. Es ist heiß, kein Windhauch, kein Tropfen Regen. Träge Dunstschleier hängen unter den Schirmkronen der Bäume.

Vorne an der Brüstung, wo die breite Treppe heraufkommt, ist ein Podest aufgebaut, damit alle die Ankömmlinge sehen und hören können.

Das Stimmengewirr legt sich, irgendwo weint ein Kleinkind. Neben mir steht Ahn, hinter uns Khi und Ka. Beide sind wieder ein Stück gewachsen, seit ich sie zuletzt gesehen habe, aber ohne ihre Reittiere wirken sie jetzt trotzdem auf mich wie ernste, ein wenig verlorene Kinder.

Wir recken die Köpfe, als zwei hochgewachsene Gestalten in der Robe der Wächter das Podest betreten.

Es besuchen immer zwei der hohen Wächter als Abordnung die Bewohner der Küste und des Waldlandes. Sie verlautbaren Ankündigungen, sehen nach dem Rechten, erkundigen sich nach dem Wohlergehen der Menschen oder schlichten Streit. Und heute werden sie auch neue Wächterschüler auswählen, um sie für die Aufnahmeprüfungen im Tempel vorzubereiten.

Ein Raunen geht durch die Menge, als in dem Wächter, der sich jetzt anschickt zu sprechen, Meister Khor zu erkennen ist. Welch besonderer Anlass führt an diesem hohen Tag den obersten Wächter selbst hierher?

»Menschen des Waldlandes!«, hallt es über den Platz. »Wir bringen euch die Grüße des Hohen Rates der Wächter, vom hohen Wächter Dhim und der hohen Wächterin Ahre! Achtet die Zeit!«

»Achtet die Zeit!«, murmelt die Menge.

»Ich bin Khor, der oberste Wächter.« Meister Khor spricht mit tiefer, ernster Stimme.

»Und ich bin Vhal, oberster Lehrmeister der Wächterschüler«, stellt sich der Mann neben ihm vor, älter und noch einen halben Kopf größer als Khor. »Ich sehe, dass schon einige Bewerber für die Wächterschule warten. Aber bevor wir heute mit der Auswahl anfangen, haben wir euch noch etwas anderes Wichtiges mitzuteilen.« Vhal tritt zur Seite und übergibt das Wort wieder an Khor.

»Menschen des Waldlandes«, sagt der Meister feierlich. »Unsere Welt ist gut zu uns, das wisst ihr alle. Ihr, die Bewohner, habt alles, was ihr für ein angenehmes Leben braucht – Nahrung, Wärme, Licht. Und ihr habt die Fürsorge der Wächter, damit ihr alle in Eintracht und Frieden miteinander leben könnt. Doch ihr wisst auch: Unsere Welt ist geordnet in der Zeit, und die Zeit wird bemessen durch die Große Flut. Die Flut reinigt die Welt von allem, was an Gemeinheit, Schmutz und Verirrung in der Welt überhandnimmt. Sie nimmt das Alte und Schwache hinweg, sie tötet das Eitle und Übelwollende, und sie verschont die Mutigen und die Umgänglichen. Die Flut ist die große Prüfung, die uns auferlegt ist. Und es ist eine schwere Prüfung!«

Auf dem Platz regt sich ein Murmeln, die Menschen sehen sich an. Viele der Älteren kennen diese Vorrede schon und wissen, was sie zu bedeuten hat.

»Lange Zeit ist vergangen seit der letzten Prüfung«, fährt Khor fort. »Wir sind heute hier, um euch zu sagen, dass die Zeit bis zur nächsten Flut nun kürzer ist als die seit der letzten vergangene. Ihr wisst, dass wir Vorbereitungen treffen müssen, um die Prüfung zu überstehen. Und wir müssen diese Vorbereitung rechtzeitig beginnen, damit wir an jenem nicht mehr allzu fernen Tag gerüstet sind, an dem wir uns alle auf den schweren Weg zum Rand machen müssen!«

Khor hebt die Arme und verkündet mit erhobener Stimme: »Menschen des Waldlandes! Es ist Zeit! Die Zeit für die Patrouille zwischen den Fluten ist nun gekommen! Wir müssen die Kavernen sichern und den Weg dorthin vorbereiten. Wir müssen Vorräte anlegen und zum Rand transportieren. Wir brauchen Verstärkung für die Wachmannschaften, wir brauchen Jäger und Sammler für Nahrungsmittel, und wir brauchen

kräftige Helfer: Träger, Handwerker, Bootsleute und –
nicht zuletzt – mutige Kämpfer.«

Einige Eifrige in der Menge heben schon die Hand,
andere rufen, um sich freiwillig zu melden. Khor hebt
beschwichtigend die Arme und unterbricht sie: »Wartet!
Euer Eifer ehrt euch, doch habt noch etwas Geduld. Wir
werden die Organisation der Freiwilligen an zwei
Vertreter aus eurer Siedlung übergeben.«

Er sieht zu uns herüber. »Der Rat der Wächter hat
mich beauftragt, hierfür Ahn und Dev zu berufen.«

Ahn und ich schauen uns überrascht an. Khor
bedeutet uns beiden, zu ihm nach vorne zu kommen.
Applaus brandet auf, als wir uns den Weg durch die
Menschen bahnen und uns vor das Podest stellen.

Der Meister nickt uns kurz zu. »Ahn und Dev
genießen als hervorragende Jägerinnen und zuverlässige Mitglieder eurer Gemeinschaft das Vertrauen der
obersten Wächter.« Dann wendet er sich wieder an die
Menge: »Ihr könnt euch im Anschluss bei den beiden
melden. Wenn wir mit der Patrouille wiederkommen,
dann solltet ihr alle für die Begleitung bereit sein.«

Damit erklärt Khor die allgemeine Ansprache für
beendet. Die Menge beginnt sich aufzulösen.

Vhal, der oberste Lehrmeister der Wächter, verlässt
das Podest und begibt sich zu einem Tisch in einer Ecke
des Platzes, gefolgt von der Gruppe der Bewerber für
die Wächterschule.

Meister Khor bleibt oben stehen. Vor ihm bildet sich
jetzt eine Schlange von Menschen, die ihm ihre
Anliegen vortragen oder Fragen stellen wollen. Auch

Khi und Ka haben sich eingereiht. Ich warte mit ihnen. Als Khor die beiden erblickt, winkt er uns nach vorne.

»Khi aus dem Waldland, und Ka von der Küste…«

Khor mustert die beiden. Seine Stirn liegt in strengen Falten. »Man hat uns berichtet, dass ihr seit Längerem zwei Dinks hier unten haltet…« Zornig hebt er seine Stimme: »Wie auch immer sie hierher gelangt sind – ihr wisst, dass dies nach den Gesetzen der Wächter verboten ist!«

Die zwei schauen den obersten Wächter an, sagen aber nichts.

»Dinks sind gefährliche Wesen aus der Nebelzone, unberechenbar und wild«, sagt Khor. »Sie sind Bewacher der Übergangszone, Hüter der Schwelle. Sie dürfen diese Schwelle nicht nach unten überschreiten, es sei denn als totes Fleisch, denn sie dienen uns als Jagdbeute. Wir können nicht dulden, dass sie das Land unten betreten und hier als Haustiere gehalten werden… Man sagt gar -« Vor Entrüstung schnappt er kurz nach Luft, »Man sagt, ihr würdet auf ihnen *reiten*!«

»Ja«, sagt Khi leise mit erhobenem Kinn.

Ka nickt eifrig. »Sie sind zahm und gehorchen uns aufs Wort. Sie können sehr nützlich für die Menschen sein: Sie tragen schwere Lasten und bringen uns schneller als ein Vogel ans Ziel. Wir würden gerne mit ihnen die Patrouille zu den Kavernen begleiten.«

Khor senkt wütend den Kopf. »Ihr kennt die Gesetze der Wächter, sie sind streng und dulden keine Ausnahme«, sagt er drohend. »Die Dinks müssen von hier ferngehalten werden. Sie müssen zurück auf den Berg.« Er schaut zwischen den beiden hin und her. »Aber ich fürchte, dafür ist es zu spät, oder?«

»Sie sind groß«, sagt Khi. »Sie passen in kein Fährboot zum Berg.« Sie atmet scharf ein. »Ihr wollt sie töten, oder?«

»So ist das Gesetz. Ich muss das hier im Hohen Rat besprechen, aber wir wissen alle, wie der Beschluss lauten wird.«

Ich lege Khi den Arm um die Schulter. »Es tut mir leid«, flüstere ich.

Es ist meine Schuld. Ich habe ihr die Eier mitgebracht und nicht an die Folgen gedacht. Die Dinks sind so schnell groß geworden. Und Khi war so guter Dinge mit ihnen. Sie hat sie wirklich zu ihren Gefährten erzogen…

Aber ich weiß, dass es keinen Sinn hat, sich gegen das Gesetz der Wächter zu stellen. Khi weiß es auch, aber…

Sie drückt meinen Arm weg.

»Was, wenn wir weggehen?«, fragt sie Khor. »Wir verschwinden einfach im Wald mit ihnen und lassen uns nicht mehr sehen.«

Jetzt nimmt Ka ihre Hand und drückt sie. Auch sein Blick fixiert Khors Gesicht.

Der schnaubt laut auf. »Ihr würdet verstoßen, ihr dürftet nicht mehr in die Nähe der Siedlung und eurer Familien kommen. Und die Dinks müssten gesucht und gejagt werden. Und denkt an die Flut!« In seine Stimme mischt sich eine Spur von Bedauern. »Der Zutritt zu den Kavernen wäre euch verwehrt. Das würde euren sicheren Tod bedeuten.«

Khi nickt, schnell und kurz. Einen Augenblick ist sie still. Dann kneift sie die Augen zusammen. »Was macht euch so sicher, dass euer Gesetz immer gut für uns ist?«, fragt sie scharf. »Gibt es denn keine Möglichkeit, dass Dinge sich ändern? Kommt mit in den Wald, ich zeige euch, dass die Dinks nicht böse sind!«

»Das Gesetz IST die Sicherheit! Einer der sieben Sätze lautet: *Achte die Grenze!* Und wir werden nicht dulden, dass diese uralten Regeln missachtet werden«, sagt Khor nun hart. »Wenn die Patrouille hierher kommt, möchte ich, dass die Dinks weg sind – oder noch besser: geschlachtet, zerteilt, getrocknet und hergerichtet als Proviant für die Kavernen!«

Damit ist das Thema für den obersten Wächter erledigt. Er wendet sich den nächsten Wartenden in der Schlange zu.

»Wir haben uns sowieso schon lange entschlossen, zu gehen«, sagt Khi zu mir. »Wir bleiben jetzt einfach ganz weg.«

Wir sitzen zu Hause auf der Terrasse mit Ka und Ahn. Die Wächter haben ihre Rückreise zum Berg angetreten, zusammen mit den Ausgewählten, die die Aufnahmeprüfung als Schüler im Wächtertempel absolvieren werden.

Ahn und ich werden in nächster Zeit sehr viel zu tun

haben. Wir haben genaue Instruktionen von Khor erhalten und müssen viele Leute treffen und Gespräche führen. Aber es ist eine ehrenvolle Aufgabe, die Freiwilligen und die Vorräte für die Patrouille zum Rand zu organisieren.

Doch was machen wir mit meiner Schwester?

»Wie wollt ihr überleben?«, fragt Ahn. »Ihr müsst euch abseits aller Menschen verstecken, ihr werdet einsam sein, ihr werdet euch zu Tode langweilen!«

Khi und Ka grinsen beide gleichzeitig.

»Das bestimmt nicht«, sagt Ka. »Vielleicht haben wir bald viele Kinder?«

»Das ist nicht lustig, Ka.« Ich fürchte, er meint es gar nicht lustig. »Und wenn sie euch nicht schon vorher finden und die Dinks umbringen – wie wollt ihr die Flut überleben? Außerhalb der Großen Kaverne werdet ihr sterben!«

»Wer weiß?«, meint Khi. »Habt ihr schon mal drüber nachgedacht, wo all die Tiere im Wald hingehen, wenn die Flut kommt? Jedenfalls nicht zum Rand in die Kavernen. Sie müssen Verstecke irgendwo im Waldland haben… Dev, weißt du nicht mehr die Geschichten, die uns Mha erzählt hat? Die von der Stadt der Vögel, auf der anderen Seite des Berges?«

»Ist das dein Ernst? Khi, das waren nur Märchen, die sie sich für uns ausgedacht hat, damit wir einschlafen…« Ihr kindischer Optimismus macht mich wütend. Warum muss ich mir eigentlich immer für sie Sorgen machen?

Ich hole tief Luft. Eigentlich beneide ich sie ein bisschen um ihre Unbeschwertheit.

Ich nehme ihre Hand. »Und jetzt?«

»Wir werden jedenfalls nicht da sein, wenn die Wächter wiederkommen«, sagt Ka.

»Aber ihr wolltet doch mitkommen, wenn die Patrouille zu den Kavernen loszieht!«

»Ja, das möchte ich unbedingt«, sagt Khi. »Ich will sehen, wo Mha verschwunden ist. Und ich will die Rander sehen!«

Es erstaunt mich immer wieder, dass dort, wo andere Menschen Angst verspüren, bei Khi nur Neugier zu sein scheint.

»Aber zuerst müssen wir die Dinks in Sicherheit bringen. Alles andere sehen wir danach«, sagt sie zuversichtlich. »Es wird sich ein Weg finden.«

»Ich hoffe es…«, seufze ich. »Versprecht mir, auf euch aufzupassen. Und lasst mich wissen, wo ich euch finden kann. Wenn wir von der Patrouille zurück sind, werde ich auf euch warten.«

»Geh zum Waldlandturm. Der alte Ghar dort oben wird dir sagen, wo du uns finden kannst«, sagt Khi. Sie überlegt. »Aber vielleicht sehen wir uns ja schon vorher wieder…« Sie schaut Ka an, dann steht sie auf.

»Komm Ka, wir müssen uns um die Dinks kümmern.«

Sie umarmt mich kurz und fest. »Pass' du auf dich auf!«

Die beiden wenden sich zum Aufbruch. Doch dann schaut Khi noch einmal zurück zu mir.

»Erzähl mir von Mha, wenn du wieder da bist.«

KAPITEL 14

DIE STADT DER VÖGEL

E s war einmal ein kleines Mädchen, das ging mit seinen Eltern auf die Jagd in den Wald. Sie wollten ein Wasserschwein oder ein paar Ghuhus erlegen und zum Abendsignal wieder zu Hause sein.

Es war ein besonderer Tag, weil das Mädchen seinen eigenen Bogen dabeihatte und ihn heute zum ersten Mal einsetzen sollte, um Beute zu jagen.

Weil das Mädchen sehr neugierig und ein kleiner Wildfang war, ermahnten es die Eltern (wie jedes Mal), dass es sich im Wald nicht von ihnen entfernen sollte, weil es sich sonst leicht verlaufen könnte.

Sie paddelten ein Stück den Meerfluss hinunter und legten am Ufer nach der Einmündung eines kleinen, namenlosen Nebenarms an, um nach frischen Fährten zu suchen. Die Landspitze zwischen den beiden Wasserläufen war ein beliebter Treffpunkt, an dem sich die verschiedensten Waldbewohner zum Trinken einfanden.

Bei ihrer Ankunft stoben ein paar Wasserschweine ins Ufergehölz davon, ein Schwarm Vögel erhob sich, und aus den Baumkronen drangen die warnenden Rufe der Ghuhus.

Die Jäger hatten nicht vor, ihre Beute direkt an der Trinkstelle zu machen, denn das würde die Tiere auf lange Zeit von dort vertreiben. Sie wussten, dass sich die Tiere in den Wald zurückziehen und die Wasserstelle aus der Ferne beobachten würden. Aber die Jäger würden sich aus ihrem Rücken anschleichen...

Sie versteckten sich und warteten. Nach einer Weile pirschten sie sich in einem großen Bogen in den Wald, den Nebenarm hinauf und weg vom Hauptfluss. Sie kannten die Fluchtwege der Wasserschweine und wollten ihnen weiter oben auflauern.

Während sie sich lautlos durch das Unterholz bewegten, wuchs die Aufregung des Mädchens – bald schon würde sie mit ihrem Pfeil das erste Beutetier erlegen!

Ihre Mutter und ihr Vater schlichen voraus und zeigten ihr, wohin sie ihre Füße setzen musste, um Geräusche zu vermeiden, worauf sie achten musste, um nicht an Zweigen hängenzubleiben und auf welche Laute um sie herum sie Acht geben sollte, um die Bewegung eines Beutetiers und seine Richtung zu erkennen.

Immer wieder hielten sie kurz an, kauernd und horchend.

Aus den Augenwinkeln nahm das Mädchen eine Bewegung wahr. Vorsichtig drehte es den Kopf und entdeckte im Blätterdach über sich ein Gesicht.

Es war ein junger Ghuhu, der da unbeweglich durch das Laub auf sie herunterstarrte.

Sie schätzte die Entfernung und wusste, dass ihr Pfeil das Tier treffen konnte.

Ihre Eltern setzen sich wieder in Bewegung, ihr Vater bedeutete ihr mit einem Wink, zu folgen.

Sie richtete sich vorsichtig auf – der Ghuhu rührte sich nicht. Vorsichtig, ohne den Blick von dem Tier zu wenden, hob sie ihren Bogen, an dem schon die ganze Zeit ein Pfeil angelegt gewesen war.

Sie spannte die Sehne, bis sie an ihre Wange drückte. Für den Bruchteil eines Augenblickes sah sie zu ihren Eltern, deren langsame Bewegung sie weiter vorne zwischen Büschen und Farnwedeln erahnen konnte.

Als sie wieder hinaufschaute, war der Ghuhu verschwunden.

Sie entspannte den Bogen, atmete aus und schickte sich an, den anderen zu folgen... – da sah sie ihn wieder!

Geräuschlos und flink bewegte er sich einen Ast entlang, hangelte sich weiter und lief dort oben genau in die Richtung, in der die Eltern irgendwo vor ihr sein mussten.

Sie setzte sich in Bewegung, um zu ihnen aufzuschließen. Den Blick zwischen dem fliehenden Tier über sich und dem Boden hin und her bewegend, eilte sie geduckt weiter.

Der Ghuhu hielt an und schaute sich suchend um. Sie duckte sich hinter einem Strauch und spähte durch die Blätter. Er sah sie nicht. Er bewegte sich ein wenig weiter, zögerte, und hielt wieder an, um nach der Verfolgerin Ausschau zu halten. Eine Frucht, die über ihm in Griffnähe herunterhing, nahm jetzt seine Aufmerksamkeit in Anspruch.

Schnell hob sie den Bogen mit dem Pfeil – dabei streifte sie einen Farnwedel. Das leise Rascheln ließ den Ghuhu aufschrecken. Sie verfolgte seine hüpfende Flucht mit den Augen – und versuchte gleichzeitig, sich mit einem Seitenblick zu vergewissern, dass ihre Eltern noch da waren. Eine Bewegung zwischen Büschen und Baumstämmen, nur einen halben Steinwurf entfernt, wog sie in Sicherheit. Sie wandte sich wieder ihrer Beute zu.

Der Ghuhu saß jetzt arglos hoch in einem Baum seitlich vor ihr und kaute genüsslich an einer Palmblüte.

Sie schlich sich so lautlos, wie sie es gelernt hatte, ein paar Schritte näher und setzte den Bogen an. Diesmal achtete sie darauf, kein verräterisches Geräusch zu verursachen. Sie hielt den Atem an und spannte. Sie hatte das Ziel genau im Visier ihrer Pfeilspitze. Sie würde treffen!

Die Sehne schwirrte – sie blinzelte – der Ghuhu war verschwunden!

Hatte sie ihn getroffen? Oder hatte er sich vorher weggeduckt?

Suchend sprang ihr Blick zwischen Zweigen, Stamm und dem Waldboden hin und her. Doch sie konnte keine Spur mehr von dem Tier entdecken.

Sie seufzte enttäuscht und beschloss, diese verpasste Gelegenheit lieber schnell hinter sich zu lassen. Sie wandte sich dem Pfad zu, um die Eltern einzuholen. Dort, wo sie die beiden zuletzt gesehen zu haben meinte, war niemand. Sie sah sich um, horchte angestrengt und spähte in alle Richtungen – aber kein Laut war zu hören und nicht die geringste Bewegung zu sehen.

Wo waren sie hin?

Plötzlich zuckte sie zusammen – ein lautes kehliges

*Lachen erschallte aus der Baumkrone über ihr und hallte viel-
fach zwischen den Stämmen wider.*

*Sie blickte hinauf und sah weit oben den Ghuhu, der da
gesund und munter auf seinem Ast saß und sich schüttelte.
Lachte der sie etwa aus? Und – nicht nur der eine! Auf
einmal tauchten ringsum die Köpfe von Artgenossen aus den
Blättern, und alle ließen ihr spöttisches »G-hu-hu-hu-huu!«
hören, als ob sich alle ausschütten wollten vor Hohngelächter
über die erfolglose Jägerin.*

*Ärgerlich drehte sie sich um und ging weiter. Dann fing
sie an zu rennen, wild entschlossen, ihre verschwundenen
Eltern allein durch die Kraft ihrer Bewegung wiederzufinden... Kopflos ging es durchs Unterholz, sie drängte durch
widerspenstige Vorhänge aus Rankwerk, stolperte über
gewundenes Wurzelgeflecht – bis ihr der Atem versagte...*

*Sie hielt wieder an, schnaufend und schwindlig drehte sie
sich im Kreis, denn sie hatte jetzt nicht mehr die geringste
Ahnung, in welche Richtung sie gehen sollte, oder aus
welcher sie gekommen war. Ein mulmiges Gefühl überkam
sie, eine Mischung aus Angst und vor allem Ärger. Ärger
über die gemeinen Ghuhus, Ärger über ihre Eltern, die
einfach davongelaufen waren, ohne sich um sie zu kümmern;
und Ärger über sich selbst, weil sie nicht auf die Mahnungen
der Großen gehört hatte.*

*Sollte sie laut rufen? Nein! Sie würde sich doch nicht
lächerlich machen wie ein kleines ängstliches Kind; außerdem
würde sie damit alle Tiere aufschrecken und ihre Eltern noch
ärgerlicher machen, als sie wohl schon waren.*

*Sollte sie einfach umkehren, zum Boot zurücklaufen und
dort warten? Aber – in welche Richtung war zurück?*

Mitten in diesen unerfreulichen Überlegungen drang ein Rauschen an ihr Ohr, sanft und fern zuerst, dann schnell näherkommend und immer lauter brausend. Heftiger Regen setzte ein, trommelte ohrenbetäubend auf das Blätterdach und sandte Sturzbäche herunter auf den Waldboden.

Jetzt fing sie doch an zu rufen. Verschämt und zaghaft am Anfang; aber als sie die eigene Stimme unter dem Regenlärm nicht hören konnte, legte sie die Hände an den Mund und schrie die Namen ihrer Mutter und ihres Vaters aus Leibeskräften hinaus in alle Richtungen.

Nichts anders kam zurück als das harte Prasseln des Wolkenbruchs.

In den kalten Regen auf ihrem Gesicht mischten sich ein paar unbemerkte Tränen. Sie schloss die Augen und holte ein paarmal zitternd Luft, bis die Panik langsam nachließ. Sie fing an zu überlegen.

Sie musste zurück zum Meerfluss. Dem könnte sie flussaufwärts folgen, bis sie entweder ihre Eltern fand, oder noch weiter, bis sie wieder ins Dorf zurückgelangen würde.

Aber erst musste sie wissen, wo sie war! Dann würde sie auch die Richtung kennen, in die sie gehen musste. Von ihren Eltern hatte sie gelernt, dass man sich nicht verlaufen kann, solange man den Berg sehen kann. Und den Berg kann man von fast überall im ganzen Land sehen.

Sie musste auf einen Baum steigen, einen hohen Baum, dessen Krone über die anderen hinausragte. Von oben würde sie den Berg und den Tempel sehen, und dann müsste sie nur solange nach rechts gehen, bis sie auf den Fluss stoßen würde.

Das Mädchen war, wie schon erwähnt, ein Wildfang, und zu Hause tat es nichts lieber, als auf Bäume zu klettern. Also war es guter Dinge, dass sein Plan nicht schwer umzusetzen sein würde. Bald hatte es auch einen schönen, hohen Kletterbaum gefunden, mit Ästen und Ranken bis zum Boden herab. Der Regen machte es nicht ganz einfach, im rutschigen Astwerk Halt zu finden; aber das hatte sie schon oft geübt. Behände und flink wie ein kleiner Ghuhu schwang sie sich von Ast zu Ast empor, und bald hatte sie den Wipfel erreicht.

Als sie oben ihren Kopf durch die Blätter steckte, klatschte ihr noch immer der Regen ins Gesicht. Sie sah nichts als Bäume. Noch dazu stieg rings um sie dicker Dunst aus den Baumkronen und vermischte sich mit den tiefhängenden Regenwolken. In der geschlossenen Decke aus Laub gab es keine Unterschiede, keine Hinweise auf einen Flusslauf oder einen Hügel, keine Bewegung – nur Bäume im Regen. Vereinzelt tat sich eine Lücke im Dunst auf und gab den Blick in etwas größere Entfernungen frei – doch auch dort war nichts anderes zu sehen als die ausgedehnte einförmige Blätterdecke des Waldes.

Verzweiflung überkam das Mädchen wieder, denn es wusste, dass sich das Wetter und die schlechte Sicht nicht so schnell ändern würden. Aber… Vielleicht konnte es warten, bis das Signal vom Berg zu hören war?

Es wartete und lauschte in den Regen. Unaufhörlich wendete es den Kopf in alle Richtungen, in der Hoffnung, einen Blick auf den Berg zu erhaschen, der sich vielleicht doch einmal in einer Lücke im Regendunst auftun könnte.

Und wirklich…

Für einen Moment riss ein verirrter Windstoß eine Bahn in den Nebel, und zwischen wirbelnden Wolkenfetzen sah das

Mädchen einen Augenblick lang die dunkle Silhouette des Berges!

Doch was für ein Schrecken ergreift das Mädchen bei diesem Anblick! Der Berg sieht ganz anders aus, als es ihn kennt, seine Form ist ihm fremd – er sieht aus, als hätte ihn etwas gespalten und eine Hälfte würde fehlen. Und das schlimmste ist: Der Tempel ist nicht da! Dort wo auf halber Höhe des Berges sonst das vertraute sanfte Leuchten ins Land herüberscheint, dort ist Leere – einförmige dunkle Leere!

Grauen packt das Mädchen. Denn es weiß jetzt, dass es hinein ins Niemandsland geraten ist, in die verlassenen Gegenden hinter dem Berg. Ist es wirklich so weit gerannt, dass es die sicheren Landstriche verlassen und die Grenze überschritten hat? Wie soll es jemals den Weg zurück nach Hause finden?

Das Mädchen kauert dort im Regenbaum wie ein kleiner nasser Vogel; in den hängenden Zweigen rauscht der Regen durch das Laub, tief hinunter in das verlassene Dunkel des Waldes, in Dickicht, Wurzelgeflecht und Erde. Ihm ist, als träumte die Welt einen schweren Traum, und es sei darin gefangen – für immer verschollen im Regenland hinter dem Berg.

Da landet mit gespreizten Flügeln ein riesiger schwarzer Vogel neben dem Mädchen im Baumwipfel. Es erschrickt heftig, den der Vogel ist größer als alle, die es jemals gesehen hat. Der Wipfel neigt sich ein wenig zu Seite, so groß und schwer ist der Vogel. Er hat ein schillerndes Gefieder und einen mächtigen glänzenden Schnabel. Er sitzt neben ihr und scheint sie von oben herab zu mustern.

Plötzlich – das Mädchen traut seinen Ohren nicht – spricht der Vogel zu ihm!

»Du hast dich verlaufen!«

Der Regen rauscht, der Vogel spricht…

»Du hast dich verlaufen. Aber du hast etwas gefunden.«

Hinter ihrem Rücken wird es mit einem Mal heller. Sie schaut sich um, ihr Blick geht über die endlosen dunklen Reihen der dampfenden Bäume bis weit ins Herz des verlassenen Waldlandes. Dort lichtet sich der Dunst, und der Himmel schickt gleißendes Licht durch die Regenschleier.

Etwas ragt dort über die Bäume, fast weiß in dem Kegel von Himmelslicht.

Ein Turm, nein – viele Türme! Mächtig und hoch scheinen sie das Himmelsgewölbe zu berühren, aus Stein gebaut, spärlich von Pflanzen bewohnt, die auf den Dächern wuchern und ihre Luftwurzeln in die Tiefe der Schluchten zwischen den Gebäuden hinunterstrecken.

»Komm mit«, sagt der Vogel, »ich zeige dir unsere Stadt.«

Sie hat Angst. Sie sagt ihm, dass das Land hinter dem Berg gefährlich und verboten ist.

»Du hast die Wahl«, sagt der Vogel. »Ich kann dich jetzt zurück zu deinen Eltern bringen, oder du kannst eines großen Geheimnisses teilhaftig werden. Gleich, wofür du dich entscheidest – dir wird nichts geschehen. Die einzige Bedingung ist: Wenn du das Geheimnis wählst, darfst du es niemandem erzählen, was auch immer geschehen mag. Sonst wirst du Teil des Geheimnisses und darfst nie wieder in deine Welt zurückkehren.«

Das Mädchen blickt auf die leuchtenden Türme, rätselhaft, bedrohlich und verheißungsvoll im diesigen Licht des *fremden Waldes. Es denkt an seine Eltern und an das Verbot. Aber der Vogel hat versprochen, dass ihr keine Gefahr droht…*

Sie wählt das Geheimnis.

Und der Vogel trägt sie auf seinen Schwingen hin zur Stadt. Er zeigt ihr all die wunderbaren Dinge, die Rätsel und die Schönheiten, die dort von den Vögeln bewacht werden. Die Augen und das Herz des Mädchens werden erleuchtet von den Schätzen, derer es dort ansichtig wird, und sein Geist wird erfüllt von dem Wissen, das die Vögel dieser Stadt seit uralten Zeiten hüten.

Dann trägt der Vogel das Mädchen zurück an den Meerfluss, wo seine Eltern es überglücklich wieder in die Arme schließen dürfen. Und wie es versprochen hat, erzählt es kein Wort von seinem Erlebnis, nicht den Eltern und auch sonst niemandem…

KAPITEL 15

DIE PATROUILLE ZWISCHEN DEN FLUTEN

Ahn und ich sitzen wieder an unserem Tisch auf dem großen Platz. Jetzt können wir nicht mehr viel tun außer zu warten. Wir haben in den letzten Tagen alles vorbereitet, und gestern kam das Morgensignal dreimal hintereinander – drei mal drei Stöße aus den Amonshörnern vor dem Tempel am Berg! Das ist das Zeichen, dass sich die Patrouille auf den Weg hierher gemacht hat. Zwischen Mittags- und Abendsignal werden sie hier sein.

Ich hoffe, Ion wird dabei sein. Wir haben uns schon so lange nicht mehr gesehen! Vielleicht hat er sich freiwillig gemeldet, und wir können gemeinsam mit zum Rand gehen? Ich freue mich auf ein Wiedersehen – wann auch immer. Doch für Ion wird es ein trauriger Tag werden, denn er wird erfahren, dass Bo nicht mehr da ist.

Vorne an der großen Treppe liegt die Ladung bereit,

die wir gesammelt haben: Ballen und Bündel mit Ausrüstung, eine Menge von fest vernähten Packen mit getrockneten Früchten, gemahlenen Wurzeln, Nüssen, Salzfleisch und weiteren Vorräten.

Drei Dutzend Waldleute sitzen mit ernsten Gesichtern in unserer Nähe auf Bänken oder auf dem Boden. Es sind Handwerker, Jäger, Bootsleute und Träger. Mit uns warten sie auf die Wächter und die Küstenleute, und sie warten auf den Beginn der Reise. Anspannung liegt in der Luft, es wird wenig gesprochen. Es ist noch nicht die Prüfung der Flut, die uns bevorsteht; doch jeder weiß, dass uns dort draußen große Gefahren erwarten.

Vom Ufer des Randflusses her hört man das Hauen von Äxten auf Holz und die Rufe der Bootsbauer. Sie arbeiten seit Tagen an den Booten; die alten werden überholt und dichtgemacht, und dazu kommen einige neue, eigens gebaut für die Reise zum Rand.

»Willst du nicht doch mitkommen?«, frage ich Ahn.

Sie schüttelt müde den Kopf. »Mir reicht der nächste Marsch, wenn die Flut kommt. Ich war schon ein paarmal zu oft bei den Kavernen…«

Ich kann sie verstehen.

Sie schaut mich an. »Versprich mir bitte etwas…« Sie zögert, schaut zum Himmel hoch. »Was auch immer dort draußen passiert…« Langsam wendet sie ihren Blick wieder mir zu. »Falls du ihn sehen solltest, bei *denen*… Bitte erzähl mir nichts davon, wenn du zurückkommst.«

Ich atme tief ein und nicke.

. . .

»Die Patrouille! Sie kommen!«

Der Ruf kommt von der Plattform im höchsten Baumwipfel über dem Platz. Der Ausguck deutet aufgeregt zum Meerfluss hinunter. Ahn und ich stehen auf und drängen uns mit anderen Wartenden an die Brüstung über dem Wasser.

Im ersten Boot, das um die Biegung kommt, erkenne ich Om und El an den Rudern. Und dahinter ...

»Ion!!«

Er ist von der Steuererbank im Heck des Bootes aufgestanden und hält Ausschau in unsere Richtung. Als er uns in der winkenden Menge ausmacht, hebt er lachend die Hand zum Gruß.

Im nächsten Boot rudern zwei weitere Meerleute. Auf den Bänken hinter ihnen sitzen drei Gestalten – ich erkenne Wächter in ihren langen Roben. Einer von ihnen ist Meister Khor. Der Lichtstein an seinem Halsband leuchtet unübersehbar von seiner breiten Brust. Auch er blickt nach oben; seine Miene ist ernst.

Der Konvoi zieht unter der Brüstung hindurch, eine ganze Reihe von Transportbooten mit Ausrüstung und Proviant. Und noch weitere Boote mit Wächtern und Meerleuten kommen den Fluss herauf.

Schnell machen wir uns auf den Weg hinunter zum Ufer, um die Ankömmlinge zu begrüßen.

Die Boote drängen sich schon an der Anlegestelle. Sie ist zu klein, um allen Platz zu bieten. Gleich nachdem die ersten Passagiere ausgestiegen sind, packen wartende Träger an und transportieren die Boote mitsamt deren Ladung weg. Sie tragen sie über den Bergrücken zu der Anlegestelle am Randfluss, von wo aus morgen die Reise beginnen soll.

Schnell bildet sich eine große Menschentraube um die Wächter und Meerleute. Ein vielfaches »Achtet die Zeit« tönt aus dem Stimmengewirr. Dann formiert sich langsam eine Prozession zurück auf den großen Platz. Ahn und ich stehen noch mit Ion, Om und El etwas abseits und bleiben an der Anlegestelle zurück.

Nachdem wir uns alle umarmt haben, schaut sich Ion fragend um.

»Wo ist Bo?« Seine Stimme ist heiser und ungewohnt tief.

Ahn nimmt seine Hand. Sie sieht auf einmal sehr müde aus.

»Sie haben ihn mitgenommen«, sagt sie.

Ion stöhnt auf. Er senkt den Kopf. Auch Om und El schauen zu Boden.

Nach einer Weile sage ich: »Kommt, wir müssen gehen. Khor wird gleich mit seiner Rede anfangen.«

Schweigend machen wir uns auf den Weg zurück.

Auf dem Platz ist wieder das Podest für die Rede aufgebaut. Khor steht oben und mustert die versammelten Waldlandbewohner, die Meerleute und die Wächter der Patrouille.

Zu beiden Seiten des Podests stehen die beiden Wächter, die mit Khors Boot angekommen sind. Mit

stolz erhobenem Kinn tragen sie die Waffen der kämp-
fenden Wächter: den mächtigen Bogen, den langen
Speer und das schwere Bergsteinmesser. Ich erkenne die
beiden wieder, auch wenn es sehr lange her ist, dass ich
sie zuletzt gesehen habe – es war bei der letzten Großen
Flut. Es sind Nhin und Han, Kämpferin und Kämpfer,
erfahrene Patrouillenbegleiter. Sie werden uns anführen
auf dem Weg zu den Kavernen, so wie sie das schon
viele Male zuvor getan haben. Bei ihrem Anblick spüre
ich, wie meine Zuversicht wächst, dass wir lebend und
ohne Schaden von dieser Reise zurückkehren könnten.

»Menschen des Waldlandes«, fängt Khor seine
Ansprache an. »Achtet die Zeit!«

»Achtet die Zeit!«

»Die Zeit für die Patrouille zwischen den Fluten! Sie
ist nun gekommen: Morgen wird ein Teil von uns
aufbrechen zum Rand. Und wenn das Schicksal uns
gnädig ist, werden wir unsere Aufgabe ohne Verluste
erfüllen, und schon bald wieder zurück sein. Aber in
nicht allzu ferner Zukunft wird jeder Einzelne von
Euch, werden wir alle die Reise zu den Kavernen antreten, um die Prüfung der Flut zu überstehen. Damit wir
alle mit Zuversicht und Hoffnung den Schutz der
Kavernen aufsuchen können, wenn das Wasser kommt,
ist diese Patrouille notwendig. Ihr wisst, dass der Weg
an den Rand lange, anstrengend und gefährlich ist.
Aber wir müssen Vorräte anlegen, wir müssen die
dortige Wächterschaft stärken, und wir müssen die
Bedrohung durch die Rander so gering wie möglich
halten. Ich danke den freiwilligen Begleitern und den

Helfern für ihren Einsatz für die Gemeinschaft und für ihren Mut.«

Ich schaue zur Seite auf Ahn und Ion, aber sie blicken starr nach vorne.

»Nachher gibt es hier auf dem Platz wie immer ein Festessen zum Abschied«, verkündet Khor. »Dabei werde ich mich noch mit den Teilnehmern der Patrouille bereden. Ich wünsche uns jetzt eine erfolgreiche Reise und eine gesunde Wiederkehr!«

Die Menge zerstreut sich. Ich möchte endlich mit Ion reden und will ihn gerade bitten, mit zu mir zu kommen, als Khor zu uns tritt.

»Ahn und Dev, ich möchte euch danken für die gute Organisation der freiwilligen Begleiter und der Vorräte. Wie ich sehe, ist alles bestens vorbereitet. Ich wusste, dass auf euch Verlass ist.«

Khor wendet sich an Ahn: »Es tut mir leid wegen Bo. Er war ein braver Mann.«

Ahn nickt schweigend.

Dann sieht der oberste Wächter mich an.

»Wo ist deine Schwester, Dev?«, fragt er streng.

»Sie ist fort«, sage ich und fühle mich wieder schuldig. »Sie ist mit den Dinks weggegangen. Und mit Ka.«

Khors missmutiges Schnauben lässt mich zusammenzucken.

»Konntest du sie nicht überzeugen, sich an das Gesetz zu halten?« Ein zorniger Finger deutet auf mich. »,Achte die Grenze!' – ein Verstoß dagegen kann nicht geduldet werden! Die Dinks müssen getötet werden!«

»Ich weiß, aber…«

Ich hole tief Luft. »Sie hat sie großgezogen und versteht nicht, warum sie sterben sollen. Es war alles *meine* Schuld. Ich hätte ihr die Eier nicht geben sollen. Andererseits… Sie sind wirklich zahm, und sie können erstaunliche Dinge tun. Sie-«

Ion schaut mich an und schüttelt kaum merklich den Kopf.

Er hat recht. Es hat keinen Sinn, Khor zu widersprechen.

»Sie sind jedenfalls irgendwohin verschwunden, ohne uns zu sagen, wohin«, sage ich schnell.

»Das ist wirklich ärgerlich«, schimpft Khor. Aus seiner erhobenen Hand mit dem drohenden Zeigefinger wird eine Klaue. Khor holt damit aus, als wollte er mich züchtigen.

Dann lässt er den Arm sinken. Er seufzt, und seine Stimme ist mit einem Mal hoch und weinerlich. »Ich schätze dich und deine Schwester, Dev. Ich schätze euch als Töchter von Mha, die eine meiner Besten war, wie du weißt. Ich wünschte wirklich, Khi würde sich angemessen verhalten. Aber vielleicht war es das Fehlen der Mutter, und dann auch noch der Verlust des Vaters, was diese unerfreuliche Entwicklung bei ihr bewirkt hat…«

Ich bin anderer Meinung. Khi hatte schon immer ihren eigenen Kopf und andere Ideen als alle anderen. Aber ich weiß, dass ich das Khor jetzt besser nicht sage.

Er schnauft noch einmal tief und schüttelt den Kopf. »Jedenfalls«, sagt er jetzt wieder streng und laut, »wir werden uns darum kümmern müssen, wenn wir von der Patrouille zurück sind. Wenn sie ihre Haltung bis dahin nicht geändert haben, werden wir sie aufspüren und zur Vernunft bringen.«

Endlich sind wir allein.

Ahn ist mit Om und El zur Beladung der Boote gegangen. Ion und ich sitzen bei mir zu Hause auf der Terrasse. Schweigend schauen wir hinaus auf den Wald und hinüber zum Berg.

Mein Magen kribbelt. Ich will ihn etwas fragen, aber ich weiß nicht, wie ich es -

»Willst du heute hier schlafen?«, platzt es aus mir heraus.

Ion schaut mich an.

»Ich glaube, ich sollte heute lieber bei Ahn bleiben«, sagt er mit seiner kehligen Fast-Männerstimme. Er klingt traurig und vernünftig zugleich. »Sie wird jetzt lange allein sein, wenn wir weg sind.«

Natürlich… Ich ärgere mich über mich selbst. Wie konnte ich nur auf die egoistische Idee kommen, zu fragen, ob er mir in meiner einsamen Koje Gesellschaft leisten würde, wenn seine Mutter Beistand braucht…

Aber er hat ja recht – ich will Ahn keinesfalls seine Gesellschaft streitig machen.

Mit einem verzagten Lächeln fügt er hinzu: »Aber wir zwei haben jetzt ziemlich viel gemeinsame Zeit vor uns – das ist doch keine schlechte Aussicht, oder?«

»Klar«, seufze ich einsichtig, »wir werden unsere Schlafdecken immer ganz nahe aneinanderlegen. Zwischen all den anderen…«

Zeit, das Thema zu wechseln.

»Erzähl' mir von der Wächterschule. Was gibt es Neues im Tempel?«

Ion fängt an zu erzählen, begeistert wie immer, wenn es ums Lernen geht: Er arbeitet immer noch im Garten der Wächter. Aber das ist nur noch seine freiwillige Nebentätigkeit. Er lernt alles Mögliche: Vom Wissen über unsere Welt und ihre Regionen, über das Lernen angemessener und genauer Sprache, bis zur Einführung in die Grundlagen des Zählens und der Zeitmessung. Als Schüler der nächsten Stufe gehört er jetzt schon zu den Anwärtern auf den »inneren Kreis«. Was das genau ist, weiß er selbst noch nicht so genau; aber er dürfte es mir wohl auch nicht sagen.

Ich frage ihn, ob er etwas über den *Schwarzen Fisch* herausgefunden hat.

Ion schüttelt den Kopf. »Ich muss vorsichtig sein. Meine Lehrer halten mich schon jetzt für zu neugierig. Von Vhal, dem obersten Lehrmeister, bin ich schon des Öfteren dafür getadelt worden. Zu viele Fragen sind den Lehrmeistern gar nicht recht.« Er verzieht das Gesicht. »Du kennst das ja schon von Khor – es geht nichts über die Gesetze der Wächter. Und auch Meister Vhals oberste Regel ist, dass die Prinzipien und Lehrsätze nicht hinterfragt werden sollen. Das würde nur Unsicherheiten und Zweifel nähren. Das enttäuscht mich ehrlich gesagt ein bisschen, und ich habe angefangen, mir meine Gedanken im Geheimen zu machen, anstatt meine Lehrer damit zu nerven. Vhal will mich überzeugen, dass ich diese Prinzipien im Laufe meiner Ausbildung verstehen und zu akzeptieren lernen werde.« Ion macht jetzt Vhals belehrenden Tonfall und seine tiefe Stimme nach: »,Ion, mein Guter, du wirst es bald einsehen: Dein jugendlicher Leichtsinn und dein Drängen werden im Laufe deiner Reifung schwinden und einer ernsten Würde und tieferen Weisheit Platz machen'. – Na ja, noch bin ich mir da nicht sicher – ich bin einfach zu neugierig.« Er zieht eine Grimasse. »Weil wir gerade von ,neugierig' reden – was ist mit Khi und Ka?«

Ich erzähle ihm, was ich Khor vorhin verschwiegen habe: Dass sie jetzt irgendwo im Wald versteckt leben. Dass sie Ghar vom Waldlandturm ihren Aufenthaltsort sagen werden, damit wir sie treffen können, wenn wir zurück sind. Dass die beiden eigentlich mit zum Rand kommen wollten, mitsamt ihren Reittieren. Und dass sie – ernsthaft! – eine Familie gründen wollen!

Ich lache bitter: »Du kennst die beiden ja – keinen Sinn für den Ernst der Lage. Für mich sind sie immer noch Kinder – die Gesetze der Wächter sind für sie langweilig. Ich bezweifle, dass sich das irgendwann mal ändert – es sei denn, einer von den Dinks tut wirklich mal was Böses. Frisst jemanden auf, oder…«

»Oder kackt auf den Hauptplatz!«, sagt Ion. Wir lachen verbissen.

»Aber Khi wollte wirklich unbedingt mit zu den Kavernen«, sage ich, wieder ernst. »Sie wollte sehen, wo Mha damals verschwunden ist – und da geht es ihr genau wie mir!«

»Deine Mha…« Ion zögert. »Wenn sie noch leben würde, dann…«

»Ich weiß«, sage ich düster. »Sie könnte eine Randerin geworden sein. Sie könnte irgendwo mit den anderen auf uns lauern…«

»Würdest du es wirklich wissen wollen?«

»Ja, das will ich. Ich will wissen, was passiert ist.«

»Das Fieseste sind die Staubschrecken – außer den Randern natürlich.« Nhin nimmt noch einen Schluck Palmwein und rülpst leise. Sie hat ihre Waffen und ihre angespannte Haltung abgelegt. Heute gilt wohl für Kampfwächter das Trinkverbot nicht. Das Kinn auf ihren muskelbepackten Arm gestützt, vor sich eine leere Schale, beobachtet Nhin die Menschenmenge um uns herum. Das Festmahl ist in vollem Gang, und der Platz dröhnt von Stimmengewirr, Musik und Gelächter. Om und El sitzen mit uns am Tisch der Wächter, zusammen mit Ahn und Ion. El starrt Nhins trainierten Körper schon die ganze Zeit unverhohlen an und lauscht fasziniert ihren Erzählungen.

»Auf die Rander kann man sich wenigstens verlassen«, sagt die Kampfwächterin. »Die sind immer da. Lauern einem meistens sogar an den selben Stellen auf – nicht besonders schlau, diese Kreaturen. Aber fies, ohne Gnade und scheinbar ohne Schmerzempfinden. Und meistens kommen sie in Horden.«

»Und die Staubschrecken?«, fragt El mit gerunzelter Stirn. »Ich habe noch nie eine gesehen. Was sind die?«

Han, der andere Kampfwächter, sitzt neben Nhin und hat sich gerade über die dritte Portion Wasserschwein-Eintopf hergemacht. Er hört auf zu kauen. »Sie kommen mit dem Sturm«, sagt er mit gesenkter Stimme. »Wenn der große Wüstenwind den Staub aufwirbelt, so dicht, dass du deine Hand nicht mehr vor den Augen siehst – dann kommen sie aus ihren Löchern. Und der Wind ist unberechenbar! Manchmal – so wie bei der Evakuierung während der letzten Flut – gibt es überhaupt keinen Sturm, und die Schrecken lassen sich nicht blicken…«

»Stimmt«, sagt El, »sonst hätten wir sie damals ja gesehen!«

»Sei froh!« Nhin schenkt sich nach. »Das Schreckliche an den Schrecken ist ja gerade, dass man nichts von ihnen sieht – nur Schemen im wirbelnden Staub…« Sie senkt die Stimme. »Wenn sie dir so nahe kommen, dass du sie siehst, dann ist es…«

Sie macht eine Pause und schaut El dabei tief in die Augen.

»… zu spät!!« Krachend saust ihre Faust auf den Tisch und El verschüttet seinen Becher.

Alle schlucken und fangen dann zaghaft an zu lachen.

Meister Khor hebt mahnend die Stimme: »In der Wüste müssen wir gewappnet sein für jede Art von Schrecknissen. Doch in die Zuflucht der Kavernen führt kein anderer Weg als dieser. Die Durchquerung werden wir so schnell wie möglich hinter uns bringen, indem wir dabei sogar auf den Schlaf verzichten. «

Schweigen breitet sich wieder in der Runde aus. Jeder scheint sich seine eigenen Schrecknisse vorzustellen.

Jetzt hebt der oberste Wächter seine Trinkschale. »Trinken wir also darauf, dass uns das Glück begleiten möge«, sagt er zuversichtlich. »Und dass wir ohne Verluste den Rand erreichen.«

Nachdem alle ihre Schalen wieder abgesetzt haben, ergreift Khor noch einmal das Wort. »Hört mir zu!«, dröhnt seine Stimme über die Köpfe der Menge hinweg, und augenblicklich ist es still auf dem Platz. »In wenigen Augenblicken wird das Abendsignal dieses Fest beenden. Es ist alles bereit: Boote, Ausrüstung und Vorräte liegen am Ufer des Randflusses. Ihr Männer und Frauen der Patrouille wisst, was uns bevorsteht. Wir ziehen uns zurück und wünschen allen einen erquicklichen Schlaf. Achtet die Zeit!«

»Achtet die Zeit!«

Als das Abendsignal verklingt, ist der Platz leer.

KAPITEL 16

ZUM GROßEN FALL

W ir sind unterwegs!
Ein langes Band schwer beladener Boote,
die meisten fast bis zur Wasserlinie eingetaucht, zieht
unter den überhängenden Bäumen auf dem Randfluss
dahin. Es geht mit der Strömung flussabwärts, und
unsere Ruder haben wenig zu tun. Nach dem Trubel des
Aufbruchs und dem Abschied von der winkenden und
rufenden Menge der Waldleute an der Anlegestelle ist
es jetzt sehr still auf dem Wasser. Nur vereinzelt ist ein
leises Glucksen zu hören, wenn die Richtung eines
Bootes mit einem sanften Schlag korrigiert wird. Aus
dem Ufergehölz schauen uns neugierige Tiere nach:
Wasserschweine unterbrechen ihr Schlammbad; Schild-
kröten strecken ihre Hälse aus dem Wasser; da und dort
fliegt ein Reiher auf, dessen Sitzplatz wir zu nahe
gekommen sind; und hoch oben in den Blättern

verdrehen kleine pelzige Wesen die Köpfe nach uns und schicken uns ihr kehliges *Ghuhu*-Gelächter hinterher.

Ion und ich sitzen zusammen mit Om und El im vordersten Boot – als Ortskundige dürfen wir hier im Waldland die Führung übernehmen. Hinter uns folgt das Gefährt mit den Wächtern Khor, Nhin und Han, und zwei Ruderern von den Meerleuten. Danach ein gutes Dutzend weiterer Boote mit Begleitern und Ladung. Die letzten des Zuges sind im Dunst der Flussbiegung weit hinter uns nicht mehr zu sehen.

Vor dem Aufbruch haben Ion und ich uns von Ahn verabschiedet. Sie gab mir einen kleinen Trinkbeutel mit Palmwein, und Ion überreichte sie einen Bambusbogen mit Köcher und Pfeilen. Es war Bos Jagdausrüstung.

Kein Wort über Bo. Nur: »Passt auf euch auf!«

Vor uns kommt die Flussgabelung in Sicht. Hier teilt sich der Hauptstrom auf: Geradeaus vor uns zieht sich der schmälere Arm des Totenflusses in den dichten Wald hinein. Von dort hören wir fernes unterirdisches Rauschen. Außer Sichtweite liegt ein tiefer Einschnitt im felsigen Untergrund, an dessen Ende der Fluss in einem Höhleneingang verschwindet. Hier verlassen unsere Verstorbenen auf ihrer letzten Reise die Welt und gehen in das ewige Dunkel über. Als wir die Gabelung passieren, geht mein Blick hinein in das diesige Zwielicht, wo das Wasser träge unter dem dichten Laub tief herabhängender Äste fortströmt. Ich sehe Pas geschmücktes Boot vor mir, wie es durch die Dunstschleier über dem immer rascher fließenden Wasser gleitet, hinein in das Felsentor, hinab in die gurgelnde, tosende Finsternis…

Wir aber müssen uns jetzt rechts halten, wo uns der breitere Arm des Flusses an die Grenze des Waldlandes trägt. Es ist noch weit bis dahin, viele lange Biegungen durch dichtes, hügeliges Waldland, bis der Fluss schließlich die Kante erreicht, über die er als Großer Fall in die Tiefebene hinabstürzt.

Om zeigt zurück flussaufwärts. »Ich sehe den Turm!«

Über den dicht bewachsenen Hängen der Wasserscheide steigt langsam der runde Gipfel der Waldlandkuppe auf. Auf der flachen Spitze, zwischen tiefhängenden Wolken, kann ich dort den Signalturm erkennen.

»Ich glaube, da ist Ghar!« Ion ist aufgestanden und späht mit zusammengekniffenen Augen hinauf zum Turm.

Ich erhebe mich vorsichtig und folge seinem Blick. »Kann sein…«

Dort oben hinter der Brüstung der Plattform, winzig und fern, könnte wirklich jemanden stehen, der in unsere Richtung blickt. Ist das der alte Turmwärter? Und – ist da nicht noch jemand? Ich bilde mir ein, noch zwei Köpfe unterhalb der größeren Gestalt zu sehen. Und jetzt -

»Er winkt!«, rufe ich und reiße meine Arme hoch. Das Boot fängt an, gefährlich zu wanken.

Ion hat es auch gesehen. Wir winken, aufgeregt und vorsichtig zugleich, damit wir nicht kentern. Auch die Wächter im Boot hinter uns schauen hinauf zum Berg, aber keiner von ihnen winkt. Khor sieht so ernst drein wie immer.

»Hast du sie gesehen?«, frage ich Ion, leise, damit es sonst keiner hört. »Da oben sind Khi und Ka.«

Ion nickt, und wir winken fröhlich weiter. Kurz darauf verschwindet die Kuppe hinter den Bäumen der nächsten Flussbiegung.

Ein wenig später hören wir das Mittagssignal vom Tempel jenseits des Meeres herüberwehen. Es klingt fern und viel schwächer als zu Hause. Und dann – wie ein umgekehrtes Echo, lauter und sehr nahe – kommt der Ton des Amonshornes vom Turm herunter, der das Zeitsignal aufnimmt und es hinaus über die Wüste bis zum Rand und zu den Kavernen leitet.

Unsere Bootskaravane zieht weiter den Fluss hinab, ruhig, aber rasch dahingleitend. Die Ufer treten mit der Zeit weiter zurück, aber wegen der zahlreichen Biegungen und den dichten hohen Bäumen können wir immer noch nicht sehr weit in Fahrtrichtung sehen.

»Ist es noch weit?«, fragt El, seinen Kopf zur Seite gereckt, um hinter die nächste Biegung zu spähen.

»Ich glaube nicht«, sage ich. »Eigentlich müssten wir bald…«

Ich halte den Atem an und lausche angestrengt nach vorne.

Ja – von irgendwo dort jenseits der Biegungen löst etwas die Stille auf. Ein sehr leises, aber sehr tiefes Geräusch. Ein Rauschen von etwas sehr Großem. Zuerst ist es kaum wahrzunehmen. Doch sobald ich erst die Aufmerksamkeit darauf gerichtet habe, füllt es schnell den ganzen Horizont vor mir aus mit einem Unterton lauernder Gewalt. Meine Nackenhaare sträuben sich.

»Hört ihr es?«, flüstere ich. »Das ist der Fall.«

Sie heben die Köpfe, richten ihren Blick in eine unbestimmte Ferne über den Bäumen, und ihre Augen weiten sich. Sie hören es.

Ich wende mich zurück zu den nachfolgenden Booten und deute nach vorne.

»Der Fall! Wir müssen uns links halten!«

Die Wächter horchen. Dann nicken sie. Khor dreht sich um und gibt es rufend an das nächste Boot weiter.

Nach einer weiteren Biegung erstreckt sich der Fluss vor uns in einer langen Geraden. In der Ferne, wo der Ursprung des Rauschens liegt, verliert er sich im Dunst. Mit einem Gefälle, das rasch stärker wird, gräbt sich das Wasser in den ebenen Boden hinein. Zu beiden Seiten steigen nun Felswände empor, sodass wir bald auf dem Grund einer tiefen Schlucht dahingleiten, hoch über uns der Wald. Schnell wie in einer Rutsche geht es dem Rand des Waldlandes entgegen.

Im letzten Stück wird der Fluss breiter und verzweigt sich vor dem Fall in ein Delta vieler kleinerer Läufe. Die Steilwände zu beiden Seiten enden in zerklüfteten Bruchstücken, hochgeschlichteten Türmen und riesigen Findlingen. Durch den breitesten Durchlass in der Mitte, zwischen Brocken und Graten, Inseln und Bänken schlängelt und presst sich das vielarmige Wasser, immer wilder, immer lauter, schäumend und springend, als freute es sich schon auf den befreienden, mächtigen Sprung durch das Felsentor über die Kante hinaus ins Leere. Jenseits davon, weit hinter den wirbelnden Schleiern der Gischt, kann ich die fernen dunklen Gipfel des Randgebirges erahnen.

Während wir rasch auf die Stromschnellen zutreiben, fängt das Boot an zu wanken und zu rütteln. Ich stehe auf und bedeute den Ruderern noch einmal, nach links zu steuern. Dort ragt vom Ufer eine felsige Landzunge herein, die einen engen Bogen flussaufwärts formt. Das ist die Bucht, die wir erreichen müssen, um nicht von der wilden Strömung in der Flussmitte nach vorne zum Fall gerissen zu werden.

Jeder Einzelne in den Booten der Patrouille war schon einmal hier, viele auch schon öfter. Jeder kennt den Fall und diese Bucht. Doch keiner nimmt das Anlegemanöver auf die leichte Schulter. Jeder kennt schreckliche Geschichten von Booten, deren Besatzung nicht aufmerksam genug war und den Zeitpunkt übersehen hat, zur Seite zu rudern. Am Ende konnte man nur noch ihre zerschmetterten und verstreuten Überreste am Fuß des Falls bergen.

Doch diesmal geht alles gut, und schließlich drängen sich alle Boote an der Anlegestelle der Bucht.

Auf dem felsigen Ufer liegt ein breiter, flacher Streifen unterhalb der Steilwand. Hier gehen wir an Land und fangen an, die Boote zu entladen. Bald stapeln sich dort die Packstücke mit Vorräten und Ausrüstung.

Eine in den Fels gehauene Treppe führt hinauf zu einem kurzen Pfad nach vorne zur Abbruchkante. Auf dem breiten, vorgelagerten Felssockel direkt über der linken Seite des brüllenden Falls liegt eine weite Plattform. An der Vorderseite ist sie mit einem Geländer versehen, das allzu Neugierige vor einem Absturz bewahren soll.

Wir bilden eine Menschenkette und reichen so unsere Lasten hinauf zur Plattform. Ich stehe mit Ion ganz oben am Ende der Kette mit dem Rücken zur Brüstung, und während wir auf das nächste Packstück warten, schaue ich mich um.

Neben der Plattform tosen die gewaltigen fallenden Wassermassen des Randflusses in den Abgrund, so laut, dass man sich hier nur mit Handzeichen verständigen kann. Über mir ragen die schroffen Felsausläufer des Waldlandes auf, gekrönt vom dichten Bewuchs der letzten Bäume, die sich an die Abbruchkante drängen. Unter mir fällt die Steilwand jäh nach unten und erstreckt sich zu beiden Seiten der Plattform in die Ferne, bis sie hinter einer Krümmung verschwindet.

Als das letzte Gepäckstück abgelegt ist, wende ich mich dem Fall zu. Ganz vorne an der Brüstung ragt ein Ausleger aus Bambus bis fast in die Wassermassen hinein. Der Ausleger ist stabil gebaut, aber trotzdem beschleicht mich ein starkes Ziehen in der Magengegend, während ich mich am Geländer vorsichtig nach vorne taste. Ion bleibt auf dem festen Boden des

Plateaus zurück und beobachtet mich mit gerunzelter Stirn.

Durch die breiten Spalten zwischen den Rohren des Bodens sehe ich wirbelnde Gischt und schwindelnde Tiefe. Um mich herum donnert die unaufhörliche Sturzflut von weißem Wasser. Nach wenigen Augenblicken bin ich nass bis auf die Knochen. Meine Hände umklammern fest das dicke Bambusrohr. Langsam, Schritt für Schritt bewege ich mich weiter bis zum Ende des Auslegers.

Jetzt stehe ich mitten in der gähnenden Leere vor der Wasserwand. Wenn ich mich ein wenig vorbeuge, kann ich über das Geländer hinunterschauen bis auf den Grund des Falls – viele, viele Pfeilschüsse unter mir. An seinem Fuß, wo das Wasser nur noch als feiner Sprühnebel ankommt, liegt ein weites, felsiges Becken, umstanden von einem Ring üppiger Vegetation. Doch direkt jenseits davon, unterhalb der Hangausläufer des Abbruches, beginnt die Wüste. Ich lasse meinen Blick hinauswandern über das fahle Land. Trotz der Nässe auf meiner Haut spüre ich die Hitze von dort heraufsteigen, die Luft trägt einen fremdartigen, bitteren Geruch mit sich.

Ein starker Wind scheint dort unten zu wehen. Wirbel von feinem Staub jagen über die eintönige Wellenlandschaft der Dünen. Wie ein erstarrtes Meer ziehen sich die flachen Hügelrücken bis zum fernen, hohen Horizont, wo die dunklen Berge des Randes aus dem Zwielicht steigen. Nur eine einzige verästelte Linie unterbricht die Monotonie des Landes unter mir, wo der

Randfluss die Wüste durchquert, sein Lauf durch ein enges Band spärlicher Vegetation aus staubigen Palmen und trockenen Dornbüschen gesäumt. Der Wasserlauf verliert sich im staubigen Schleier der Ferne. Doch dort, wohin er fließt, steigt eine riesige Dampfwolke zum Himmel über der Wüste auf.

Ich wende mich ab und ziehe mich am Geländer zurück auf den festen Boden des Felsens.

»Ein herrlicher Blick!«, brülle ich Ion ins Ohr. »Und sehr erfrischend…«

Ich schüttle mir wild das Wasser von Haut und Haaren, sodass Ion dabei ordentlich nassgespritzt wird.

»Danke«, schreit Ion zurück. »Mir reicht die Aussicht von hier vollkommen. Komm, suchen wir unsere Sachen zusammen.«

Die Gepäckstücke werden jetzt aufgeteilt in die empfindlicheren Teile, die den Fußpfad hinabgetragen werden müssen, und die festverschnürten Packen, die wir in den Fall abwerfen können. Nur drei Waldleute, die »Werfer«, bleiben für diese Aufgabe oben zurück. Sie müssen solange warten, bis wir unten sind, um die Ballen in Empfang zu nehmen.

Wir machen uns an den Abstieg. Ion und ich benutzen unsere beiden Speere als Trage, auf der wir gemeinsam Bündel mit Decken, Werkzeug und anderer Ausrüstung über den Schultern tragen. Unsere Last ist nicht schwer, und auch niemand von den anderen muss sich mit dem Gepäck anstrengen. Das Abwerfen des

Hauptteils der Ladung erspart uns diese Mühsal auf dem Weg nach unten. So können wir uns auf die Bewältigung des steilen und windungsreichen Pfades konzentrieren. Viele hohe Stufen, Leitern und ein paar ausgesetzte Stellen über dem Abgrund fordern auch mit leichtem Gepäck Kraft und Ausdauer. Manchmal geht der Pfad direkt hinter den Vorhang aus fallendem Wasser, sodass wir alle bald triefen vor Nässe. Je weiter wir nach unten kommen, desto heißer steigt uns die Luft der Wüste entgegen, treibt Wirbel in die Gischt um uns und jagt Dampfwolken aus den stürzenden Kaskaden.

Endlich erreichen wir den Grund. Der Pfad endet neben dem Auffangbecken des Falls. An der Vorderseite des kleinen Sees, wo der Fluss in die Wüste hinausfließt, befindet sich eine Anlegestelle. An dem steinernen Kai außerhalb der Reichweite des Sprühnebels liegen dort die Flöße für unsere Weiterfahrt bereit.

Ion und ich legen unsere Trage ab und setzen uns auf den Rand des Kais. Während auch die anderen abladen, hängen wir die Füße ins lauwarme Wasser und warten darauf, dass der Rest unseres Gepäcks den Fall herunterkommt.

Om und El begeben sich mit ein paar weiteren Trägern direkt unter den Fall – sie sind die »Fänger«, die auf das Bergen der abgeworfenen Packen spezialisiert sind. Es ist ein eingespielter Vorgang, der schon seit Menschengedenken bei jedem Marsch zu den Kavernen durchgeführt wird: Zu beiden Seiten des Beckens gibt es steinerne Poller, um die die Fänger jetzt Seile mit einem großen Netz schlingen. Sie spannen das Netz locker über das Becken, sodass es mannshoch über dem Wasser hängt. Dann ziehen sie sich an den Rand zurück und warten dort in den fallenden Wasserschleiern. Einer von ihnen steht draußen am Rand des Beckens und gibt den Werfern auf der Plattform das vereinbarte Zeichen. Das erste Paket kommt heruntergesaust, landet im Netz und klatscht dann gebremst ins Wasser. Die Fänger schwimmen zum Netz und holen die Ballen heraus, bevor das nächste Paket kommt. Am Ufer des Beckens warten schon Träger, die die Sachen nach vorne zur Anlegestelle bringen.

Dann ist es Zeit für das Abendessen. Auf der Kaimauer oder den großen, runden Steinen dahinter lagernd, essen wir Fische, die Om und El aus dem Becken des Falls gefangen haben. Dazu gibt es die letzten frischen Früchte, die wir für lange Zeit bekommen werden.

Danach sitzen wir noch eine Weile auf den Steinen über dem Kai und schauen hinaus in das Tiefland. El fragt Nhin Löcher in den Bauch wie ein kleiner Junge – ob wir mit den Staubschrecken rechnen müssen, wo wir die Kavernenwächter treffen werden, ob dort im fernen Randgebirge jetzt der Pfad zur Kluft zu sehen ist, und so fort. Nhin gibt ihm geduldige, schmunzelnde Antworten. Sie scheint durchaus ein wenig geschmeichelt vom Interesse des jungen Muskelprotzes.

Zur selben Zeit besprechen Khor, Han, Om, Ion und ich dieselben Fragen, aber etwas ernster. Wir versuchen, die Wetterlage in der Wüste einzuschätzen. Aber wir wissen, dass der Wind unberechenbar ist.

»Die Wahrscheinlichkeit für einen Sandsturm ist genauso hoch wie für ruhiges Wetter«, meint Han. »Wir waren schon so oft dort draußen, und jedes Mal ist es anders.«

»Was auch immer passiert«, sagt Khor, »wichtig ist, dass wir so dicht wie möglich zusammenbleiben. Die Flöße müssen direkt hintereinander fahren, und so schnell es geht. Wir werden die Wüste ohne Schlaf durchqueren.«

Hier unten, am Fuß der Abbruchkante und im Donner des Wasserfalles, liegen wir außerhalb der Hörweite der Zeitsignale. Erst ein Stück draußen in der Wüste werden uns die Stöße der Amonshörner wieder erreichen können. Aber heute können wir uns ja auf die persönliche Aufforderung des obersten Zeitwächters verlassen, dass es Zeit ist, unsere Schlafdecken auszubreiten.

Der steinerne Boden ist hart. Aber ich bin todmüde von diesem langen, anstrengenden Tag. Ich schließe die Augen und ziehe mir die Decke über den Kopf. Das Rauschen des Falls füllt alles aus. Ich glaube, bei diesem Lärm werde ich nicht ein… schlaf…en… … könn… … …

»Achtet die Zeit! Achtet die Zeit!«

Der Ruf der Wächter schreckt mich aus dem Schlaf.

Ich sehe neben mir Ion aus seiner Decke blinzeln. Auch er scheint nicht gleich zu wissen, wo er ist.

»Gut geschlafen?«, frage ich ihn.

»Nein.« Er legt sich noch mal auf den Rücken, legt den Arm über die Stirn und presst die Augen zusammen. »Ich habe von Bo geträumt…«

»Ich auch«, sage ich leise.

Als unser Pulk aufbricht, bin ich wieder mit Ion, Om und El zusammen auf dem Floß, außerdem ist noch der Kampfwächter Han an Bord. Diesmal bilden wir die Nachhut.

Wir passieren die kleinen Stromschnellen, durch die der Fluss die letzten steinigen Hänge unter dem Abbruch hinunterrauscht. Er wirbelt und schäumt und macht kleine Sprünge über seichte Stufen. Schnell sind wir wieder völlig nassgespritzt. Aber hier unten gibt es keine Gefahr, so wie oben in den Schnellen vor dem Fall. Hier macht die muntere Fahrt Spaß, und wir johlen und lachen, während die Steuerleute mit den langen Staken versuchen, die Fahrzeuge in der Mitte zu halten. Alle sind wohl froh, das Bangen um den Weg, der vor uns liegt, für ein paar Augenblicke vergessen zu können.

Als die Fahrt sich nach kurzer Zeit beruhigt und wir das Tiefland erreichen, blicke ich noch mal zurück. Ich muss meinen Kopf weit in den Nacken legen, um bis hinauf zur Kante des Wasserfalls zu sehen. Dort, wo der Fluss darüberschießt, in kochenden Gischtwolken, dunkel vor dem Licht des Himmels, und wo der gewaltige Sturz jagende Schleier über die Felswand treibt, findet das Auge keinen Halt, wird immer wieder mit nach unten gerissen. Widerwillig und schwindelnd tastet sich mein Blick gegen die Fallrichtung zurück nach oben und sucht dort die Plattform an der Seite des Falls, ohne zu wissen, was ich dort zu sehen erwarte.

Doch als mein Blick die Brüstung dort oben gefunden hat, bleibt er hängen. Es steht jemand hinter dem Geländer. Ich bin mir sicher, dort schaut jemand herunter zu unserem Konvoi.

Und ich bin mir auch sicher, wer das ist.

Kapitel 17

Staubschrecken

Haben wir Glück? Sollte es das Schicksal diesmal wirklich so gut mit uns meinen, dass uns Sturm und Staub erspart bleiben?

Der Himmel über der Wüste ist hell und glatt. Es scheint, als würden sich die Wellen des bleichen, hitzewabernden Tieflandes in der Glätte der leuchtenden Wölbung spiegeln wie in der Oberfläche eines windstillen Meeres. Keine Wolke verirrt sich hierher, kein Tropfen Regen. Nur der heiße Wind zieht seine ewigen Kreise, immer in dieselbe Richtung. Doch im Moment ist er fast gar nicht zu spüren. Er weht so sanft, dass nur da und dort eine müde kleine Staubfahne sich erhebt und gleich wieder hinlegt.

Aber das kann sich jederzeit ändern. Ohne Vorankündigung kann der Wind plötzlich so wütend und gnadenlos rasen, dass der Boden sich wirbelnd mit der Luft vermengt und der aufgewühlte Staub mit der

Gewalt eines waagrechten Wasserfalles alles in seinem Weg zerfetzt oder fortreißt.

»Kennt ihr die alte Geschichte von dem fliegenden Mann in der Wüste?«, fragt Han, der an der vorderen Stake unseres Floßes steht. »Sie geht so…

DER FLIEGENDE MANN

Es war ganz früher, während einer Wüstendurchquerung, als es die Flöße noch nicht gab. Die Patrouillen damals waren zu Fuß entlang des Flusses unterwegs. So ein Zug wurde einmal von einem plötzlich losbrechenden Sturm überrascht. Während die Menschen sich verzweifelt an dürren Sträuchern oder verkrüppelten Bäumen festklammerten, wurde der Wind immer heftiger. Da wurde einer von ihnen vor den Augen seiner Mitreisenden in die Luft gerissen und hoch über ihre Köpfe davongeweht. Eine Weile sahen sie dem Unglücklichen nach, voller Angst, selbst ihrem schwachen Halt am Boden entrissen zu werden. Aber nur kurze Zeit später hörten sie über sich ein Schreien aus der entgegengesetzten Richtung. Als sie ihren Blick zum Himmel hoben, gewahrten sie in den rasenden Staubwolken kurz die vorüberfliegende, zappelnde Silhouette des Unglücklichen, der hilflos im Wirbel des Wüstensturmes gefangen und einmal um das ganze Land herum geweht worden war. Und solange der Wind nicht nachließ, mussten die am Boden Festgekrallten mit Entsetzen immer wieder zusehen, wie der Körper über sie hinweg flog, Runde um Runde herum um die Bahn der Wüste, wie in einem Kreisel. Nach wenigen Malen hörte das Schreien und das Zappeln auf, und der Vorüberfliegende war nur noch eine leblose Fetzenpuppe. Irgendwann wurde der Wind schwächer, und der fliegende Mann kam nicht mehr vorbei. Er wurde nie wieder gesehen.

Das ist der Sturm der Staubwüste. Möge er uns diesmal und bei allen künftigen Reisen verschonen.«

Wir sind jetzt mitten im Tiefland. Hinter uns, jenseits der wabernden Hitze, verblasst der große Fall wie ein flüchtiges Traumbild, und sein fernes Rauschen hebt sich kaum über das Rauschen des Blutes in meinen Ohren. Hier draußen können wir die Signale von Ghars Turm wieder hören. Leise und fern tönen die Hornstöße über die Abbruchkante. Zu sehen ist der Turm nicht, denn oben über dem Waldland hängen dichte Regenwolken.

Eintönig und endlos zieht das staubige Land an uns vorbei. Selten erhebt sich eine Düne höher aus den umliegenden Hügeln, um dem Auge eine kaum merkliche Abwechslung in der Monotonie zu bieten. Im schmalen Band seiner trockenen Ufervegetation zieht der Fluss warm und träge dahin. Zu träge für uns, denn wir wollen dieses Gebiet schnell hinter uns lassen. Energisch stoßen die Staken ins flache Wasser, schweißgebadet sind die Männer und Frauen, die sie handhaben. Die Hitze von unten wird stärker, je weiter wir ins Tiefland hineinfahren. Kein Luftzug bringt Verdunstung oder gar Kühlung. Nicht einmal ein heißer Hauch bewegt die Luft.

»Wie ich gesagt habe – es ist jedes Mal anders in

dieser Gegend – aber immer ist es ungut.« Han spricht leise und sieht sich dauernd in alle Richtungen um, als würde er jeden Moment einen Überraschungsangriff erwarten.

»Wie weit haben wir noch?«, fragt El, der jetzt an der vorderen Stake steht. Er klingt erschöpft und beunruhigt.

»Irgendwann zwischen dem Abend- und dem Morgensignal sollten wir in Sichtweite des Salzsees kommen – wenn alles gut geht«, kommt die Antwort von Han. »Aber bis dahin ist es noch weit«. Auch er ist aufgestanden und späht angestrengt nach vorne. »In diesem Flimmern sieht man nicht weit. Aber sobald die Dampfsäule in Sicht kommt, haben wir es geschafft.«

Leise wehen irgendwo vom Turm hinter uns die Abendsignale heran, seltsam hallend, als ob sie vom Himmel über uns reflektiert und verfremdet würden.

Ich wechsle El an der Stake ab, hinten steht Om. Von den vorderen Flößen wird uns eine Anordnung von Khor zugerufen: Wer nicht an der Stake steht, soll sich hinlegen und schlafen bis zur nächsten Ablösung.

Ion und El breiten ihre Umhänge auf dem Deck aus, legen sich darauf, ziehen sich ein Stück Stoff über die Augen und rühren sich nach kurzer Zeit nicht mehr.

Ich könnte jetzt nicht schlafen, selbst wenn ich schon den ganzen Tag gestakt hätte. Die Stille über dem Fluss und dem Umland hat etwas Bedrohliches. Als würde dort draußen in der Hitze etwas ausgebrütet. Etwas, das jeden Moment ausbrechen und über uns herfallen könnte.

Auch Han ist wach. Er steht hinter mir. Angespannt beobachtet er abwechselnd das Unterholz am rechten Ufer und den Himmel.

»Es ist zu still«, sagt er leise. »Das gefällt mir nicht…«

Ich folge seinen unruhigen Blicken, kann aber nichts Gefährliches sehen.

Nur das Glucksen der eintauchenden Staken ist zu hören, dessen Rhythmus den Zug der Flöße entlangläuft wie die Bewegung der Beine eines Hundertfüßlers. Wir kommen zügig voran, der Fahrtwind streicht über den Schweiß auf meiner Stirn, heiß und trocken. Vor uns verläuft der Fluss jetzt geradeaus, soweit das Auge reicht. Aber das ist nicht weit: Schon nach wenigen Pfeilschüssen löst sich die Sicht in wankenden Luftspiegelungen auf, in denen sich Wasser, Uferstreifen, Staub und Himmel zu einem wirren Geflimmer vermischen.

Rasch gleiten die Ufer an uns vorbei, doch die eintönige Landschaft gibt mir das bedrückende Gefühl, dass wir uns überhaupt nicht von der Stelle bewegen.

Ich drehe mich gerade nach hinten – da trifft mich ein plötzlicher Windstoß von rechts, hart und glühend heiß. Mit einem tiefen dumpfen Knall fährt die Böe wie ein Knüppelschlag über die Flöße und reißt die Stehenden fast von den Beinen. Danach folgt wieder Stille.

Om schaut sich beunruhigt um. Er setzt an, etwas zu sagen -

Da folgt ein zweiter gewaltiger Stoß! Aber dieser reißt nicht wieder ab, sondern wird immer stärker.

Heulend treibt er Staubwolken durch die Büsche und jagt sie über den Fluss.

Alle sind wach, hektische Rufe erreichen uns von vorne, und die Staker verdoppeln ihre Anstrengung. Doch mit einem Mal sehe ich die Flößer vor mir erstarren und nach rechts schauen. Ich folge ihren Blicken…

Am Horizont hinter dem Uferbewuchs steigt eine mächtige Wand aus wirbelndem schwarzem Staub in die Höhe, bis sie den Himmel verdunkelt – und sie kommt rasend schnell auf uns zu!

Als die Wand den Fluss erreicht, donnert ein brodelnder Strom aus Staub über uns hinweg. Die Sträucher des Ufers halten die schlimmsten Böen von der Wasseroberfläche ab, doch auch so zerrt der Wind mit roher Gewalt an den Flößen und ihren Besatzungen. Dichte Staubschwaden jagen heran, sodass ich kaum bis zum nächsten Gefährt sehen kann.

Wir ziehen uns die Umhänge vors Gesicht. Und staken, so schnell wir können.

»Zusammenbleiben!«, ruft es von vorne.

Um uns herum ist ein Dröhnen und Fauchen und Reißen. Der Sturm türmt das Wasser zu wilden Wellen und jagt schmutzige Schaumkronen und Schauer von heißer Gischt quer über den Fluss.

Wir müssen hart gegensteuern, um nicht ans linke Ufer abgetrieben zu werden. Aber mit äußerster Anstrengung gelingt es uns, die Flöße im Windschatten des rechten Ufers entlang zu staken. Mein erster heftiger Schreck über die Gewalt des Staubsturmes lässt nach, und ich schöpfe Hoffnung. Vielleicht kommen wir doch davon, ohne vom Wüstenwind mitgerissen und hoch in der Luft zerfetzt zu werden...

Doch dann mischt sich von jenseits des sturmabgewandten linken Uferstreifens ein neues beunruhigendes Geräusch unter das Heulen des Windes: Ein lautes, trockenes Schaben und Scharren hallt dort über den staubigen Wüstenboden. Es klingt wie das Reiben von riesigen dürren Blättern im Sand.

Und es verfolgt unsere Flöße den Fluss hinab!

»Die Schrecken!«

Alle blicken nach links, doch hinter den rasenden Staubfahnen sind nur windgezauste Büsche und Bäume zu sehen.

»Wir müssen aus dem Wasser, bevor sie angreifen!«

»Ans rechte Ufer, da vorne!«, ruft jemand auf dem Floß vor uns. »Rasch! Stellt die Flöße auf!«

Wir staken die Flöße gegen die Gewalt des Windes nach rechts. Der Fluss macht hier eine weite Biegung nach links – zu unserem Glück! Am Ufer, zwischen Dornbüschen und Wasser, ragt eine flache Bank zur Flussmitte und bildet einen breiten freien Sandstreifen und damit Platz, um uns an Land zu verteidigen. Hastig ziehen wir die Flöße hinauf und werfen die Ladung auf die Uferböschung. Dann richten wir die Flöße schräg in zwei parallelen Reihen auf, immer zwei gegeneinander, flacher zur Windrichtung und steiler zum Fluss.

Khor eilt den Hang hinauf, gebückt gegen die Böen, und überblickt die hektischen Arbeiten. Er schreit Befehle gegen den Wind und dirigiert Han und Nhin, um die Aufstellung zu beschleunigen. Die beiden Wächter treiben uns mit Anweisungen zu größter Eile an und legen selbst Hand an, wo die Kraft der anderen nicht ausreicht. So entsteht schnell eine Art langes, niedriges Zeltdach aus Bambusrohren, gestützt von eingespreizten Staken und Speeren.

»Unter die Flöße! Sichert die Eingänge mit euren Speeren und Bögen!«

Wir kriechen in den Unterstand und verteilen uns gebückt im Inneren. Die bewaffneten Kämpfer postieren sich an den beiden Öffnungen, die Träger kauern sich im Inneren zusammen.

Mit angehaltenem Atem warten wir. Das Scharren hat wieder aufgehört. Nur das Brausen des Sturmes ist zu hören.

Dann kommt der Angriff.

Gegen die staubigen Böen, die aus der Wüste heranheulen, erhebt sich vom gegenüberliegenden Ufer ein durchdringendes Schwirren und ein lautes, hohles Klappern wie von getrockneten Bambusstäben.

Schwarze Schatten verfinstern das düstere Zwielicht draußen. Sie landen in Scharen auf unserer Uferseite, in den Sträuchern darüber und auf den Dächern unseres Unterstandes. Bevor wir die Schrecken sehen, schlägt uns ihr Geruch entgegen: Ein unbeschreiblich ekelhafter Gestank sickert unter unsere Schutzdächer, so süß und würgend, dass er körperliche, panische Abscheu hervorruft.

An den Eingängen wird es dunkel. Die Kämpfer stoßen mit ihren Speeren nach gezackten Schemen, die versuchen, ins Innere zu drängen. Im Dunkel unter den Flößen, vor dem schwachen Lichtdreieck der Öffnung, sehe ich mit Entsetzen schwarze Gestalten hereinkriechen, wie große, gebückte Menschen. Es ist ein vielgliedriges Tasten von Fühlern und starren Beinen, ein Schnappen von Zangen und Klauen, Körper, deren Konturen im Dunkeln nicht fassbar sind, dicht gedrängt neben- und übereinander krauchend, finster und hungrig. Ein grauenvolles Schaben und Wetzen geht von ihren suchenden Bewegungen aus. Doch das Schlimmste ist ein hohes, vielstimmiges Wispern, das sie hervorbringen, ein fremdartiger Chor von geflüsterten Parolen einer primitiven Sprache.

Unbeirrt von spießenden Speeren, von durchbohrenden Pfeilen, von schmetternden Knüppeln schieben sich die endlos nachdrängenden Leiber über die zerborstenen, triefenden Reste ihrer schon erschlagenen Artgenossen. Sobald sie ins Innere durchkommen, schnappen sie mit scharfen Beißwerkzeugen nach den Verteidigern. Und sobald sie etwas gepackt haben – ein Bein, das sich in den Boden stemmt oder einen Arm, der einen Schlag geführt hat und nicht rechtzeitig zurückgezogen wurde – halten sie es fest und kriechen ruckartig rückwärts, das schreiende Opfer mit sich hinaus zerrend. Hilflos müssen wir mitansehen, wie sich draußen weitere Schrecken in die Verschleppten verbeißen und sich zuletzt ein Knäuel aus flügelschwirrenden Kreaturen und zuckenden Gliedmaßen wispernd in die staubwirbelnde Luft erhebt.

»Wir müssen aushalten, bis der Sturm sich legt!«

Wenig Hoffnung schwingt in der Parole, die Khor über das Tosen des Windes hinwegbrüllt.

Schon haben wir vier oder fünf von uns verloren. Noch können wir uns halten, aber die Flut der Schrecken will nicht abreißen. So viele von ihnen wir auch töten – den Erschlagenen folgen immer neue unerbittliche, unermüdliche Kampfkreaturen nach, während unsere Kräfte schwinden.

Der Wind häuft schweren Staub auf die uferseitigen Floßwände. Sie fangen bereits an, sich unter der zunehmenden Last durchzubiegen. Um unseren Unterschlupf bilden sich Wälle und Dünen, Staub weht unaufhörlich in die Eingänge. Längliche Haufen entstehen im Inneren, wo es durch die Ritzen zwischen den Bambusrohren herabrieselt.

So hoch liegen jetzt die toten Eindringlinge vor den Eingängen des Unterschlupfes, dass sich die Angriffswellen in den verbleibenden kleinen Öffnungen stauen und langsamer werden. Aber dann fangen die Schrecken plötzlich an, wie auf einen Befehl hin ihre Leichen wegzuräumen. Sie legen die Eingänge wieder frei, um dann mit umso wilderem Andrang wieder anzugreifen.

Ihre Zahl ist endlos!

Das Schwirren und Rasseln der landenden Wesen über uns und um die Floßburg herum wird lauter und lauter, das Flüstern immer durchdringender, ein entsetzlich fremdartiges, kaltes Geräusch, das sich über das Dröhnen des Staubsturmes lagert. Gnadenlos und grausam, ein Mahlen und Knirschen von Kiefern und

Zangen, hart und blutleer, seelenlos, unbeirrbar auf der Jagd, um zu töten und zu fressen.

»Haltet durch!« Abwechselnd kommen unsere Anführer immer wieder durch den Unterstand. Ihre Mienen sind nervös, und jedes Mal wirken sie erschöpfter.

Das Hauen und Stechen gegen die anbrandenden Widersacher ist ein endloser Albtraum. Mir ist, als kämpften wir gegen einen Sumpf, der uns zu verschlingen droht; ein verzweifeltes Suchen nach Halt, aber meine Arme und Beine werden immer schwerer, der Druck auf meine Brust wird immer stärker, Schwindel trübt meinen erschöpften Blick. Kurz scheint sich doch einmal ein Ausweg aufzutun; ein vermeintliches Nachlassen der Angriffswellen lässt einen schwachen Hoffnungsschimmer aufkeimen wie einen rettenden Halm, nach dem wir greifen könnten – doch schnell ist die Übermacht der Schrecken wieder zurück, und unser Halt verschwindet in dem zähen schwarzen Morast, der lebendig und gierig nichts mehr loslässt, was er einmal gepackt hat.

Wir brauchen ein Wunder! Eine gnädige Wendung des Schicksals, ein vorzeitiges Ende des Sturmes, bevor wir aufgerieben sind.

Aber diese Hoffnung findet wenig Nahrung, denn die Launen des Wüstenwindes kennen wir alle. Jeder weiß, dass er endlos wüten kann, ungemessen lange Tage, in denen kein Zeitsignal sein Heulen durchdringt.

Wir sind blind und ohne Zeit in diesem Strudel gefangen- Doch wir haben keine andere Wahl, als uns hier zu verteidigen, denn das Verlassen unseres Unterschlupfes bedeutet den sicheren, schnellen Tod.

»Wie sollen wir durchhalten, wenn diese Scheusale einfach nicht weniger werden!« Ion kämpft wütend neben mir, aber seine Hiebe sind kraftlos, und seine Stimme zittert. In seinen Augen sehe ich, dass er am Ende seiner Kräfte ist. Mir geht es nicht viel besser. Aber ich werde auf keinen Fall -

Etwas bewegt sich unten am Boden, direkt vor Ion. Aus dem Wall aus toten und nachkriechenden Schrecken, zwischen zersplitterten Panzerschalen und unter sich windenden Körpern, schiebt sich vorsichtig tastend eine riesige schwarze Zange heraus –

Und schnappt plötzlich nach Ions Fuß!

»Ion, pass auf!!«

Doch er liegt bereits auf dem Boden, umgerissen von der ruckartig zurückgezogenen Klaue. Und schon sind seine Beine in dem ekligen Haufen verschwunden! Seine Arme rudern haltsuchend über den Boden, während er mich mit stummem Entsetzen ungläubig ansieht.

»Ion!!!«

Ich packe seine Hände und versuche, ihn herauszuziehen. Ion schreit vor Schmerz laut auf – die Riesenschrecke hat offensichtlich noch fester zugepackt und zieht ihn mit roher Gewalt nach außen. Ich stemme meine Beine mit aller Kraft in den Boden und halte dagegen.

Aber alleine bin ich zu schwach!

»Nhin! El! Helft mir!«, schreie ich den beiden in der Nähe Stehenden zu. »Ihr müsst das Vieh aufhalten!«

Die beiden springen herbei und fangen hektisch an, den mannshohen Haufen aus toten und krabbelnden Leibern abzutragen, um die Kreatur zu erreichen.

Ion steckt jetzt schon bis zur Brust unter dem Wall!

Schritt für Schritt muss ich dem Zug der Schrecke nachgeben, die immer wieder an Ions Bein reißt. Seine Schreie gehen in ein verzweifeltes Wimmern über. Gleich wird er ganz weg sein…

Wir brauchen mehr Helfer!

»HILFE!!!« Mein panischer Schrei übertönt Sturm und Angriffslärm.

Jetzt stürzen Han, Om und weitere Kämpfer hinzu.

»Helft mir, ihn rauszuziehen!!«

Gemeinsam halten wir Ions Arme gepackt – doch auch zu viert können wir die Kraft des Tieres nicht überwinden. Was für ein Ungeheuer von einer Staubschrecke! Wenn es uns nicht schnell gelingt, sie unschädlich machen, wird sie Ion entweder verschleppen oder ihm den Fuß abtrennen…

»Haltet ihn fest! Ich versuche, sie von draußen zu erledigen.«

Wütend werfe ich mich auf den Wall, benutze meinen Speer, um die angreifenden Tiere wegzustoßen und mich über die oberste Schicht ins Freie hinaus zu stemmen. Hinter mir kommt Nhin geklettert.

Auf der anderen Seite sehe ich das fette Hinterteil der Schrecke aus dem Wall hinausragen. Sie hat sich unten durch den Staub des Bodens gegraben und schiebt sich jetzt mit ihren dornigen Beinen rückwärts aus dem Loch. Sie ist mindestens doppelt so groß wie die anderen! Hoffentlich kommen nicht noch mehr von dieser Art!

Ich lande direkt neben ihr im Staub und attackiere ihren mächtigen Leib mit meinem Speer. Aber der schwarze Panzer ist glatt und hart, sodass ich beim Versuch, ihn zu durchstoßen wirkungslos abpralle.

»Versuch' sie von vorne zu erwischen«, ruft Nhin hinter mir. »Stoß ihr den Speer ins Maul, so tief du kannst! Ich halt' dir die anderen vom Leib.«

Jetzt ist das Monster ganz im Freien. An seiner Zange sehe ich Ions zuckendes Bein; der Rest von ihm steckt noch unter dem Haufen.

Während Nhin hinter mir wie wild auf die anderen Angreifer einschlägt, renne ich seitlich nach vorn zum Kopf der großen Schrecke. Ein schwarzes Gewirr aus glänzenden Augen, nervösen Fühlern, Antennen, Kieferzangen, Borsten und Stacheln ist dort. Irgendwo da drin muss wohl das Maul sein.

Mein erster Stoß trifft offensichtlich etwas Empfindliches – die Kreatur gibt einen wild kreischenden Laut von sich und wendet sich mir zu. Das gibt mir eine bessere Position für einen zweiten Speerstoß ins Zentrum des schauerlichen Fressapparates. Mein Speer verschwindet fast zur Hälfte im Maul, gleitet durch eine nachgiebige, weiche Masse, bevor er auf Widerstand trifft.

Mit irrem Geheul wirft die Schrecke ihr Vorderteil hin und her, bevor ich den Speer herausziehen oder loslassen kann. Durch den Stoß fliege bis zum Ufer hinab. Mein Kopf knallt gegen etwas Hartes. Ich liege halb im Fluss, etwas Warmes läuft mir über das Gesicht. Alles steht kopf…

»Dev! Dev!!«

Nhin kommt zu mir gerannt. »Bist du verletzt?«

Ich glaube… mir fehlt nichts… *Was… machen wir hier…?*

Nhin wehrt pausenlos angreifende Schrecken ab und schaut gleichzeitig besorgt zu dem großen Exemplar, das sich heftig windet. Aber es ist noch nicht erledigt.

»Sie hat uns gesehen! Dev, komm hoch!«

Ich schüttle mich und stehe wankend auf.

»Sie hat Ion losgelassen! Dev, komm. Wir müssen ihn reinbringen!«

Aus dem Inneren der Floßburg sind jetzt auch die anderen herausgestiegen, und wir laufen auf sie zu, um Ion zu bergen.

Doch die verwundete Schrecke wälzt sich uns in den Weg. Sie bewegt sich schwerfällig, ihre Fühler hängen schlaff herunter, und Geifer trieft aus ihrem Maul. Sie ist schwer verletzt, aber sie will offensichtlich Rache an mir nehmen. Plötzlich richtet sie sich auf die hinteren Beine auf und steht hoch wie zwei Männer vor mir. Ihre mächtigen Greifzangen zerschneiden zuckend die Luft, ein scharfes, knirschendes Schnappen, das mir der staubige Wind direkt in die Ohren jagt.

»Lauf um sie herum, Dev«, ruft Nhin über den Lärm. »Ich lenke die anderen ab.« Sie dreht sich um und versucht, die Angreifer abzuwehren.

Ich sehe Nhin nach, dann wende ich mich wieder der wütenden Schrecke vor mir zu. Sie bäumt sich über mir auf – und in diesem Moment sehe ich plötzlich alles mit erschreckender Klarheit: Vor mir steht das Riesentier, und um uns herum zieht sich der Kreis aus endlos anstürmenden Schrecken immer enger. Wir können nicht vor und nicht zurück.

Es sind einfach zu viele!

Die niederschmetternde Erkenntnis dreht mir den Magen um und zieht mir den Boden unter den Beinen weg. Ich falle auf die Knie. Mein Mut ist zerstört.

»Nhin! Wir schaffen es nicht!«, schluchze ich laut.

Nhin verschwindet in einem zuckenden Knäuel schwarzer Glieder.

Über mir öffnet sich das triefende Maul der Riesenschrecke und besudelt mich mit stinkender dicker Körperflüssigkeit, die warm und beißend an meiner staubigen Haut herunterläuft.

Eine steinharte Zange legt sich langsam um meinen Hals.

Plötzlich muss ich an Pa denken. Ich sehe ihn unter mir, während ich im Maul des Dinks hänge, der mich an meinem Umhang gepackt und hochgehoben hat. Ich sehe, wie Pa seinen Speer in den Bauch des Dinks stößt und mir das Leben rettet.

Diesmal gibt es keine Rettung.

Die Zange drückt mir das Blut in der Halsschlagader ab.

Mir wird schwarz vor Augen…

Nein!

Ein Ruck durchfährt meinen Körper, ein letzter Funke von Lebenswillen flackert auf. Ich packe die Zange und versuche, sie auseinander zu spreizen. Das geht plötzlich ganz leicht – als ob die Schrecke sie selbst geöffnet hätte. Ich öffne die Augen, in der leisen Hoffnung zu sehen, dass das Tier von seiner Verletzung nun entkräftet oder gar gestorben ist. Aber es lebt und steht immer noch hoch aufgerichtet da. Aber es scheint von etwas abgelenkt zu werden.

Rasch entferne ich mich ein paar Schritte aus dem Radius der tödlichen Zangen, und dabei bemerke ich, dass auch alle anderen Schrecken wie erstarrt in ihrem Angriff innehalten. Ein Stück weiter rappelt sich Nhin ohne Gegenwehr aus der Umklammerung ihrer Widersacher hoch, und beide schauen wir uns fragend an.

»Was…?«

In diesem Moment erhebt sich von der Uferseite ein wilder Aufruhr. Alle – Menschen und Schrecken – heben die Köpfe und versuchen, den Lärm einzuordnen. Die Riesenschrecke wendet sich zur Böschung und steht wie angewurzelt da. Auch die anderen Kreaturen, die sich eben noch um uns herum gedrängt haben, drehen sich alle irritiert um und richten ihre Sinnesorgane ruckartig in Richtung der Störung aus.

Einen Atemzug später gerät alles wieder in Bewegung. Die Schrecken springen wie auf ein Kommando alle gleichzeitig auf und ergreifen die Flucht in Richtung Fluss.

Etwas bahnt sich schwer trampelnd einen Weg von der Wüstenseite her durch die krabbelnden Massen. Ein massiger Schatten fährt zwischen die Scharen der fliehenden Schrecken und wütet unter ihnen wie ein zweiter Orkan im größeren allumfassenden Wüstensturm. Man hört lautes Kreischen, Fauchen, Zischen.

Und dazwischen die Rufe einer menschlichen Stimme!

Ich stürze wieder zu den Flößen, gefolgt von Nhin. Hinter dem Eingang liegt zwischen ein paar kauernden Gestalten Ion auf dem Boden. Sie verbinden sein blutendes Fußgelenk. Er lebt!

Ich drehe mich wieder zum Eingang, um hinauszuspähen. Im selben Moment, als ich den Kopf durch die Lücke stecken will, erscheint dort ein dunkles Gesicht, von Staub und Schleim verschmiert. Zwei wild zusammengekniffene Augen starren mich aus nächster Nähe an.

Wir weichen beide erschrocken zurück. Aber dann zieht das Gesicht draußen die Augenbrauen hoch und grinst über beide Ohren.

»Hey Dev! Alles klar bei euch da drin?«

Es ist Ka!

»Ka!! Was… Woher… Wie…?«

In diesem Augenblick sehe ich hinter Ka etwas Großes, Dunkles, das draußen inmitten der schwarzen, wimmelnden Flut vorbeirennt und sich auf die große

Sandschrecke stürzt... Und dann noch etwas zweites Großes. Die Schrecke verschwindet in einer Staubwolke zwischen den beiden wirbelnden Silhouetten.

»Es ist Ka!«, rufe ich völlig außer mir. »Es sind Khi und Ka mit ihren Dinks!!«

Die anderen im Inneren drängen sich jetzt aufgeregt um mich herum, um ins Freie zu sehen. Und was wir sehen, ist unglaublich!

Die beiden Dinks wüten hemmungslos unter den Sandschrecken! Immer wieder brechen sie durch die Wellen der flüchtenden Angreifer, dass deren zerfetzte Körper nur so durch die Luft fliegen. Sie treten mit ihren Pranken auf die Kreaturen, reißen ihnen mit dem Maul Beine, Fühler, Flügel aus und lassen nur noch geborstene, triefende Bruchstücke zurück.

Ka schlüpft zu uns in den Unterstand. Von allen Seiten wird er begeistert begrüßt, umarmt und mit Fragen überschüttet.

»Wartet noch«, ruft Ka, den Blick nach draußen gewendet. »Ich glaube, das dauert nicht mehr lange.«

Wir sehen atemlos zu, wie die Dinks immer wieder zwischen die Schrecken fahren, bis schließlich ein zerstreuter, humpelnder Rest ihrer Heerschar sich unter die Sträucher, in den Fluss oder in die Staubfahnen der Wüste flüchtet. Nach wenigen Augenblicken ist von den Bestien nichts mehr zu sehen.

Für einen Augenblick scheint es totenstill – das durchdringende Wispern, das Kratzen und Schaben, das Schwirren von Flügeln und Knirschen von Kiefern hat aufgehört. Der Sturm aber heult ungeschwächt weiter. Doch während er mit seinem Staub anfängt, die bizarre Landschaft aus zerfetzten Karkassen und schleimigen Pfützen zuzudecken, klingt sein lautes Brausen nicht mehr gefährlich, nicht mehr furchterregend, sondern mit einem Mal friedlich und beruhigend.

Wir halten Ausschau über das verlassene Schlachtfeld. Inmitten der dichten, konturlosen Sandschleier, die die Uferböschung herabfegen, nähert sich eine dunkle, schwankende Silhouette.

Es ist Khi.

Langsam und erhobenen Hauptes reitet sie auf ihrem Dink bis vor den Eingang der Floßburg. Hinter ihr folgt das zweite Tier. Die beiden Echsen zeigen keinerlei Anzeichen von Anstrengung nach diesem entfesselten Kampf. Nur ein paar Reste von gebrochenen Panzerschalen und zähem Schleim kleben an ihren Mäulern und Pranken. Gemächlich lassen sie sich auf ihre Bäuche nieder, blinzeln ein wenig gegen die staubigen Böen und warten ruhig auf das, was kommen mag.

Die Männer und Frauen der Patrouille drängen sich an den Öffnungen des Unterstandes, um meine Schwester und die Dinks zu sehen. Schwer atmend, aber stolz blickt Khi vom Rücken ihres Reittieres auf uns herunter. Stürmischer Jubel brandet auf und übertönt das Brausen des Windes. Einige von uns räumen eilig die aufgetürmten Kadaver zur Seite, um den Eingang frei zu machen.

Dann tritt Khor hinaus. Auf seinen Speer gestützt, schreitet er langsam vorbei an den Verteidigern der

Floßburg, die hinter ihm einen Halbkreis bilden. Auch Ka steht dort. Er strahlt immer noch und genießt diesen Augenblick.

Khor umgeht vorsichtig den Kopf von Khis Dink, bis er direkt zu Füßen der Reiterin steht. Schweigend blicken sich Meister Khor und meine Schwester in die Augen. Erhitzt vom Kampf beide; aber zitternd vor Triumph und Genugtuung das Mädchen; der oberste Wächter dagegen mit hängenden Schultern und beschämt. Die Wächter sind gerettet und erniedrigt zugleich durch die Missachtung ihrer eigenen hohen Prinzipien.

»Ich muss dir wohl danken, Khi, Reiterin der Dinks.« Khor legt den Kopf in den Nacken und mustert Khi mit einem schweren Seufzer. »Ohne dich – ohne euch – wären wir jetzt verloren.«

Khi blickt noch immer auf ihn herab, ohne ein Wort zu sprechen.

Zögernd und etwas freundlicher setzt Khor nach: »Du scheinst sie ja wirklich gezähmt und dressiert zu haben. Wie hast du das gemacht?«

Nach einer langen Pause sagt Khi ernst: »Können wir jetzt mit euch gehen? Können die Dinks mitkommen?«

Bevor Khor antworten kann, kommen aus dem Halbkreis hinter ihm Äußerungen der Zustimmung und der Begeisterung.

»Ja!«

»Unbedingt!«

»Wir brauchen die Dinks!«

Khor hadert sichtlich noch mit der Notwendigkeit, seine eigenen Anordnungen zu widerrufen. Er sieht sich hilfesuchend nach den beiden anderen Wächtern um. Nhin und Han treten vor und tauschen kurz Blicke und dann ein Nicken mit Khor.

Der Meister der Wächter gibt sich einen Ruck. Er wendet sich wieder zu Khi um.

»So sei es also.« Er holt tief Atem. »Khi und Ka, ihr sollt uns ab jetzt begleiten, und eure Dinks sollen bei der Patrouille bleiben, um zu unserer Sicherheit beizutragen.«

»Ja!!!« Ka macht einen Luftsprung vor Begeisterung und klettert auf den zweiten Dink. Er lehnt sich zu Khi hinüber und drückt fest ihre Hand.

»Ihr seid jedoch verantwortlich«, setzt Khor mahnend nach, »dass sich die Tiere unseren Weisungen unterordnen und sich nicht gegen uns wenden. Solltet ihr die Kontrolle über sie verlieren, müssen sie auf der Stelle getötet werden.«

»Ihr habt nichts von ihnen zu befürchten«, sagt Khi mit fester Stimme. »Sie sind zuverlässig und sanft, wenn man sie versteht. Sie werden uns helfen.«

Sie klingt für mich, als sei sie erwachsen geworden, seit wir das letzte Mal miteinander gesprochen haben.

Meine kleine Schwester – ich bin wirklich froh, dass sie da ist!

Die beiden Dinks trotten über das Schlachtfeld und fressen sich satt.

Wir haben uns zwischen den halbverwehten Flößen und den Kadavern der erschlagenen Schrecken versammelt, um unsere Freunde zu betrauern. Keine Spur von ihnen ist mehr am Ort des Kampfes zu finden. Fraglos sind sie nicht mehr am Leben, ihre Überreste liegen verschleppt irgendwo tief in den Schlupflöchern der Schrecken, in den endlosen Dünen jenseits des Flusses.

Schweigend stemmen wir uns mit gesenkten Köpfen gegen den immer noch brausenden Sturm. Neben mir stützt sich Ion auf eine Stake, einen Verband an seinem Fußknöchel. Unsere staubigen Gesichter sind müde und leer. Tränen zeichnen schwarze Spuren hinein.

Khor hebt den Kopf als Erster. Mit einem schroffen »Achtet die Zeit!«, beendet er unser Gedenken. »Solange der Wind nicht aufhört, sind wir hier nicht sicher.«

Schnell legen wir die Flöße um und schieben sie zurück ins Wasser. Dann sammeln wir hastig die verstreute Ladung auf. Nhin und Han laufen am Ufer entlang und geben den Stakern das Zeichen zum Ablegen.

Noch lange nachdem wir diesen grausigen Ort verlassen haben, richten sich die Blicke immer wieder wie gebannt auf das gegenüberliegende Ufer. Die Angst steht in jedes Gesicht geschrieben, dass von dort jeden Augenblick die schwarze Flut aufs Neue über uns hereinbrechen könnte. Doch für dieses Mal scheinen wir die Schrecken der Wüste besiegt zu haben.

Ein Stück weit reiten Khi und Ka noch neben uns her. Dann endet der breite Uferstreifen vor dichtem

Dorngebüsch, das bis ans Wasser herunterwächst. Eine Lücke führt hier hinaus in den ungebremsten Wirbel, der um die Wüste rast. Kurz winken sie uns zu, dann ziehen sie ihre Umhänge vor Mund und Nase. Schnell verschwinden die schwankenden Umrisse der Dinks im Staub.

Es gab keine Gelegenheit, lange zu reden. Und kein Floß, das einen Dink hätte tragen können. Deshalb trennt sich hier unser Weg schon wieder. Aber wir werden uns wieder treffen, jenseits des Salzsees am Rand des Gebirges, wo die Kavernenwächter auf uns warten. Der Weg dorthin ist nicht mehr weit, und wenn alles gut geht, werden wir bald wieder vereint sein. Dann werden wir Zeit für Erzählungen und für Heldengeschichten haben.

Kapitel 18

Bei den Salzleuten

Das Schlachtfeld liegt schon weit hinter uns, als es schlagartig still wird. So plötzlich der Sturm eingesetzt hat, ist er auch wieder zu Ende. Eben noch vom Wind vor sich hergejagt, bleiben Sandmassen unvermittelt in der Luft stehen und rieseln dann leise zu Boden. Gleichzeitig wird es blendend hell.

Ich klopfe mir den Staub ab und sehe mich blinzelnd um. Ein leises Aufatmen ist von den Flößen zu hören. Es geht über in zaghafte Rufe der Erleichterung, dann erhebt sich lautes Jubelgeschrei, und die Flöße beginnen heftig unter Freudentänzen zu schwanken. Wir haben es geschafft!

Ich merke erst, dass ich Ion an mich drücke, als er laut zu stöhnen anfängt. »Ah, Dev, das tut weh!«

Ich lasse ihn erschrocken los. Er sinkt matt zurück auf sein Krankenlager, das aus einem ausgebreiteten

Umhang als Unterlage und einem Gepäckbündel als Rückenpolster besteht.

Die Fußverletzung ist nicht die einzige Spur, die der Kampf bei ihm hinterlassen hat. An seinen Armen und unter seinem Umhang sehe ich jetzt dunkle Blutergüsse und Abschürfungen.

»Oh Ion, das tut mir leid!«, sage ich verlegen. »Das sieht schlimm aus. Wir müssen dich verbinden. Sobald wir am See sind, besorge ich Salbe und Pflaster.«

»Nicht so schlimm, Dev.« Ion grinst schmerzverzerrt. »Ist ja nichts gebrochen. Nhin hat sich das angeschaut und gemeint, ein richtiger Mann braucht ein paar Narben.«

»Ja, genau«, lacht El von hinten, »du siehst schon sehr männlich aus, wie du da liegst.«

»Leg' du dich doch mal daneben«, sage ich zwinkernd zu ihm, »damit ich den Unterschied sehen kann.«

»Der See!«, unterbricht Han uns. Er steht auf den Zehenspitzen und deutet nach vorne. »Ich kann die Wolke sehen.«

Alle recken die Köpfe und schauen.

Und da ist sie! Flussabwärts, noch weit vor uns, wird hinter dem Bewuchs des Ufers eine riesige Säule aus Dampf sichtbar. Gleißend hell steigt sie vor dem dunkleren Himmel des Randgebirges empor. Wo der Dampf den Himmel berührt, staut sich eine wabernde Decke aus Wolken, in ständiger Bewegung gehalten von trägen Wirbeln, emporquellenden Blasen und verwehenden Fetzen, wie eine windgezauste Baumkrone über dem Stamm der Säule.

Warnende Rufe kommen von den vorderen Flößen: Wir sollen uns in der Mitte halten. Nach der nächsten Biegung wird das Gefälle merklich stärker, und der träge heiße Fluss nimmt Fahrt auf.

»Gleich geht es hinunter«, sagt Han. »Es kann ein bisschen schaukeln.«

Jetzt weitet sich der Blick über die Senke, die sich vor uns ausbreitet. Sie reicht bis hinüber zu den fernen Hängen des Randes. Am Fuß der Berge, wo das Land am tiefsten ist, kann ich den großen Salzsee ausmachen. Dort unten kommt vom Gebirge herab der Dunkelfluss und trifft sich mit unserem Randfluss. Die beiden Flussmündungen bilden eine große durchgehende Salzfläche, die von zahllosen flachen Rinnsalen durchzogen ist. Der Randfluss hat sich auf seinem Weg durch die Wüste mit herausgewaschenen Mineralstoffen angereichert, die sich nun in der heißen Tiefebene beim Verdunsten und Versickern des Wassers als dicke Schicht an der Oberfläche ablagern.

Im Zentrum der Ebene öffnet sich ein gewaltiges Schluckloch im Erdboden, ein Malstrom, in dem die Wassermassen, die unter der Salzschicht fließen, in einem mächtigen, tosenden Strudel im Erdinneren verschwinden. Ein tiefes Grollen dringt von dort zu uns herauf. Immer wieder schießen donnernde Fontänen aus dem Loch in die Höhe. Darüber türmt sich himmelhoch die weithin sichtbare Dampfsäule.

Es geht in schneller Fahrt hinab in die Ebene. Die Flöße hüpfen munter über kleine Stromschnellen, und die Staker haben alle Hände voll zu tun, uns in der

Mitte zu halten. Danach fließt der Fluss wieder flach und ruhig dahin. An den Hängen wird das Gebüsch spärlicher, dafür sind die Ufer zunehmend von einem hellen Puder bedeckt. Schließlich gehen die niedrigen Staubdünen ringsum in völlig ebenes Gelände über, und wir sind auf der Salzfläche des Sees.

Direkt am Rand des Sees liegt zu beiden Seiten des Flusses ein kleiner Hafen. Auf der steinernen, salzverkrusteten Kaimauer warten ein paar Gestalten, auf lange Stangen gestützt. Dahinter liegen langgezogene flache Gebäude, vor denen weitere Menschen zu sehen sind.

Die Salzleute… Ich bewundere diesen ungewöhnlichen Menschenschlag, der sich hier draußen in dem windigen, heißen Landstrich zwischen Staub und Dampf angesiedelt hat. Der Salzsee ist ihre Heimat – ein Ort, der auf mich immer lebensfeindlich und bedrückend wirkt; ihnen jedoch scheint er wohliges Klima und angenehmste Lebensbedingungen zu bieten. Es sind hochgewachsene Menschen, deren ruhige, offene Blicke uns langsam vom Ufer her folgen. Wenn sie sich bewegen, dann tun sie das entspannt und ohne Eile.

»Da sind unsere Freunde«, sagt Han mit Blick auf die Gestalten mit den Staken am Pier, »die Salzbrecher.«

Während wir anlegen, nähern sich ein paar von ihnen dem vordersten Floß. Sie helfen Khor und Nhin an Land und begrüßen die beiden Wächter mit festem Händedruck.

Die Salzbrecher und die Ankömmlinge unterhalten sich eine Weile. Dann macht Khor ein Zeichen zu einem unserer Transportflöße. Daraufhin werden ein paar Packstücke auf den Pier gereicht und dort aufgestapelt.

»Das kann noch ein wenig dauern«, sagt Han. »Sie tauschen ein bisschen von unserem Proviant gegen Salz.« Er macht es sich auf dem Deck bequem und beobachtet den Handel.

Nach langwierigen Verhandlungen, in deren Verlauf weitere Bündel von unseren Flößen dem Stapel auf der Kaimauer hinzugefügt werden, wechseln endlich ein paar kleine, aber prall gefüllte Säckchen aus Leder den Besitzer. Khor nimmt sie mit einer kleinen Verbeugung vom Anführer der Salzbrecher entgegen.

»Jetzt haben wir aber viel mehr dagelassen, als wir bekommen haben«, meint El kritisch.

»Sie haben hier einfach das beste Salz der Welt«, sagt Han. »Rein, trocken und haltbar. Wie sie das machen, verraten sie keinem. Aber sie wissen, was sie dafür verlangen können.«

»Außerdem bekommen wir ja nicht nur ihr Salz«, erklärt Om seinem misstrauischen Sohn. »Genauso wichtig für uns sind ihre Lotsendienste. Keiner findet den Weg durch den See ohne sie…«

Jetzt ist der Handel abgeschlossen und das Salz wird verladen. Ein paar der Salzbrecher besteigen nun ihr eigenes Gefährt und staken es ganz nach vorne an die Spitze des Konvois. Sie werden die Führung durch den See übernehmen. Ein anderer kommt zu Khor und Nhin auf deren Floß, und noch ein weiterer schlendert zu uns ans Ende.

»Hey, Rha!«, begrüßt Han den Mann.

»Hallo Han, und hallo zusammen!« Rha zwinkert uns zu und springt leichtfüßig an Bord.

Er ist hochgewachsen und hager. In der Ellbogenbeuge trägt er eine lange Stake, die aussieht, als wäre sie eine Verlängerung seiner dürren, sehnigen Arme. Tiefe Furchen durchziehen sein Gesicht, das so verschmitzt und zugleich verwittert aussieht, dass ich nicht sicher bin, ob Rha schon uralt ist, oder noch jung und nur gegerbt von Salz und heißer Wüstenluft.

Han stellt uns vor. Als Rha Ion und seinen verletzten Fuß sieht, wendet er sich mit einem kurzen lauten Ruf zu den Salzbrechern im Floß ganz vorne. Er macht ihnen ein Zeichen, dass sie warten sollen. Dann springt er zurück an Land und eilt zu einem der Hafengebäude. Nach wenigen Augenblicken ist er zurück. Er trägt ein Gefäß und einen Packen langer Blätter mit sich.

»Heilschlamm«, sagt er und kniet sich neben Ion. »Helft mir mal mit dem Verband.«

Wir entfernen den schmutzigen alten Blätterverband von Ions Unterschenkel und Knöchel. Rha greift eine Handvoll von dem cremigen dunklen Schlamm aus dem Gefäß und packt es auf die dunkel verfärbte Haut und die verschorfte Wunde. Ion stöhnt auf, als wir die Verletzung mit den Palmblättern umwickeln und verschnüren, doch als wir fertig sind, lehnt er sich mit einem entspannten Seufzer zurück.

»Das wird schon wieder«, sagt Rha munter, »Beim nächsten Dorffest wirst du der Tanzmeister!«

»Ion tanzt nicht«, brumme ich. »Ion ist Wächter.«

Der Konvoi setzt sich in Bewegung. Langsam treiben wir hinaus in die Weite des Salzdeltas.

Das Wasser hat eine milchige Färbung angenommen, eine helle Trübung, die die Grenze zwischen den Ufern und dem Fluss verschwimmen lässt. Blendend weiße Krusten überziehen die Landschaft. In flachen Tümpeln brodelt und blubbert es, Schwaden von beißendem Dampf ziehen darüber hin und reizen Augen und Nase. Ein bitterer Geschmack breitet sich in meinem Mund aus.

Der Fluss wird zu einem Labyrinth. Immer wieder zweigen schmale Arme ab, schlängeln sich hinein in grelles Licht, das die harschen Konturen der Ebene auflöst. Wasserläufe, Dampfschleier, Silhouetten von Menschen auf Flößen und das ferne Dunkel des Horizonts vermengen sich in flimmernden Hitzeschlieren miteinander, bizarre Luftspiegelungen und fiebrige Traumbilder unter dem himmelweiten, dröhnenden Wolkenpilz.

Diese Landschaft ist ohne Leben – kahl und unwirtlich; heiß, stickig und abweisend in ihrer Fremdheit. Ein drückendes Unbehagen beschleicht mich, eine dumpfe Angst, mich zu verlieren… Nicht nur die Orientierung zu verlieren im Gewirr der Wasserarme, die alle irgendwo draußen im Salz versickern. Nein, mit der

Auflösung der Wahrnehmung keimt eine Panik auf,
allen Halt und alle Zuversicht zu verlieren, wie ein
verschwimmendes Etwas, dem in den Strudeln der
heißen Luft allmählich die feste Form abhandenkommt,
bis es sich zuletzt ganz auflöst und verschwindet...

Ohne die Salzbrecher wären wir hier verloren. Sie
dirigieren uns auf einen Arm des Flusses, der für mich
genauso aussieht wie die anderen Wasserläufe, seicht
und kaum breiter als unsere Flöße. Die Wassertiefe
reicht gerade aus, um unsere schwer beladenen
Gefährte nicht den Boden berühren zu lassen. Nur
einmal steckt das Floß mit dem schwersten Gewicht am
Grund fest. Erst nachdem alle Besatzungsmitglieder bis
auf einen Staker vorsichtig auf das brüchige Ufer
gestiegen sind, kann das Hindernis passiert werden.

Immer wieder muss aber die enge Fahrrinne verbrei-
tert werden. An Biegungen und Schleifen wachsen
Schollen aus Salz in den Wasserlauf hinein, faszinierend
glitzernde Kristallgebilde, genährt durch die ange-
schwemmten Mineralien im heißen, schnell verduns-
tenden Flusswasser. Die Salzbrecher haben dafür
spezielle Hacken an Bord, langstielige, schwere Werkzeuge mit einem breiten Blatt aus Stein. Damit stoßen
sie Brocken aus dem Belag und befördern sie aus dem
Wasser, bis die Durchfahrt frei ist. Beim Passieren der
Engstellen gleiten wir an langgezogenen Abraumhalden
vorbei, die das Ufer säumen. Unmittelbar hinter uns
wird das Salz sein unermüdliches Wachstum wieder
aufnehmen.

· · ·

»Da vorne wirds ein wenig ungemütlich.«

Rha, der Salzbrecher auf unserem Floß, muss laut schreien, um das Donnern des Schlucklochs zu übertönen. Er hat den Platz an der hinteren Stake übernommen. Auf Zehenspitzen schaut er an uns vorbei nach vorne.

»Ihr kennt das ja schon. Ist aber doch jedes Mal wieder eine mitreißende Erfahrung!« Er klingt so gut gelaunt, als freute er sich über einen Besuch, mit dem er einen kleinen Spaziergang durch die Nachbarschaft unternehmen würde.

Wir aber erstarren angesichts des Schauspiels, dem wir uns jetzt nähern.

Der Wasserlauf führt langsam – aber schneller als es dem Kribbeln in meinem Nacken und meinen Eingeweiden lieb ist – direkt auf das Schluckloch zu. Um das Loch herum senkt sich der Boden zu einem weiten, kreisrunden Becken mit einem Durchmesser von mehreren Pfeilschüssen. Hinter der emporschießenden Wassersäule in der Mitte sehe ich die gegenüberliegenden Ränder dieser Senke. Dort bricht die dicke Salzschicht ab und schiebt sich an vielen Stellen als geborstene Platten über die Kante. Darunter quillt salziges Wasser hervor und rinnt den abschüssigen Boden zum infernalischen Strudel im Zentrum hinab.

Bevor jedoch unser Wasserlauf die Senke erreicht, vereinigt er sich mit einem breiten Zufluss, der von der linken Seite her aus Richtung des Randgebirges kommt. Es ist der Dunkelfluss. Träge und einladend fließt er daher, sein kühles, klares Wasser mischt sich mit den heißen Salzfluten des Randflusses. Auf diesem letzten Stück wird die Wasserstraße so breit, dass sie sich fast über die Hälfte des Beckenrandes ergießt, schäumend und wild die Kante hinabstürzend, hinein in die kochende Fontäne.

Jetzt muss es schnell gehen! Wir müssen unsere Flöße in die Mündung des Dunkelflusses bringen, bevor uns der Sog in das Becken und in den Strudel des Schlucklochs reißt. Schon sind wir im Wirkungskreis seiner brüllenden Gewalt. Der Lärm ist unerträglich. Heftige Druckwellen lassen Wasser und Luft um uns erbeben, heiße Gischt hüllt uns ein und immer wieder prasseln schwere Wassergüsse auf uns herunter.

Alle verfügbaren Stangen sind im Einsatz, um die Gefährte gegen die Strömung aus der Reichweite der Gefahr zu staken. Als ich von meinem Platz an der Seite des Floßes zwischen zwei Stößen nach hinten schaue, sehe ich eine entsetzliche Kulisse aus emporschie-ßenden Fontänen, wirbelndem Dampf und herabstür-zenden Wasserschwallen.

Und davor tanzt Rha, der Salzbrecher, hochaufge-richtet auf dem Heck des Floßes, strahlend vor irrem Vergnügen, sein Gelächter unhörbar im Gebrüll des Strudels.

KAPITEL 19

DER AUßENPOSTEN

Den Salzbrechern sei Dank! Wir sind wieder an Land.

Ein kleines Stück den Dunkelfluss hinauf ragen rechter Hand die Stege einer Anlegestelle unter den Bäumen ins Wasser. Hier entladen wir die Flöße und stapeln die Packstücke am Ufer.

Auf dem Fluss übernehmen die Lotsen die Fahrzeuge und verabschieden sich von uns. Han erzählt, dass zu den Diensten der Salzleute für die Wächter auch die Lagerung und Instandhaltung der Flöße für die Patrouille gehört. Sie bringen diese jetzt ein Stück flussaufwärts zum Lagerhafen, einer großen Anlage von Flachgebäuden, in denen die Flöße auch während der Großen Flut eingelagert werden. Dort warten sie auf unsere Rückkehr von den Kavernen.

Der Landeplatz ist nur eine ausgetretene Lichtung in einem Gehölz von bizarren Bäumen. Im besonderen

Klima zwischen Wüste, Salzsee und Randgebirge
gedeihen Gewächse, die nichts ähneln, was ich aus
unserem Waldland kenne: Sehr hohe Stämme mit rauer
Borke und spärlichen kurzen Ästen ragen hier wie
verwitterte steinerne Säulen in den düsteren Himmel.
Im begrenzten Raum auf dem Boden zwischen diesen
Riesen drängeln sich alle vor den Haufen mit den Packstücken. Es dauert einige Zeit, bis die Wächter das
Durcheinander beim Entladen, Beladen und die Aufstellung zum Weitermarsch in geordnete Bahnen gebracht
haben.

Währen die Träger ihre Lasten zugeteilt bekommen,
macht Ion vorsichtige Gehversuche mit der behelfsmä-
ßigen Krücke, die Han ihm aus einer alten Stake gebaut
hat. Ich sehe, wie schwer ihm das Humpeln fällt, und
mache mir Sorgen, dass ihn die Wächter im Außenposten zurücklassen könnten. Aber ich nehme mich
zusammen und versuche, ihm Mut zuzusprechen und
dabei zuversichtlich zu wirken.

Schließlich setzt sich der Zug in Bewegung. Vor
uns liegt der Aufstieg zum Außenposten der Kavernenwächter. Schwer bepackt marschieren wir den steinigen Pfad über dem Fluss hinauf. Hier beginnt schon
das Zwielicht des Randes. Hoch über uns kreisen die
Ausläufer der Dampfsäule: jagende Wolkenfetzen,
dunkel unter einem noch dunkleren Himmel. Dichter
Nieselregen, warm und salzig, hüllt alles ein. Es geht
steil bergan und dabei immer tiefer in den Säulen-
wald. Bald verhallt das Donnern über dem Salzsee
zwischen den Stämmen und verschwimmt im

Rauschen des Regens. Schließlich verlassen wir den Wald.

Das letzte Stück des Pfades führt immer noch bergauf und quert einen mit Felsblöcken übersäten Wiesenhang. Dann stehen wir oben auf einem niedrigen Bergrücken, einem letzten Ausläufer, der aus dem Wall des Randgebirges ein Stück hinaus in die Wüste ragt. An seiner Flanke, tief unter uns, fließt der Dunkelfluss von der Gebirgshöhe herab. Seinen oberen Lauf, wild über steile Felswände und durch enge Schluchten springend, hat er hier hinter sich gelassen. Breit und ruhig kommt er daher, ohne Eile, fast zögernd nähert er sich seinem nahen Ende in der heißen Wüste, wo sein klares kühles Wasser ein unwürdiges Schicksal erwartet, verunreinigt vom schlammigen Salzgemisch der Wüstenrinnsale und verschlungen von der kochenden Hölle des Schlucklochs. Weit draußen jenseits der Dampfsäule sehe ich nur blendende, silbrige Helle über den staubigen Dünen, keinen Horizont, nur Hitze.

Vor uns, auf dem flachen Rücken des Ausläufers, kauern ein paar niedrige Schlafgebäude und Lagerräume in der Steinbauweise der Alten: der Außenposten der Wächter im Randgebirge.

Hier beginnt der Pfad durch das Randgebiet, das letzte und beschwerlichste Stück des Weges. Von hier aus müssen wir zu Fuß weiter, und wir müssen unsere Lasten selbst tragen. Doch zuerst werden wir hier rasten, endlich den lange aufgeschobenen Schlaf nachholen und uns für den Aufstieg stärken. Und unser Zug bekommt Verstärkung für den Rest des Weges, denn

beim Lager erwartet uns ein Trupp von Kavernenwächtern.

Einige von ihnen kommen uns entgegen, als wir uns
dem Lager nähern. Ihr Anführer ist ein untersetzter,
breitschultriger Mann mit einem freundlichen Zug in
seinem runden Gesicht, das jetzt nass vom Regen ist. Er
begrüßt zuerst Khor und die anderen beiden Wächter,
ernst und förmlich. Dann wendet er sich uns zu.

»Seid willkommen, Freunde aus dem Waldland und
von der Küste. Ich bin Hauptmann Thur, der oberste
Kavernenwächter, und ich danke euch für die Mühen,
die ihr auf euch genommen habt. Ich hoffe, ihr hattet
eine gute Reise bis hierher?«

Als ihm Khor vom Angriff der Staubschrecken und
unseren Verlusten berichtet, verdüstert sich Thurs
Miene.

»Das sind schmerzliche Nachrichten. Schon sehr
lange ist es her, dass die Schrecken der Wüste so
gewütet haben, und mancher hat sich wohl schon der
Hoffnung hingegeben, dass diese Kreaturen, aus
welchem Grund auch immer, endgültig verschwunden
seien. Doch die Wüste ist hart und feindselig, und was
dort in den Weiten und Tiefen vorgeht, bleibt uns wohl
ebenso unfassbar wie der Staub in ihren Stürmen.« Er
knurrt ärgerlich. »Möge eure Rückreise unter glückli-
cheren Umständen gelingen! Und hoffen wir, dass auch
der große Marsch vor der Flut von diesen Ungeheuern
verschont bleibt…«

Dann gibt er sich einen Ruck und sagt munter:

»Doch jetzt kommt erst einmal mit und legt eure Lasten ab. Drinnen, bei Essen und Trinken lässt es sich besser reden als hier draußen im Regen. Meine Männer werden inzwischen den Rest eurer Ladung vom Fluss herauftragen.«

Kräftige Wächter helfen uns dabei, unsere Packstücke in ein Lagergebäude zu schaffen. Dann bittet uns Hauptmann Thur in das größte Gebäude des Postens. Wir schütteln die Nässe von unseren Umhängen und betreten eine geräumige Vorhalle, die von Lichtsteinen erhellt ist. Auf steinernen Tischen stehen dort Schalen mit Getränken und Platten mit Essen. Dankbar lassen wir uns auf die Bänke vor den Tischen nieder.

Wir stärken uns, durstig, hungrig und müde. Thur unterhält sich währenddessen mit Khor – da bricht plötzlich draußen ein lauter Tumult los!

Ein Kavernenwächter stürzt herein, gefolgt von weiteren, die alle aufgeregt durcheinanderrufen.

»Dinks!«

»Dinks greifen an!«

»Zwei«, stößt der erste Wächter hervor, panisch und atemlos. »Zwei Riesen-Dinks kommen vom Fluss herauf!«

»Dinks?« Thur steht auf und schaut ihn ungläubig an. »Es gibt doch keine Dinks hier am Rand – nur auf dem Berg!«

»Aber wir haben sie gesehen!«, beharrt der Wächter,

immer noch um Luft ringend. »Ich kenne einen Dink, wenn ich einen sehe!«

»Das ist meine Schwester!«, platze ich dazwischen.

»Wie?« Thur schaut verständnislos zwischen mir und dem Wächter und Khor hin und her. »Wie, deine Schwester?«

»Das kann ich aufklären«, sagt Khor heiter. »Die Dinks sind harmlos. Bitte sagt allen, dass die Dinks zahm sind und niemandem etwas tun. Sie sollen sie einfach heraufkommen lassen.«

Hauptmann Thur ist jetzt völlig verwirrt, ebenso seine Wächter. Aber nach einer weiteren Aufforderung durch Khor gehen sie zögernd zurück nach draußen, um die anderen zu beruhigen.

Dann erzählt Khor, wie uns Khi, Ka und die Dinks vor den Staubschrecken gerettet haben. Er preist die Tapferkeit meiner Schwester und die Kraft und Kampf-stärke der Dinks, und er schwärmt von deren Verstän-digkeit und Gehorsam. Er hört gar nicht mehr auf, ihre Vorzüge zu loben, bis er merkt, dass Thur ihn anstarrt, als wäre er verrückt.

»Ja, ich weiß«, sagt Khor und belächelt Thurs fassungslose Miene. »Das Gesetz der Wächter verbietet Dinks außerhalb der Nebeltide am Berg, und das aus gutem, uraltem Grund.«

Thur nickt langsam, während er Khor immer noch skeptisch mit hochgezogenen Brauen mustert.

»Aber diese Dinks sind anders!«, sagt Khor bedeu-tungsvoll. »Nicht die tierischen und primitiven Wesen, die die Übergangszone bewohnen; die nur Fressen im Sinn haben. Diese hier sind gezähmt und gelehrig. Ich habe es selbst nicht geglaubt, bis ich es mit eigenen Augen gesehen habe…«

Während Khor weiterredet, stehe ich auf und gehe nach draußen. Unten am Waldrand kommen sie eben auf die Wiese – langsam schreitend, bedächtig züngelnd, von Zeit zu Zeit ein tiefes Schnauben ausstoßend, das die nervösen Wächter neben dem Pfad jedes Mal ein paar Schritte zurückweichen lässt. Trotz Khors Entwarnung sind von allen Seiten Speerspitzen auf die Dinks gerichtet. Misstrauische Blicke beäugen die beiden Reitenden, die von hoch über den Köpfen auf die Wächter herabschauen und ihnen freundlich zuwinken.

»Keine Angst«, ruft Ka den Speerträgern zu. »Die tun euch nichts. Das heißt – wenn ihr ihnen auch nichts tut. Also bitte, nehmt eure Spieße runter… Dankeschön!«

Als Khi mich sieht, winkt sie mir freudig zu. Hoheitsvoll lächelt sie herab wie die Trägerin der Blumenkrone beim Dorffest.

»Hey Khi.«

»Hey Dev.«

»Ist alles gut?«

»Ja.«

Ich schlendere neben ihren beiden Reittieren her ins Lager. Dort angekommen, steigen Khi und Ka ab, und wir umarmen uns zu dritt. Dann kommen Om und El dazu, und schließlich, humpelnd und auf einem Bein hüpfend, noch Ion. Wir umarmen uns alle gemeinsam und dann noch einmal alle einzeln.

Inzwischen hat sich ein großer Halbkreis um uns gebildet; auch die Anführer der Wächter sind wieder herausgekommen. Alle bestaunen die großen Tiere, die sich – jetzt ohne Reiter – gemächlich auf die Salzwiese davonmachen, um etwas Fressbares zu suchen.

Diejenigen, die mit uns aus der Wüste gekommen sind, schildern den ungläubig lauschenden Kavernenwächtern mit eindringlichen Worten und großen Gesten, wie uns diese scheinbar schwerfälligen, tumben Tiere vor dem sicheren Tod gerettet haben: Wie wir uns in aussichtsloser Lage inmitten der unaufhörlichen Attacken durch die blutgierigen Sandschrecken schon einem entsetzlichen Ende nahe sahen; wie unsere armen Mitkämpfer den grausamen Monstren zum Opfer fielen, verschleppt in ein ungewisses, aber gewiss fürchterliches Schicksal; wie wir zuletzt alle Hoffnung fahren ließen; und wie wir doch noch im Augenblick des Unterganges befreit wurden, gerettet durch die glorreiche Raserei der beiden Echsen und ihrer tapferen Bezähmer; wie wir über die kopflos flüchtenden Reste des geschlagenen Feindes in Triumphgeheul und Freudentränen ausbrachen; wie wir unsere gefallenen Freunde beweinten.

Nach dem Bericht ist es kurz still; doch dann bricht ein Begeisterungssturm aus, in dessen Mittelpunkt Khi und Ka bejubelt, schultergeklopft, gedrückt und immer wieder hochgeworfen werden. Schließlich führt man die beiden Dinkreiter in den Speisesaal des Schlafgebäudes und platziert sie in die Mitte der Tafel zwischen Meister Khor und Hauptmann Thur. Alle umringen den Tisch, begierig, weitere Geschichten zu hören.

Khi erzählt, wie sie uns gefolgt sind, nachdem sie den Anfang unserer Reise vom Waldlandturm aus beobachtet haben. Sie folgten dem Fluss bis zum Fall, wo sie in sicherem Abstand warteten, bis die letzten die Plattform verlassen hatten. Von dort oben sahen sie uns mit den Flößen aufbrechen. Sie kletterten den Abstieg hinunter, eine gefährliche Sache für die Dinks, denn der enge Pfad mit seinen Kletterpassagen ist nicht gemacht für solch schwergewichtige Vierbeiner. Aber auch hier zeigten sie sich nach anfänglichem Widerstreben erstaunlich furchtlos und behände.

Der Weg durch die Wüste am Fluss entlang war ein Spazierritt für sie – bis der Sturm losbrach. Zu diesem Zeitpunkt hatten sie uns eingeholt und hielten sich außer Sichtweite immer gleichauf mit dem letzten Floß. Sie konnten uns durch das Gestrüpp am Ufer im Auge behalten, ohne von uns entdeckt zu werden. Doch als der Staubsturm anfing, verloren sie unseren Zug aus den Augen. Sie kämpften sich weiter den Fluss hinab. Wo es ging, bewegten sie sich direkt am Ufer innerhalb des Vegetationsstreifens. Doch sie konnten uns nicht finden. Sie ritten so weit, bis es unmöglich schien, dass wir noch weiter flussabwärts gekommen waren. Da wurde ihnen klar, dass wir weiter oben zurückgeblieben sein mussten. Vielleicht hatten wir angehalten, um das Ende des Sturms abzuwarten.

Sie kehrten um und ritten wieder flussaufwärts. Plötzlich wurden die Dinks unruhig und beschleunigten ihre Schritte, als hätten sie die Fährte einer Jagdbeute aufgenommen. Die Düsternis der jagenden Staubwolken vor ihnen wurden noch tiefer. Aus der Finsternis und durch das Sturmgeheul drang ein haarsträubendes Rasseln und Wispern, ein Klang, der die Dinks in unbändige Erregung versetzte. Dann hörten sie auch menschliche Rufe und Kampflärm, und sie wussten, dass sie uns gefunden hatten. Sie näherten sich vorsichtig, um sich ein Bild von der Lage zu machen. Doch kaum hatten sie durch die Staubwirbel unsere Floßburg am Ufer ausgemacht und unsere verzweifelte Lage erkannt, wurden auch sie zum Angriffsziel der Schrecken. Schnell eingekreist und bedrängt von den erbarmungslosen Kreaturen, konnten sie ihre Reittiere nicht mehr zurückhalten. Khi und Ka sprangen ab und ließen den Dinks freien Lauf. Wütend gingen diese auf die Schrecken los und richteten ein furchtbares Gemetzel unter ihnen an.

»Den Rest habt ihr ja schon gehört«, schließt Khi ihre Geschichte.

Khor steht auf. »Es war wirklich ein Triumph! Es *ist* ein wahrer Triumph!« Er hebt seinen Becher zu Khi und Ka hin, und alle tun wir es ihm gleich.

In die Hochrufe und das anerkennende Murmeln erhebt sich auch Ka und macht kleine Verbeugungen in alle Richtungen.

»Danke, danke. Gern geschehen!« Er legt seine Hand auf Khis Schulter, die neben ihm sitzen geblieben ist. »Khi ist die Bezähmerin der Dinks. Khi habt ihr euer Leben zu verdanken! Ich bin nur ein Dinkreiter, aber Khi ist ihre *Vertraute*!«

Khi lächelt verlegen und trinkt mit gesenktem Blick aus ihrem Becher.

Alle haben sich wieder hingesetzt, aber Meister Khor steht noch neben Khi. Er blickt mit anerkennendem Nicken auf sie hinunter.

»Ich bin sehr beeindruckt von dieser jungen Frau!« Jetzt legt *er* seine Hand auf ihre Schulter und schaut in die Runde. »Denn mit ein wenig Trotz und Sturheit -« Khor wirft ihr einen freundlich tadelnden Seitenblick zu »- hat sie mir etwas sehr Wichtiges gezeigt...«

Er hebt seinen Blick über die Anwesenden in eine unbestimmte Ferne, und seine Stimme wird getragen und salbungsvoll: »Die Gesetze der Wächter sind unsere oberste Richtschnur für Wohl und Sicherheit der Menschen. Und die Überwachung ihrer Einhaltung ist unsere heilige Pflicht. Die Sätze des Gesetzes sind einfach formuliert und streng. Ihre Auslegung obliegt uns Wächtern, insbesondere dem hohen Wächterrat und mir. Die meisten der verbreiteten Prinzipien entspringen uralten Erfahrungen, Traditionen und Gewohnheiten, und ihr Sinn muss nicht hinterfragt werden. Das Verbot, das keine Dinks außerhalb des Jagdreviers am Berg zulässt, ist eine Interpretation des fünften Satzes ‚Achte die Grenze‘, und es beruht auf dem allgemeinen Wissen um die tödliche Bedrohung, die von diesen Tieren ausgeht. Jeder Jäger hier wird diese Gefährlichkeit bestätigen können.«

Er blickt um Zustimmung heischend in die Runde und registriert befriedigt ein vielfaches Nicken.

»Doch alte Erfahrungen können mit neuen Erkenntnissen erweitert werden, ohne dass sie gänzlich ihren Wert verlieren. Die Gesetze der Wächter müssen deshalb nicht neu geschrieben werden! Aber ich bin stolz, dass unter meiner Meisterschaft etwas geschieht, das das Überleben der kommenden Generationen erleichtern wird…«

Er macht eine dramatische Pause und hebt beide Hände.

»Die Zähmung der Dinks!«, sagt er triumphierend. »Ich sehe großartige Möglichkeiten, diese Tiere – die bisher nur eine Bedrohung und eine schwer zu erlegende Jagdbeute waren – diese gewaltigen und starken Dinks zu einem viel höheren und dauerhaften Nutzen einzusetzen. Wir können mit ihnen als Reittiere die Wüste schnell und sicher durchqueren, sie können schwere Lasten tragen und bieten uns gleichzeitig Schutz vor den Staubschrecken. Und: Wir können ihre Kampfstärke nutzen, um sie gegen die Rander einzusetzen!«

Anerkennendes Nicken bei den anderen Wächtern und bei vielen Zuhörern, abwartende Blicke zwischen Khi und mir.

»Ich habe große Pläne mit euch«, fährt Khor mit Blick auf Khi und Ka fort. »Wenn wir von dieser Reise zurückkommen, werde ich dafür sorgen, dass bei den

Wächtern alles Notwendige getan wird, die Nutzung der Dinks in Angriff zu nehmen. Das wird eine großartige Sache! Und ihr werdet dabei eine wichtige Rolle spielen! Wir werden ein ganzes Heer von gezähmten Dinks haben!« Er schaut erwartungsvoll zwischen den beiden hin und her.

Khi schweigt, und Ka zieht die Augenbrauen hoch. Den beiden ist offensichtlich nicht ganz geheuer, wie Khor sich in Hochstimmung geredet hat. Während seiner Rede haben wir, von ihm unbemerkt, ein paar augenrollende Blicke getauscht, an denen auch Ion beteiligt war.

»Nun?«, fragt Khor.

»Ich glaube nicht, dass das den Dinks gefallen wird«, sagt Khi leise. »Und mir gefällt es auch nicht.«

Khor runzelt die Stirn. »Aber weshalb nicht? Ich weiß, das kommt ein wenig unerwartet für dich, aber…«

»Diese beiden Dinks sind meine Vertrauten, und ich bin ihre Vertraute«, antwortet Khi, jetzt mit fester Stimme. »Wir verstehen uns, wir gehören zusammen. Auf eine Art, die ich dir nicht erklären kann. Wenn du selbst einen Dink aufziehen würdest, könntest du es vielleicht verstehen. Das ist nichts, was man für jemanden anderen übernehmen kann. Und ich fürchte, nicht jeder hat die Gabe, das Vertrauen eines Dinks zu gewinnen.«

»Aber…« Khor schaut verständnislos auf Khi hinunter, dann blickt er hilfesuchend in die Runde.

Hauptmann Thur meldet sich zu Wort: »Lasst uns

erst mal froh sein, dass wir *diese* Dinks haben«, meint er beschwichtigend zu Khor. »Bei eurer Rückkehr könnt ihr euch dann ja noch mal in Ruhe darüber unterhalten.«

Khi nickt dankbar, aber der Oberste Wächter ist ob der mangelnden Begeisterung über seinen Plan kurzzeitig konsterniert. Er holt kurz Atem und fängt an, eifrig zu nicken.

»Du wirst sehen, dass es funktioniert«, sagt er zu Khi. »Endlich haben die Wächter die Macht, die Rander zu besiegen... Das müssen wir nutzen! Und das habe ich dir zu verdanken! Du wirst meine großartige Dinkführerin sein. Gleich wenn wir zurück sind, werde ich mit den Vorbereitungen anfangen. Ja, wir werden die Dinks zähmen...«

Seine Worte sind leiser geworden und zuletzt in ein Murmeln an sich selbst übergegangen.

Dann ist es still. Jemand räuspert sich, aber keiner sagt etwas.

In das lange Schweigen hinein erklingt durch das Rauschen des Regens von fern das Abendsignal. Ein Aufatmen geht durch unsere Reihen. Wie lange haben wir diesen Ton vermisst! Unter dem Tosen des Großen Falles war er unhörbar, vom Grauen des Schreckenangriffs im Staubsturm wurde er übertönt, in der Wüste mussten wir ihn ignorieren und auf Schlaf verzichten, bis wir den Salzsee durchquert hatten. Doch jetzt heißen wir dieses Signal einer intakten Zeit willkommen – nicht zuletzt auch, weil damit Meister Khors Ansprache beendet wird.

Ohne weitere Worte beziehen wir unsere Schlaflager.

Ein sanftes Rütteln...

Ich fahre erschrocken hoch -

Ich habe das Morgensignal überhört!

Ein Kavernenwächter geht durch die Reihen der Liegen und drängt die Schlafenden zum Aufstehen. Unsere Anführer wollen heute keine Zeit verlieren. Nach einem kurzen Frühstück im Speisesaal ist der Aufbruch in die Berge anberaumt.

Ich setze mich zu Ion an einem Tisch neben dem Eingang. Wir schauen schweigend hinaus in den ewigen Nieselregen des Randgebirges. Aus der Düsternis jenseits der Gipfel dringt Donnergrollen.

»Wie geht es deinem Fuß?«

»Tut immer noch weh, wenn ich auftrete.« Er hält sein Bein ein wenig hoch, dessen unterer Teil noch immer in Rhas dicken Verband verschnürt ist.

Besorgt schaue ich den Fuß an. »So schaffst du es nicht über die Berge, Ion.«

»Doch, es muss gehen!« Er schnaubt entrüstet. »Ich kann halt nicht viel tragen. Sie haben gesagt, der Schlamm vom Salzsee soll Wunder bei solchen Verletzungen wirken. Aber das Wunder braucht wohl noch etwas Zeit...«

Ich schüttle zweifelnd den Kopf.

Ka setzt sich neben Ion. »Du wirst natürlich auf einem Dink reiten, mein lahmer Freund!« Er klopft ihm gutmütig auf die Schulter.

»Aua… Danke, Ka!« Ion stöhnt und lacht zugleich schmerzverzerrt.

Khi kommt an meine Seite. Sie war draußen, um nach den Dinks zu sehen.

»Sie haben irgendetwas gefressen«, sagt sie und hebt eine Augenbraue. »Etwas mit Federn. Und Schuppen. Man konnte nicht mehr sehen, was es war…«

Ich schaue mich kurz um, dann frage ich leise: »Was haltet ihr von Khors Rede gestern? Von seinen großen Plänen?«

»Ich habe es ihm ja schon gesagt«, sagt Khi. »Er will etwas erzwingen, das mit Zwang zum sicheren Scheitern verurteilt ist…«

Ion schüttelt resigniert den Kopf. »Das ist eben Khor, wie wir ihn kennen: Zuerst ein strenges Verbot für etwas, das ihm fremd und gefährlich erscheint – aber wenn er merkt, dass es funktioniert, ist es plötzlich *sein* Verdienst! Widerspruch zwecklos!«

Ka grinst: »Könnt ihr euch Khor auf einem Dink reitend vorstellen? Ich nicht…«

»Ich glaube, dafür wäre er zu ängstlich!«, stimme ich ihm zu. »Vor allem hätte er wohl Angst, sich lächerlich zu machen…«

Khi steht vom Tisch auf. »Jetzt müssen wir erst mal an die nächste Etappe denken«, sagt sie. »Vor uns liegt der Rand. Wir wissen noch nicht, wie sich die Dinks dort verhalten.«

»Ja, das ist alles andere als ihre gewohnte Umgebung«, sage ich, »Aber das war auch die Wüste nicht, und dort kamen sie erstaunlich gut zurecht.«

Ion erhebt sich ächzend und belastet vorsichtig sein Bein. Dann sagt er: »Ich könnte mir schon vorstellen, dass die Kluft den beiden Angst einjagt – so wie allen, die da drüber müssen. Die Brücke ist für jeden eine Mutprobe.«

Kapitel 20

Über den Randerpass

Vom Lager führt unser Weg den Rücken des Ausläufers hinauf in die ersten steilen Berghänge. Die dichten Salzwiesen gehen in Geröllhänge über. Nur noch vereinzelt zwängen sich hier magere Grasbüschel und blattlose Zwergsträucher aus den steinigen Spalten. Der Regen verschleiert den Blick zu den Gipfeln, die über uns in die finsteren Wolkenhaufen ragen. Ein endloses Gewitter hängt dort oben und schickt unablässig sein bleiches Flackern und unheilvolles Grollen auf uns herab.

Der Pfad zehrt mit seinen engen Kehren und rutschigen Treppenstufen schon bald an unseren Kräften. Die Last auf meinen Schultern ist wasserdicht verpackt, und doch scheint sie sich mit dem Regen vollzusaugen und mit jedem Schritt schwerer zu werden.

Vor mir führt Ka Ahiih, seinen Dink. Auf dessen Rücken hängt Ion. In sich zusammengesunken schaut er unglücklich unter seinem triefenden Umhang zu mir herunter; ich sehe ihm an, dass er ein schlechtes Gewissen hat, weil er nichts tragen kann.

Hinter uns kommt Khi mit Uhiih; auch sie geht neben ihrem Tier her. Mehrere der schwersten Ballen sind mit Seilen auf dessen Rücken befestigt. Die Dinks steigen trotz ihrer Ladung leichtfüßig den Pfad hinauf; geschickt überwinden sie Engstellen und sogar hohe Absätze, bei denen wir Menschen unsere Packen abnehmen und sie mit vereinten Kräften hochhieven müssen. Die beiden Echsen sind ganz bei der Sache und machen den seltsamen Eindruck, gut gelaunt zu sein – auch wenn Ion manchmal laut aufstöhnt, wenn es auf seinem Reittier gar zu wacklig wird.

Die Dinks scheinen hier in den verregneten Berghängen, die ihrem heimatlichen Revier unter der Nebelzone ähneln, ganz in ihrem gewohnten Element zu sein. Doch bald wird sich die Landschaft ändern.

Lange nach dem Mittagssignal tut sich über uns ein Einschnitt zwischen zwei hohen Gebirgszacken auf: der Randerpass.

Es ist ein Sattel aus weiten abschüssigen Schotterhalden, durch die sich unser Pfad in endlosem Zickzack hochwindet. Die beiden Bergflanken leuchten über uns im letzten knöchernen Licht des Himmels über der Wüste. Aber dahinter staut sich eine finstere, brodelnde Wolkenmasse. Ein schneidender Wind fegt herunter, peitscht uns wütende Regenschauer ins Gesicht, als

wollte er uns von diesem Übergang in die Dunkelheit
fernhalten.

Das letzte Stück des Aufstiegs durch das Geröll ist
schweißtreibend und anstrengend. Das Steigen über
wacklige, nasse Steine und über hohe Felsbrocken lässt
mir die Knöchel schmerzen und die Knie zittern.
Schweigend und gesenkten Blickes setze ich einen
Schritt an den anderen, langsam und noch langsamer,
mit dem Gefühl, dass jedes Mal meine Last noch
schwerer und mein Atem noch kürzer wird.

Endlich erreichen wir die Passhöhe. Völlig erschöpft
streife ich auf dem ersten ebenen Wegstück mein
Gepäck ab und lasse mich auf den Felsen sinken. Auch
die anderen hocken am Boden und verschnaufen, den
Blick zurück ins schwindende Licht gerichtet. Der Pass-
wind zerrt von hinten an unseren Umhängen und treibt
Wolkenfetzen hinaus über die Abhänge. In der finsteren
Luft hinter mir geht fahles Wetterleuchten und tiefes
Donnergrollen um. Das, was jenseits des Passes liegt,
jagt kalte Schauer über meinen Rücken.

Doch jetzt bin ich froh, dass wir erst einmal hier
oben Rast machen bis morgen. Ich lehne mich an mein
Packstück und schaue hinaus in das lichte Land, aus
dem wir gekommen sind. Gegen die Dunkelheit hinter
mir erscheint mir das gesamte Landesinnere jetzt wie
eine vertraute, sichere Heimat. Wir haben die heimi-
schen Gegenden zurückgelassen, Waldland, Meer und
Berg liegen weit, weit weg, unsichtbar jenseits dunkler
Regenschleier und flimmernder Hitze. Selbst die
Gefahren des Salzsees und der Wüste fühlen sich

harmlos an gegen das, was uns nach der Schlafzeit erwartet.

Auf der Passhöhe gibt es einen natürlichen Unterstand: In den Fuß der Steilwand zur Linken wölbt sich eine Nische in den Fels, die auf drei Seiten von senkrechten Wänden umschlossen ist und so Schutz vor den nassen Windböen bietet. In dieser geschützten Spalte schlagen wir unser Schlaflager auf, gerade als das Signal vom fernen Waldlandturm durch den Bergwind dringt. Die beiden Dinks bleiben draußen auf dem felsigen Boden des Passes. Träge blinzeln sie gegen den Wind, ihren Blick in eine unbestimmte Ferne in der Dunkelheit des Randes gerichtet.

Im Inneren des Unterstandes ist es dunkel. Der Raum – gerade weit genug, um uns allen Platz zu bieten – ist nach oben offen, doch von dort und vom Eingang fällt nur wenig schwaches Licht. Die Felswände verstärken die Geräusche im Inneren zu einem lauten Hall: das Scharren und Knirschen unserer Schritte, das Platschen der Tropfen, das träge Rieseln der Rinnsale von Regenwasser, das an den Wänden herabrinnt und sich in einem Tümpel in der Mitte der Nische sammelt.

Wir stapeln unsere Bündel an einer höher gelegenen Stelle vor der Rückwand. Ich versuche, für mich selbst ein einigermaßen trockenes Plätzchen zu finden, wo ich meinen Umhang für ein hartes Nachtlager ausbreiten kann.

Hauptmann Thur teilt seine Leute in Schichten ein,

die bis zum Morgensignal den Eingang bewachen sollen. »Hier sind wir schon im Randergebiet«, sagt er, als wir um das Wasserloch herum beisammensitzen und unser karges Abendessen einnehmen. »Auch wenn ein Angriff hier oben sehr unwahrscheinlich ist. An den letzten erinnern nur noch uralte Geschichten – aber man kann nie wissen, was diesen Kreaturen als Nächstes einfällt.«

Meister Khor sitzt neben meiner Schwester. »Mit den Dinks da draußen können wir ruhig schlafen – nicht wahr, Khi?« Wie Khor mit ihr spricht, klingt er für mich, als wäre er ein müder, alter Großvater, der sich der Zuneigung seiner Enkelin versichern möchte.

»Freilich, Meister Khor«, sagt Khi ungerührt.

»Auch auf uns allein gestellt wären wir gut gerüstet«, sagt Thur in Khors Richtung. »Hier oben sind wir im Vorteil, falls wirklich ein paar verzweifelte Rander einen Angriff wagen sollten. Unser Standort liegt höher, und wir haben viele gute Kämpfer.« Er verzieht das Gesicht und knurrt: »Wirklich gefährlich wird es unten nach der Brücke. Dort ist die Sicht schlecht, und der Pfad zu beiden führt zwischen hohen Felswänden hindurch.«

»Ja, dort versuchen sie es fast jedes Mal«, brummt Han. »Sind nicht besonders einfallsreich, diese Biester. Aber zäh wie Dinkleder.«

»Sie kennen keine Angst vor Verlusten – und sie haben immer Hunger.« Nhin säbelt mit ihrem Messer ein Stück von einer eingeweichten getrockneten Brotfrucht und steckt sie sich in den Mund. »Diese Gegend ist ja auch kein üppiger Garten.«

»Wovon leben diese Rander überhaupt?«, möchte El von ihr wissen.

»Frag lieber nicht, was dort draußen im Finsteren so rumkriecht. Sie sind nicht wählerisch, nach allem, was man so hört: Würmer, Spinnen, Maden und andere Krabbeltiere. Und spezielle Pilze…« Nhin kaut genüsslich. »Aber sie heben sich ihren großen Appetit auf für… na ja – für dich und mich.«

El schluckt.

»Aber warum gehen sie nicht hier über den Pass hinunter in die Berghänge?«, fragt Ka. »Dort gibt es doch bessere Jagdbeute – diese Tiere mit Federn und Schuppen zum Beispiel. Ich habe auch kleine Pelztiere gesehen; und auch essbare Pflanzen müssten da zu finden sein.«

»Das Licht«, sagt Hauptmann Thur leise. »Du kennst doch bestimmt die Geschichten über die Rander. Und über ihre Geister.«

»Ja, stimmt…«, sagt Ka schaudernd. »Sie können kein Licht vertragen. Deshalb müssen sie draußen im Dunkeln bleiben. Und nur ihre Geister können herüberkommen. Bo hat uns damals die Geschichte erzählt, von Waa, den sie geholt haben. Und -«

Plötzlich verstummt Ka. Betreten schaut er zu Ion herüber, der neben mir sitzt und schweigend ins Wasser starrt.

Thur folgt Kas Blick und fragt Ion leichthin: »Ach ja – was ist eigentlich mit Bo? Ich habe ihn gar nicht gesehen. Wie gehts ihm und Ahn? Ich vermisse die beiden bei der Patrouille. Warum sind sie nicht -«

»Bo ist fort!«, unterbreche ich ihn spitz.

Er versteht es sofort. Trotzdem füge ich hinzu: »Ahn wollte nicht mitkommen. Sie hatte Angst, ihm zu begegnen…«

»Ja sicher, ja«, flüstert Thur mit gerunzelter Stirn und nickt dabei hastig. »Es ist ein Jammer. Man kann nichts tun.«

Wir schweigen lange. Donner grollt draußen im finsteren Tal, Regen rauscht gegen die Felsen unseres Unterstandes, Wasser rieselt in kleinen Bächen die Wände herab und zwischen uns über den Boden. Es ist kalt und klamm in unseren feuchten Umhängen. Hier und da hört man schon ruhige Atemzüge von Schlafenden. Auch Meister Khor hat sich hingelegt und lässt ein sanftes Schnarchen hören.

»Hauptmann Thur?« Khi erhebt sich leise und setzt sich näher zum Anführer der Kavernenwächter. Sie blickt ihm in die Augen.

»Thur, du warst damals dabei, als Mha verschwunden ist. Weißt du, was mit ihr geschehen ist?«

Der Hauptmann sieht sie überrascht an. Er öffnet den Mund, um etwas zu sagen, hält aber inne. Er schaut sich schnell zu Khor um und vergewissert sich, dass dieser wirklich schläft.

»Ich weiß, dass Khor etwas dagegen hat, von damals zu reden«, flüstert er gepresst. »Und eigentlich sollten wir jetzt alle dringend schlafen.« Er legt die Stirn in

Falten und wackelt unwillig mit dem Kopf. Vorsichtig sieht er sich zu Nhin und Han um, die noch wach sind. Außer Khi und mir hören noch Ka und Ion zu.

»Wir sagens nicht weiter«, brummt Nhin, und Han nickt schläfrig.

»Also gut«, murmelt Thur. »Ich weiß nicht, was euch Pa von damals erzählt hat. Aber, um es gleich zu sagen, ich kann euch nicht die Frage beantworten, die euch wohl am meisten beschäftigt: ob und wie Mha wirklich gestorben ist. Ehrlich gesagt, habe ich mich das selbst seit damals oft gefragt...«

»Pa hat mir nur ein einziges Mal davon erzählt«, sage ich. »Das war kurz, nachdem wir wieder zu Hause waren. Später wollte er überhaupt nicht mehr darüber reden.«

Khi nickt und schnaubt ärgerlich.

»Es gab einen Kampf, draußen vor dem Kavernen-tor, während die Flut kam«, sage ich. »Wir waren schon oben in den Kavernen in Sicherheit; aber plötzlich hieß es, die Rander griffen an – da musste Mha noch mal hinunter. Sie bat Pa, bei uns Kindern zu bleiben. Aber nach einiger Zeit hielt er es nicht mehr aus. Er sprang auf und rannte nach unten, um nach ihr zu sehen. Dann kamen plötzlich alle, die noch am Eingang gewesen waren, den Schacht heraufgestürzt, weil die Flut fast da war. Nur Mha und Pa waren nicht dabei. Alles ging drunter und drüber, alle schrien vor Angst. Aber im letzten Augenblick, ganz knapp bevor das Wasser den Schacht emporschoss, kam Meister Khor die Treppe hoch. Er zerrte Pa hinter sich herauf, der dann völlig

verzweifelt vor uns zusammenbrach. Erst als der Lärm
vorbei war, konnten wir hören, was sie sagten: Dass
Mha fort war... ,Sie hat tapfer gekämpft bis zuletzt.
Aber sie ist fort. Die Flut hat sie fortgerissen.'«

Thur nickt langsam. »Ja... Auch ich war am Tor
unten. Ich habe Mha kämpfen gesehen, unerschrocken
und erbarmungslos. Die Feinde wurden angeführt von
einer riesigen Gestalt, größer noch als Mha. Die beiden
waren mitten im erbitterten Zweikampf, als das Wasser
den Hügel heraufkam. Da gab Khor den Befehl, uns
durch das Tor zurückzuziehen und uns vor der Flut zu
retten. Wir gingen rein – nur Khor und Mha waren noch
draußen. Als ich mit den letzten Wächtern die Treppe
empor eilte, kam uns Pa entgegen gehastet, verzweifelt
gegen das Brüllen des Wassers anschreiend. Wir
konnten ihn nicht aufhalten.

Was danach vor dem Kaverneneingang geschehen
ist, was dort unten mit Mha passiert ist – ich weiß es
nicht. Die einzigen, die das mit eigenen Augen gesehen
haben, waren Khor und Pa...«

Er fährt sich mit beiden Händen langsam übers
Gesicht. Dann sieht er Khi und mich an. »Aber warum
zweifelt ihr daran, was sie darüber erzählt haben? Dass
Mha und die Rander fortgerissen wurden und in der
Flut ertrunken sind?«

»Khor und Pa wiederholten es immer auf dieselbe
Art«, sage ich, »und sie warfen sich dabei diesen seltsamen Blick zu... Es klang fast, als hätten sie sich abge-
sprochen, um nicht die ganze Wahrheit sagen zu
müssen.«

»Irgendetwas war da draußen, das sie uns nicht sagen wollten«, sagt Khi. »Wenn ich Pa danach gefragt habe, wurde er einsilbig, manchmal sogar ärgerlich. ‚Wir können sie nicht mehr zurückbringen. Sie ist fort…‘, sagte er dann immer nur.«

Thur seufzt. »Ja, das stimmt. Auch Khor hat so reagiert, wenn ich nachgefragt habe… Manchmal sagte er auch ‚Das Böse hat sie fortgerissen.‘ Ihr kennt Khor ja, er liebt solche pathetischen Ausdrücke. Aber ich verstehe ihn: Mha war Khors beste Gefolgsfrau damals, eine legendäre Jägerin und Kämpferin. Er stand nach ihrem Tod wohl ebenso unter Schock wie euer Pa.«

Er reibt sich das Kinn. »Khor hat das Ganze später stillschweigend zur Geheimsache erklärt… Wie schon gesagt – ich dürfte euch gar nichts erzählen, selbst wenn ich etwas wüsste… Aber ich weiß ja nicht mehr davon als ihr.«

Ich räuspere mich und hole tief Luft. Leise frage ich: »Hauptmann Thur – weißt du etwas über… über *den schwarzen Fisch*?«

»*Den schwarzen* – « Thur schaut mich erschrocken an. »Woher hast du das?« Schnell blickt er sich zu Khor und dann zu Han und Nhin um.

Ich beuge mich zu ihm und flüstere: »Bevor Pa starb, hat er mir noch gesagt, dass er während Mhas Verschwinden ein seltsames Ding in der Flut gesehen hat, das wie ein großer schwarzer Fisch mit leuchtenden Augen aussah. Weißt du etwas darüber, Thur?«

Der Hauptmann starrt zu Boden und knetet seine Finger. »Nichts Genaues, nein. Diese Geschichte mit dem schwarzen Fisch geistert immer wieder mal herum – auch bei den Wächtern.«

Nhin und Han nicken vorsichtig mit hochgezogenen Brauen.

»Irgendwer erzählt irgendwem«, fährt Thur fort, »dass es Vorboten des Bösen gibt, die mit der Flut über uns kommen, fremde Wesen, Ungeheuer, die unsere Welt bedrohen.«

»Das sind Schauergeschichten«, sagt Han. »Die hat mir meine Großmutter schon erzählt. Dein Pa hat wahrscheinlich fantasiert.«

»Als ob die Flut und die Rander nicht schon genug an Ärger wären!« Nhin lacht kurz und grimmig in sich hinein. »Ich kenne jedenfalls niemanden, der diesen *Fisch* wirklich gesehen hat…«

»*Ich habe ihn gesehen!*«, bricht es aus mir heraus, viel lauter als beabsichtigt. Alle zucken erschrocken zusammen.

»Oben am Berg«, sage ich aufgeregt, aber wieder leise. »Bei der Jagd, als Pa starb. Direkt in der Nebeltide, bevor das Wasser herunterkam. Da stieß ich auf dieses riesige, dunkle Ding. Ein *schwarzer Fisch*, so sah es aus, aber in seinem leuchtenden Auge sah ich in sein Inneres…«

Hauptmann Thur, Nhin und Han starren mich mit großen Augen an.

»Ich sah einen Menschen!«, flüstere ich atemlos. »Aber als ich Khor davon erzählt habe, wurde er ärgerlich und sagte, dass ich mich von dort fernhalten soll. Was hat das zu bedeuten, Thur?«

»Ich weiß es nicht!« Thur schüttelt langsam den Kopf. »Ich weiß nur, es bedeutet nichts Gutes. Und unsere obersten Wächter möchten nicht, dass an diese Dinge gerührt wird, versteht ihr? *Das Fremde ist böse!* Ihr hört besser auf, Fragen zu stellen.«

Hinter uns richtet sich Meister Khor schlaftrunken von seinem Lager auf. »Achtet die Zeit…«, murmelt er mit einem vorwurfsvollen Unterton, dann sinkt er wieder zurück und schnarcht weiter.

Nhin und Han legen sich hin, ohne noch etwas zu sagen, und ziehen sich ihre Decken über die Köpfe. Thur steht auf und geht Richtung Ausgang, um die Wache abzulösen. Dann dreht er sich noch mal um.

»Schlaft jetzt«, sagt er leise. »Morgen wird ein harter Tag!«

Und an Khi gewandt flüstert er: »Lass' uns erst mal die Kaverne erreichen. Vielleicht kannst du dann mit Khor reden. Ich glaube, *dir* würde er jetzt fast alles erzählen – wenn du ihm gut zuredest.«

Er zwinkert und verschwindet im Regen.

KAPITEL 21

DIE KLUFT

Nach dem Morgensignal brechen wir unser Lager ab und packen unsere Traglasten zusammen. Schweigend versammeln wir uns vor dem Einstieg in den Pfad hinab zur Kluft.

Das Wetterleuchten kommt direkt aus der Übergangszone vor uns. Ein fremdartiger, strenger Geruch nach heißen Steinen, Schlamm und verdorbenen Eiern weht herauf.

Es regnet kalt und heiß. Die Luft um uns herum ist ein Wirbel aus kalten Regenschauern von oben und schwülheißen Schwaden, die von unten emporsteigen; ein verwirrendes Wechselbad, das mich immer wieder schaudern lässt.

Lichtflecken hinter den finsteren Wolken über uns schicken leuchtende, dunstige Bahnen herab; es sieht aus, als blickte man aus dem Dunkel unter einer stickigen alten Stoffdecke durch Löcher nach oben in den bedeckten Himmel. Kaum einmal ist der Blick frei bis ganz hinauf; wenn doch, sieht man dort raue, verkrustete Landschaften, dunkel herabhängende Felsmassive, tropfende Zacken und Grate, und dazwischen immer wieder unregelmäßig leuchtende Stellen, verwittert und überwachsen von dicken Sinterschichten.

Meister Khor schwenkt seinen Speer hoch über dem Kopf und versucht, unsere Aufmerksamkeit von diesem beeindruckenden Schauspiel auf sich zu lenken. Als er sich unserer Blicke gewiss ist, gibt er den Speer an Thur weiter und fängt an, mit hinter dem Rücken verschränkten Händen vor uns auf und ab zu gehen. Mit lauter Stimme verkündet er seine Instruktionen für das Verhalten auf diesem letzten und gefahrvollsten Wegstück vor den Kavernen.

»Je weiter wir hinabkommen«, tönt er mit erhobenem Kinn, »desto schlechter wird die Sicht, und desto lauter wird das Getöse aus der Kluft. Dort unten können wir uns nicht mit gesprochenen Worten verständigen, nur mit Handzeichen. Deshalb werde ich euch jetzt sagen, was euch dort unten erwartet und wie wir vorgehen werden. Wir teilen uns folgendermaßen auf: Khi hat sich bereiterklärt, mit Uhiih an der Spitze vorauszugehen, zusammen mit mir und Thur. Der Dink wird die Rander, sollten sie wirklich einen Angriff vor der Brücke versuchen wollen, in die Flucht treiben.«

Khor lächelt Khi zu. »Ich halte es allerdings für sehr unwahrscheinlich, dass beim Anblick von Uhiih überhaupt jemand von denen auf den Gedanken kommen wird, uns zu attackieren…«

Er seufzt, fast bedauernd, und fährt fort: »Jedenfalls: Nach uns an der Spitze kommt ein Trupp von Kavernenwächtern und Kämpfern unter der Führung von Nhin. Sie wird euch gleich im Anschluss an meine Worte einteilen. Ihnen folgen alle Lastträger. Danach führt Ka Ahiih mit dem verletzten Ion, und die Nachhut bilden Han und Dev zusammen mit den restlichen Kämpfern.«

Khor hebt die Hände und presst die Handflächen zusammen. »Wichtig ist, dass alle zusammenbleiben! Haltet euch immer an diejenigen vor euch, und gebt gleich Alarm nach vorne, falls jemand verloren gehen sollte! Wenn wir unten angekommen sind, sammeln wir uns und gehen dann auf mein Handzeichen gemeinsam in der gleichen Formation an der Kluft entlang weiter zur Brücke. Die liegt vom Pfad herunter ein paar Steinwürfe nach rechts. Sie ist mit Lichtsteinen markiert. Wir gehen zügig über die Brücke – aber das versteht sich von selbst – keiner will länger als nötig dort oben sein. Geratet nur nicht in Panik! Auf der anderen Seite liegt ein weiter, ebener Absatz. Dort sammeln wir uns kurz. Und dann kommt das letzte und gefährlichste Stück: der Pfad hinauf zum Kavernenfeld. Der Nebel und auch der Lärm sind da drüben weniger stark als auf dieser Seite, aber dafür ist es dunkel. Und falls die Rander uns überfallen wollen, dann versuchen sie es meistens in diesem Abschnitt. Auch hier ist das Wichtigste: Zusammenbleiben! Und nehmt euch vor herabfallenden Steinen in Acht! Nutzt eure Pfeile, um Angreifer möglichst aus der Distanz auszuschalten – aber wartet mit dem ersten Schuss auf unser Handzeichen! An die Träger: Flieht nicht kopflos und ohne Grund — aber wenn ihr euer Leben retten müsst, lasst eure Last zurück. Die Rander werden sich zuerst auf die zurückgelassenen Packstücke stürzen – das gibt uns Gelegenheit zum Sammeln und zum Gegenschlag.«

Khor holt tief Luft und nickt uns forsch zu. »Also: Ich baue auf Euren Mut, eure Stärke und eure Besonnenheit! Denkt daran, es geht nicht nur um euer eigenes Leben, sondern es steht auch die Versorgung derer auf dem Spiel, die hier später Zuflucht suchen müssen. Aber ich bin guten Mutes, dass wir alle gesund die Kaverne erreichen werden – schließlich haben wir diesmal die Dinks! Also los!«

Khors eindringliche Ansprache ist zu Ende, aber sie zeigt kaum aufmunternde Wirkung: Schweigend und ernst formiert sich die Patrouille. Wortlos stehe ich inmitten der anderen, in banger Erwartung des Signals zum Aufbruch. Ich schaue an unserem Zug vorbei nach unten zu der Stelle, wo der Weg in der brodelnden Nebelschicht verschwindet. Bei allen spüre ich einen starken Widerwillen, die ersten Schritte dort hinunter zu machen. Das Zaudern und Zögern ist mit Händen greifbar, die tiefe Abneigung gegen das Betreten der Randzone. Alle, auch diejenigen, die diesen Pass schon mehrfach überschritten haben, hadern hier mit dem Schicksal, das uns das Überleben mit diesem lebensfeindlichen Hindernis und seinen grausamen Prüfungen so schwer macht. Doch wir müssen hinunter, müssen auf die andere Seite des Abgrundes!

Schleppend setzen sich die Ersten in Bewegung, dorthin, wo im Dunkel des letzten Winkels der Welt die Kavernen auf uns warten; dorthin, wo sich nach den alten Geschichten das Los unseres Volkes vollzieht, das uralte Urteil, ausgesprochen durch den zürnenden Himmelswächter, der die reinigende Flut zur Bestrafung der Bösen und zur Läuterung der Guten über uns sendet, immer wieder aufs Neue. Die schwere Zeit, die bis zur Flut noch vor uns liegt, gleicht dem Weg durch die düstere, gewittrige Nebelschlucht der Kluft. Eine Zeit der Vorbereitung und des Bangens, der zunehmenden Dunkelheit und Schwere der Gedanken, der Bedrohung und der Angst. Erst wenn wir auf dem Weg durch das feindliche Gebiet unsere Zuflucht erreicht haben, und erst wenn wir nach dem äußersten Schrecken der Flut die Zeit der Finsternis hinter uns gebracht haben, erst dann – in einer ungewissen Zukunft – werden wir wieder aufatmen und dem Licht entgegengehen können, um leicht und unbesorgt das Leben neu zu beginnen...

Die Gedanken an das ferne Ziel des Neuanfangs bringen in diesem Augenblick nur wenig Zuversicht. Sie können die Beklemmung, die sich unser bemächtigt hat, nicht zurückdrängen. Aber die ersten Schritte liegen jetzt hinter uns, der Widerstand ist überwunden, und wir müssen unsere volle Aufmerksamkeit auf die unmittelbaren Gefahren des Weges vor uns richten.

· · ·

Khi, jetzt auf dem Rücken von Uhiih, hat die Führung übernommen. Aber Khor drängt sich an ihre Seite, wann immer es der Pfad zulässt. Thur hat sich hinter ihnen eingereiht und wandert neben Nhin an der Spitze der Kavernenwächter. Meister Khor macht aus seiner Faszination für das Tier und für Khis Verständigung mit ihm keinen Hehl: Bewundernd blickt er zu ihr empor und führt rege, vorwiegend einseitige Gespräche mit ihr.

Direkt vor mir führt Ka seinen Dink, auf dem ein resignierter Ion reitet – trotz seiner Beteuerungen, er könne schon wieder gehen, haben wir ihn überredet, sich noch bis zum Erreichen unseres Ziels zu schonen.

Nach dem flachen Anfangsstück trifft der Pfad auf die senkrechte Abbruchkante der Kluft. Dort verschwinden grob behauene Treppenstufen nach unten im Nebel. Der Abstieg mit den schweren Lasten auf den Schultern geht schnell in Beine und Knie. Wir brauchen viel öfter Pausen als beim Aufstieg. Trotzdem kommen wir schnell voran – schneller, als es dem mulmigen Gefühl in meinem Magen lieb ist.

Bald sind wir mitten in der dicken, dunklen Decke aus Dampf. Das Flackern der Blitze und die Flecken von spärlichem Himmelslicht über uns weichen einer zunehmenden, konturlosen Düsternis. Die Sicht reicht kaum weiter als bis zum Vordermann. Doch der Pfad ist zwischen Felswand und Abgrund nicht zu verfehlen, sodass wenigstens über die Marschrichtung keine Unsicherheit aufkommt.

Nach einiger Zeit bemerke ich mit einem Mal, dass

sich beim Abstieg etwas im Nebel geändert hat, so allmählich, dass der Übergang mir erst auffällt, als die Veränderung plötzlich offensichtlich ist: Begleitet von lauter werdendem Grollen und Rumoren aus der Tiefe dringt von unten ein seltsames, unnatürliches Licht herauf. Ein kurzes Auf- und Abnehmen der Helligkeit hat meine Aufmerksamkeit erregt, und jetzt fällt mir die Fremdartigkeit dieses Leuchtens auf. Ein diffuser Schein, manchmal nur ganz schwach und kaum sichtbar, aber mit jedem Schritt nach unten stärker pulsierend und hell. Etwas daran berührt mein tiefstes Innerstes wie Schmerz und Wonne zugleich:

Farbe!

Dieses Licht hat etwas, das nur hier in der Kluft existiert: *Farbe!*

Es strahlt den Schein stärkster Hitze und elementarer Gefahr aus, es vibriert darin die Gewalt des tiefsten Erdinneren, ein uraltes Leuchten, das sich seltsam fremd und doch tief vertraut anfühlt, wie die aufflackernde Erinnerung an einen lang vergessenen Traum. Eine überwältigende, namenlose Erregung bemächtigt sich meiner, angstvoll und euphorisch zugleich, weit jenseits von Gedanken und Worten.

Ich zittere und schnappe nach Luft. Diese Empfindung – sie erinnert mich plötzlich wieder an das Gefühl damals, als wir auf dem Weg zu den Kavernen hier waren, vor langer, langer Zeit, zusammen mit den vielen andern Menschen auf der Flucht, zusammen mit Mha, Pa und Khi...

Aber noch stärker als diese Erinnerung ist ein

anderes Bild von übermächtiger Intensität – etwas Jüngeres…

Das schwarze Ding im Nebel auf dem Berg!

Dessen Auge, aus dem mir diese *Farbe!* entgegen-strömte, dieses unwiderstehlich lockende Leuchten inmitten der Schwärze des herabstürzenden Wassers… Und das *Gesicht* im Zentrum dieses Leuchtens, direkt vor mir, erschrocken… lächelnd…

»Was hast du, Dev?«

Kas Gesicht ist direkt vor dem meinen, seine Stimme klingt erschrocken.

Ich blinzle – er lächelt mich an.

»Seht ihr das?«, murmle ich. Ich deute nach vorne.

Ich bin einfach stehen geblieben.

Über die Köpfe der Hinabsteigenden vor mir.

Ins Leere starrend.

Völlig in meine Gedanken versunken.

In das Leuchten.

Aus der dampfenden Tiefe.

Erst als Ka. Seine Hand. Auf meine Schulter. Legt. Mich sanft drückt…

Tauche ich hoch.

Aus dem Sog des farbigen Leuchtens.

Und sehe ihm ins Gesicht.

Und erkenne.

Ihn.

Langsam.

»Dev, wir müssen weiter!«

»Ist das nicht unglaublich…

wunderschön…

Ka?

Das Licht…

Die *Farbe!*«

»Ja, Dev. Aber komm jetzt, die anderen warten. Weiter unten wirds noch viel schöner. Das Licht und die Farbe wenigstens…«

Er zieht mich am Arm mit sich; benommen stolpere ich neben ihm her, bis wir zu den anderen aufschließen. Ich halte meinen Blick solange starr nach unten auf den Weg gerichtet, bis ich langsam wieder einen klaren Kopf bekomme.

»Gleich sind wir unten!«, ruft Han vor uns. Er steht auf den Zehenspitzen und blickt nach vorne. »Bleibt beieinander!«

Vor uns lichtet sich der Nebel. Der Blick wird frei auf das letzte Stück des Abstiegs: Vor der jetzt gleißenden Helligkeit der Kluft zeichnet sich als schwarzer Schattenriss die Kontur einer abschüssigen Geröllhalde ab, in der die Steilwand endet. Geblendet stolpern wir diese Halde hinunter und erreichen schließlich den Grund: einen schmalen felsigen Absatz, der nach beiden Seiten im leuchtenden Dampf verschwindet.

Vor uns öffnet sich der Abgrund ins Erdinnere.

Sprachlos und mit zitternden Knien stehen wir im Gebrüll der Kluft. Über ihren Rand blicken wir hinein in das glühende Inferno. Fontänen von Dampf und Wasser schießen ununterbrochen aus dem endlos weiten, grundlosen Graben, von unten hell angestrahlt mit pulsierendem, farbigem Licht, dessen Ursprung verborgen in der brodelnden Tiefe liegt. Der Boden unter unseren Füßen bebt, als wütete ein gefangenes Riesentier darin, eine wilde, fauchende Bestie, die ihren unerträglich heißen Atem in brühenden Schwaden aus dem Abgrund emporstößt.

Aus der schweißtreibenden Hitze vor mir kriecht kalte Panik meinen Nacken hoch. Ein kaum zu bändigender Zwang, diesen Ort zu fliehen, zerrt an meinen Nerven. Trotz der Vorbereitung durch Khor haben auch andere um mich herum sichtlich Mühe, die Angst zu bekämpfen und Ruhe zu bewahren. Wieder andere dagegen scheinen geradezu unglaublich kaltblütig – sie wagen sich übermütig sogar ganz nach vorne direkt an den Rand, um ungeachtet der heißen Fontänen einen Blick nach unten zu erhaschen.

Han schüttelt ungläubig den Kopf, als er das sieht. Er brüllt etwas aus Leibeskräften – von dem aber kein Ton gegen das Donnern durchdringt. Daraufhin fängt er an, mit den Armen zu fuchteln, hektisch nach vorne zu Khor zu deuten – und weiterhin unhörbare Anweisungen zu brüllen.

Khor rudert seinerseits wild mit den Armen, um die Aufmerksamkeit auf sich zu lenken. Er bedeutet uns, größtmöglichen Abstand vom Rand zu halten. Auch die Neugierigen drängen jetzt zurück auf die dem Abgrund abgewandte Seite des Weges, wo wir vor den kochenden Eruptionen hoffentlich einigermaßen sicher sind. Die Dinks recken ihre Hälse zur Kluft und züngeln aufgeregt. Wie so oft seit ich sie als Khis Schoßtiere kenne, wirken sie auf mich eher neugierig als ängstlich.

Khor mustert die zum Stillstand gekommenen

Reihen der Kämpfer und der Lastenträger und richtet dann seinen Blick herüber zu uns, der Nachhut. Han winkt ihm zum Zeichen, dass alle da sind. Mit geballter Faust streckt Khor jetzt seinen Arm langsam hoch über seinen Kopf. Dann stößt seine Hand mit gestreckten Fingern energisch nach vorne: das Zeichen zum Weitergehen. Wir setzen uns in Bewegung und marschieren weiter die Kluft entlang.

Hinter der himmelhohen Wand aus Dampf ist die gegenüberliegende Seite des Grabens nur zu erahnen. Manchmal gewährt eine Lücke in den Nebelmassen einen flüchtigen Durchblick auf große schemenhafte Felsformationen und finster aufragende Riesentürme. Gegen das überwältigende Schauspiel der Kluft blitzt in meiner Erinnerung kurz die riesige Fontäne mit dem Wolkenpilz über der Wüste auf – auch sie ein Tor zu den Schrecken der Unterwelt. Doch hier, angesichts der ungeheuerlichen, allumfassenden Gewalt der Kluft erscheint mir die Dampfsäule über dem Schluckloch des Salzsees harmlos, wie die gurgelnde kleine Kaskade an der Quelle eines Waldflusses.

Nach einem kurzen Marsch zeichnet sich vor uns eine große Masse im wallenden Nebel ab, ein finsterer Schatten im farbigen Leuchten der Kluft. Wir nähern uns einem Trümmerberg aus riesigen Felsblöcken und Bruchstücken aller Größen, die sich zwischen Abgrund und Steilwand quer zum Weg auftürmen.

Wir haben die Randerbrücke erreicht.

Ein mächtiger, gefallener Felsenturm liegt hier. Auf der Randseite drüben hat er vor Urzeiten wohl seinen Anfang genommen als junger Tropfstein unter vielen anderen, ist über Äonen gewachsen, genährt von den Ablagerungen der steingesättigten Dampfwolken, ist emporgestrebt, immer höher, immer mächtiger, bis zuletzt das Fundament unter seinem aufgetürmten Gewicht nachgegeben hat. Quer über die Kluft hat sich im Sturz sein Schaft gelegt, und wie durch ein Wunder ist er nicht auseinandergebrochen, sondern hat sich in einem Stück zwischen den Rändern des Abgrundes verkeilt. Nun bildet er das natürliche Fundament der Randerbrücke.

Auf der zerklüfteten, von Spalten und Schründen überzogenen Oberfläche dieses Felssplitters den Abgrund zu überqueren wäre für Menschen äußerst hindernisreich und mühevoll. Doch vor Zeiten haben längst vergessene Hände diesen gefallenen Koloss mit erstaunlicher Baukunst bearbeitet und überformt. Mit Ehrfurcht bewundere ich, wie die alten Baumeister aus dem rohen Felsen einen perfekt angelegten Übergang geschaffen haben: Der Zugang durch die Trümmer-halden ist an beiden Enden freigeräumt und mit Mauern befestigt. Breite Stufen sind in den Fels geschlagen, die hinauf zur Oberseite führen. Zu beiden Seiten der Treppe und des gesamten Überganges sind Licht-steine in regelmäßigen Abständen eingelassen, die den trittsicheren Bereich des Weges markieren. Die tiefen Furchen und Rillen, die das tropfende und rinnende Wasser zu Lebzeiten in den Körper des Tropfsteinturmes gegraben hat, sind eingeebnet und aufgefüllt, sodass man über die Brücke marschieren kann, ohne über Hindernisse klettern oder balancieren zu müssen.

Khor steigt die Stufen hoch, dreht sich kurz um und macht uns Zeichen, weiterzugehen. Khi ist schon oben und thront auf Uhiih über Meister Khor und der Treppe. Für einen Moment sieht sie aus wie eines der uralten Standbilder vor den rätselhaften Ruinen, auf die wir manchmal in den abgelegenen Tiefen des Waldlands stoßen. Sie überblickt die Patrouille, dann wendet sie den Dink und betritt allen voran die Brücke. Wir folgen ihr.

Als ich mit dem Ende des Zuges die Treppe erstiegen habe, betreten wir einen unheimlichen dunklen Tunnel durch die blendende Gischt: Das Licht, die Fontänen und die Sprühwolken von unten werden von den Felsmassen der Brücke blockiert und vereinigen sich erst wieder hoch über unseren Köpfen. Ein feiner Sprühregen fällt von dort herab und bildet in der hitzeflimmernden Luft wirbelnde Schwärme winziger glitzernder Tropfen, die wie Mücken hierhin und dorthin jagen. Es ist unerträglich heiß. Die Sicht in diesem schattenhaften Gang reicht bis ans andere Ende der Brücke. Weit entfernt scheint sich dort drüben ein waberndes Tor in eine noch tiefere Dunkelheit aufzutun.

Der Übergang ist so breit, dass wir an den meisten Stellen zu dritt nebeneinander gehen können. Aber es gibt kein Brückengeländer. Angst und Faszination kämpfen in mir, als mein Blick zu beiden Seiten ungehindert in den brüllenden Abgrund fällt. Jetzt sind wir direkt über der glühenden Spalte in die Unterwelt, im magisch leuchtenden Dunstkreis des Unbekannten außerhalb unserer Welt. Oder in ihrem Inneren? Was mag dort unten sein? Ist dies die Wohnstatt von Geistern? Unsere Toten gehen auf ihrer letzte Reise dort hinunter, daheim im Waldland auf dem geschmückten Floß durch den Schlund am Ende des Totenflusses; hier draußen im Randgebiet werden die Verstorbenen der Kavernen dieser Kluft übergeben, von der Randerbrücke aus – genau da, wo ich gerade stehe. Geschichten erzählen von gefährlichen Prozessionen, bei denen Trauernde, eskortiert von bewaffneten Kavernenwächtern ihren Toten das letzte Geleit auf dem Weg herab von der Großen Kaverne geben. Der Leichnam wird in Tücher gehüllt und auf eine Bahre gelegt, mit Schmuck und Speisen für den letzten Weg versehen und herunter zur Brücke getragen. Ein riskantes Leichenbegängnis, denn gelegentlich wird so ein Zug überfallen; aber man ist es dem Toten schuldig, ihn nicht kampflos den hungrigen Randern oder anderen Kreaturen zu überlassen; ebenso wenig verbietet es sich, ihn irgendwo notdürftig und schutzlos draußen in der finsteren Wildnis des Randes zu bestatten. Hier am Ende der Welt ist die Brücke über die Kluft der angemessene Ort des Abschieds. Hinab in die Tiefe, zurück zum Ursprung des Leuchtens…

In der Mitte der Brücke gibt es eine Engstelle. Hier wird der Weg zwischen den Lichtsteinen für ein kurzes Stück so schmal, dass nur noch für einen Platz ist. Die Kanten sind so nah, dass man vom Wegrand aus senkrecht nach unten sehen kann. Beim Passieren dieses Bereiches kann ich nicht anders, als langsamer zu werden und mich etwas zum Rand hin zu beugen. Ein plötzlicher starker Drang überkommt mich, in den Abgrund zu blicken, zu sehen, was dort unten ist, woher dieses Licht unter all dem Dampf kommt...

Der schwarze Fisch... durchzuckt mich die Frage... *Kommt er etwa von dort unten?*

Ich wische mir den Schweiß aus den Augen, trete noch einen Schritt weiter hinaus und schaue hinab...

Zwischen Dampfschleiern hindurch schaue ich weit hinab, weit hinab... Für Augenblicke reicht die Sicht so tief wie von der Plattform über dem großen Fall – ganz nach unten auf den Grund...

In schwindelerregender Tiefe sehe ich...

...das *Licht!*

Kein Dampf mehr, kein Wasser, nur noch wabernde Hitze und Licht...

Ich sehe...

ein Meer! Ein Meer aus Licht!

Grell leuchtende Wogen... Sie ziehen dort unten entlang... Eine wilde, donnernde Brandung wirft Gischtwolken aus reinem Licht empor... Bögen aus Licht schießen in die Höhe und fallen in Kaskaden wieder zurück, spritzen gegen die glühenden Wände der Kluft, werden dunkler und rinnen und tropfen träge zurück in die Wellen.

Licht!

Eine Hand packt mich am Arm und zieht mich unsanft zur Mitte des Weges zurück. Diesmal ist es Han, der mein Zurückbleiben bemerkt hat. Er brüllt mir etwas ins Ohr, das ich nicht hören kann, und fuchtelt mit dem anderen Arm wild nach vorne.

Erschrocken reiße ich mich vom Anblick des leuchtenden Infernos los und folge Han, der dem Ende der Patrouille nachläuft.

Ich muss mich zusammennehmen. Etwas in mir ist anfällig für übermächtige Gefühlsregungen zur falschen Zeit am falschen Ort. Ich muss lernen, diese gefährliche Versunkenheit zu bekämpfen – sie kann mich das Leben kosten!

Ich konzentriere mich wieder fest auf den Weg unter mir und halte mich zwischen den Markierungen aus Lichtstein, bis wir das Ende der Brücke erreicht haben.

Die Treppe hinunter mündet in den großen Vorplatz, den uns Khor oben am Pass beschrieben hat. Kaum sind Han und ich als letzte oben auf den Stufen erschienen, gibt Khor unten auf dem Platz schon das Zeichen zum Weitergehen.

Ganz kurz setze ich meine Last ab und strecke mich durch. Dann geht es hastigen Schrittes weiter, weg vom Getöse und der Hitze der Kluft, hinauf in die Düsternis des Kavernengebietes.

KAPITEL 22

RANDER!

Der Pfad von der Brücke zur Kaverne windet sich in zahlreichen Kehren bergan durch eine bizarre Landschaft aus zackigen Felsgraten und gewaltigen Tropfsteinsäulen.

Wäre es nicht so dunkel und wären die Dimensionen hier nicht so riesengroß, würde mich diese Gegend an einen baumbestandenen Hang zu Hause im Waldland nach den Zerstörungen der Großen Flut erinnern: Nackte Stämme ragen in den Himmel, andere liegen geborsten kreuz und quer verstreut, überall gibt es wilde Haufen von Bruchstücken und von Rinnsalen durchflossene Ansammlungen von Schwemmgut.

Doch dies hier ist der Rand. Der Gebirgshang mit seinen Felstürmen steigt immer weiter an, bis er sich am Ende im dunkelsten Winkel der Welt mit dem Himmel trifft. Hier reichen die immer dichter stehenden Säulen bis ganz hinauf und stützen das triefende raue Gewölbe, das hier draußen ohne jedes Licht ist.

Klein wie Ameisen laufen wir über den ansteigenden Boden dieses steinernen Riesenwaldes. Das farbige Leuchten der Kluft ist nach wenigen Kehren hinter düsteren Dampfschleiern verglüht. Der Weg vor uns liegt in düsterem Zwielicht. Hoch über uns hängt noch ein schwacher, ferner Widerschein vom Himmel und dem Wetterleuchten draußen über dem Randerpass. Das dumpfe Donnergrollen von dort begleitet uns noch weiter hinauf, und immer wieder streichen feine, laue Regenschauer über uns hinweg.

Mit der Zeit gewöhnen sich die Augen an das Dunkel. Fahle Nebelfetzen kriechen langsam den Hang herauf, darin treten schemenhaft die Konturen der Säulenhänge hervor. Zwischen den Tropfsteintürmen, weit voraus und über uns, sehe ich einen düsteren Lichtfleck: Das muss die Signalanlage sein, der hohe gemauerte Felsturm, der über dem Tor zur Großen Kaverne fast bis zum steinernen Himmel ragt.

Die Patrouille steigt langsam bergan. Meine Füße tasten und stolpern durch das Dunkel. Der Pfad hinauf ist auch hier mit Markierungen aus Lichtstein gekennzeichnet, in größeren Abständen als auf der Brücke zwar, aber immer so, dass von einem Stein der nächste noch zu erkennen ist. Aber das Dunkel dazwischen greift nach mir, zieht die Last auf meinem Rücken nach hinten und schnürt mir die Kehle zu.

Weiter oben lässt der Regen nach. Vereinzelt steigen Dampfsäulen auf, wo heiße Quellen an die Oberfläche treten. Zahlreiche Wasserläufe rieseln den Hang oder direkt an den Sinterbahnen der Steinsäulen herunter. Je weiter wir in die Höhe kommen, desto kühler wird das Wasser in den Rinnsalen.

Mit einem Mal verspüre ich einen brennenden Durst. Ich fühle, dass ich vollkommen erschöpft bin. Mein Körper lechzt nach einer Pause und einem Schluck Wasser. Und es geht nicht nur mir so. Vor mir hat Ka Ahiih an einem kleinen Bachlauf anhalten lassen. Der Dink lässt sich nieder und fängt an, in tiefen Zügen zu saufen.

Ion schaut ihm von seinem Rücken herab müde zu. Dann lässt er sich schwerfällig herunterrutschen und steht wackelig neben mir.

»Ich habe auch Durst«, sagt er mit rauer Stimme. »Und ich kann nicht mehr sitzen!«

»Man kann es trinken«, sagt Han, als er sieht, wie ich eine Handvoll aus dem Bach schöpfe und daran rieche. »Schmeckt zwar eigenartig, aber es ist noch keiner daran gestorben – soweit ich weiß.«

Das Wasser hat einen leicht bitteren Beigeschmack, die strengen Gerüche der Kluft haben sich darin niedergeschlagen. Aber es ist nicht ungenießbar, und ich fülle meine Flasche damit auf.

»Kein Salzwasser?«, fragt Ka.

Ich schüttle nur matt den Kopf.

Ka hält seine Flasche ins Wasser, bis sie voll ist. Dann nimmt er Ions Flasche, um sie ebenfalls zu füllen. Als er sie ihm zurückgibt, sagt er: »Wir sind bald oben, aber dein Humpeln ist zu langsam. Du musst wohl oder übel noch mal ein Stück reiten.«

Seufzend zieht sich Ion auf den Rücken des Dinks hoch und bleibt dort kurz auf dem Bauch liegen. Dann setzt er sich stöhnend auf.

»Sobald wir oben sind, bekommst du eine Schlammpackung für deinen Hintern«, tröstet ihn Ka.

»Kommt!«, drängt Han. »Die Vorhut ist schon oben beim Eingang der Schlucht! Wir müssen zusammenbleiben!«

Im Zwielicht ahne ich weit vorn Khi und Uhiih an der Spitze des Zuges. Sie verschwinden gerade in einen schmalen Einschnitt, der eine finster aufragende Steilwand vor uns teilt. Eine mächtige Felsstufe zieht sich hier quer zum Hang entlang, wo vor langer Zeit wohl ein gewaltiger Erdstoß das Gelände an einer Bruchkante um mehrere Pfeilschüsse nach unten sacken ließ. Der Pfad von der Brücke zur Kaverne führt durch eine Spalte in dieser sonst unüberwindbaren Stufe. Diesen Abschnitt nennen die Kavernenwächter nur »die Schlucht«.

Als ich am Ende der Patrouille den engen Durchgang betrete, spüre ich sofort eine angstvolle Beklemmung. Vor mir ist es stockdunkel. Leises Flüstern und Murmeln, das zaghafte Scharren und Klacken von Schritten hallt seltsam laut und vielfach wiederholt durch die Spalte. Ganz oben zwischen den schwarzen

Wänden ist ein nicht ganz so dunkler Streifen zu erahnen, wo ein spärlicher Rest von Licht den tiefhängenden
Himmel erreicht. Hier unten auf dem Pfad gibt es nur
das schwache Leuchten der Lichtsteine. Durch die
Schlucht sind sie zwar wieder etwas enger gesetzt, aber
wegen der vor mir Marschierenden kann ich den
nächsten Stein immer erst sehen, wenn ich schon fast an
ihm vorbei bin. Ich stolpere den anderen nach, die Arme
tastend nach vorne gestreckt. Der Boden steigt steil an.
Nach einiger Zeit erahne ich schwache Konturen von
Köpfen und Schultern vor mir. Der Weg ist gerade so
breit, dass Ka und Ahiih vor mir nebeneinander gehen
können, ohne die senkrechten Wände zu berühren.

Das Marschtempo durch den Hohlweg zieht rasch
an. Trotz der Erschöpfung, die sich mittlerweile bei
allen eingestellt hat, wollen wir diesen letzten Teil des
Weges so rasch es geht hinter uns bringen. Am Ende der
Schlucht, dort wo die Wände nur noch zwei Menschen
hoch sind, liegt die Treppe hinauf zum Kavernenfeld,
dem flachen Hügel vor dem Kavernentor. Sobald wir
die Treppe erreichen, haben wir es geschafft: Dort
erwartet uns die Wachmannschaft der Großen Kaverne,
bereit unsere Ankunft gegen etwaige Angriffe zu
sichern.

Plötzlich gerät der Zug ins Stocken. Er schiebt sich
noch einmal ein paar Schritte weiter – dann bleibt er
ganz stehen. Nach einigen Augenblicken mit besorgten
Rufen und Fragen erscheint vor uns Thur, der von der
Spitze zurückgeeilt ist. Er gibt alle paar Schritte
gezischte Anweisungen an die Wartenden, woraufhin

sich deren Blicke ruckartig nach vorne und oben wenden.

»Rander!«, echot es schon durch die Spalte, ehe Thur uns ganz erreicht hat.

»Sie sind vor uns oben an den beiden Kanten – wie befürchtet!«, flüstert Thur grimmig und deutet nach vorne hinauf zum Himmel über dem Hohlweg.

Mit zusammengekniffenen Augen versuche ich, etwas zu erkennen.

Nichts bewegt dort oben, aber…

Die Felskante über uns scheint zackiger zu sein als vorher. Etwas wie ein Bewuchs von krüppeligen astlosen Bäumen erweitert die schwarze Silhouette der Wände hinauf in den düsteren Streifen darüber.

Die Rander!

Eine Reihe gedrungener Gestalten erkenne ich jetzt. Sie lauern da oben, drei oder vier Dutzend auf jeder Seite. Manche auf lange Spieße gestützt, die kreuz und quer über ihre gebeugten Köpfe ragen, andere mit schweren Knüppeln oder primitiven Keilen in den Fäusten, schwarze, spitze Formen, bedrohlich auf uns herab gereckt.

Einen Augenblick lang ist es totenstill. Die Blicke von oben und unten kreuzen sich. Wie ein Ameisenschwarm wandert ein Kribbeln durch meinen Unterleib.

»Also gut, das Spiel fängt gleich an«, sagt Thur mit gedämpfter Stimme zu Han und mir. »Sie werden versuchen, uns vor der Treppe anzugreifen – noch ein Stück weiter voraus, sobald die Wände so niedrig sind, dass sie herunterkönnen, aber weit genug vor dem

Ende der Schlucht, dass sie noch außerhalb der Reichweite des Wachtrupps sind. Je schneller wir durchkommen, desto besser. Wartet auf den Signalruf zum Weitergehen.«

»Denkt an Khors Worte«, wendet sich jetzt Thur leise an die umstehenden Träger und Kämpfer. Ein Lichtstein zu seinen Füßen strahlt sein Gesicht von unten an und macht es zu einer wildglühenden Grimasse. »Nehmt euch vor den Steinen in acht. Versucht, eure Lasten über dem Kopf zu tragen, und wenn ihr das Signal hört, lauft zur Treppe hoch, so schnell ihr könnt – aber bleibt dicht zusammen! Sie werden uns ein Stück durchlassen, und sich dann vor und hinter uns abseilen. Wir müssen uns darauf verlassen, dass die vorderen Kämpfer den Weg frei machen und sich mit dem Wachtrupp von der Kaverne verbinden. Wir hier hinten werden euch den Rücken freihalten. Aber wenn es zu gefährlich wird, dann lasst eure Lasten zurück und seht zu, dass ihr geschlossen zur Treppe kommt. Wenn die in unserer Hand ist, können wir die Rander von oben zurückschlagen und uns das Gepäck wieder holen.«

Thur schaut in die dunkle Runde der Gesichter um ihn. Sein Blick fällt auf Ion, der apathisch auf Ahiihs Rücken kauert.

»Kannst du ein Stück gehen?«, fragt er ihn. »Ich denke, auf dem Rücken des Dinks ist das nächste Stück zu gefährlich für dich.«

Ion lässt sich ungelenk von Ahiih herabrutschen. »Alles ist besser, als weiter auf meinem Hinterteil zu sitzen!« Er tritt vorsichtig mit seinem verletzten Fuß auf und grinst schief. Dann nickt er entschieden. »Ich werde es schaffen.«

Han schickt ihn mit Ka und dem Dink ein Stück nach vorne, sodass sie im Pulk der Träger mitlaufen können, während Thur, Han und ich mit den Kämpfern den Abschluss bilden.

Da ertönt von der Spitze des Zuges der gellende Ruf Nhins, und der Konvoi setzt sich mit hastigem Laufschritt in Bewegung.

Wir nähern uns der Stelle in der Schlucht, über dessen Kanten vorhin die Rander wie steinerne, waffenstarrende Statuen auf uns herabgeschaut haben. Als ich jetzt nach oben blicke, sehe ich, dass auch sie sich in Bewegung gesetzt haben: Sie haben ihre Kette auseinandergezogen und bewegen sich im gleichen Tempo wie wir mit uns mit. Geduckte, gebeugte Gestalten, deren Fortbewegung schwerfällig und mühevoll wirkt, wie von alten Menschen, die glauben, sich gegen den Widerstand ihres erschöpften Körpers wegen irgendetwas beeilen zu müssen. Wenn ich genau hinsehe, meine ich vereinzelt ein schwaches fahles Leuchten wahrzunehmen, das diese dahinstrauchelnden Schemen ausstrahlen, eine seltsame Aura, die ihre Silhouetten gegen den letzten Rest von Himmelslicht einmal heller, einmal dunkler wirken lässt.

Über unser eigenes gehetztes Stampfen hinweg höre ich von allen Seiten die hallenden Echos von Schritten, die über uns die felsige Kante entlangtappen. Lose Steine klackern unter schweren, schlurfenden Füßen und fallen vereinzelt die Wände herunter. Bisweilen klingt es gar so, als ob das Geräusch von hinten käme, von Verfolgern, die uns auf den Fersen sind. Doch ein hastiger Blick zurück zeigt nur schwarze Leere mit den flackernden Punkten der Lichtsteine.

Weit vor uns liegt das Ende der Schlucht: Hinter der tiefen Dunkelheit zwischen den Wänden sehe ich weit voraus in der Höhe eine waagrechte Linie von leuchtenden Punkten flimmern. Das ist der Signalturm mit seinem Kranz aus Lichtsteinen!

Ich spüre, wie mir das Herz wild gegen die Magengrube schlägt und mein Atem sich zu heftigem Keuchen beschleunigt. Mit dem rettenden Ziel vor Augen fühlt sich die Lage, in der wir uns befinden, mit einem Mal noch viel beklemmender an. Wir sind schon so nahe, wir können es schaffen! Aber mit tödlicher Gewissheit wird der Angriff auf uns erfolgen, bevor wir die Treppe erreicht haben; jeden Augenblick muss es geschehen…

Doch immer noch rennen die Rander über uns weiter Richtung Treppe. Die Schlucht vibriert vom ohrenbetäubenden Widerhall der immer schneller stampfenden Schritte, und wieder muss ich mich umdrehen, weil mir das Echo die Anwesenheit von jemand hinter uns laufendem vorgaukelt.

Der Blick zurück zeigt wieder nur Dunkelheit, noch dunkler als vorhin.

Etwas irritiert mich…

Die Lichtsteine…

Sie flackern…

Als ob etwas sie verdecken und wieder freigeben würde…

Ganz schnell geht jetzt einer nach dem anderen aus! Eine dunkle Masse schiebt sich aus der Schwärze den Pfad herauf auf uns zu!

Neben mir rennt Thur, ich packe seinen Arm und zeige fuchtelnd nach hinten. Er dreht sich um, wird langsamer. Bleibt mit zusammengekniffenen Augen stehen. Dann dreht er sich abrupt wieder um und rennt nach vorne zwischen die laufenden Kämpfer.

»Rander!«, brüllt er. »Rander von hinten! Lauft! Lauft schneller!«

Weiterrennend blicke ich mich immer wieder um auf das, was uns im Schutz der Finsternis verfolgt. Es kommt näher! Plötzlich bemerke ich ein schwaches, fahles Leuchten, das in der Masse einzelne Umrisse aufscheinen lässt – spitze Formen über einem wogenden Knäuel von gebückten Gestalten.

In diesem Augenblick kommt unser Zug wieder zu einem abrupten Halt, sodass die Reihen der Marschierenden unsanft ineinander drängen.

Als alles steht, herrscht plötzlich Stille.

Angstvolle Blicke gehen hinauf. Keiner wagt zu atmen. Auch oben ist es jetzt unheimlich ruhig. Die Kanten über uns scheinen auf einmal leer zu sein.

Sind sie etwa fort? Für einen bangen Augenblick habe ich die Hoffnung, dass etwas die Rander in die Flucht geschlagen haben könnte….

»Nehmt die Packen hoch!«, brüllt Thur in die Stille nach vorne. Er kommt an meine Seite und starrt mit mir zurück auf den Pfad hinter uns. Die Rander dort unten sind außer Pfeilschussweite stehen geblieben.

Worauf warten sie?

»Die müssen uns schon die ganze Zeit gefolgt sein!«, flucht Thur. »Für so gerissen hatte ich sie nicht gehalten!«

Zwischen den gedrungenen Gestalten fällt eine ins Auge. Sie ragt um zwei oder drei Köpfe über die anderen hinaus. Und sie bewegt sich nicht gebeugt, sondern hochaufgerichtet, eine athletische Riesenfigur inmitten ihrer siechen Mitstreiter.

Thur atmet scharf ein.

»Der Große in der Mitte«, sage ich zu ihm ohne den Blick von den Verfolgern zu nehmen. »Ist das ihr Anführer?«

»Sieht so aus...« Thur runzelt die Stirn. »Oder ihre Anführer*in*. Irgendetwas an diesem Exemplar kommt mir bekannt vor... die Größe, die Bewegungen... Kann es sein, dass – «

In diesem Moment beginnt ein dumpfes Rollen über uns.

Die Köpfe der schwarzen Gestalten erscheinen wieder über der Schlucht. Sie spähen auf uns herab. Von irgendwo zerschneidet ein grässlicher, brutaler Schrei die Luft. Ehe dessen Echos verklungen sind, erhebt sich ein markerschütterndes Poltern, das Luft und Boden erbeben lässt.

Der Himmel fällt uns auf den Kopf!

Eine Lawine von Felsbrocken rast herab, schwer und tödlich. Beim Aufschlagen begraben die schweren Steine Menschen unter sich oder richten als wilde Querschläger heftigen Schaden an. Im schwachen Schein der

Lichtsteine sehe ich mehrere Getroffene blutend zusammensacken.

Über uns bringen sie die nächste Ladung in Stellung. Manche der Felstrümmer sind so groß, dass es mehrere der ausgemergelten Gestalten braucht, um sie an den Rand rollen. Andere Rander werfen faustgroße Steine gezielt herunter.

Während der Steinhagel herabprasselt, ertönt vom Anfang des Zuges der schrille Signalruf von Nhin. »LAUFEN! JETZT!!«

Im Getümmel formiert sich der Zug notdürftig – dann sprinten alle los, so schnell sie können. Mit letzten mobilisierten Kraftreserven halten die Träger im Laufen ihre Lasten schützend über den Kopf, die Kämpfer rennen mit gespannten Bögen, bereit für das Signal zur Verteidigung. Ganz vorne gibt es einen Tumult, dort haben die Rander angefangen, sich in die Schlucht herunter abzuseilen und sich der Patrouille in den Weg zu stellen. Ein Aufeinanderprallen steht dort kurz bevor.

Als ich mich im Laufen umdrehe, bestätigt sich meine Befürchtung: Die Verfolger sind uns jetzt dicht auf den Fersen. Trotz ihrer ungelenken Bewegungen sind sie erstaunlich schnell. Gleich werden sie uns eingeholt haben!

Wir sitzen in der Falle. Sollen wir beieinanderbleiben und weiterrennen? Dann werden sie uns von hinten attackieren, wo wir schutzlos sind. Sollen wir stehenbleiben, um uns zu verteidigen? Dann werden wir von den anderen getrennt und aufgerieben, zwischen den

Verfolgern in unserem Rücken und den herabgewor-
fenen Steinen und den abgeseilten Randern von oben.

Über den rennenden Gefährten vor mir sehe ich
plötzlich den Hals von Kas Dink auf- und absteigen, der
mit uns im Pulk mitläuft.

Der Dink!

Das ist unsere einzige Chance, unsere Verfolger
aufzuhalten!

Ich mache Han neben mir ein Handzeichen nach
vorne zu Ahiih. Er schaut zu dem Dink und nickt mir
dann verstehend zu. Ich werfe meine Last weg und
versuche, nach vorne zu spurten, um Ka und den Dink
einzuholen. Neben ihnen sehe ich Ion rennen, mit
humpelnden Zwischenschritten zwar, aber erstaunlich
schnell. Sein Gesicht ist schmerzverzerrt.

»Ka! KA!!«

Ich hole sie ein.

»Ka, die Rander sind hinter uns! Wir müssen Sie
aufhalten! Mit Ahiih!«

Ka sieht mich an. Dann schwingt er sich auf den
Rücken des rennenden Dinks und wendet mit ihm in
vollem Lauf. Gegen die Reihen der nachfolgenden
Kämpfer hält er auf das Ende des Zuges zu. Ich halte an
und folge ihnen zurück nach hinten. Steine poltern
herab, große Brocken rollen den Pfad entlang und
mähen nieder, was sich ihnen in den Weg stellt. Ka und
Ahiih weichen ihnen geschickt aus.

Das Kampfgetümmel weiter vorne verlangsamt die
Bewegung des Zuges wieder auf Schritttempo. Ka hält
an, mustert die Rander, die im Laufschritt den Pfad

heraufkommen. Er beugt sich kurz zum Kopf des Dinks und flüstert ihm etwas zu. Dann springt er ab und lässt Ahiih auf die Verfolger los.

Jetzt fangen die Rander direkt über uns an, sich in die Schlucht abzuseilen. Unsere Bogenschützen schießen auf sie. Der Zug ist nun endgültig steckengeblieben. Ein wildes Durcheinander von Kampf und Geschrei brandet ringsum auf.

Ich schaue zurück und versuche im Dunkel zu erkennen, was Ahiih mit den Verfolgern macht. Hinter der Meute der Rander blitzt vereinzelt der Schein von Lichtsteinen auf und wirft kurze Schlaglichter auf Szenen, in denen Rander zertrampelt werden oder in panischer Flucht den Pfad zurückrennen. Aber einmal sehe ich auch die riesige Gestalt des Anführers, die dem Dink geschickt ausweicht und im nächsten Augenblick verschwunden ist.

Unsere Nachhut kämpft erbittert gegen die von oben herabkommenden Feinde. Weiter vorne setzt sich der Zug wieder langsam in Bewegung. Ich bleibe mit Ka zurück, um auf Ahiih zu warten, der jetzt fertig ist mit den Verfolgern. Hinter uns ist keiner mehr von den Randern zu sehen.

Als ich wieder nach vorne sehe, ist uns die Patrouille schon ein ganzes Stück voraus. Jetzt müssen wir uns beeilen, um den Anschluss wieder zu bekommen.

Ka sitzt wieder auf und reitet mit Ahiih an mir vorbei nach vorne. Er holt das Ende des Zuges ein und zieht an Han und Thur vorbei, die dort laufen. Ich spurte ihnen nach.

Plötzlich kracht ein heftiger Schlag auf meinen Kopf.

Ein Stein hat mich getroffen!

Ich gehe in die Knie…

…alles dreht sich…

Blut läuft in meine Augen…

…mein Magen rebelliert…

…verschwommen sehe ich weit vor mir Ka auf seinem Dink und die Kämpfer am Ende des Zuges kleiner werden…

Sie haben nichts bemerkt.

Oder doch? Einer bleibt bei einem Lichtstein stehen und schaut zurück. Ich glaube, es ist Han…

Ich versuche, zu rufen… Aber ich bekomme nur ein Krächzen heraus.

…alles dreht sich…

Hinter mir höre ich ein Scharren. Ich drehe mich um.

Ein riesiger schwarzer Umriss ragt vor dem Dunkel der Schlucht über mir auf.

Etwas beugt sich über mich und schnüffelt…

Ein Arm hebt sich über mir. Ein schwaches Phosphoreszieren geht von ihm aus, wie von Pilzen, die in dunklen Höhlen wachsen.

Etwas ist in der Faust am Ende des Arms…

Die Faust saust herab -

Alles wird schwarz…

KAPITEL 23

IM DUNKEL

Ich rieche Blut.

...

Meine Augen...!?

Ich will sie öffnen, aber die Wimpern kleben aneinander.

Mein Kopf schmerzt fürchterlich...

Etwas brennt und pocht in meinem Hinterkopf wie hundert Bienenstiche.

Ich schneide schmerzhafte Grimassen, presse Brauen und Wangen zusammen, so fest ich kann, und ziehe sie dann ruckartig auseinander. Nach mehreren Versuchen lockert sich der Schorf an einer Stelle. Zäh reißend lösen sich die Wimpern eines Auges voneinander.

Ich sehe... nichts!?

Bin ich blind? Oder ist es stockdunkel um mich herum?

Unheimliche Geräusche...

Kalte, modrige Luft.

Und der klebrige Gestank von Blut, stechend und übel, stark wie beim Ausbluten und Zerlegen einer großen Jagdbeute, vermischt mit dem Geruch von verspritzten Körpersäften, von rohem Fleisch und Innereien.

Bin ich das? Bin ich so schwer verletzt?

Ich versuche, mich abzutasten. Doch ich kann mich nicht bewegen.

Ich bin gefesselt! An den Handgelenken spüre ich den Druck rauer Stricke.

Auch meine Füße sind fest aneinandergebunden.

Ich lehne halb liegend an einer rauen feuchten Wand, der Fels drückt schmerzhaft in meinen Rücken. Aber soweit ich spüren kann, ist die Wunde an meinem Kopf die einzige Verletzung.

Der Stein!

Ich erinnere mich…

Die Rander!

Sie haben mir einen Stein auf den Kopf geworfen, dann bin ich umgekippt…

Nein… da war noch etwas…

Der Anführer! Der Große!

Er war plötzlich hinter mir und hat mir noch einen Schlag versetzt…

Der Erinnerung treibt den Schmerz jäh in den Vordergrund meines Bewusstseins. Er strahlt pulsierend vom Kopf in den Nacken und sendet brennende Wellen durch meinen Körper. Sie werden stärker und schwächer… stärker und schwächer… ziehen mich nach unten, in eine Region von dumpfem, schwerem Druck... und noch weiter hinab ...

... in ein tiefes, empfindungsloses Dämmern ...

...

Die Geräusche...

Schaben und Knacken.

Reißen und Malmen.

Schmatzen. Grunzen. Stöhnen.

Fressgeräusche!!

Quengeln und Quieken... von hungrigen Jungtieren?

Murren und Knurren.

Knuffen. Fauchen. Jammern.

Was frisst hier? Und was wird gefressen??

Ich halte die Luft an. In der Dunkelheit nehme ich Bewegungen wahr, mit dem Gehör nur... oder sind da feine Luftbewegungen an den Härchen meiner schmerzenden, klebrigen Haut? Mit der Zeit meine ich auch etwas zu sehen... ganz schwach hinter dem Rauschen der wolkigen Netzlinien, die die Schwärze meiner Wahrnehmung durchziehen, auch wenn ich die Augen geschlossen habe. Etwas ändert sich, wenn ich sie öffne: Das Dunkel wird eine Spur weniger dunkel.

In einiger Entfernung von mir gibt es einen fahlen Fleck... Von Zeit zu Zeit wird es dort kurz heller... Als ob irgendwo weit weg vor dem Eingang der Höhle – ich bilde mir jetzt ein, dass ich mich in einer Höhle befinde – ein Wetterleuchten flackert.

Vage Formen, die weniger dunkel sind als das restliche Dunkel, bewegen sich – kaum wahrnehmbar, so dass ich es nur bemerke, wenn ich nicht direkt hinsehe. Aus den Augenwinkeln bemerke ich einen schwachen, düstereren Schein, der von diesen Formen ausgeht. Die gleiche Art von Leuchten, die ich an den Gestalten der lauernden Rander über dem Hohlweg bemerkt habe... und zuletzt an der Faust, die mich zu Boden geschlagen hat.

Wie lange ist das her? Augenblicke? Tage? Ich kann es nicht schätzen. Wo bin ich hier? Wo sind die anderen? Haben sie es geschafft? Haben sie die Kaverne erreicht?

»HUNGER!«

Ich zucke vor Schreck zusammen. Der Laut war kehlig und tierisch – aber ohne Zweifel *gesprochen!*

»Hunger!«

»hunger – mehr essen!«

Da sind mehrere Stimmen! Laute und leisere, wild fordernde und unterwürfig flehende.

Eine Mischung aus Erstaunen und Abscheu lässt mich keuchen. Sie reden!

Noch nie war ich diesen Wesen so nahe, und noch nie habe ich sie sprechen gehört. In meiner Vorstellung waren die Rander bis jetzt primitive Ungeheuer, die sich – wenn überhaupt – nur mit angsteinflößenden Urlauten verständigen...

»Hunger!«

»Mehr ESSEN!«

»Noch anderer Mensch! ESSEN!!«

Etwas nähert sich, langsam, zögernd. *Etwas* schnüffelt -

»NEIN! Anderer Mensch gehört DCHIIR!«

Die schneidende Stimme direkt neben mir lässt mich erstarren. Sie klingt uralt, aber stark und befehlsgewohnt.

Etwas knurrt. Noch näher. Die Haare in meinem Nacken richten sich auf.

»WEG!!«

Ein harter Schlag. *Winseln.* Das *Etwas* zieht sich schnell zurück, dorthin, wo die anderen Stimmen waren.

Über mir regt sich ein schwaches Leuchten. Ein fahler Fleck nähert sich meinem Gesicht.

»Hfffffff…«

Ein zischendes Geräusch, das Einziehen von Luft durch die Nase… riechend, prüfend… Dann tiefes Ausatmen…

Und wieder: »Hffffffff…«

Langsames Schnüffeln… Ausatmen…

»DU?«

Die Stimme neben mir ist jetzt leiser als vorhin, aber unverkennbar die der Anführerin.

Eine Hand berührt mein Gesicht, kalt und klamm wie der Nebel über dem Berg.

Ich schreie vor Schreck laut auf und drehe mein Gesicht zur Seite.

Doch die großen Finger packen fest zu. Sie fühlen sich an wie totes Holz, das in kaltem Meerwasser gelegen hat. Die Hand drückt meine Wangen und meinen Mund schmerzhaft zusammen. Ich schmecke Schimmel und verdorbenes Fett… Ein schemenhafter

Zeigefinger wandert langsam über meine Nase und meine blutverkrusteten Augen.

Ich bekomme keine Luft!

»Bist DU das?«

»Was??« Ich schüttle die Hand ab und hole japsend Luft.

»DU… Ich kenne DICH!«

»Was?? Mich??«

Die Hand tastet jetzt sanft über meinen Körper. Der phosphoreszierende Schein über mir kommt noch näher. Ich erkenne ein zerfurchtes Gesicht mit zwei schwarzen Höhlen, scheinbar ohne Augen darin.

»Ich… kenne DICH!«

»Wer… Wer bist Du?!«

»DU … hfff… DU warst hier! Vor langer Zeit!«

»WAS?? Was willst du von mir?«

»Die große HÖHLE! Das WASSER! DU warst DA!« Ihre Stimme ist jetzt laut und aufgeregt.

»Ja, ich war da. Aber…«

»Draußen vor der HÖHLE! Wir … hfff, hfff, …wir haben GEKÄMPFT! Vor der großen Höhle!«

»Ja, ich weiß! Wir waren drinnen, und es gab einen Kampf draußen vor der Höhle. Meine Mha hat gekämpft… Mein *Mha* ist -«

Plötzlich stockt mir der Atem.

Wieso… Woher kennt mich diese Randerin? Kann es sein, dass sie…?

»Wer BIST Du?« Ich schreie so laut, dass ich selbst erschrecke. »Wer BIST DU???«

Das Gesicht vor mir zuckt zurück.

Aus dem Hintergrund kommen kurze, nervöse Protestlaute. Dann ist es wieder still.

»MHA? Bist du das…? Mha???« Jetzt zittert meine Stimme. Tränen schießen mir in die Augen. »Ich bin Dev. Bist du das, Mha?«

»Bin ich Mha??« Die Stimme klingt verwirrt. »Bin ICH MHA??? Hffff, Hffff… Wer ist MHA??? Was MEINST Du?«

Sie knurrt und schnaubt. Plötzlich hält sie inne. Sie scheint nachzudenken. Dann ruft sie aufgeregt: »Ich bin NICHT MHA! Ich bin DCHIIR!!«

»Dchiir? Du heißt Dchiir?? Du bist nicht Mha?!«

»Ich bin DCHIIR!! Aber DU bist nicht SIE!!«

»Was??« Nun bin ich vollends verwirrt. »Ich bin nicht WER??«

Nach einem langen Moment redet die Randerin weiter, aber jetzt leise, zu sich selbst: »Ich verstehe… hfff, hfff… ich verstehe…«

Sie scheint sich über eine Erleuchtung zu freuen, die mir noch fehlt.

»SIE ist MHA!«, faucht sie plötzlich. »SIE ist MHA!! Aber DU bist NICHT MHA… DU bist IHR KIND!!!«

»Ja, genau, ich bin Mhas Kind!« So weit verstehe ich die Sache. »Aber… wer… bist… DU?«

»Ich bin Dchiir.«

»Verstehe. Du bist Dchiir – nicht Mha.«

»SIE ist MHA. DU bist NICHT MHA!«

»Nein, ich bin nicht Mha.«

Wie schon gesagt …?

»Aber DU ... siehst aus wie SIE! DU bist IHR KIND!«

»Warte mal...« Ich glaube, mir dämmert etwas... »DU dachtest, ICH bin Mha, weil ich ihr ähnlich schaue...?«

Ich würde mich jetzt gerne am Kopf kratzen, bin aber immer noch gefesselt. »Und ICH dachte für einen Moment, DU wärst Mha, weil, weil...« Weil sie gesagt hat, sie wäre da gewesen, damals beim Kampf vor der Kaverne. Dchiir hat gekämpft – mit IHR... mit MHA!

»Was ist mit ihr passiert?« Meine Stimme überschlägt sich. »Was ist mit Mha passiert?? Ist sie tot? Hast du sie getötet?«

»Wir kämpfen. Ich BESIEGE DICH! Neinnein! hfff... ich besiege SIE! Aber sie ist FORT! Ich habe es gesehen, damals!«

»Was? Was hast du gesehen?«

»Ich BESIEGE SIE! Ich will sie mitnehmen in Dchiirs Höhle! Aber das WASSER! Das WASSER ist zu SCHNELL!« Aufgeregtes Schnauben; Pause...

Dann, leise: »Und dann ist dieses DIING! Im Wasser ist ein großes dunkles DIING! Grässliches DIING! Alle schreien vor Angst! Und laufen FORT!«

Mir stockt der Atem – Das *Ding! Der schwarze Fisch! Sie hat ihn gesehen!!*

Die Erinnerungen scheinen Dchiir stark mitzunehmen, sie wetzt unruhig vor mir hin und her, die fahlen Hände an ihre Schläfen gehoben.

»Und was war dann? Was war mit Mha?«

»Ich werfe SIE ins WASSER! Ich laufe FORT! FORT von grässlichem DIING und WASSER!«

»Du hast sie ins Wasser geworfen?«, rufe ich aufgeregt. »Was ist dann passiert?«

»Wir müssen uns beeilen, weg von WASSER, in unsere kleine Höhle! Aber ich sehe es: Das DIING nimmt SIE mit, nicht? Hfff, hfff... es nimmt SIE mit! Hfff, hfff...«

»Wie??« Das Ding hat Mha mitgenommen? »Wie mitgenommen? Was ist geschehen?«

»Ich sehe SIE bei dem DIING im WASSER. Dann ist überall WASSER! SIE und DIING FORT! Ich sehe NICHTS mehr! Ich renne FORT. In Dchiirs Höhle...«

Dann ist sie still. Die leeren Höhlen in ihrem Gesicht sind verschwunden, sie muss die Augen geschlossen haben.

Schwer atmend sinke ich an die Wand zurück. Was ist das für eine verworrene Geschichte? Was geht in diesem Wesen vor? Was geht in den Randern vor? Ich merke, dass ich gar nichts über sie weiß, außer den Geschichten, die wir uns seit Menschengedenken über sie erzählen. Sie sind unsere Erzfeinde, sie trachten uns nach dem Leben, betrachten uns als Nahrung...

Aber sie scheinen auch menschliche Regungen wie Furcht und Erinnerungen zu kennen. Dchiir scheint jedenfalls von diesem *Diing* ebenso erschreckt worden zu sein wie damals Pa...

Ich schüttle den Kopf.

Ich muss mich sammeln. Ich weiß jetzt, dass Pa nicht

fantasiert hat, als er starb: Was immer der Schwarze Fisch für ein Ding sein mag, er hat ihn damals wirklich gesehen. Und ich weiß, dass Mha keine Randerin geworden ist! Diese Erkenntnis hat etwas Tröstliches für mich, auch wenn es bedeutet, dass sie wohl wirklich ertrunken ist, so wie Pa und Khor es immer erzählt haben...

Oder nicht? Die Zweifel um ihr Schicksal werden wohl nie ganz vergehen, solange das Rätsel um den Schwarzen Fisch nicht gelöst ist...

Werde ich jemals -

"Hunger!!!«

Das bösartige Keifen aus dem Hintergrund fängt wieder an und reißt mich aus dem Grübeln. Und plötzlich – wie ein scharfes Messer – durchschneidet eine Erkenntnis den Vorhang aus Benommenheit und Schmerz, der die ganze Zeit mein Denken vernebelt hat:

Sie werden mich töten!

Ich werde hier nicht lebend hinauskommen, um Rätsel zu lösen oder sonst noch irgendetwas zu tun. Ich werde die anderen nicht mehr wiedersehen, Ion, Khi, Ka, Ahn...

Ich bin Schlachtvieh!!

Panik kriecht meinen Nacken hoch. Mein Atem geht plötzlich schnell und zitternd; mein Herz fängt an zu hämmern.

»Dchiir?«

Die Randerin schreckt aus ihrer Versunkenheit hoch. Ihre schwarzen Augenhöhlen schauen mich wieder an.

»Dchiir – Was willst du von mir? Was habt ihr mit mir vor??«

»Wir essen! Dich ESSEN!!«

»Neiin…« Meine Stimme ist ein leises Wimmern.

»Nicht gleich, nicht gleich! Hfff-fffh, hfff-fffh, hfff-fffh!« Ist das ein Lachen?

Ich muss hier raus!

Ich überlege verzweifelt. Vielleicht suchen die anderen nach mir? Soll ich um Hilfe schreien? Nein, das würde wohl meinen sofortigen Tod zur Folge haben. Ich muss mir etwas einfallen lassen...

»Später essen, später, hfff, hfff… Vorher noch… ein wenig REDEN.«

Dchiir will reden? Gut! Ich muss Zeit gewinnen… Und ich muss dafür sorgen, dass mir die anderen, die hungrigen Rander vom Leib bleiben…

»Dchiir, hast du das ,Diing' noch mal gesehen?«

»DIING? Nein, NIE! Nur dieses eine Mal. Alle fürchten sich – auch die Wächter! Alle FLIEHEN! Schnell, schnell, in die HÖHLE!!«

»Ihr habt eine eigene Höhle für die Große Flut? Das Wasser?«

»Ja, viele Höhlen! Kleine, schöne kleine Höhlen, wie diese hier!« Dchiir deutet an die Decke. »Die Menschen finden uns nicht! Gute Versteckhöhlen! Mit Luft, wenn Wasser kommt! Und Pilzen…«

»Mit Pilzen? Was sind das für Pilze?«

»PILZE! Wir BRAUCHEN PILZE!«, schnaubt Dchiir, als würde sie meine Frage dumm finden.

Es raschelt irgendwo vor mir. Dann erscheint etwas schwach Leuchtendes. Dchiir muss es irgendwo herausgeholt haben, vielleicht aus den Falten eines Umhanges, den sie wohl trägt.

»Hier!« Es ist ein schrumpeliges Ding, etwa so groß wie meine Hand. Sie hält mir den Pilz unter die Nase. »Willst du versuchen? PILZE machen stark und WILD!«

Ein beißender Geruch von Schimmel und etwas Scharfem lässt mich zurückzucken.

»Wah – nein danke!!«

»Ja, Pilze schmecken grässlich, GRÄSSLICH, Hffffffh, hfff-fffh… Aber wir müssen PILZE essen. Ohne Pilze STERBEN wir. Schnell. Pilze sind MEDIZIN!«

»Medizin?«

»Ja, MEDIZIN! Ohne Pilze schlafen wir ein und STERBEN! Schnell! Aber Pilze machen WILD! Wie wilde TIERE!« Dchiir wird laut: »Jagen, Töten, FRESSEN!!! Hunger, sonst nichts – NICHTS!!!«

Ihr lautes Rufen überträgt sich wieder auf die anderen Rander. »HUNGER!!« »ESSEN!!!«, knurrt und heult es durch die Höhle, und einzelne Stimmen rücken wieder etwas näher heran.

»NEIN!!!«, brüllt Dchiir kurz und herrisch in ihre Richtung.

Sie richtet sich zu ihrer vollen Größe auf und bellt sie in strengem Befehlston an: »Geht hinaus, wenn ihr hungrig seid! Geht hinunter in die Schlucht und sucht euch Fressen!«

Ängstliches Winseln und Murren kommt von den Randern.

»Sie haben Angst, hfff-fffh!« Dchiir sagt das leise, fast verstohlen, das Gesicht zu mir gewandt!

»Die großen Tiere sind jetzt fort«, blafft sie wieder die Rander an. »Und die Menschen sind jetzt fort. Nur noch Tote – Menschen und unsere.«

Ihre geisterhafte Hand fährt mit ausgestrecktem Finger durch die feuchte Luft. »Du, Du und Du. GEHT! Sucht euch Fressen!«

Mit einer Mischung aus Protest- und Unterwürfigkeitslauten entfernen sich die drei aufgerufenen Schemen und verschwinden in dem flackernden Fleck, der der Ausgang der Höhle sein muss.

Dchiir bedeutet zwei der Zurückgebliebenen, dass sie den Ausgang von draußen bewachen sollen. Grummelnd trollen auch die sich hinaus.

Es wird ruhig. Die noch anwesenden Rander scheinen gesättigt zu sein und sich dem Verdauen ihrer grausigen Mahlzeit hinzugeben. Aus dem Dunkel kommen ruhige, schwere Atemzüge, hin und wieder unterbrochen von einem Rülpser oder einem Schmatzer. Ein Kind quengelt kurz und ist dann still. Woher kommen die Kinder der Rander, frage ich mich. Ich habe noch nie gehört, dass kleine Kinder gerufen wurden…

Aber ich muss das Gespräch am Laufen halten!

»Schlafen die?«, frage ich Dchiir.

»Nein, nicht SCHLAFEN! Wir schlafen nicht. Sonst sterben wir. Wir träumen, aber wir sind wach! Wir brauchen Pilze, damit wir nicht schlafen. Nur TRÄUMEN.«

»Wovon träumen die? Wovon träumt ihr?«

»Träumen vom FRESSEN! Immer TÖTEN und FRESSEN!!«

»Was ist mit dir, Dchiir? Träumst du auch?«

»JAA! Von FRESSEN…«

Ein tiefes Seufzen kommt aus Dchiirs Richtung.

»Manchmal… Ich träume… von LICHT! Licht, das nicht weh tut… SCHÖNES Licht!«

»Das Licht… Du bist anders als die anderen, Dchiir… Die wollen mich fressen, aber du sprichst mit mir. Du kannst richtig sprechen. Warum?«

»Ich bin… ALT! Ich habe Erinnerungen…« Es klingt, als würde sie über eine Krankheit klagen, die sie befallen hat.

»Du hast *Erinnerungen*? Und deine… deine… die anderen, haben die keine?«

»Wenn man alt wird, wirken die Pilze nicht mehr… nicht mehr genug. Sie geben keine Kraft mehr… Ich werde müde. Die Jungen sind stark und wild! Sie spüren keine Schmerzen, nur rasenden Hunger… keine GEDANKEN, die sie plagen. Das machen die Pilze bei den Jungen. Aber die Alten – sie werden müde und sie bekommen GEDANKEN. ERINNERUNGEN… An das LICHT…«

»An das Licht… vom Himmel? Drinnen im Land, wo der Himmel hell ist? Wo du früher warst?«

»SCHÖNES Licht! Ja… Licht vom HIMMEL… früher…«

»Wo war das, Dchiir?«, frage ich aufgeregt. »Wo warst du zu Hause? Im Waldland, oder an der Küste?«

»Wald… Waldland?«

»Ja, Waldland – kommt dir das bekannt vor? Viele

Bäume, große Bäume! Unsere Wohnstätten oben in den Kronen, Wolken, Stege und Leitern, der große Platz…«

»Bäume!« Dchiir Gesicht wendet sich nach oben, aber ihre Augen sind geschlossen. »Große BÄUME! Ja… ZUHAUSE! Erzähl' mir von Zuhause!«

»Du kommst also von der Waldlandsiedlung! Vielleicht haben wir uns früher dort getroffen? Aber du bist schon sehr lange hier, oder?«

»Ja, sehr lange… Erzähl' mir von… Zuhause…«

Was soll ich erzählen? Was fällt mir ein über Zuhause?

Ich schließe die Augen und wandere im Geist vom Rand zurück über das Gebirge, die Wüste, hinauf über den Fall und den Fluss entlang, bis ich daheim angekommen bin. Während ich überlege, erfasst mich mit einem Mal eine heftige Wehmut bei dem Gedanken, dass ich selbst wohl nie wieder dorthin kommen werde.

»Zuhause…

…da ist der Blick über die Wipfel der Bäume, über den Wald zum Fluss hinab…

…die kühle Brise von der Küste, die unsichtbar hinter den bewaldeten Hügeln wartet…

…der hell flimmernde Streifen des Meeres…

…da ist der Berg, fern und geheimnisvoll, ein feines Leuchten über seinem Fuß…

…das Kitzeln von kühlem Regen, der durch warmen Nebel herabrieselt…

…da sind Schwärme von Vögeln, die die Baumkronen umkreisen…«

Dchiir schweigt. Ich sehe, dass ihre Augen geschlossen sind.

»Erinnerst du dich, Dchiir?«

Sie antwortet nicht, aber sie holt tief Luft und atmet dann seufzend aus.

»Erinnerst du dich...

...an die Tiere am Flussufer, fremd und scheu und flink...

...an das welke Rascheln von Blättern unter deinen Füßen...

...an den Duft von feuchter, heißer Erde...

...an das Knacken und Schwingen der Bambusstäbe beim Darübergehen...

...an die Stimmen, das Lachen und die Musik auf dem Platz...

...an den köstlichen Duft von heißem Essen, von frischen Früchten und von Blumen...«

»Ja... «

Ihre Stimme zittert. Sie klingt nicht mehr alt, nicht mehr krank und böse.

Jetzt ist auch Dchiir dort im Waldland. Ich sehe sie neben mir stehen, an der Brüstung vorne am großen Platz. Eine junge Frau, hochgewachsen, schlank, stark und schön.

Sie sieht aus wie Mha.

»Frische Früchte! Ich mag sie gerne... Wir pflanzen Banas, und Anas... Unten auf der Lichtung im Wald. Ich muss sie bewässern. Und sie brauchen Licht. Schönes Licht vom Himmel... Aber jetzt – Licht ist schlecht! Es tut mir weh! Ich muss weggehen. Ins

Dunkel, zu den anderen. Sie holen uns. Sie holen mich. Sie rufen… ‚Dchiir! Dchiir! Komm! Komm zu uns…'. Ich komme… Ich komme ins Dunkel. Ich esse Pilze. Ich bin jung, STARK und WILD!!! Ich bin HUNGRIG! Ich jage, töte und FRESSE! FRESSE FLEISCH!! FLEISCH von MENSCHEN! FLEISCH von UNS! HUNGER! HUNGER!!!«

Für einen Augenblick verwandelt sie sich zurück in einen wilden, vor Hunger rasenden Rander, gierig nach Blut und Fleisch. Aber mitten in diesem Ausbruch geht ihr Wüten in Schluchzen und dann in schmerzerfülltes leises Wimmern über.

»Jetzt bin ich ALT. Nicht mehr stark und wild… Ich habe Erinnerungen. ERINNERUNGEN sind schlecht! Tun weh, TUN WEH wie SCHÖNES LICHT!!!«

Ihr Wimmern erstirbt.

In der Höhle ist es ganz still, bis auf das gleichförmige, schwere Schnaufen der anderen Rander. Sie tun es nun simultan, atmen alle gleichzeitig ein und aus. Die Rander träumen. Sie träumen ihre Wachträume vom Töten und Fressen.

Träumt Dchiir mit ihnen? Es klingt jetzt, als ob da nur EIN großes Wesen im Dunkel vor mir läge. Wartend. Seiner Beute sicher. Schlafend und lauernd zugleich… -

Ein Geräusch?

Ein leises Scharren draußen vor dem Eingang, wo die beiden Rander Wache stehen, bringt die Atemzüge für einen kurzen Augenblick zum Stocken. Danach ist es wieder still, und der Rhythmus schwingt sich neu ein, ruhig, eintönig, endlos...

In meine Angst und meine fieberhaften Fluchtgedanken hat sich Wehmut gemischt, Mitleid mit Dchiirs Schicksal, die ausweglos gefangen ist in der Finsternis und in ihren Erinnerungen an ein glückliches Leben. Etwas ist anders mit dieser Randerin... Die anderen in der Höhle sind wie Tiere, hungrige, getriebene Tiere. Etwas beängstigend Fremdartiges liegt in ihren primitiven Lautäußerungen, ein wildes Verlangen, ein bösartiger Trieb... Aber bei Dchiir ist da viel mehr: Dass sie so denken und reden kann... Ich spüre eine wache Bewusstheit – und dahinter eine abgrundtiefe Verlorenheit – so, als fühlte sie den schmerzhaften Verlust ihres alten Lebens! Dieser Anflug von Menschlichkeit schockiert mich. Dass sie die Erinnerungen aus ihrer Vergangenheit mitgenommen hat... – Und jetzt: dumpfes Dahinvegetieren als Verstoßene in der Finsternis... Das muss schrecklich sein... In den alten Geschichten heißt es, das Schicksal der Rander sei die Strafe für die Auflehnung der ersten Menschen gegen den Preis der Sterblichkeit, mit der wir für das angenehme Leben im Licht bezahlen müssen. Aber *dieses* Schicksal... – es schlägt einfach blind zu! Von den Randern geholt zu werden kann jeden treffen. Hat Dchiir sich aufgelehnt? Ich weiß es nicht. Hat Bo sich aufgelehnt? Nein, er war immer ein fröhlicher Mensch, der sein Leben genossen hat – aber er wusste, dass er eines Tages sterben wird. Kein Hadern, kein Zorn auf das Schicksal. Rander zu werden ist ein grausames Unglück, das wir nicht beeinflussen können. Ich weiß, es hat keinen Sinn, das Unabänderliche zu hinterfragen, aber trotzdem…

Plötzlich befällt mich eine steinschwere Müdigkeit. Wie lange mag es her sein, dass ich geschlafen habe, oben am Randerpass? Es kommt mir vor wie eine Ewigkeit. Vergeblich bemühe ich mich, meine Gedanken zu sammeln und mir etwas einfallen zu lassen, um von hier zu entfliehen…

Wie hypnotische Wellen rollt das Atmen der träumenden Rander über mich hinweg und zieht mich hinab in eine tiefe, dickflüssige Schwärze…

Ich schrecke hoch.

Ein Geräusch hat mich aus einem Traum geweckt. Mha im Garten, wie sie Früchte erntet. Sie trägt sie in einem Korb die Stufen herauf und bringt sie uns…

Was war das für ein Geräusch? Ich versuche, mich zu erinnern… Ein leises Schnauben?

Jetzt ist es still. Völlig still…

Etwas beunruhigt mich an der Stille.

Die Rander! Sie atmen nicht mehr… Sie haben die Luft angehalten, alle gemeinsam. So wie ich.

Plötzlich fährt ein greller Blitz durch die Höhle, und gleich darauf ein zweiter. Etwas prasselt laut auf den Boden wie ein Schauer von großen Kieseln. Lichtsteine! Schmerzhaft blendendes Licht breitet sich aus und zeigt die Szenerie schlagartig in unbarmherziger Deutlichkeit:

Vor mir ragt die erstarrte, schwarze Silhouette

Dchiirs auf, zum Licht gedreht und die Arme vor den
Augen. Gegenüber winden sich zuckende bleiche, fast
durchscheinende Gestalten wie ausgegrabene Maden an
den Wänden und auf dem Boden und versuchen
vergeblich, sich in Spalten oder hinter kleinen
Vorsprüngen zu verkriechen. Ein irres Kreischen erfüllt
die Höhle, angsterfülltes Heulen und Schmerzens-
schreie. Aus dem Hintergrund, vom Eingang her,
schiebt sich jetzt eine mächtige kriechende Gestalt
herein, auf allen vieren, den schuppigen Kopf bis unter
die Decke erhoben, zischend und fauchend. Angestrahlt
von der gleißenden Lichtquelle auf dem Höhlenboden
ist das Ungeheuer umgeben von blitzenden Reflexen
und zuckenden Schatten, sodass meine schmerzenden
Augen seine Form nicht zu erfassen vermögen. Doch
dann stößt jäh der Kopf herunter. Er packt einen der
zappelnden Rander, schüttelt ihn wild und schleudert
das schreiende Bündel an die gegenüberliegende Wand.

Es ist ein Dink! Es ist…

»UHIIIIIH!!!«

Jemand stolpert hinter dem Dink in die Höhle. Es ist
Khi! Wie einen Kampfruf brüllt sie den Namen ihres
Tieres. Zusammen mit ihr drängen Nhin und Haupt-
mann Thur durch den Eingang, gefolgt von weiteren
Kämpfern!

Den Wächtern sei Dank! Dem *Dink* sei Dank!

Gnadenlos wütet Uhiih unter den panischen Randern. Fliehende werden von den Kämpfern niederge-
streckt; es ist ein grausames Stechen, Knüppeln und
Spießen unter den geblendeten Kreaturen.

All das geschieht in wenigen Augenblicken vor meinen ungläubigen Augen. Mein Körper windet sich heftig und versucht vergeblich, sich von den Fesseln zu befreien.

Da werde ich plötzlich brutal an den Armen gepackt und hochgerissen. Es ist Dchiir, aus ihrer Schockstarre erwacht. Sie schleift mich weg von dem Gemetzel, hinein in eine Nische, die hinter uns in die Wand führt.

Dort herrscht tiefe Dunkelheit! Haben uns die anderen in dem Getümmel gesehen? Jetzt sind wir jedenfalls vor ihren Blicken verborgen!

Dchiir legt mir von hinten ihre kalten Finger über den Mund und drückt meinen Rücken an ihre Brust.

»Stiiill«, zischt sie in mein Ohr. Ihr Atem riecht nach Pilzen. Meine Nackenhaare sträuben sich. Ich möchte schreien, aber mein Mund ist fest verschlossen.

Der Kampf vorne in der Höhle geht weiter, Schreie, Schläge, Reißen und Beißen. Dchiir setzt sich wieder mit mir in Bewegung. Eng drückt sie sich an der Wand der Nische entlang in Richtung des Ausganges. Sie versucht, sich hinter dem Rücken der Befreier hinauszuschleichen!

Mit einem Mal verebbt der Lärm und das Stöhnen und Röcheln.

Das Gemetzel ist zu Ende. In der plötzlichen Ruhe ist nur noch das schwere Atmen der Kämpfer zu hören und ein tiefes stoßartiges Schnauben.

»Dev?«

Das ist Khi!!

Ich versuche, meinen Kopf aus dem unbarmherzigen Griff Dchiirs zu winden und zu schreien. Aber ich kann nur erstickte, viel zu schwache Laute durch meine Nase und zwischen die klammernden Fingern pressen.

»DEV? Bist du hier irgendwo?«

Schritte nähern sich langsam. Dchiir drückt uns fest in den Schatten der Nische und knurrt mir leise ins Ohr.

Plötzlich erhellt nervös umherwanderndes Licht unser Versteck. Zwei Gestalten, eine kleine und eine größere, mit Lichtsteinen in der erhobenen Hand, stehen vor uns.

»HIER! Hier ist sie!«

»Da ist noch ein Rander! Vorsicht – er hat sie gefangen!«

Jetzt treten auch die anderen vor die Nische und umringen uns.

»Dev! Bist du wohlauf?«

»GEHT WEG!!!!« Dchiirs schrille Stimme lässt die Kämpfer vor uns zusammenzucken. »GEHT WEG oder ich TÖTE SIE!!!«

»Er redet! Ich glaube, es ist der Große von vorhin!«

»GEHT WEG!« Dchiir hält mich jetzt am Hals gepackt vor sich und schüttelt mich. Mein Mund ist jetzt frei.

»Dchiir!«, rufe ich. »Lass mich los, dann sollen sie dich gehen lassen.«

An Khi und Thur vor mir gewandt, sage ich mit bebender Stimme, aber so ruhig ich kann: »Tut ihr nichts! Das ist Dchiir. Sie kommt aus dem Waldland! Sie ist – «

»Ich bin DCHIIR!!!«, kreischt die Randerin. »Ich TÖTE!!! Ich FRESSE!!!«

»Lass sie LOS!!«, sagt Khi mit fester Stimme. »Lass los, und du kannst gehen!«

»Geht WEG!!!«

»Dchiir! Hör mir zu«, sage ich hinter mich, »Du musst nicht töten. Du bist nicht mehr wild! Du bist alt, du möchtest deine Ruhe, oder? Du könntest mit uns kommen, in die Große Kaverne! Dort gibt es Essen! Frische Früchte!«

Das *frisch* ist geschwindelt, aber Früchte gibt es, wir haben sie selbst mitgebracht!

»Es ist dort fast wie *zu Hause*. Friedlich. Aber du kannst dort im Dunkeln bleiben, wenn das Licht dir weh tut. Wir können dir Pilze bringen!«

Der Griff um meinen Hals lockert sich ein wenig.

»Und vielleicht finden wir eine Medizin für dich! Wir haben gute Medizinmenschen! Sie könnten ein Heilmittel für dich suchen… Vielleicht kannst du dann sogar wieder zurück ins Licht? So wie früher…«

»Früher…?«, haucht Dchiir neben meinem Ohr. Sie spricht jetzt wieder mit ihrer jungen Stimme aus dem Waldland.

»Ja, früher! Erinnerst du dich?«

»Erinnern…? Ich erinnere mich an… das schöne LICHT. Aber…« Sie zuckt zusammen. »ABER es tut WEH! Das LICHT tut WEH!!!« Die Randerin ist zurück.

Ruckartig drückt sie ihre Faust wieder mit aller Kraft um meinen Hals zusammen. Sie reißt ihren anderen Arm in die Höhe.

»Sie hat ein MESSER!!«

Plötzlich sind ringsum aus dem Halbkreis Speere und gespannte Bögen auf uns gerichtet, die drohend näher rücken.

»LASS SIE LOS!!!«

Ich bekomme keine Luft und zapple in meinen Fesseln ein paarmal wie ein gefangener Fisch. Dann hänge ich kraftlos in Dchiirs beinhartem Griff. Mir wird schwarz vor Augen...

Da flüstert sie mir mit ihrer sanften Mädchenstimme ins Ohr: »Ich... bin... müde...«

Mit einem grauenvollen Schrei stößt sie mich von sich weg und hebt ihr Messer noch höher in die Luft. Ich lande hart mit dem Gesicht nach unten auf dem Boden. Dchiirs Schrei erstirbt im Schwirren der Pfeile und Speere, die über mich hinweg ihr Ziel finden.

Einen langen Augenblick herrscht Stille. Dann fällt ihr durchbohrter Körper neben mich.

Hände heben mich hoch und lösen meine Fesseln. Khi drückt mich fest an sich. Als sie mich loslässt, geben meine weichen Knie nach. Nhin ist da und El. Sie stützen meine Arme auf ihre Schultern und führen mich hinaus vor die Höhle. Im Zwielicht warten Thur und seine Männer. Für meine geblendeten Augen ist es draußen so stockdunkel wie in der finsteren Höhle. Das Krachen eines heftigen Gewitters ist ganz nahe, es lässt Blitze niederfahren und peitscht uns mit kalten Regenschauern durch. Neben dem Eingang liegen zwei

leblose, noch schwach phosphoreszierende Körper – die
beiden überwältigten Wachposten.

»Ein paar sind uns entkommen! Wir müssen weg
hier«, drängt Thur.

»Drei von ihnen sind vorhin zurück zur Schlucht,
um nach Fressbarem zu suchen«, sage ich schwach.

»Ja, und dort werden sie auf mehr Versprengte
getroffen sein«, sagt Nhin grimmig. »Sie können jeden
Moment wieder hier heraufkommen. Wir müssen
zurück zur Kaverne, kommt!«

»Kannst du gehen?«, fragt Khi mich. »Es ist zu steil,
um auf Uhiih zu reiten.«

Ich versuche ein paar unsichere Schritte und nicke.

Sie drehen sich um und wollen loseilen – da fällt mir
etwas ein.

»Da drinnen war noch jemand«, rufe ich heiser.
»Jemand von uns. Sie haben…« Ich muss schwer schlucken. »Wisst ihr, wer das…?«

»Das war Han«, unterbricht mich Nhin bitter, »Sie
haben ihn unten schon getötet und mit dir zusammen
heraufgeschleppt.«

»Han!«

Eine betäubende Schmerzwelle durchflutet mich,
mein Magen dreht sich um. Eine wilde Wut steigt in mir
auf. *Han!* Was für ein furchtbares Ende für diesen tapferen, liebenswerten Wächter. *Verdammte Rander!
Verdammte, hungrige Rander…*

»Aber die anderen sind alle in Sicherheit in der
Kaverne!«, sagt Nhin und versucht, dabei zuversichtlich
zu klingen.

El tritt zu uns und erzählt eifrig: »Unten vom Tor aus haben die Wachen gesehen, wie deine Entführer hier heraufgeklettert sind. Als wir die Rander unten verjagt hatten, sind wir euch gefolgt. Der Dink hat wirklich eine hervorragende Spürnase!«

»Jetzt kommt!« Nhin packt mich fest am Arm und zieht mich mit.

Khi und Thur gehen mit Uhiih voraus, um uns zu verteidigen, falls die Rander uns entgegenkommen sollten. Der regennasse Pfad ist eng und nicht markiert, an manchen Stellen müssen wir hohe Absätze hinabklettern. Meine Augen gewöhnen sich langsam wieder an das Dunkel. Tief unter uns zur Rechten sehe ich hinter dichten Regenschleiern den Kavernenplatz vor dem Torturm, und an dessen entfernter Seite die flackernden Lichtmarkierungen der Treppe, die von der Schlucht heraufführt. Wir befinden uns hoch im Steilhang hinter dem Turm.

Plötzlich kommt vom Ende unseres Trupps ein Warnruf: »Sie sind hinter uns! Macht schneller!«

Beim Blick zurück sehe ich nur Regen und Düsternis – bis ein Blitz den Weg für einen Augenblick ausleuchtet. Da sind – regennass und knochenbleich im Licht des Blitzes – mehrere gebückte Gestalten, die über uns den Pfad entlang hasten und eilig die steinernen Absätze und Engstellen herabklettern.

Nhin schaut nach hinten und überlegt für einen Moment.

»Können wir sie aufhalten?«, frage ich sie.

»Achtung!«, brüllt Thur da von vorne. »Dort oben sind sie auch!«

Vor uns liegt ein Einschnitt, wo der Weg zwischen einer Stufe in der Steilwand zur Rechten und einer hoch aufragenden Abbruchkante zu Linken hinunterführt. Auf den Oberkanten dieser zwei Begrenzungen lauern die dunklen Silhouetten von mindestens einem Dutzend geduckten Randern.

»Sie haben uns wieder in einem Hinterhalt! Schnell durch hier! Und gebt auf fallende Steine Acht!«

Wir fallen in Laufschritt. Genau an der Engstelle fällt der Weg wieder an einer hohen Geländestufe ab, die wir hinunterklettern müssen. Steine und Geröll prasseln herunter. Während wir geduckt durch die Engstelle eilen, ist plötzlich Nhin an meiner Seite nicht mehr da. Ich drehe mich um – sie liegt am Boden, ein schwerer Felsbrocken rollt von ihr weg. Von ihrer Schläfe läuft Blut. Sie rappelt sich wieder schon hoch, aber ihr rechter Arm hängt schlaff herunter.

»Ich glaube, mein Schlüsselbein ist gebrochen«, stöhnt sie. »Komm, wir müssen da runter!«

Sie hält sich den baumelnden Arm mit der Linken fest, und jetzt ist es an mir, sie den Pfad entlang zu ziehen. El hat uns bemerkt und stützt Nhin von der anderen Seite. Wir helfen ihr die Stufe hinunter, dann hasten wir weiter. Die Rander über uns heulen wütend und schütteln ihre Waffen und Fäuste. Die Wände, auf denen sie stehen, sind zu hoch und zu steil, als dass sie direkt herunterklettern und uns verfolgen könnten. Sie müssen ein Stück zurück, um sich eine flachere Stelle für den Abstieg zu suchen.

Im Augenblick sind uns nur die Verfolger auf dem Pfad hinter uns gefährlich. Während wir weiterhasten – das Kavernenfeld liegt nur noch ein paar Pfeilschüsse gerade hinunter – passieren die Rander hinter uns mit erstaunlicher Behändigkeit die Stufe an der Engstelle. Ihre wütenden Schreie kommen näher, Spieße fliegen in unsere Richtung, landen aber mehrere Schritte hinter uns kraftlos am Boden.

Plötzlich gibt es ein großes dunkles Hindernis auf dem Weg, das uns zum Ausweichen zwingt. Es ist Uhiih. Sie ist stehen geblieben und dreht sich unseren Verfolgern zu.

»Lauft weiter! Wir sind fast da«, ruft uns Khi zu, die neben dem Dink steht. »Wir halten sie auf.«

Dann stürmt Uhiih mit gesenktem Kopf an uns vorbei den Weg hoch. Der Fels zittert unter ihrem Stampfen.

Wir rennen, bis wir endlich unten auf dem Kavernenfeld stehen.

Eine Handvoll Wächter erwartet uns dort. Und da ist auch der zweite Dink – und Ka!

»Ka!«, rufe ich außer Atem, »Khi und Uhiih sind noch da oben. Sie wollen die Rander aufhalten!«

»Hey Dev!«, sagt Ka fröhlich. »Keine Sorge – die zwei kommen gerade runter. Ich glaube langsam, die Rander mögen keine Dinks!«

KAPITEL 24

DIE GROßE KAVERNE

»D u siehst schrecklich aus.«
Ion hält mich mit ausgestreckten Armen vor sich und mustert mein Gesicht. Bei der vorausgegangenen langen Umarmung haben wir beide abwechselnd geseufzt und gestöhnt. Vor Erleichterung über das Wiedersehen – und vor Schmerzen von neuen und alten Verletzungen. Ion humpelt stark, und er hat beim Hinterhalt im Hohlweg ein paar neue blaue Flecken abbekommen. Aber im Großen und Ganzen sieht er eigentlich ganz gut aus. Bestimmt im Gegensatz zu mir: Mein Gesicht ist immer noch blutverkrustet, meine Hand- und Fußgelenke sind wundgescheuert, mein ganzer Körper tut weh; vor allem die Beule auf meinem Kopf fühlt sich beim vorsichtigen Betasten beunruhigend groß, feucht und wund an.

Aber schlimmer als meine Verletzung ist die Erinnerung, die mich jetzt im Schutz des Kavernentores schlagartig einholt. Ich drücke mein Gesicht an Ions Schulter.

»Sie haben Han umgebracht...« Tränen schießen mir in die Augen. »Sie haben ihn *gefressen!* Und mich wollten sie auch *fressen*...«

Ion tätschelt meine Schulter. »Ist gut, Dev, alles ist gut. Du bist in Sicherheit. Du musst dich erst mal ausruhen. Komm, ich bring dich nach oben.«

»Ich bin müde«, sage ich.

Ich hole zitternd Atem. Mir fällt ein, dass das Dchiirs letzte Worte waren.

Ich bin müde...

Dchiir...

Ein dicker Kloß steigt schmerzhaft meine Kehle hoch und löst sich mit einem wimmernden Klagelaut. Dchiir.... Was für ein schreckliches, trauriges Wesen!

Hemmungsloses Weinen schüttelt mich durch.

Ion nimmt mich am Arm und führt mich durch das Tor in den Aufgang zur Große Kaverne. Nach einem kurzen finsteren Gang betreten wir das Rund des großen Schachtes. Hier ist es noch dunkler. Ion schiebt mich behutsam zur Treppe, die an der Wand nach oben führt. Die Treppe hat kein Geländer, aber ein Band von Lichtsteinen markiert den Rand der Stufen zum Schacht hin. Die Lichter der gegenüberliegenden Wand sind einen guten Steinwurf weit weg. Dazwischen spüre ich in der Finsternis die gähnende Leere dieses Raumes. Eine schmerzhafte Gänsehaut zerrt an meinen blutverklebten Haarwurzeln, als mich aus den Tiefen meines Unterbewusstseins das Gefühl der brüllenden Gewalt heimsucht, mit der zu Zeiten die schwarzen Wasser der Großen Flut diesen Schlund empordrängen.

Das Geräusch unserer Schritte ist fremdartig und laut in der hallenden Stille, als käme es nicht von uns selbst, sondern von bösen Geistern, die uns unsichtbar im Dunkeln folgen. Während wir uns langsam die Stufen hinauftasten, sehe ich nach oben: Weit über uns markiert ein kreisrunder, schwacher Lichtschein das Ende der dunklen Röhre.

Nach endlosen Runden treten wir oben durch einen Ausgang in der brusthohen Einfassung, die den Schacht umläuft. Jetzt stehen wir in der Mitte des zentralen Platzes im Inneren der Kaverne.

Es ist viel Zeit vergangen, seit ich zuletzt hier war. Ich war noch ein Kind damals, kaum auf halbem Weg zum Erwachsenwerden. Aber da ich jetzt hier stehe, kommt mir vor, als wäre das erst vor wenigen Tagen gewesen. Ich erinnere mich an den riesigen, hallenartigen Höhlenraum, dessen Deckenwölbung irgendwo weit oben im Dunkel verborgen liegt. Gigantische Tropfsteine ragen von dort herunter, manche an den Rändern reichen bis zum Boden. Ich erinnere mich an diesen weiten Platz, der mit großen Steinplatten bedeckt ist und in dessen Mitte der Schacht nach unten führt. Und ich erkenne die tiefen Terrassenstufen wieder, die zu den Wänden der Kaverne emporsteigen, mit ihren gemauerten flachen Bauten und Verbindungstreppen, übereinander gelagert auf zahlreichen Ebenen, wie eine Waldlandsiedlung aus Stein. Und ich erinnere mich an das unvergleichliche Schauspiel der vielen Lichtsteine in der Höhle, überall eingelassene leuchtende kleine Blöcke, als Beleuchtung und als Markierungen, spärlich verteilt, aber doch so hell, dass der Grund der Kaverne und die vielen Ebenen mit den Gebäuden in ein sanftes, fast heimeliges Zwielicht getaucht sind, in dem Hunderte von Lichtpunkten ein wunderschönes Glitzern aussenden.

Mit den Erinnerungen an den Ort kommen die intensiven Ereignisse von damals zurück, die Angst, die Trauer und die Wut... Und sie verdrängen fürs Erste die Gefühlswallungen der gerade erst erlittenen Qualen. Ich spüre die Ausstrahlung der Kaverne wie die pochende Narbe einer längst überstandenen, aber nie ganz verheilten Verletzung: Sie ist ein Ort äußersten Schreckens und rettender Zuflucht zugleich – nirgends wird die Zerbrechlichkeit unseres Daseins so deutlich wie hier, wo Tod und Leben direkt aufeinandertreffen.

Ion hat mich zu einem dunklen Schlafraum auf einer der Terassenebenen gebracht und mich auf eine Liege gebettet. Jemand schläft auf dem Bett daneben. Es ist Nhin. Sie liegt auf der Seite; ein dicker Verband um ihre Brust und die verletzte Schulter hebt und senkt sich unter ihren ruhigen Atemzügen.

Nach kurzer Zeit kommt Khi herein, auf Zehenspitzen; dann steckt Ka vorsichtig seinen Kopf durch die Tür, und bald ist der Raum gefüllt mit Gefährten von der Patrouille, die einen kurzen Blick auf die beiden verletzten Heldinnen werfen wollen. Om und El schauen besorgt auf mich herab und versuchen mich mit heitern Sprüchen aufzumuntern, Meister Khor sitzt an meiner Seite und drückt meine Hände, Thur steht schweigend neben ihm und nickt mir zwinkernd zu.

Als Khor sich räuspert und Anstalten macht, eine Rede zu halten, wacht Nhin auf und wirft einen unleidlichen Blick in die Runde. Thur nutzt sein Hausrecht, um dem obersten Wächter ins Wort zu fallen: »Die beiden brauchen jetzt unbedingt ihre Ruhe«, sagt er leise und legt ihm eine Hand auf die Schulter. »Ich bin sicher, nach einem heilsamen Schlaf und etwas Medizin und Pflege werden sie mit Freude die ihnen gebührenden offiziellen Ehrenbezeigungen entgegennehmen. Jetzt kommt und gewährt ihnen die Erholung, die sie brauchen.«

Es ist still, als alle gegangen sind. Nhin atmet tief und gleichmäßig, sie ist wieder eingeschlafen. Ich sehe müde zu, wie Khi und Ion noch einmal hereinkommen. Sie tragen eine Platte mit Essen und Schalen mit Wasser… Sie stellen alles leise auf den Boden zwischen Nhins und meiner Liege. Khi wäscht mein Gesicht vorsichtig mit einem nassen Tuch ab. Ion hält meine Hand. Die Schmerzen weichen einem wohligen Gefühl von Schwere und Kühle. Mir fallen die Augen zu.

Irgendwann dringt das Morgensignal in meine Träume.

Aber ich schlafe weiter…

Als ich aufwache, ist Nhins Liege neben mir verlassen. Durch einen Spalt zwischen Vorhang und Tür fällt spärliches Licht in den Schlafraum, von draußen dringt der Lärm geschäftigen Treibens herein.

Ich setze mich auf. Mein Hinterkopf schmerzt noch, aber ich fühle mich ausgeruht und bereit, meine Umgebung zu erkunden. Mein Magen knurrt plötzlich wild. Auf der Platte neben der Liege finde ich getrocknete Früchte und Nüsse. Heißhungrig schiebe ich mir eine Handvoll in den Mund und kaue mit geschlossenen Augen. Mein Magen entspannt sich dankbar, und ich spüre mit jedem Bissen, wie er Wellen von Kraft und Wärme in meinen Körper sendet. Ich trinke einen großen Schluck Wasser und nehme mir noch eine Handvoll Proviant. Dann ziehe ich den Vorhang zur Seite und trete vor die Tür.

Das Schlafgebäude liegt auf einer der Stufen in der Kavernenwand, ungefähr auf halber Höhe über dem Platz. Gepflasterte Wege führen an den Gebäuden entlang, und Treppen verbinden die Ebenen miteinander. Über den Eingängen der Schlafgebäude sind Lichtsteine eingemauert, und auch die Treppenzugänge sind mit ihnen gekennzeichnet. Ein Meer von Lichtern umgibt mich und macht die Kaverne zu einer faszinierenden und irritierenden Umgebung, in der alles dunkel und hell zugleich ist.

Einmal, vor langer Zeit, habe ich bei einer Fahrt über das Meer etwas von ähnlich beängstigender Schönheit gesehen: Weit draußen zwischen Küste und Berg, starrte ich über den Rand des Bootes in die finstere Tiefe des Wassers, gebannt von der Anziehungskraft des unermesslichen Abgrundes. Plötzlich sah ich dort etwas leuchten. Zuerst hielt ich es für eine Täuschung, eine Spiegelung des Himmels auf den Wellen. Doch das Leuchten bewegte sich und wurde größer. Als ich meine Augen mit den Händen beschirmte und mich tief über den Rand des Bootes zur Wasseroberfläche hinunterbeugte, wurde aus dem diffusen Schein im grundlosen Schwarz eine glitzernde Wolke aus Myriaden von Lichtpunkten, so tief unten, dass ihr Licht keine Reflexion des Himmels über mir sein konnte. Nein, die Punkte leuchteten aus sich heraus, und ihr Licht war ganz anders als das des Himmels. Atemlos verfolgte ich ihre Bahn unter mir. Und als sie direkt unter unserem Boot vorbeizogen – tief unten, aber näher als zuvor – sah ich einen riesigen Schwarm von Leuchtfischen, gemeinsam in perfektem Einklang einem unbekannten Ziel zustrebend, hierhin und dorthin kurvend, unsichtbaren Hindernissen ausweichend oder die günstigsten Strömungsverhältnisse ausnutzend – oder einfach aus reiner Freude an ihren eigenen eleganten, perfekten Bewegungen. Es waren Fische – Tiere, die nicht denken und nicht sprechen können, und trotzdem verständigten sie sich so viel direkter und vollkommener als wir, ohne Zweifel und Zaudern, ohne Erwägungen von Für und Wider, und ohne Erinnerungen und Ahnungen von vergangenem oder zukünftigem Leid. Und warum leuchteten sie? Konnten sie ihre eigene Schönheit wahrnehmen? Oder war das Licht, das sie aussandten einfach nur da, ohne Zweck, ohne höheres Ziel? Und warum empfand ich dieses Leuchten als schön?

Beim Blick in die lichtgesprenkelte Tiefe verdreht

sich mein Denken mehr und mehr in schwindelnde Spiralen, die mich einspinnen wie ein dichtes Netz von wirren Gedankenfäden ohne Anfang und Ende...

»Dev?«

Ion steht neben mir. »Wie geht es dir? Du siehst ziemlich durcheinander aus.«

»Hey Ion, nein... Ich bin schon wieder... na ja...« Ich atme tief ein. »Dieser Ort ist ziemlich überwältigend, findest du nicht? Schrecklich und schön. Man will hier nicht sein, und trotzdem...«

»Ja, die Kaverne ist faszinierend.« Er nickt eifrig und sieht sich um. »Wie waren wohl die Menschen, die das alles hier errichtet haben? Sie müssen sehr mächtig gewesen sein und eine Menge gewusst haben über das Bauen! Wie kann man so große Steine zu solch glatten Quadern formen, und wie kann man sie über so weite Strecken transportieren? Leider weiß von den Menschen unserer Zeit niemand etwas darüber – zumindest, keiner, denn ich kenne. Na, jedenfalls haben wir es diesen alten Menschen zu verdanken, dass wir überhaupt hier stehen und uns unterhalten können. Ohne sie und ihre Bauwerke gäbe es uns nicht...«

»Du meinst, ohne die Kaverne gäbe es nur noch die Rander? Und die Tiere? Keine Menschen, keine Wächter?« Ich schüttle mich. »Schreckliche Vorstellung!«

»Hm, ja... Wobei sich die Frage stellt: War die Kaverne und ihre Bauten schon da, bevor wir Menschen kamen? Es heißt ja in alten Geschichten, dass unsere Ureltern hier gestrandet sind... Die einen erzählen, sie seien zuvor Götter aus dem Himmel gewesen, manche

sprechen aber auch von Menschen, die durch eine
Laune des Schicksals hierher verschlagen wurden.
Haben also die ersten Menschen hier die Kaverne und
den Tempel gebaut, und haben sie – oder wir – ihre
Fähigkeiten und ihr Wissen mangels Notwendigkeit im
Laufe der Zeit verlernt und vergessen? Oder waren es
noch ältere Wesen, oder gar die Götter selbst, die all dies
geschaffen und den Menschen hinterlassen haben? Ich
hoffe immer noch, bei den Wächtern etwas darüber zu
erfahren. Aber ich fürchte, auch sie wissen wenig
darüber.«

Ion seufzt tief. Dann wendet er seinen Blick mir zu.
»Thur würde gerne einen Rundgang mit uns Neuan-
kömmlingen machen und will wissen, ob du dich für
gesund genug hältst, mitzukommen. Nhin ist auch
dabei. Sie trägt ihren Arm in einer Schlinge, aber sie
kann schon wieder krude Witze machen. Kommst du
mit?«

Unten auf dem Platz hat sich eine große Gruppe von
Menschen versammelt. Es sind Träger, Handwerker und
Kämpfer, die mit der Patrouille hierhergekommen sind.
Die meisten von ihnen werden bald wieder zurück-
kehren ins Waldland und an die Küste; ein Teil jedoch
wird bleiben, um zu arbeiten und die Wächter bei
Instandhaltung und Verteidigung der Kaverne zu
verstärken. Zwar haben alle Helfer die Höhle und ihr
Innenleben schon wenigstens einmal bei der letzten Flut
gesehen, doch jetzt ist Gelegenheit, sich ohne Zeitdruck

und aufkeimende Panik mit den Einrichtungen der Kaverne vertraut zu machen.

Wir steigen die Treppe hinunter und treffen auf Thur. Er steht ein paar Stufen über dem Platz, um bei seiner Ansprache über die Menge hinauszuragen.

»Ah, sehr gut, Dev!«, sagt Thur freudig. »Ich hoffe, dir geht es besser?« Als ich nicke, fährt er fort: »Jetzt sind wir vollständig und können anfangen.«

Ich begrüße Nhin, die unten bei Om und El steht. Sie runzelt die Stirn und brummt: »Wenn das hier vorbei ist, brauche ich Urlaub.«

Ich lache verbissen und schaue mich dabei um.

El sieht meine suchenden Blicke. »Khi und Ka sind mit den Dinks draußen am Tor«, sagt er. »Sie halten Wache mit den Kavernenwächtern. Falls die Rander für diesmal noch nicht genug haben.«

Thur führt uns herum und zeigt uns, was zu tun ist. Wir schauen in die großen Vorratsräume unter der ersten Terrassenstufe. Hier sind die Wasserreservoirs und Speisekammern. Die Güter, die wir mitgebracht haben, sind jetzt dort eingelagert. Davor auf dem Platz gibt es einen großen Bereich mit Bänken und Tischen, wo sehr viele Leute gleichzeitig sitzen und essen können. Während der Zeit der Flut ist dies der Versammlungsplatz der Zufluchtsuchenden.

»Wie ihr wisst, liegt noch mehr Transportgut drüben beim Außenposten am Randgebirge. Es wird von der Mannschaft dort zum Randerpass hinauf transportiert und muss in der nächsten Zeit von einem Trupp von euch abgeholt und hierhergebracht werden.« Thur lächelt anerkennend, als er hinzufügt: »Ich freue mich, dass sich Khi und Ka bereiterklärt haben, diese Transporte mit ihren Dinks zu begleiten. Die Rander sind nach dem Hinterhalt in der Schlucht und den darauffolgenden Kämpfen zwar stark dezimiert, aber es sind noch immer genug Hungrige von ihnen übrig, um auf dem Weg zwischen der Brücke und der Kaverne Ärger zu machen.«

Dann zeigt uns Thur die Schlafgebäude auf den Terrassenstufen. »Hier ist Platz für Aberhunderte von Menschen, sodass wirklich alle Schutzsuchenden, die in den furchtbaren Tagen der Flut hierher kommen, Zuflucht finden können.«

Ich überblicke die Höhle mit einem kalten Schauer, und ich sehe in den Gesichtern der anderen, dass auch sie von der Erinnerung an diese Zeit heimgesucht werden: die Enge, die schlechte Luft und die Furcht, wenn die Kaverne voller Menschen ist; die weinenden Kinder, die bangen Fragen und die Anspannung; die besorgten Blicke und die angsterfüllten Rufe; die unbezähmbare Panik, die mit der Flut aufsteigt… Und zuletzt das rasende Gebrüll des Wassers und der Menschen… Es hört erst auf, wenn der Große Schacht unten in der Mitte des Platzes bis obenhin gefüllt ist. Erst dann glauben die Menschen daran, dass die Kaverne auch diesmal nicht überflutet wird, dass das Wasser auch diesmal sich wieder zurückziehen wird, und dass es auch diesmal eine Hoffnung auf die Rückkehr ins Leben geben kann.

Diese Aussicht bietet uns allen ein wenig Trost in der

Erwartung der Katastrophe. Aber wir wissen auch, dass dieser Trost vergessen sein wird, sobald vom Tempel das erste misstönende Alarmsignal ertönt, das die Flut ankündigt.

Nachdem die Führung zu Ende ist, wendet sich Thur an Nhin, Ion und mich. »Auch für euch habe ich eine Aufgabe. Ihr könnt euch der Wachmannschaft auf dem Kavernenturm anschließen. Natürlich nur, wenn ihr euch dazu imstande fühlt.«

Er sieht Nhin und mich fragend an. Als wir nicken fährt er fort: »Wir brauchen immer gute Späher, die die Rander da draußen im Auge behalten. Meldet euch nach dem nächsten Morgensignal oben auf dem Turm, dann bekommt ihr eine Einweisung.«

Den Rest des Tages verbringen Nhin und ich wieder auf unseren Liegen im Schlafgebäude. Khi, Ka und Ion kommen vorbei. Sie erzählen mir, was sich nach meiner Entführung in den vergangenen Tagen ereignet hat: Wie die Patrouille sich durch die Randerhorden zum Kavernentor gekämpft hat; wie sie meine und Hans Abwesenheit bemerkt haben; wie sie mit Uhiih und Ahiih die Rander an der Treppe vor dem Kavernenfeld in die Flucht geschlagen haben; wie eine der Wachen im Licht eines Blitzes einen Trupp Rander gesehen hat, die hoch oben in der Steilwand hinter dem Torturm zwei Körper getragen haben; wie sie die Verfolgung aufgenommen, die beiden Wachen überwältigt und dann die Höhle gestürmt haben…

Und ich erzähle ihnen von Dchiir, und davon, was ich von ihr über Mhas Schicksal erfahren habe.

»Wir müssen morgen mit Khor reden!«, sage ich, als die anderen aufgeregt darüber rätseln, was mit Mha passiert sein könnte. »Er ist der einzige Lebende, der uns noch etwas darüber sagen kann, was da draußen auf dem Kavernenfeld geschehen ist.«

Ich träume von Dchiirs Höhle...

Ich liege wieder gefesselt in der Finsternis. Eine durchscheinende, feuchtkalte Hand hält mir den Mund zu. Über mir sind fahle, augenlose Gesichter. Sie murmeln etwas, zusammen, gleichzeitig. Es wird lauter und deutlicher. Es ist mein Name.

»Dev... Dev... Komm, Dev... Komm zu uns!«

Ich möchte widersprechen, aber aus meinem zusammengepressten Mund dringt nur ein Wimmern. Ich schüttle meinen Kopf, so heftig ich kann!

Die bleiche Hand zuckt von meinem Mund zurück.

An ihr fehlen zwei Finger!

Ich schreie laut auf. »BO!« -

»Ist gut, ist gut...«

Nhin beugt sich über mich.

»Nur ein Traum...« Sie tupft meine Stirn mit einem feuchten Tuch ab. »Dein Kopf ist noch ein bisschen heiß. Das gibt böse Träume...«

Sie schaut zur Seite und seufzt. »Danke Dev – du

hast mich mit deinem Schreien gerade aus meinem
eigenen Albtraum gerettet. Ich hoffe, das Signal kommt
bald… Jetzt schlaf noch ein wenig.«

»Ja…«

Ich träume von Mha…

*Sie reitet auf einem großen schwarzen Fisch über das
Meer.*

*Es gibt nur Wasser, so weit das Auge reicht, kein Ufer,
kein Berggipfel, kein Rand… Nur eine glatte, wellenlose
Oberfläche, in der sich der leuchtende Himmel spiegelt,
sodass keine Grenze dazwischen sichtbar ist.*

*Und Mha entfernt sich in diesem einförmigen Licht ohne
Unten und Oben, als würde sie auf einem riesigen seltsamen
Vogel davonfliegen. Sie wird kleiner und kleiner, bis dort, wo
sie eben noch war, nichts mehr ist… Keine Bewegung, kein
Schatten, keine Wahrnehmung, keine Erinnerung…*

*Ein ferner Klang kommt von weit draußen aus der Leere
jenseits des Leuchtens.*

Er wird lauter… ein tiefes, hallendes Dröhnen.

Das Licht schwindet.

*Die Dunkelheit steigt aus dem Meerwasser empor und
flutet den Himmel mit düsterem Schall -*

»Dev…«

Nhin hat ihre Hand auf meine Schulter gelegt. Khi
und Ion stehen neben ihr.

»Das Morgensignal, Dev. Sie erwarten uns.«

Kapitel 25

Khors Plan

Um auf den Kavernenturm zu gelangen, müssen wir zuerst die Treppe vom zentralen Platz in den Großen Schacht hinuntersteigen. Von einem Absatz auf halber Höhe führt dort ein kurzer Gang ab. Ion geht voraus und öffnet die massive Steintür hinaus ins Freie.

Wir betreten einen Söller über dem Kavernenfeld. Ich gehe nach vorne und schaue über die Brüstung: Direkt unter mir führt das Eingangstor zwischen mächtigen gemauerten Pfeilern in die Kaverne. In meinem Rücken ragt der massige Schaft des Signalturmes in die Höhe. Die Lichtsteine, die seine Krone umlaufen, leuchten hell aus der Finsternis zu uns herunter.

Wir folgen Ion weiter durch eine Tür ins Innere des Turms und steigen eine lange, dunkle Wendeltreppe hinauf. Dann stehen wir oben auf der Plattform. Von deren Ecken aus beobachten Wachtposten das Umland. Der rissige schwarze Himmel scheint hier oben zum

Greifen nahe, näher als die dunkle Landschaft unter uns.

Aus der Mitte der Plattform erhebt sich ein mächtiger Aufbau. Geheimnisvoll und majestätisch thront hier das riesige Amonshorn auf seinem Sockel, auf wundersame Weise von längst vergessenen Kräften vom Meer an diesen entlegenen Ort getragen und angetrieben von unerklärlicher Technik zu gewaltigem Klang. Es ist das Gegenstück zu den anderen Signalanlagen, ausgerichtet über die dunklen Gegenden des Randes in einer Linie zum Waldlandturm und zum Tempel auf dem Berg.

Am Fuß des Signalhorns erwartet uns Meister Khor. Er steht vorne an der Brüstung und blickt hinaus über das Land. Die Düsternis schiebt sich in unserem Rücken vom Rand her über die Felsen, sie hängt vom Himmel wie ein schwarzer Wolkenvorhang, und sie steigt aus den Tälern vor uns wie tiefes, dunkles Wasser. Nur gegenüber, mit uns in Augenhöhe, weit, weit entfernt jenseits der finsteren Zacken des Randgebirges, zeigt ein schmaler blasser Streifen, wo unser Zuhause liegen muss.

»Achtet die Zeit!«, begrüßt uns Khor und nimmt würdevoll nickend unsere Erwiderung entgegen.

Er mustert meinen Kopfverband und Nhins Armschlinge. »Ich freue mich, euch einigermaßen wohlauf zu sehen!«, sagt er mit sanfter Stimme. Er senkt den Kopf. »Aber wie ihr wisst, haben wir den Tod einiger Wächter zu beklagen. Und manche Freunde, die mit uns hergekommen sind, haben ihr Leben beim Kampf in der Schlucht und auf dem Kavernenfeld verloren.« Er seufzt. »Das Schicksal fordert seinen Tribut immer wieder aufs Neue, und immer wieder stehen wir hilflos und wütend im Angesicht des allzu frühen Sterbens.«

Der oberste Wächter atmet tief ein und richtet seinen Blick hinaus in die Ferne. Als er weiterspricht, ist sein Ton streng und fordernd: »Doch wir dürfen nicht aufhören zu kämpfen, um uns und unsere Nächsten zu schützen, so gut wir es vermögen. Auch wenn die Lage aussichtslos und der Tod unausweichlich erscheint. Das ist unsere Aufgabe, das ist die Pflicht, deren Erfüllung wir als Wächter geschworen haben: das Leben zu schützen vor allem, was es bedroht.«

Er wendet sich zu uns um, und seine Stimme ist wieder freundlich und mild: »Deshalb danke ich euch, Dev und Khi, und natürlich auch Ka, der jetzt gerade Thur und die Patrouille zum Randerpass begleitet. Ich danke euch für euren Einsatz und eure Unterstützung der Wächter. Ihr habt euch bereit erklärt, hier oben Wachdienst zu leisten, zweifellos eine wichtige Aufgabe angesichts der Bedrohung durch die Rander. Ihr habt selbst erlebt, dass die Sicherung der Kaverne hier draußen eine der wichtigsten Verpflichtungen ist, um das Überleben unseres Volkes zu sichern.«

Er lässt seinen Blick auf Khi und mir ruhen: »Ich sehe, dass ihr ernsthafte und verlässliche Kämpfer seid, die sich für unsere Ziele einsetzen, obwohl ihr keine

Wächter seid.« Nach einem kurzen Zögern fügt er hinzu: »NOCH keine Wächter sollte ich sagen – denn ich habe euch einen Vorschlag zu unterbreiten.«

Khi und ich werfen uns einen kurzen Blick aus den Augenwinkeln zu.

Khor fängt an, vor uns auf und ab zu gehen.

»Die Rander«, sagt er düster, »sie sind eine Gefahr, der wir Einhalt gebieten müssen. Wie oft schon haben wir nach einem siegreichen Kampf gemeint, nun seien die letzten unserer Feinde getötet und ihre geheimsten Schlupflöcher aufgespürt. Doch immer wieder haben sie überlebt, und immer wieder kommen neue hinzu, die ein schreckliches Los aus unserer Mitte reißt und in bösartige, gnadenlose Kreaturen verwandelt.

Aber ich sage euch: Nun ist die Zeit für eine Änderung gekommen, eine Wende, für die unsere Mitmenschen und ihre Nachkommen mir und euch dankbar sein werden. Der Sieg über die Rander ist mein höchstes Ziel. Er war es schon, seit ich das erste Mal hier draußen die Große Flut erlebt habe…«

Khor hält plötzlich inne. Als hätte ihn eine schlimme Erinnerung eingeholt, kehrt sich sein Blick nach innen, und sein Gesicht verzieht sich zu einer schmerzerfüllten Grimasse.

Khi stellt sich direkt neben ihn an die Brüstung. Sie schaut zu ihm hoch und fragt mit kindlich sanfter Stimme: »Wie lange ist das her? Wie oft warst du schon hier, Meister Khor?«

Khor schaut hinauf in die Finsternis des Himmelsgewölbes. Er denkt nach.

»Es kommt mir wie eine Ewigkeit vor…«, seufzt er und schaut hinab in Khis fragendes Gesicht.

»Die kommende Flut wird meine fünfte sein. Und dazwischen lagen viele Patrouillen, die mich immer wieder ins Randergebiet geführt haben. Von der ersten Flut weiß ich nichts mehr, ich war noch ein Kleinkind so wie du bei der letzten Flut. Aber danach sind schreckliche Dinge passiert…«

»Was?«, fragt Khi sanft, als Khor wieder in Grübeln versinkt. »Was ist geschehen, Meister?«

»Mein Vater…«, setzt Khor an, den Blick gesenkt. »Er war ein Wächter, ein altgedienter, treuer Kämpfer, das hat mir meine Mutter oft erzählt. Ich selbst habe ihn kaum gesehen und war noch zu klein, als dass ich mich an die wenigen Male erinnern könnte, die er bei uns war. Denn in der Zeit nach meiner ersten Flut wurde er zu einer Patrouille zum Rand einberufen, eine solche, wie die, auf der wir uns gerade befinden. Er ist nicht wieder zurückgekehrt. Die Rander haben ihn umgebracht. Es geschah, als die Flut sich zurückgezogen hatte und die Rückkehrer den Heimweg antreten wollten. Sie hatten schon die Brücke über die Kluft überquert und wähnten sich in Sicherheit, als sie in einen Hinterhalt gerieten. Mein Vater wurde von einem Steinwurf getroffen, nicht tödlich – doch bei seiner Flucht stürzte er in die Kluft.

Für meine Mutter war es der Zusammenbruch. Sie verzweifelte. Krank, verbittert und umnebelt fristete sie ihr Dasein, ohne noch am Leben teilzunehmen. Lange vor der nächsten Flut starb sie. Doch zuvor erlebte sie noch meine Aufnahme bei den Wächtern und den Eifer, mit dem ich mich dort meinen Aufgaben widmete. Ich bin mir sicher, dass das ihren Schmerz trotz allem durchdrungen und sie ein wenig getröstet hat.

Ich war der beste Schüler, den die Wächter je ausgebildet hatten, so sagten es auch meine Lehrer. Schnell stieg ich durch meinen Ehrgeiz und meine Ausdauer in die höheren Ränge auf und wurde schließlich, als mein Vorgänger krank und schwach wurde, zum neuen Meister gewählt.

Zweimal führte ich bisher als oberster Wächter den Evakuierungszug an, und ich tat alles, um die Rander zurückzudrängen. Doch es war immer ein Kampf ohne die Aussicht auf einen Sieg, der länger als bis zum nächsten Aufeinandertreffen währen würde. Mha, eure Mutter, ließ mich für kurze Zeit hoffen, dass unsere Lage sich bessern könnte, denn sie war eine überaus tapfere und besonnene Mitstreiterin. Eine zähe Kämpferin und eine kluge Beraterin, eine Frau mit Weitsicht und Mut. Mit ihr zusammen schlugen wir die Rander an vielen Stellen und machten viele ihrer geheimen Verstecke ausfindig. Doch dann... war sie nicht mehr da...«

Khor gibt sich einen Ruck und atmet tief durch.

»Aber jetzt – jetzt ist die Zeit gekommen, unser Überleben hier draußen dauerhaft zu sichern.« Zuversicht spricht aus seiner Stimme, die sich schnell zur Euphorie steigert. »Ja! Die Zähmung der Dinks gibt uns endlich die Möglichkeit, den Randern für immer Herr zu werden!«

Er macht eine Pause, um tief Luft zu holen.

»Aber wenn wir diesen neuen Weg gehen, dann brauchen die Wächter – dann brauche ich – Mitstreiter wie euch: tapfere und besonnene Mitstreiter. So wie eure Mutter es war. Sie war…«

Wieder verfällt Khor in Schweigen.

Ich schaue Khi an und nicke ihr unmerklich zu. Das ist die Gelegenheit, von Khor etwas über Mhas Verschwinden zu erfahren!

»Khor?« Khi sucht den Blick des obersten Wächters. »Dev hat von der Randerin, Dchiir, erfahren, dass *sie* diese Gegnerin war, die Mha damals im Zweikampf dort unten vor dem Kavernentor gegenüberstand. Sie muss eine große, eindrucksvolle Randerin gewesen sein, die Anführerin der Horde, die zuletzt angegriffen hat. Erinnerst du dich an sie?«

Khor scheint sich noch tiefer in seinen Erinnerungen zu verlieren. Nach einer Weile schaut er auf, richtet seinen Blick in die Ferne und fängt zögernd an, zu erzählen:

»Ich erinnere mich, ja… Die Fluten drangen schon gewaltig über das Gebirge und stiegen immer näher zu uns herauf, während die letzten Nachzügler noch die Kaverne zu erreichen versuchten.« Er deutet hinunter zum Fuß der Steilwand. »Die Rander hatten dort drüben auf Beute gelauert, im Felshang über dem Feld. Und die Wächter, allen voran Mha und Thur, verteidigten den Weg von der Treppe zum Kavernentor. Und ja, da war sie, dieses Ungeheuer von einer Randerin, groß wie eine Riesin, und stärker und wilder als alle anderen! Mha versuchte, sie zurückzudrängen, bis die letzten Menschen in der Kaverne und in Sicherheit waren.«

Schwer atmend klammert sich Khor an die Brüstung und starrt hinab, als sähe er dort wieder die Ereignisse von damals.

»Dann war die Flut da. Ich schickte Thur und die letzten Wächter, die das Kavernentor sicherten, nach oben. In diesem Augenblick kam euer Vater herunter, der seine Frau suchte. Er und ich mussten mitansehen, wie Mha vor unseren Augen von einem versprengten Randerrudel überwältigt und verschleppt wurde. Die Anführerin, die große Randerin, schlug Mha nieder, packte sie sich über die Schulter und eilte mit ihr durch das heraufdrängende Wasser zur Felswand. In wilder Panik kletterten die Rander die Felswand hoch, um nicht von den Fluten verschlungen zu werden... Das war das letzte, das wir von ihr sahen, dann -«

»Aber Dchiir hat noch etwas erzählt,« unterbreche ich ihn. »Sie hat etwas gesehen, unten im Wasser. Und dann -«

Jetzt unterbricht Khor mich. Keuchend stößt er hervor: »Ja, ja – dann geschah es: Aus den Wirbeln des schwarzen Wassers, das sich zu unseren Füßen ausbreitete, tauchte etwas empor! Etwas Fremdartiges und Furchteinflößendes! Es war wie ein großer Fisch, ein mächtiger schwarzer Raubfisch mit seltsamen Flossen, glänzend – und mit einem einzigen riesigen Auge! Es leuchtete grell und bösartig, und *farbig* wie das Glühen in den Tiefen der Kluft. Bei dem Anblick dieses schrecklichen Wesens – ganz offensichtlich war das Ungeheuer ein Sendbote des Bösen – ergriff uns unbändige Angst…« Er schluckt und erzählt atemlos weiter: »Ich packte den schreienden Pa und zerrte ihn mit mir, und wir flohen vor der Flut und dem Grauen, das sie hergebracht hatte, hinein durch das Tor und hinauf durch den Schacht in die Sicherheit der Kaverne…«

Khors Kinn sinkt auf seine Brust und seine Augen schließen sich. Nach einem langen Augenblick dreht er sich zu uns um.

»Mha blieb zurück. Ich weiß nicht, was mit ihr geschehen ist: Ob sie ertrunken oder verschleppt und selbst zur Randerin geworden ist. Außer Pa und mir – und vielleicht den Randern – hat niemand die Erscheinung im Wasser gesehen. Ich habe Pa eingeschärft, niemandem davon zu erzählen, um nicht noch mehr Angst und Panik zu verbreiten. Euch haben wir erzählt, dass Mha tot ist, ertrunken in der Flut. Wir wollten euch die Vorstellung ersparen, eure Mutter könnte eine Randerin geworden sein…«

»Aber Dchiir hat Dev gesagt, dass sie Mha nicht mitgenommen haben«, sagt Khi aufgeregt. »Sie hat sie vor Schreck hinunter ins Wasser geworfen. Und sie hat geglaubt, dass der *Fisch* Mha mitgenommen hat!«

»Und ich habe ihn gesehen«, rufe ich, »oben in der Nebeltide! Das riesige schwarze Ding mit dem leuchtenden Auge. Was ist das, Khor? Ich habe euch damals davon erzählt, aber du hast nur gesagt, wir sollten uns in Acht nehmen vor diesen fremden Dingen! Weil sie gefährlich sind! Ich habe damals im Inneren jemanden gesehen… Das war nicht Mha – aber es könnte doch sein, dass Mha noch lebt und dort drin ist? Was weißt du darüber, Khor?«

Khor umklammert wieder die Brüstung. Seine Kiefer mahlen nervös. Offensichtlich überlegt er, was und wie viel er uns erzählen soll.

»Wenn du da oben wirklich noch so ein Ding gesehen hast…«, fängt er langsam und bedeutungsvoll an, »…dann stehen wir vor einer neuen Gefahr… Dann sind die Rander und die Flut nicht mehr das Einzige, wovor wir uns fürchten müssen. Wir müssen uns wappnen gegen fremde Eindringlinge, bösartige Wesen, die uns bedrohen…«

»Was meinst du mit ‚noch so ein Ding‘?« Ion, der sich bisher vorsichtig zurückgehalten hat, tritt jetzt direkt vor seinen obersten Meister. »Soll das heißen, es gibt mehrere davon?«

»Das steht zu befürchten, ja…«, sagt Khor düster.

»Aber was sind das für Eindringlinge, und warum sind sie so gefährlich?«, beharre ich. »Was verschweigst du uns, Khor?«

Khor hebt beschwichtigend seine Hände. »Ich kann euch im Moment nicht mehr sagen. Informationen über diese Vorgänge würden Teile unserer Bevölkerung beunruhigen. Wir müssen unbedingt Panik vermeiden!«

»Aber was können wir tun?«, fragt Khi. »Wir wollen helfen!«

»Und wir wollen wissen, was mit Mha geschehen ist!«, füge ich hinzu. »Du hast doch vorhin gesagt, dass du uns brauchst!«

Der Meister sieht uns mit gesenktem Kopf an. Dann richtet er sich mit einem plötzlichen Ruck auf. »In der Tat! Und damit sind wir bei dem Vorschlag, den ich euch zu machen habe.« Er breitet die Arme aus. »Ja, ihr werdet gebraucht! Und ja, eure Hilfe ist sehr willkommen. Und ja, ich will euch mehr und wichtigere Aufgaben anvertrauen! Aber es gibt dafür eine Bedingung.« Er zeigt auf Khi und mich und senkt die Stimme: »Ihr beiden müsst Wächterinnen werden!«

Erwartungsvoll funkelt er uns an. Als wir nicht gleich antworten, fährt er fort: »Ihr müsst den Eid ablegen, damit ihr in die Geheimnisse der Wächter eingeweiht werden könnt.«

Khors Vorschlag klingt für mich, als würde er keinen Widerspruch akzeptieren.

Meine Schwester runzelt die Stirn. »Und was dann?«

»Dann wird es mir eine große Ehre sein, die Töchter meiner besten Jägerin in meinen Reihen zu haben!«, sagt er feierlich. »Khi – dich werde ich zur obersten Dinkwächterin und Leiterin der Dinkzucht am Tempel ernennen! Wir werden die Dinks direkt bei uns am Berg ausbrüten, heranziehen und dressieren, so wie du es getan hast, Khi. Und natürlich brauchen wir auch eine Schule für Dinkreiter – und jemanden, der sie leitet. Ich denke, dass Ka genau der Richtige dafür ist!« Dabei nickt er Khi freudig zu.

Dann wendet er sich an mich: »Und du, Dev – du wirst ins Jagdrevier unter der Nebeltide kommen, und dich von Rok dem Wildhüter als seine Nachfolgerin ausbilden lassen. Er ist alt und wird sich nach der kommenden Flut zur Ruhe setzen.« Er streckt uns die Hände entgegen und hebt sie dann über seinen Kopf. »Dort oben am Berg werdet ihr beiden also euren Dienst zusammen mit meinen besten Wächtern antreten. Und ihr werdet beide ganz in der Nähe der Geheimnisse sein, die euch so beschäftigen!«

Ein gütiges Lächeln umspielt seine Lippen, als er uns nun auffordernd zunickt.

Doch Khi schweigt, und auch ich weiß nicht, was ich sagen soll… Zu viele Dinge schwirren mir durch den Kopf: Neue Möglichkeiten, dunkle Ahnungen und unaussprechliche Widerstände kämpfen in mir ziellos gegeneinander.

Khor schmunzelt. »Diese Aussichten machen euch sprachlos, das verstehe ich. Ihr müsst mir nicht gleich antworten. Lasst uns erst einmal wieder nach Hause kommen… Aber ich sage euch: Ihr werdet eine großartige Bereicherung meiner Wächterschaft sein. Ihr seid aus dem Stoff, aus dem Heldinnen gemacht sind!«

Khi und ich schauen uns kurz an. Dann senken wir gleichzeitig die Stirn vor Khor.

»Wir fühlen uns geehrt, Meister Khor«, sage ich freundlich, aber unverbindlich.

»Wir werden darüber nachdenken, bis wir wieder zurück sind«, fügt Khi hinzu.

»Großartig!« Khor faltet seine Hände vor der Brust und neigt mit einem milden Lächeln seinen Kopf.

»Ja, großartig!«, flüstert Ion neben mir, so leise, dass nur ich es hören kann.

»Ja!«, flüstere ich zurück.

Das Mittagssignal ertönt vom Waldlandturm. Ein ferner leiser Klang, der über das Donnergrollen der Kluft heranweht. Wenige Augenblicke später schmettert die ohrenbetäubende Antwort der Signalanlage über uns, so laut, dass der Turm erbebt und wir uns schützend die Hände an die Ohren pressen.

Nach dem Abendessen sitze ich mit Khi, Ka und Ion auf der Brüstung vor unserem Schlafhaus. Wir genießen die Aussicht über das Lichtermeer ringsum und beobachten das Treiben auf den Wegen und Treppen. Leute kommen vom Platz herauf, unterhalten sich dabei, vertreten sich ein wenig die Beine, oder sitzen so wie wir vor dem Abendsignal noch ein bisschen beisammen, bevor sie gähnend ihre Schlafplätze aufsuchen. Das anhaltende Dunkel des Randes macht müde und schwermütig, und langsam fangen die Menschen an, wieder an den Rückweg zu denken.

Ka und die Wächter sind gerade mit dem zweiten Teil des Proviants zurückgekehrt. Ka erzählt, dass es keine Probleme gab, die Rander ließen sich nicht blicken. Vielleicht, weil der Lieblingsplatz für ihren Hinterhalt diesmal belegt war: Die Kante über der Schlucht wurde von den Kavernenwächtern kontrolliert, verstärkt von Khi und Uhiih. Sie strichen dort oben auf und ab, während unten der Transportzug mit Ka und Ahiih an der Spitze den Pfad heraufkam. Noch ein drittes Mal werden sie morgen die Strecke zum Randerpass gehen, bis alle Versorgungsgüter heraufgebracht sind.

»Eine Runde noch, dann sind wir hier fertig«, sagt Ka aufgeräumt. »Ein Spaziergang, wenn es so läuft wie heute. Wie haben die das nur früher ohne die Dinks gemacht?«

»Mit mehr Angstschweiß«, sagt Ion, »und noch mehr Blut, fürchte ich. Thur und Nhin erzählen, dass schreckliche Kämpfe und hohe Verluste beinahe an der Tagesordnung waren.« Nachdenklich schaut er zu Khi. »Das könnte wirklich vorbei sein, wenn die Dinks hier dauerhaft eingesetzt würden... Wisst ihr schon, was ihr mit Khors Angebot machen wollt?«

»Sein Plan funktioniert nicht«, schnaubt Khi. »Jedenfalls nicht so einfach, wie er sich das vorstellt.«

Ka nickt energisch. »Khor soll sich selbst um seine Dink-Armee kümmern«, sagt er mit halb gespielter Empörung. »Und seine Eier kann er auch selber ausbrüten! Warum muss der bloß immer alles so übertreiben?«

Khi seufzt. »Die gezähmten Dinks würden unser Leben einfacher und sicherer machen, da hat er schon recht. Aber so, wie er sich ausgedacht hat, geht das nicht. Wir müssen die Dinks respektieren, man kann sie nicht einfach abrichten wie dumme Springmäuse... Ich weiß nicht, ob es einen Weg gibt, Khors Idee umzusetzen... Aber wenn, dann sind die Menschen – die Vertrauten – genauso wichtig wie die Dinks selbst. Das braucht sehr viel Zeit... Aber Khor kann das nicht verstehen. Er denkt nur an den Ruhm und die Ehre, die ihm der Sieg über die Rander einbringen würde:

Meister Khor, der die Dinks den Menschen untertan gemacht hat, Khor, der Bezwinger der Rander, der großartige Meister Khor!«

Sie schüttelt energisch den Kopf. »Ich fürchte, ich werde Meister Khor enttäuschen müssen! Und dann sind wir wieder so weit wie am Anfang. Er wird uns böse sein, und wir werden uns ein Versteck irgendwo im Wald suchen müssen.«

»Und was wirst du tun, Dev?«, fragt Ka nach einer Weile. »Möchtest du zu Rok auf den Berg?«

Ich seufze tief. »Ich weiß noch nicht...«

»Doch, du weißt es!«, sagt Ion bestimmt.

»Ja...« Ich nicke zögernd. »Ich möchte schon. Es ist sicher eine spannende Aufgabe für eine Jägerin, dort drüben am Berg. Und ich wäre bei Ion – wir könnten uns öfter sehen als jetzt.«

Ion nickt eifrig. »Du wirst Wächterin. Das heißt, du kannst jederzeit herunterkommen in den Tempel, wenn deine Arbeit es zulässt...«

»Ja, kann ich. Aber andererseits bin ich dann weg von Zuhause, weg von Ahn und den anderen. Außerdem wollte ich nie Wächterin werden, weil... weil... Na, weil Wächter alleine bleiben müssen. So habe ich mir mein Leben eigentlich nicht vorgestellt.«

»Aber du wirst nicht alleine sein – ich kann dich auch oben in der Jagdhütte besuchen, das erlauben die Wächter bestimmt!« Ion ist manchmal echt schwer von Begriff. Andererseits – *er* ist ja sowieso schon Wächter, also ist *diese* Sache eigentlich längst erledigt.

»Und das Wichtigste«, fährt Ion fort, »Khor wird uns

in Geheimnisse einweihen, die uns vielleicht helfen, deine Mha zu finden.«

Ich hole tief Luft. »Ja… deshalb werde ich es wohl machen…«

Khi mustert Ion und mich. »Nichts ist für ewig«, sagt sie lächelnd. »So viele Dinge sind in der letzten Zeit geschehen. Menschen reiten auf Dinks; du hast mit einer Randerin gesprochen; und wir haben erfahren, dass Mha vielleicht nicht tot ist… Wer weiß, was uns noch alles bevorsteht?«

»Ich weiß es!« Ka grinst triumphierend. »Wir werden jetzt nach Hause gehen und ihr werdet den geheimnisvollen Schwarzen Fisch finden. Und dann wird irgendwie alles gut – so wie immer! Einverstanden?«

Wir schauen uns alle vier fest in die Augen. Und nicken.

KAPITEL 26

GHAR UND HIR

Meine Schwester und ich werden uns für lange Zeit nicht mehr sehen.

Heute haben wir uns oben bei Ghar im Waldlandturm getroffen, um nach der langen gemeinsamen Reise zum Rand und zurück wehmütigen Abschied voneinander zu nehmen. Khi und Ka werden sich wieder in den Wald zurückziehen, um Khors Plänen fürs Erste zu entgehen. Bei der Rückkehr der Patrouille bat sich Khi von Khor noch etwas Zeit aus, um sich »auf das Amt als Dinkwächterin angemessen vorbereiten« zu können. Außerdem bestand sie darauf, dass mit ihr und Ka auch die Dinks an den Tempel gebracht werden müssten, was aber zuerst den Bau eines speziellen Bootes für den Transport der schweren Tiere erforderlich machen würde. Mit kaum gebändigter Ungeduld sagte Khor die Konstruktion des Transportbootes zu und sah widerwillig davon ab, Khi und Ka sofort mitzunehmen.

Aber ich…

…ich werde in ein paar Tagen hinüber zum Berg fahren, um Wildhüterin zu werden.

Alle haben mir gratuliert, Ahn und die anderen Jäger, Om und Thi und El… Und heute haben mir Khi, Ka und Ghar noch einmal Mut zugesprochen und versucht, mich aufzumuntern. Aber ich spüre trotzdem ein quälendes Gefühl von Furcht und Fremdheit, wenn ich an die kommende Zeit im Jagdrevier denke, an die Einsamkeit mit Rok, dem alten Wildhüter, mit seiner strengen und einsilbigen Art, an die Dinks, die ich zusammen mit den Jägern töten soll.

Beinahe bereue ich schon, auf Khors Angebot einge-gangen zu sein. Nur wenn ich mir ganz fest das Geheimnis vor Augen rufe, dem ich dort oben begegnet bin, dann verschwindet die Angst, und meine Wissbe-gier gewinnt die Oberhand.

Und schließlich ist da noch Ion, oben im Tempel. Ach Ion…

Hier im Waldland hält mich nicht mehr viel. Ahn hat mich fortgeschickt; sie sagt, sie kommt gut alleine zurecht. Vielleicht kommt sie sogar noch einmal mit zum Jagen ins Revier, um mich zu besuchen.

Da ist also eigentlich nur noch Ghar…

Ghar lasse ich ungern so weit zurück – und so alleine. Vor allem nach der bestürzenden Geschichte, die er uns heute erzählt hat… Eine Geschichte, die den schrulligen alten Turmwärter und die gerade zurücklie-genden Ereignisse in ein erschreckendes gemeinsames Licht gerückt hat.

Zuerst berichteten wir ihm ausführlich von unserer Reise, und Ghar hörte gespannt zu. Ka erzählte alles sehr lebhaft, mit vielen Ausschmückungen und großen Gesten: Vom Kampf mit den Sandschrecken, vom Weg durch die Kluft, und vom Angriff der Rander. Ghar ging begeistert mit und kommentierte die Geschichte mit Fragen und aufgeregten Kieksern. Doch als ich dann von meinem Erlebnis in Dchiirs Höhle erzählte, wurde Ghar mit einem Mal still. Er hörte betroffen zu, wurde immer aufgewühlter und bleicher. Als ich ihn am Ende fragte, was ihn so bewegt habe, konnte er zuerst gar nicht sprechen, denn er kämpfte mit den Tränen.

Nach einer Weile fasste er sich wieder. Als er anfing zu erzählen, war seine Stimme völlig verändert. Sie klang leiser... aber so tief und kräftig wie die eines jungen Mannes... eines Mannes, der noch mit Freude und Zuversicht auf das Leben schaut, das vor ihm in seinen Händen liegt...

GHARS GESCHICHTE

Ich komme von der Küste. Dort waren meine Eltern Fischer, und eigentlich wollte ich auch einer werden. Ich begleitete die beiden oft mit dem Boot hinauf in die Waldlandsiedlung, wo wir Fisch und Meeresfrüchte gegen Früchte, Gemüse und Nüsse tauschten, manchmal auch gegen Fleisch von Wasserschweinen oder von Dinks. Es herrscht ein reger Tauschhandel zwischen Wald und Küste; mal kommen die Waldleute zu uns, mal wir zu ihnen.

Bei meinen Besuchen im Wald lernte ich ein Mädchen

kennen. Sie hieß Hir, und sie war sehr hübsch. Sie stach aus der Schar der anderen heraus und fiel mir gleich beim ersten Mal auf. Hir war sehr groß für ihr Alter, fast einen halben Kopf größer als ich – und ich war schon eine lange Bambusstange. Vielleicht haben wir uns deshalb auf Anhieb gut verstanden. Wir waren beide noch halbe Kinder, aber zwischen uns gab es schnell eine tiefe Sympathie. Sie bot schöne, dicke Banas an, die sie mit ihrer Mutter anbaute, und ich zeigte ihr ein paar prächtige Krebse, die wir am Morgen des Tages gefangen hatten. Wir waren uns gleich einig, dass wir tauschen wollten, aber zum Spaß haben wir lange und hartnäckig geschachert. Am Ende haben wir uns zum Abschluss des Handels die Hand gegeben und uns in die Augen geschaut. Lange in die Augen geschaut. Dann haben wir ausgemacht, dass wir uns beim nächsten Mal wieder treffen, und uns unsere Waren zeigen würden, bevor die anderen sie zu sehen bekämen. Und so geschah es auch.

Hir kam mich besuchen, wenn ihre Mutter mit der Ernte ihres Gartens den Fluss zur Küste hinunterfuhr, und auch ich ließ keine Gelegenheit aus, mit meinen Eltern den Weg zur Waldlandsiedlung zu nehmen. Wir unterhielten uns gerne und saßen beisammen, so oft es ging. Hir hatte keine Geschwister, aber manchmal war ihre beste Freundin dabei. Sie war groß und hübsch wie Hir – sie hätten Schwestern sein können. Wenn sie zu zweit sind, werden manche Mädchen in dem Alter den Jungs gegenüber furchtbar albern, aber das war bei den beiden zusammen nie so. Auch zu dritt hatten wir viel Spaß, konnten aber genauso über ernste Dinge reden.

Aber die Freundin war oft mit ihren Eltern auf Jagd im Wald oder drüben am Berg, und Hir und ich waren nicht betrübt, unter uns zu sein. Das ging lange Zeit so, wir trafen uns immer wieder gerne und freuten uns jedes Mal auf ein baldiges Wiedersehen. Bald schon war aus der Freundschaft Zuneigung geworden. Im Laufe dieser schönen Zeit wurden wir erwachsener, und – wie es so geht – unser Interesse aneinander intensiver. Wir suchten und fanden Gelegenheiten, wo wir uns unserer Neugier und der Freude an unseren Körpern ungestört hingeben konnten. Wir waren uns einig, dass wir in nicht allzu ferner Zukunft zusammen leben und eine Familie gründen wollten. Wir erklärten uns unseren Eltern, die angesichts unserer Zuneigung und Zuversicht glücklich waren, ihr Einverständnis zu unserer Verbindung zu geben.

So fingen wir an, Pläne zu machen, überlegten, wo wir uns niederlassen wollten – am Meer oder im Wald. Da Hir gerne in der Nähe ihrer Mutter und ihres Gartens bleiben wollte, und ich zwar gerne an der Küste, aber ebenso gerne im Wald war, einigten wir uns darauf, uns eine kleine Plattform auf dem Baum neben Hirs Mutter zu bauen. Wir würden den Garten erweitern, und ich würde zusammen mit Hir weiter Obst und Gemüse anbauen und zum Sammeln den Wald durchstreifen. Von Zeit zu Zeit würden wir meine Eltern an der Küste besuchen und ihnen, wenn es nötig war, beim Fischfang helfen.

Doch es kam alles ganz anders…

• • •

Wir hatten angefangen, unsere Plattform zu bauen. Es fehlten nur noch die Wände und das Dach für die Schlafkabine. Die Bambusstangen dafür waren schon geschnitten und warteten nur noch auf den nächsten Tag, dann wollten wir mit ein paar Freunden den Aufbau fertigstellen. Mit ihnen waren wir beim Abendessen beisammengesessen, und nach dem Abendsignal hatten Hir und ich uns zum Schlafen in die Kabinen bei Hirs Mutter gelegt.

Wir hatten wohl schon einige Zeit geschlafen, als ich plötzlich wach wurde. War da ein Geräusch gewesen? Etwas beunruhigte mich. Ich tastete neben mich und spürte, dass der Platz auf der Liege neben mir leer war. Mein Herz wurde kalt und klopfte so heftig, dass es schmerzte. Vorsichtig schob ich den Vorhang zur Seite und schlüpfte hinaus. Ein starker Widerwille überkam mich, jetzt nach draußen zu gehen, wo alles schlief. Aber Hir war da draußen, und ich musste versuchen, sie zu finden, sie… aufzuhalten!

Ich sah mich um – unsere Plattform war leer. Ich hastete zur Leiter nach unten und rannte den Weg zum Platz entlang. Als ich dort ankam, empfing mich eine schreckliche lauernde Leere, so drückend, dass es mir nur mit größter Anstrengung gelang, die weite Strecke hinüber zur großen Treppe zu überqueren. Etwas schien mich gleichzeitig dorthin zu zwingen und davon wegzuzerren, so als würde man an einem Strick gegen eine Strömung aus Morast gezogen. Wo war sie? War sie wirklich fort?

Ich erreichte die Treppe und stürzte hinunter. Der Pfad vor mir durch das dunstige Unterholz war leer, so weit ich sehen konnte. Ich rannte vor bis zur Abzweigung zu den

Flüssen. Mit fürchterlicher Gewissheit folgte ich dem Weg nach links zum Totenfluss, hinauf zur Hügelkuppe – und dort sah ich sie. Auf halber Strecke zwischen mir und dem Fluss, auf dem abschüssigen Pfad zwischen hohen Bäumen und dichtem Unterholz ging Hir. Sie bewegte sich sehr hastig und schnell, es wirkte, als würde sie von etwas Schmerzhaftem in ihrem Rücken angetrieben, dem sie zu entkommen suchte. Den Kopf gesenkt, die Fäuste geballt und nach unten gedrückt, eilte sie auf das Ufer zu. Ich beschleunigte meinen Laufschritt und holte sie ein, kurz bevor sie das Wasser erreichte.

Ich legte ihr eine Hand auf die Schulter und versuchte, sie anzuhalten. Aber sie schüttelte sie ab und marschierte einfach weiter. Ein tiefes, tierisches Stöhnen kam bei jedem Schritt aus ihrer Brust, die Augen unter ihren zusammengezogenen Brauen waren scharfe Schlitze. Ich blieb vor ihr stehen und rief verzweifelt ihren Namen – doch sie wich mir halb aus, rempelte mich hart zur Seite.

Dann war sie im Fluss. Ich sprang ihr nach. Sie schwamm mit der gleichen Unerbittlichkeit, mit der sie den Pfad entlang gehetzt war. Mit wenigen, kraftvollen Stößen war sie hinaus in der Mitte und trieb dann mit der Strömung flussabwärts davon.

Ich folgte ihr kurze Zeit, schwimmend und schreiend, flehend und weinend. Doch der Abstand zwischen uns vergrößerte sich; eine unheimliche Energie trieb sie an, während meine Kräfte schwanden und Verzweiflung von mir Besitz ergriff. Ich verlor sie aus den Augen. Schließlich ließ ich mich ans Ufer tragen und blieb dort liegen, halb im

Wasser, schluchzend und wimmernd, mit mir ringend, ob ich zurückkehren oder mich vom Wasser davontragen lassen sollte, vom Totenfluss hinein in die dunkle Unterwelt, oder vom Randfluss hinab in die Tiefe des Großen Falls...

Sie war fort.

Und mein Leben war mit ihr verschwunden. Da wünschte ich mir, auch ich würde zum Rand gerufen, auch ich würde in diesen Zustand fallen, der einen nicht nur seiner Freude, seiner Zuversicht und seines Mitgefühls beraubt, sondern auch des Bewusstseins und der Erinnerung an das alte Leben. Auch der bohrende Schmerz über den Verlust müsste dann fort sein... Und wenn auch ich hinaus in die Finsternis ginge, dann wäre ich dort in ihrer Nähe!

Ich kehrte zurück ins Dorf. Ich legte mich schlafen. Ich wachte auf, als das Morgensignal ertönte, aber ich blieb liegen. Hirs Mutter kam an meine Liege und fragte nach ihrer Tochter. Ich sah sie nur an, und sie wusste Bescheid. Sie ging hinaus und ließ mich allein. Eine große Hoffnungslosigkeit befiel mich. Ich hatte jeden Antrieb verloren, am Leben zu bleiben. Ich weiß nicht, wie lange ich hinter zugezogenem Vorhang in der Koje lag. Ich verschmähte das Essen, das mir Hirs Mutter brachte, ich reagierte nicht auf Besuche von Verwandten und Freunden. Ich schlief, egal welches Signal vom Berg kam.

Irgendwann wachte ich auf und spürte, dass etwas anders war. Nun hatte ich plötzlich doch das Bedürfnis, aufzustehen. Ich schlich hinaus – es war niemand zu hören und zu sehen. Es war wohl gerade Schlafenszeit. Nach der langen Zeit in der dunklen Koje erschien mir das Licht draußen grell und schmerzhaft. Ohne nachzudenken, ging ich langsam vor zum großen Platz und dann die Treppe in den Wald hinunter. Dann stand ich vor der Gabelung. Ich bog links zum Toten-fluss ab. Während ich den Hügel hinaufging, wurde mein Kopf etwas klarer. Als ich oben auf der Kuppe stand, durch-zuckte mich plötzlich ein furchtbarer Gedanke: Was mache ich hier? Bin ich jetzt auch ein Rander? Ist es so, wenn man gerufen wird? Aber dann dachte ich an Hir, wie sie hier hinunter gehetzt war, knurrend wie ein Tier auf der Flucht vor etwas hinter ihr, den Blick starr auf den Boden vor sich gerichtet, und ohne jedes Anzeichen von eigenem Willen. Sie hatte mich nicht erkannt, als ich sie anhalten wollte, sie war getrieben von dieser dunklen Anziehungskraft des Randes.

So fühlte ich mich nicht. Ich wollte Hir wiederhaben, und ich wusste, dass das unmöglich war. Ich wusste nicht, was ich sonst tun oder wollen sollte. Aber ich war kein Rander.

Ich stand lange Zeit am Ufer des Totenflusses und schaute seinen Lauf hinab, bis dorthin, wo er im fernen Nebel zwischen den tiefhängenden Bäumen verschwand.

Dann drehte ich mich um und ging in den Wald.

Ich ging fort vom Fluss, fort von der Siedlung. Rastlos und ohne Ziel streifte ich allein umher. Ich war ständig unter-wegs, ohne zu wissen, wo ich mich befand. Ich aß Früchte und Wurzeln, trank Quellwasser – und dachte an nichts. Ich schlief auf dem Boden, ohne mich um die Zeitsignale zu kümmern. Ich mied die Waldlandsiedlung; wenn ich Menschen sah oder hörte, versteckte ich mich.

So verbrachte ich eine lange Zeit im Wald, wie ein scheues Tier auf der Flucht. Ich wurde ein Teil des Waldes, und der

Wald wurde ein Teil von mir, bis ich nicht mehr unterschied zwischen mir und der Welt um mich herum. Ich vergaß. Meine Gedanken kannten nur den Augenblick, es gab keine Vergangenheit und Zukunft, nur die Gegenwart. Es gab keine Zeit. Sie bewegte sich nicht mehr an mir vorbei. Und ich bewegte mich nicht mehr in ihr. Ich bewegte mich zusammen mit ihr. Es geschah einfach alles, und ich ließ es geschehen, und es ließ mich geschehen.

Und wieder kam alles anders.

Eines Tages stand ich hier oben, vor dem Turm. Meine ziellosen Wanderungen hatten mich zufällig heraufgeführt. Es war der überwältigende Ausblick über die Welt, der mich daran hinderte, mich gleich wieder zurückzuziehen, als der damalige Wärter mich bemerkte. Er rief mich von oben her an und lud mich ein, heraufzukommen. Ich stand hier unten auf der Kuppe und starrte fasziniert in die Ferne, auf den Berg, den ich noch nie so hoch und gewaltig wahrgenommen hatte, und vor allem auf das Gebirge und das Dunkel des Randes, welches sich mir in nie gesehener Deutlichkeit zeigte.

Der Turmwärter winkte mir zu und meinte, von der Plattform oben wäre die Aussicht noch viel eindrucksvoller. Ob ich ihm nicht bei etwas Lim-Tee Gesellschaft leisten und dabei das Panorama genießen wollte. Zögernd folgte ich der Einladung des Mannes, der dort oben allein und weitab von allem auf die Welt herabsah.

Das war gewissermaßen meine Rückkehr ins menschliche Leben. Ich musste mich erst zurückbesinnen auf Sprache und Umgangsformen, die ich in der langen Abwesenheit aus der

Mitte der Menschen fast vergessen hatte. Doch der Wärter war sehr freundlich und hatte Verständnis für mein anfängliches Gestotter und meine Ungeschicklichkeiten. Er nahm sich sehr viel Zeit, erzählte mir lange über den Berg und die Welt, und hörte sich schließlich auch meine Geschichte an.

Als er von Hirs Schicksal erfuhr, nickte er nachdenklich und sagte: ,Die allermeisten Menschen empfinden das Verschwinden eines Gerufenen als verstörend und traurig. Aber das Ereignis kommt ihnen unabwendbar vor und unumkehrbar. Sie finden sich schnell damit ab, weil es nicht zu ändern ist. Ein gnädiger Zug unseres Denkens und Fühlens. Aber bei manchen ist dieses Vergessen und Verdrängen nur schwach ausgeprägt, sie leiden für immer unter dem Verlust, und das Leben wird ihnen schal und leer. Manche sterben, manche verschwinden ihrerseits, nicht zum Rand hin, sondern sie gehen einfach verloren, irgendwo in den Wäldern, in der Wüste oder in den unbewohnten Gebieten hinter dem Berg. Mir scheint, du warst auf dem Weg dahin, als du vorhin hier oben aus dem Wald gestolpert bist.' Er legte mir eine Hand auf die Schulter. Ich schaute ihn an und senkte den Kopf, weil mir Tränen in die Augen traten. Das Mitgefühl des Wärters löste etwas in meiner Brust, und der Schmerz kam wieder über mich... Aber auch ein tiefes Aufatmen über die Nähe eines verständnisvollen Menschen.

Später fragte er mich, ob ich nicht sein Nachfolger werden wolle. Er sei alt und könne die Aufgabe wohl nicht mehr lange erfüllen. Sein Gehör sei nicht mehr das Beste, und auch die Treppen machten ihm mittlerweile zu schaffen. Die Wächter hätten ihm schon den einen oder anderen Vorschlag für einen Nachfolger gemacht, aber diese Bewerber seien ihm *allesamt nicht geeignet erschienen: Der eine schon zu alt, der andere zu jung und zu unzuverlässig, ein dritter nicht schwindelfrei, der letzte sei mit der mageren Kost hier oben auf dem Turm nicht zufrieden gewesen, und alle hätten den Eindruck erweckt, auf Dauer keine ernsthaften Kandidaten für den Posten des Turmwärters zu sein. Der oberste Wächter sei ob seiner hohen Ansprüche schon etwas ungeduldig mit ihm, doch wisse der genau, dass diese Aufgabe einen hohen Anspruch an den Berufenen stelle – es hänge ja doch die Achtung der Zeit in den Gebieten jenseits des Waldlandes von ihm ab.*

Und so kam ich hierher, vor langer Zeit – und wurde gerettet.

Mein Vorgänger setzte sein Vertrauen in mich. Und ich denke, er wurde nicht enttäuscht. Er sorgte dafür, dass ich die Ausbildung an der Wächterschule am Berg absolvieren durfte. Schon während dieser Zeit war ich oft hier bei ihm und lernte von ihm alles Wissen und alle Handgriffe für die Beherrschung dieses Berufes. Dann ist er, kurz nach der ersten Flut, die wir gemeinsam erlebten, hier oben friedlich gestorben. Es war, als wollte er seine Aufgabe noch in gute Hände legen; und als er sah, dass ich allein damit zurechtkommen würde, hielt er die Zeit für gekommen, zu gehen.

Damit beendete Ghar seine Geschichte. Beim Abschied weinten wir alle, und Ghar drückte Khi und mich fest an sich.

»Mach dir keine Sorgen um mich, Dev. Deine Schwester bleibt in meiner Nähe und hat versprochen, mir warmes Essen vorbeizubringen – nur leider kein Dinkfleisch.«

Er zwinkerte uns mit verquollenen Augen zu und kiekste leise. »Gebt auf euch Acht. Wir sehen uns wieder – in der Großen Kaverne, wenn die Flut kommt. Diesmal freue ich mich darauf!«

BUCH III: FLUT

இபிரளயம்

DER BERG IST DAS TOR ZUM NICHTS
IST ANFANG UND ENDE DES LICHTS

KAPITEL 27

DIE WILDHÜTERIN

Zeit, aufzustehen.

Das Morgensignal klingt fremdartig. Wie oft habe ich hier schon geschlafen, und wie oft bin ich vom nahen Ton der Amonshörner unten vor dem Tempel geweckt worden...

Doch heute ist der Klang anders. Und das Gefühl ist anders.

Ich bin jetzt Wildhüterin!

Das Jagdhaus unter der Nebeltide ist von nun an mein Zuhause. Ich werde nicht wie sonst am nächsten Morgen wieder ins Waldland zurückkehren. Dieser Ort hoch in den Hängen des Berges wird wohl für die kommende Zeit der Mittelpunkt meines Lebens sein.

In meinem Magen breitet sich ein mulmiges Gefühl von unumkehrbarer Veränderung aus, eine aufregende Mischung aus Ungewissheit, Angst und Neugier.

Mein altes Zuhause liegt weit weg, tief unten und

jenseits des Meeres. Meine Freunde, meine Verwandten habe ich zurückgelassen im Waldland und an der Küste. Khi, meine Schwester und Ka – sie sind fort, auf unbekannten Pfaden abseits aller Menschen, außerhalb der Reichweite von Khor und seinen ehrgeizigen Plänen. Der oberste Wächter hat ihre Entscheidung äußerst missmutig zur Kenntnis genommen. Spätestens bei der nächsten Flut, so seine selbstgewisse Prophezeiung, werden die zwei dickköpfigen Dinkreiter zur Vernunft kommen und sich dem Wohle des Landes nicht weiter verschließen. Ich habe meine Zweifel.

Und Rok? Mein neuer Lehrmeister, der Wildhüter, den ich künftig unterstützen und dereinst ablösen soll? Er ist ein ernster Zeitgenosse, erfahren in allem, was er tut, entschlossen und hart. Ich habe ihn noch nicht oft lachen gesehen. Er redet nicht viel; die lange einsame Zeit hier oben hat ihn wohl so werden lassen. Vielleicht ist er aber auch gerade deshalb hierher gekommen, weil er keinen Wert auf Gesellschaft legt? Jedenfalls werden wir zwei nicht viel Zeit mit Plaudern verschwenden.

Aber wenigstens Ion ist in meiner Nähe – unten im Tempel, in der Schule der Wächter. Das erfüllt mich mit Freude – und zugleich mit Traurigkeit. Was soll mit uns werden, mit unserer Freundschaft, jetzt, da wir beide Wächter sind?

Lange Zeit habe ich vermieden darüber nachzudenken, was das für Gefühle zwischen mir und ihm sind, und wohin sie führen sollen. Ich spürte immer gerne seine Nähe und suchte sie, so oft es ging. Und ich hatte das Bild einer Familie vor meinem inneren Auge, fern und ohne Details, aber doch als Ziel unseres gemeinsamen Weges.

Ich glaube nicht, dass Ion sich solche Gedanken macht... Er mag mich – aber ich glaube, er mag mich nicht anders als eine Schwester, die er nie hatte. Wir dürfen uns nicht näher kommen, als wir es jetzt sind. Wächter dürfen keine Familie gründen und keine Kinder bekommen – so ist das Gesetz. Wächter müssen sich ausschließlich auf ihre Pflichten gegenüber der Allgemeinheit konzentrieren und in Enthaltsamkeit und Treue zu den Regeln leben. Dazu habe auch ich mich verpflichtet, als ich gestern den Eid geschworen habe. Und der vernünftige Teil von mir ist fest gewillt, diese Pflicht zu erfüllen. Aber während der ganzen Feierlichkeit habe ich an Ion gedacht... Und meine geheimsten Wünsche versuchen immer noch, die Tatsachen zu verdrängen.

Die Zeremonie war kurz und viel weniger prunkvoll, als bei der Ehrung der ausgelernten Wächterschüler. Meine Aufgabe erfordert keine lange Ausbildung in allen Grundlagen des Wächterwesens, keine Einführung in sämtliche Wissensgebiete, keine Spezialisierung. Ich wurde als Wildhüterin vereidigt, und als Voraussetzung dafür reichte wohl die hohe Meinung, die Meister Khor von mir und meinen Fähigkeiten hat. Und nicht zuletzt sicher auch der Ruf meiner Mutter. Ich musste mich zur Einhaltung der Wächter-Grundregeln über Pflichterfüllung, Treue und Verschwiegenheit verpflichten – alles Weitere für meine Aufgabe als Wildhüterin werde ich in der kommenden Zeit von Rok lernen.

Rok ist sicher schon draußen.

Heute will er mit mir einen Rundgang durch das Revier machen. Das meiste davon kenne ich schon von früheren Jagdausflügen. Aber es gibt Bereiche, die wir nie betreten haben, Gegenden, die für die Jagd uninteressant sind, und Orte, die – so sagte mir Rok gestern – für ahnungslose Besucher gefährlich und nicht zugänglich sind. Dazu gehört alles, was weiter oben im Einfluss der Nebeltide liegt, aber auch die Rückseite des Berges, von der es heißt, dass dort tödliche Gefahren lauern, Dinge, die Menschen um ihren Verstand bringen können.

All dieses Unbekannte und Rätselhafte hat seit der Begegnung mit dem Schwarzen Fisch eine dunkle Anziehungskraft auf mich. Ich kann es kaum erwarten, den Geheimnissen dort oben nachzuspüren.

Aber ich muss aufpassen, dass Rok mich nicht für zu neugierig und leichtsinnig hält.

Ich schlüpfe aus meiner Koje und fülle rasch meine Flasche mit Wasser aus der Zisterne.

Rok wartet vor der Hütte. Er hat sein Bündel über den Speer gehängt und späht zum Gipfel hoch. Es ist trocken und hell, keine Wolken liegen unterhalb der Nebelkappe, und die Sicht nach oben ist gut. »Wenn wir zügig losgehen, schaffen wir es noch zum Salzwald, bevor die Tide herunterkommt. Dann können wir oben entlang zum Stützpunkt laufen – falls die Dinks uns lassen.«

Stützpunkt? Das muss etwas Neues sein – ich kenne keinen anderen Stützpunkt im Revier als das Jagdhaus. Ich setze an, Rok danach zu fragen – aber dann beschließe ich, einfach abzuwarten, wohin er mich führt.

Schnell haben wir den Hohlweg zur Salzwiese hinter uns gelassen und queren den Hang schräg nach rechts hinauf zum Waldrand. Ich kann hoch oben einen lichteren Streifen zwischen den Stämmen ausmachen. Dort fängt der Schotterhang an. Und darüber lag damals der Schwarze Fisch.

Ob er immer noch dort ist? Jetzt, bevor der Nebel herabkommt, könnte ich ohne Weiteres hinaufsteigen, um nachzusehen.

»Da oben…« Rok ist meinen Blicken gefolgt. Als ob er meine Gedanken gelesen hätte, sagt er: »Die Dinks warten da oben. Und wer weiß, was noch alles. Du wärst beinahe gestorben da oben.«

»Das schwarze Ding, Rok…«, frage ich ihn, ohne ihm den Blick zuzuwenden. »Was war das? Du und Khor, ihr wisst mehr, als ihr uns erzählt habt, oder?«

Jetzt sieht er mich an, noch ernster als sonst. »Dev, du musst lernen, deine Neugier zu überwinden. Du wirst mehr erfahren, wenn die Zeit und die Notwendigkeit kommt. Du gehörst jetzt zu den Wächtern. Unsere Aufgabe ist einfach und klar: die Welt vor dem, was da oben ist, zu beschützen.«

»Es war jemand da drin! Menschen!«

»Vielleicht. Wer oder was auch immer sie sind: Wir werden sie töten, bevor sie uns töten.«

Vor uns ragen große Felsen aus den Bäumen am Waldrand empor und versperren den Durchgang. Rok steigt vor mir ein Stück zurück in die Wiese hinunter, um sie zu umgehen. Ich folge ihm angespannt, denn weiter als bis zu dieser Grenze bin ich noch bei keinem Jagdgang gekommen. Auf der Rückseite der Felsbarriere geht der Weg unterhalb einer Steilwand weiter, die den Salzwald zur Linken abgelöst hat. Wir folgen dem Pfad, bis er sich nach einem kurzen Stück zu einem kleinen Plateau zwischen der Steilwand und einem tiefen Abhang zur Rechten weitet.

Ein flacher Steinbau duckt sich unter der Wand. Überrascht sehe ich ein paar Frauen und Männer in Wächterroben, die das Lager vor dem Bau bevölkern. Einige stehen um etwas Großes herum, das auf dem Boden liegt: Es ist ein toter Dink. Er wird gerade zerlegt und das Fleisch in das Innere des Hauses gebracht.

Als die Leute uns bemerken, begrüßen sie uns freundlich. Rok nennt sie die neuen »Jagdwächter« und stellt mich ihnen vor. Sie schütteln meine Hände und wünschen mir alles Gute als neue Wildhüterin.

Ich will gerade fragen, was hier vorgeht – als plötzlich von irgendwoher ein langgezogenes klagendes Heulen kommt. Ich sehe mich alarmiert um – noch nie habe ich so einen verstörenden Laut gehört.

Ein zweites Mal ertönt das Klagen. Es scheint aus

dem Gebäude zu kommen. Aber der Ton hallt, als läge sein Ursprung in einem viel größeren Raum, hinter der Steilwand, tief im Inneren des Berges.

»Es ist das Weibchen«, sagt einer der Jagdwächter.

Rok nickt mit gerunzelter Stirn. »Konntet ihr es noch nicht zum Schweigen bringen?«

Der Mann schüttelt den Kopf. »Es lässt sich nicht beruhigen. Das ist gefährlich. Über kurz oder lang wird es die anderen hierher locken.«

Ich gehe langsam auf das Gebäude zu. »Was macht ihr hier?«

»Komm mit, Dev.« Rok und der Jagdwächter gehen an mir vorbei ins Innere.

Ich folge ihnen durch den kleinen Eingangsraum, der von wenigen Lichtsteinen nur spärlich erhellt ist. An der Seite liegt hinter einem halb zur Seite gezogenen Vorhang der Zugang zum Schlafraum. Im rückwärtigen Teil des Gebäudes aber führt ein Gang in den nackten Fels der Steilwand.

Tiefe Finsternis wartet dort.

Sofort krampft sich mein Magen zusammen. Das muss der Eingang zu einer großen Höhle sein! Und dunkle Höhlen mit unbekanntem Inhalt mag ich nicht, seit ich schlechte Erfahrungen in einer gemacht habe.

Widerwillig folge ich den beiden Schatten vor mir hinein in die Dunkelheit. Nur die hallenden Echos unserer Schritte lassen das riesige Ausmaß des Raumes erahnen.

Da zerreißt wieder der heulende Klagelaut die Luft, so laut, dass ich mir unwillkürlich die Ohren zuhalte.

Der Ton kommt aus dem Dunkel vor uns. Ein Stück voraus macht der Gang eine Biegung. Ein schwacher Lichtschein kommt von dort. Schwarz und unförmig zeichnen sich davor die Silhouetten von Rok und dem Wächter ab. Sie bleiben stehen.

Ich trete zu ihnen. Im trüben Licht einiger am Boden verstreuter Lichtsteine erkenne ich eine massive Absperrung aus dicken, verzurrten Bambusrohren. Starke Balken sind zwischen das Gitter und die gegenüberliegende Wand des Ganges gespreizt.

Vorsichtig beuge ich mich nach vorne, um zu sehen, was hinter der Sperre liegt.

Rok tritt neben mich.

»Wie weit ist sie?«, fragt er heiser, während er durch das Gitter späht. »Wie lange dauert es noch?«

Ein Zischen kommt aus dem Dunkel. Etwas Großes regt sich darin.

»Das lässt sich nicht genau sagen«, antwortet der Wächter leise, mit angehaltenem Atem. »Wir haben keine Erfahrung damit…«

Etwas blinkt im Dunkel. Ein Auge?

Ich bewege meinen Kopf hin und her. Allmählich gewöhnt sich mein Blick an die Finsternis in der Nische. Eine massige schwarze Gestalt zeichnet sich im Schatten hinter dem Gitter ab – ein großer Dink. Er liegt auf dem Boden, auf der Seite, die Vorder- und Hinterbeine vom Körper weggesteckt…

Der SCHREI!!! –

Wir fahren wild zusammen. Schmerz und Angst liegen in dem Brüllen, hoffnungslose Angst, die durch unsere Anwesenheit noch gesteigert wird zu rasender Panik und konvulsivischen Zuckungen. Das Tier versucht verzweifelt, sich von seinen Fesseln zu befreien.

»Sie haben ihm die Beine zusammengebunden«, entfährt es mir. Ich spüre zornige Hitze in meinem Gesicht aufsteigen.

»Wir warten darauf, dass der Dink Eier legt«, sagt Rok düster. Er sieht die Wut in meinem Gesicht und fügt hinzu: »Das war Khors Idee…«

»Ihr habt von Khor den Auftrag bekommen, die Eier auszubrüten und die jungen Dinks aufzuziehen«, stelle ich fest.

»Deine Schwester hat ihn darauf gebracht«, sagt Rok mit erhobenem Kinn. »Aber sie wollte ihm dabei nicht helfen. Also sollen wir das jetzt machen.«

»Er konnte es nicht erwarten!« Mein lauter Ausruf lässt Rok und den Wächter zusammenzucken. Lautes Schnauben kommt aus dem Käfig.

Ich schüttle den Kopf. »Khi hat zu Khor gesagt, dass es nicht so einfach geht, wie er sich das vorstellt. Aber er muss seinen Kopf durchsetzen. Was soll dabei herauskommen, wenn ihr dieses Tier so quält?«

Rok mustert mich kalt. »Wir werden es ohnehin töten müssen, wenn es weiter so schreit. Vielleicht finden wir ja schon brauchbare Eier in seinem Bauch. Aber einfacher wäre es natürlich, wenn der Dink sie gelegt hat, bevor wir ihn töten.«

Ich drehe mich um und gehe.

Als Rok herauskommt, verlassen wir schweigend

das Lager. Aber das Heulen aus dem Berg verfolgt uns noch lange.

Ohne zu reden folgen wir dem Weg jenseits des Stützpunktes. Ein kaum erkennbarer Pfad führt durch schottergefüllte Felsrinnen, über mächtige Steinbrocken und um herabgestürzte Findlinge herum. Hier ist kein Platz, um nebeneinander zu gehen, und das ist mir im Augenblick ganz recht. Ich trotte ein paar Schritte hinter Rok her und versuche, meine hilflose Wut hinunterzuschlucken. Ich bin gerade erst auf dem Berg angekommen und frage mich schon, wie ich es hier noch länger aushalten soll…

Rok dreht sich zu mir um. »Wir sind gleich da.« Seine Stimme klingt ruhig, so als ob nichts gewesen wäre.

Das letzte Stück des Pfades geht steil nach oben und endet jäh auf einem schmalen Felsvorsprung.

Rok tritt vor an die Kante und dreht sich zu mir um. Er streckt mir die Hand entgegen.

Widerstrebend nehme ich sie. Ist das eine Mutprobe?

Ich trete schwungvoll neben ihn – und strauchle fast.

»Langsam, Dev. Hier gibt es kein Geländer.«

Der Blick in die Leere ist schwindelerregend, und ich bin jetzt froh, dass Rok mich festhält: Wir stehen auf halber Höhe am Rand eines gewaltigen Abbruchs, einer himmelhohen Steilwand, die vom Nebel des Berggipfels weit über uns bis hinunter zum Meer direkt zu unseren Füßen reicht.

Vor uns ist… *Nichts*.

Der Blick geht hinaus in die Luft, haltlos im plötzlich bodenlosen Raum…

Weit draußen und weit unten spannt sich die leere Fläche des wellenlosen Meeres.

In der dunstigen Ferne jenseits des Wassers warten die verlassenen Gegenden hinter dem Berg.

Nie zuvor habe ich die Rückseite des Berges, und nie das Land dahinter gesehen. Ich kenne nur beunruhigende Erzählungen, Geschichten von tödlichen Gefahren und verlorenen Seelen, die sich zu weit in diese weglosen Gebiete gewagt haben – und nie wieder gesehen wurden. Man sagt, diese andere Seite sei ein böses Spiegelbild unseres vertrauten Zuhauses. Auch dort, auf der anderen Seite des Meeres, gibt es Küste und Wald, und dahinter wohl auch eine Wüste und ein Randgebirge. Aber etwas Anderes ist dort, etwas mit der Macht, Menschen in seinen unheilvollen Bann zu ziehen, hinein in eine leere Welt von namenlosem Grauen.

Rok folgt meinem Blick. Wieder scheint er meine Gedanken zu lesen.

»Niemand geht freiwillig dorthin. Weil es dort *nichts* gibt. Und dieses *Nichts* ist der größte Schrecken für die Menschen. Sie spüren, dass es böse ist. Es hat viele Gesichter, es lauert und umstrickt uns wie giftige Spinnen. Meistens ist es unsichtbar, verborgen im Nebel oder versteckt hinter dem Berg. An manchen Stellen erscheint es aber, zeigt sich in fremdartigen, bedrohlichen Dingen. Du hast etwas davon gesehen, Dev, damals in der Nebeltide. Das Nichts gibt uns scheinbar

Zeichen, rätselhaft und manchmal verlockend. Aber lass dich nicht täuschen: Es will uns vernichten, das Nichts will die Menschen vernichten! Und wir – die Wächter, du und ich – wir sind hier, um die Menschen davor zu schützen. Wir dürfen nicht zulassen, dass das Fremde die Schwelle überschreitet und sich unser bemächtigt.«

Rok schaut mich durchdringend an und drückt dabei meine Hand so fest, dass es wehtut.

»Aber gefährlicher noch als die fremdartigen Manifestationen oben an der Grenze ist die unsichtbare Form des Nichts.« Er zeigt hinaus in die Leere des Abgrundes vor uns. »Schau hinaus, Dev! Spürst du es? Es dringt zu uns herüber wie schädliche Dämpfe. Und es verbreitet sich im Land wie eine Krankheit, die die Menschen befallen will.«

Krankheit…

Ist es vielleicht Krankheit, was ich schon die ganze Zeit spüre? Dieses Unbehagen beim Anblick der Leere vor uns, dieses Gefühl eines Soges, der an mir zerrt, mich hinausziehen will aus der vertrauten Welt hinter mir, hinüber in das Unbekannte, Grenzenlose, Haltlose?

Oder ist es einfach nur gewöhnliche, menschliche Neugier?

Rok wendet sich jetzt ab vom Abgrund und weist mit seiner Hand in die Gegenrichtung, wo, verborgen hinter der Biegung des Berges, der Tempel liegt.

»Die Zeit«, sagt er feierlich, »es ist die Zeit, die uns vor dem Nichts bewahrt. Achte die Zeit! Verstehst du die Worte, Dev? Die Zeit gibt uns Halt, sie gibt uns Ordnung, sie gibt uns die Ruhe und Stärkung des

Schlafes und die Kraft des Tages. Nimm sie fort, und der Mensch verliert Sinn und Bestimmung, irrt durch das Land wie ein Tier und endet in Krankheit und Wahn...«

»Die Rander«, murmle ich. »Sie sind krank. Aber können sie etwas dafür?«

»Das Nichts fragt nicht nach Schuld oder Unschuld. Es schlägt zu wie ein Blinder und trifft ohne Absicht. Es kann jeden treffen, zu jeder Zeit. Doch der, der die Zeit nicht achtet, liefert sich mutwillig dem Nichts aus und fordert seinen Schlag heraus.«

Ich denke über die Bedeutung von Roks Worten nach. Ich kenne nicht viele Menschen, die zu Randern geworden sind. Bo kannte ich am besten, und ich bin sicher, dass er die Zeit immer geachtet hat. Und die anderen, von denen ich gehört habe – keiner hat sich der Zeit und der Ordnung der Wächter widersetzt. Warum auch? Jeder ist dankbar für den Schutz und die Fürsorge, die sie uns gewähren. Sie schützen die Grenze, sie hüten das Jagdrevier, sie regeln die kleinen Streitigkeiten, die manchmal zwischen den Menschen vorkommen, und vor allem: sie retten uns vor der großen Flut. Seit Menschengedenken sorgen sie für unser Überleben. Bisher habe ich mir noch nicht viele Gedanken gemacht, was in den Wächtern vorgeht, was hinter den obskuren Regeln und Prinzipien steckt, die sie von Generation zu Generation weitergeben. Aber jetzt, da ich selbst zu ihnen gehören soll, erscheint mir das, was Rok mir eben darüber erzählt hat, sehr befremdlich und verwickelt. Werde ich ihr Denken jemals verstehen?

»Du bist erst seit gestern bei den Wächtern«, sagt Rok, mit einem Mal heiter, als er in meinem zweifelnden Gesicht liest. »Lass dir Zeit! Allmählich werden deine Fragen schwinden und du wirst anfangen, das Gesetz der Wächter zu verinnerlichen.«

Das Nichts und die Zeit gehen mir im Kopf herum. Ghar, der Turmwärter fällt mir ein, und seine Geschichte, wie er damals nach Hirs Fortgang allein durch den Wald irrte und dabei die Zeit verloren hat. Wie er sich allmählich gedankenlos, schmerzlos vom Strom der Zeit hat treiben lassen ohne noch auf sie zu achten.

Ich erzähle Rok davon. »Ghar hat mir gesagt, dass diese Bewegung im Einklang mit der Zeit für ihn einem erlösenden Stillstand gleichkam. Der anfängliche Schrecken, sich aus den Bindungen des normalen Menschenlebens zu lösen, ist für ihn einem tröstlichen Zustand der absoluten Ruhe und Einheit gewichen. – Ist es das, was du meinst, Rok, wenn du sagst, dass die Fragen irgendwann schwinden werden?«

Rok schüttelt energisch den Kopf. »Nein, nein, im Gegenteil! Diese Art zu denken ist gefährlich und steht einem Wächter nicht zu. Das ist ein Verleugnen der Zeit, und das ist ein Anzeichen des Wahnes, der Menschen befällt, wenn sie sich aus der Reichweite des Tempels entfernen. Du kennst die weitere Geschichte Ghars, und sie zeigt, dass er am Ende großes Glück hatte. Er konnte noch rechtzeitig gerettet werden, weil er sich zurück in die Obhut der Wächter begeben hat. Er war schon in den Fängen des Nichts, aber er ist ihm wieder entrissen worden, den Wächtern sei Dank!«

Ich nicke zögernd. Rok verlangt, dass ich aufhöre, über Dinge nachzudenken, die mich erst beschäftigen, seit ich hier oben bin. Früher habe ich die Wächter und ihren Schutz einfach als gegeben hingenommen, so natürlich wie die Wärme von unten und die Kühle von oben. Aber hier an der Grenze, hier als Wächterin, soll ich Dinge tun, soll ich mich Gesetzen unterordnen, die ich begreifen möchte, deren Sinn ich verstehen möchte. Aber alles, was ich bekomme, ist die Anordnung, nicht zu fragen.

Muss ich wirklich einfach einige Zeit warten, bis ich es verstehe? Bis ich es von selbst akzeptiere?

Immer mehr Fragen...

Finde, was das Leben bringt
Tu, wozu dich niemand zwingt...

Ich würde jetzt gerne mit Ghar reden. Bei ihm habe ich nie das Gefühl, dass er etwas Wichtiges verschweigt. Seine Gedichte stellen mir keine Fragen, auf die es keine Antworten gibt. Ich empfinde jedes von ihnen wie eine tröstliche Antwort, die keiner Frage bedarf; oder wie einen glücklichen Fund, wenn man nichts gesucht hat...

»Lass uns gehen«, sagt Rok und blickt zum Berg. »Der Nebel kommt herunter.«

KAPITEL 28

ION

Die Zeit vergeht langsam hier auf dem Berg. Die Flut rückt näher.

Ich warte auf das Schwinden der Fragen. Aber statt zu schwinden, vermehren sie sich von Tag zu Tag.

Ich gehe meine Runden durch das Revier, zusammen mit Rok oder den Jagdwächtern, die jetzt in Khors Auftrag als Verstärkung für den Wildhüter an der Grenze patrouillieren. Am liebsten aber gehe ich alleine. Ich beobachte die Dinks, ich lese ihre Spuren und studiere ihre Gewohnheiten. Ich meide den Stützpunkt, wo die Jagdwächter wohl weiterhin vergeblich versuchen, Dinkeier auszubrüten. Seit Khi ihre zwei Jungtiere großgezogen hat, und seit ich Zeugin von Khors rohem Versuch geworden bin, es meiner Schwester nachzutun, begegne ich den Tieren hier oben mit anderen Gefühlen. Der frühere unbeschwerte Jagdeifer und die Erregung sind verflogen, ich betrachte die Dinks jetzt mehr und mehr als meine Schützlinge denn als Beute. Keine gute Voraussetzung, um den Jägern aus dem Wald- und Küstenland bedenkenlos bei ihren Ausflügen zur Seite zu stehen. Ich ertappe mich dabei, erleichtert aufzuatmen, wenn das Warten auf der Salzwiese erfolglos bleibt; und ich spüre Mitleid und einen fast körperlichen Schmerz beim Tod jedes erlegten Tieres. Schlechtes Gewissen überschattet mir den Genuss ihres wohlschmeckenden Fleisches, und doch mag ich auch nicht darauf verzichten.

Dieser Zwiespalt macht mir zu schaffen; ich zweifle immer stärker daran, dass ich mich als Wildhüterin eigne. Und ich frage mich auch, ob ich eine gute Wächterin sein kann – oder überhaupt sein will!

Die Dinge im Nebel… Eigentlich bin ich nur hier, weil Khor versprochen hat, uns in die rätselhaften Vorgänge hier oben einzuweihen. Dabei wusste ich von Anfang an, dass er das nur getan hat, um Khi für seine Dink-Pläne zu gewinnen.

Und Rok? Der wird mir wohl nie freiwillig etwas anderes erzählen als einförmige Beschwörungsformeln gegen das Nichts. Seine Mahnung, mich von dessen Rätseln und Zeichen nicht in die Irre führen zu lassen – ich kann sie nicht befolgen. Diese Geheimnisse stellen mir quälende Fragen – je länger ich hier oben bin, desto brennender wird mein Bedürfnis, nach Antworten zu suchen…

Wenn ich allein unterwegs bin, gehe ich viel näher an die Nebelzone, als mit den anderen. Trotz der Gefahr durch die Dinks dort oben – die Tiere wissen ja nichts von der geheimen Sympathie, die ich für sie hege – steige ich weit hinauf in den Salzwald und halte Ausschau. Manchmal bin ich nur einen Pfeilschuss vom oberen Waldrand und dem Anfang des Schotterhanges entfernt, in dem der Schwarze Fisch liegen muss. Ich träume oft von ihm, von dem freundlichen Wesen hinter dem leuchtenden Auge. Doch allein ist die Gefahr dort hinaufzugehen zu groß, und von Rok kann ich keine Hilfe erwarten – nur Unverständnis und Tadel.

Und dann ist da noch die Sache mit Ion…

»Ich bin jetzt nur noch jeden dritten Tag bei den Gärtnern. Ich bin jetzt ein *Hauswächter!*«, erzählt Ion nicht ohne Stolz.

Heute Morgen habe ich wieder einmal eine Jagdgesellschaft mit ihrer Beute herunter zum Tempel gebracht. Beim Abschiedsessen mit den Jägern war zu meiner Freude auch Ion dabei. Er hat sich den Rest des Tages freigenommen, und jetzt sitzen wir auf dem Tempelplatz und unterhalten uns. Ich habe mir fest vorgenommen, ihn heute zu verführen… ich meine, ihn zu einem Besuch oben im Jagdhaus einzuladen, wenn Rok mal nicht da ist. Aber Ion ist so begriffsstutzig wie immer, und ich habe es beinahe aufgegeben – diesmal wohl endgültig.

»Klingt ja spannend«, sage ich mit einem skeptischen Unterton. »Und was macht man als *Hauswächter* so?«

»Die Hauswächter sind sehr wichtig für den Tempel.

Sie dürfen – also *wir* dürfen – fast in alle Bereiche des Tempels, bis auf diejenigen ganz unten. Wir kümmern uns darum, dass die Gebäude und Anlagen immer in Schuss sind, dass alles sauber und gepflegt ist, und vor allem, dass die Zuleitungen zu den Signalanlagen freigehalten werden! Du weißt ja, dass das Wasser vom Bergfluss sie antreibt, und dazu müssen ständig Leitungen inspiziert und gereinigt werden, damit der Antriebs- und Übertragungsmechanismus funktioniert. Weißt du, es gibt da im Inneren des Flusstunnels ein großes Rad im Wasser, das sich mit der Strömung dreht. Das überträgt seine Bewegung dann auf weitere kleinere Räder, und mithilfe von komplizierten Teilen mit komischen Namen, wie *Welle, Ventil, Pumpe* fliesst das Wasser durch ein ausgeklügeltes Röhrensystem unter dem Tempelplatz. Dort sind noch weitere solche Anlagen, die -«

»Das ist… interessant«, unterbreche ich ihn, als es mir zu viel wird. »Klingt, als wäre das genau das Richtige für dich. Aber… darfst du mir diese geheimen Sachen überhaupt verraten?«

»Hmm…« Er hebt eine Augenbraue. »Ich glaube, eigentlich nicht. Bei der Aufnahme haben wir Ghum, unserem obersten Hauswächter, eigentlich geloben müssen, nichts weiterzugeben, was die Räume der Signalanlagen und der unteren Stockwerke betrifft. Aber du bist ja jetzt auch Wächterin, und du wirst ja sicher nichts weitererzählen, was du von mir erfährst, oder?«

»Natürlich nicht«, sage ich und lege meine Hand

sanft auf seinen Arm. »Erzähl weiter – was machst du denn jetzt genau bei den Hauswächtern?«

»Na ja, also jetzt am Anfang ist das, was ich am meisten mache… na ja, also… Fegen.«

»*Fegen?* Du meinst, Kehren? Mit einem Besen?«

»Ja, genau.«

»Na ja…« Ich beiße mich auf die Zunge. »Das muss schließlich auch jemand machen…«

»Ja, ich weiß, das klingt langweilig – aber so ist das bei den Wächterschülern. Man arbeitet sich mit der Zeit hoch, von den ganz einfachen, aber wichtigen Tätigkeiten, bis hin zu besonderen Aufgaben hier im Tempel, wie zum Beispiel die der *Signalwächter.* Das sind die Spezialisten, welche die Anlagen bedienen, die wir reinigen, also die Wächter, die für die Erzeugung der Zeitsignale zur richtigen Zeit zuständig sind.

Und dann gibts noch speziellere Spezialisierungen, wie die *Zeitwächter,* die für die Zeit selbst zuständig sind… Sie bedienen eine geheimnisvolle, sehr sehr alte Vorrichtung. Sie wir ganz unten im Tempel gehütet… Das interessiert mich am meisten, und ich will unbedingt einmal dort hinunter. Aber bis dahin ist es noch ein weiter Weg für mich…

Ghum sagt, man soll immer einen Schritt nach dem anderen machen, beim Fegen genauso wie in der Wächterausbildung. Wenn man zu weit nach vorne schaut, glaubt man, den ganzen weiten Weg, den man vor sich sieht nie zu schaffen – oder man stolpert dabei über die eigenen Beine.«

»Dieser Ghum ist ziemlich weise, würde ich sagen.«

»Ja, stimmt. Und er ist trotzdem nett, nicht so streng wie der oberste Lehrmeister Vhal. Ghum ist ziemlich alt, und er ist schon ewig der oberste Hauswächter. Obwohl er nicht besonders ehrgeizig ist – sonst wäre er wohl nicht bei den Hauswächtern geblieben – nimmt er seine Aufgabe sehr ernst und legt Wert darauf, dass auch seine Schüler alles, was sie zu tun haben, mit Hingabe und Verstand erledigen – auch das Fegen.«

Ions Blick richtet sich nach innen. »Ghum versteht es, Dinge so zu erklären, dass sie ganz einfach wirken, auch wenn sie manchmal ziemlich kompliziert sind«, sagt er bewundernd. »Ich verstehe mich jedenfalls wirklich gut mit ihm. Ich glaube, du würdest ihn auch mögen. Er ist ein gemütlicher Typ, und so ernst er seine Arbeit nimmt, so wichtig sind ihm die Pausen dazwischen – er verbringt sie gerne mit dem Personal in der Küche und in den Vorratskammern. Sein Tag ist eine ausgewogene Mischung aus den Stationen seines Hausdienstes und akribisch eingehaltenen Zeiten für Zwischenmahlzeiten und Schwätzchen. – Na schau, da kommt er ja grade…«

Ion winkt einem kleinen rundlichen Wächter zu, der den Platz vor uns überquert.

»Hey, Ghum! Wie gehts? Zeit für eine kleine Pause, oder?«

»Hallo Ion!«

Der Hauswächter kommt heran und mustert mich mit neugierigen, aber freundlichen Blicken.

»Ah, jetzt weiß ich, Ion, wieso du unbedingt frei haben wolltest.«

Ghum strahlt mich an und hält mir seine Hand hin.

»Hallo Dev, schön mal die neue Wildhüterin hier unten zu sehen. Was machen die Dinks? Habt ihr uns was Feines mitgebracht heute Morgen? Ich wollte sowieso grade in der Küche nachschauen, ob dort alles läuft. Und was es zum Abendessen gibt…«

»Natürlich frisches Dinkfleisch für die Wächter!«, sage ich mit schiefem Grinsen. »Aber das gibts wohl viel zu oft bei euch hier oben. Kannst du das überhaupt noch sehen?«

»Ja und ob!« Ghum schnalzt mit der Zunge. »Ich bin nicht so der Fischesser, und das Blätterfutter überlasse ich lieber den Tieren. Oh-« Er hebt eine Augenbraue und schaut horchend zur Seite. »Habt ihr das auch gespürt? Mein Magen hat geknurrt! Also, Dev – ich wünsche dir allzeit Gute Jagd da oben im Revier!«

Und er eilt geschäftig Richtung Tempel davon.

»Bis dann, Ghum!«, ruft Ion ihm lachend nach.

»Du wolltest mir gerade von den Sperrbezirken im Tempel erzählen«, erinnere ich Ion.

Er wird unvermittelt ernst.

»Seit ich bei Ghum arbeite, komme ich ziemlich nahe an die Bereiche, die nur für den engsten Kreis der Wächter bestimmt sind. Also die, die unmittelbar Khor und den hohen Wächtern unterstellt sind«, sagt er mit gesenkter Stimme. »Und manchmal, wenn Ghum gerade in Stimmung ist, Geschichten zu erzählen, macht er Andeutungen über das, was da hinter verschlossenen Türen vorgehen soll. Er spricht in Rätseln über die untersten Geschosse. Da unten gibt es angeblich noch viel erstaunlichere und kompliziertere Vorrichtungen als die Signalanlagen. Ghum hat einmal vom *Herz der Zeit* gesprochen – das muss ein geheimnisvoller Raum tief unter dem Berg sein, in dem die Zeit am Leben erhalten wird. Aber etwas Genaueres kann oder will er nicht darüber sagen…

Jedenfalls, dort hinunter dürfen nur streng ausgewählte Wächter – eben die Zeitwächter. Man sieht sie so gut wie nie, denn nur in äußerst seltenen Ausnahmefällen kommen Vertreter dieser obersten Ränge herauf. Ghum sagt, seit er im Tempel ist, hat er nur ein einziges Mal einige von ihnen gesehen. Und das war vor sehr langer Zeit, als der damalige oberste Wächter gestorben war. Bei der feierlichen Zeremonie, während der Meister Khor zum Nachfolger erhoben worden ist, waren einige von den Zeitwächtern zugegen: eindrucksvolle Gestalten, ungewöhnlich anzusehen in ihren schwarzen Gewändern und mit ihren ernsten, uralten Gesichtern…

Es heißt, dass dort unten neben den Arbeitsstätten auch eigene Schlaf- und Speiseräumlichkeiten für diese Elite vorhanden sind, sodass deren Angehörige keinen Kontakt mit den niedrigeren Wächtern darüber haben müssen, um sich ganz auf ihre Aufgabe konzentrieren zu können.

Außerdem weiß ich von Ghum, dass es dort unten auch Schutzräume für die Zeit der Großen Flut gibt, damit die Zeitwächter nicht mit den anderen zu den Kavernen ziehen müssen, sondern sich während dieser Tage hier am Berg ihrer heiligen Aufgabe weiter widmen können, während das Land unter Wasser liegt. Unglaublich, oder? Davon haben wir da draußen überhaupt keine Ahnung gehabt!«

»H-mh...«

Das sind wirklich interessante Informationen. Aber angesichts Ions Begeisterung erfasst mich auf einmal wehmütige Ernüchterung. Meine zaghaften Versuche, sein Interesse auf mich zu lenken, erscheinen mir plötzlich eigensüchtig und dumm. Kann ich den kindischen Traum nicht einfach begraben, dass es mit uns beiden doch noch etwas werden könnte, dass ich ihn von der Wächterlaufbahn abbringen könnte, oder ihn zumindest in Versuchung führen könnte?

Nein... das kann ich nicht.

Aber mir dämmert, dass mein Wunsch eine romantische Selbsttäuschung ist. Ion ist einfach zu unreif dafür – oder das Ziel, Wächter zu werden, ist ihm viel wichtiger als Zweisamkeit und Familie. Ich fürchte, es ist beides… Vor meinem inneren Auge verwandelt Ion sich plötzlich in einen alten, verschrumpelten Zeitwächter in traurigem Schwarz, aber mit weisem, sendungsbewusstem Blick in die Tiefe der Zeit…

»Ach ja!« Ions plötzlicher Ruf reißt mich jäh aus meinem Grübeln. »Etwas ganz Wichtiges habe ich dir ja noch gar nicht erzählt!«

»Und was?«, frage ich genervt in Erwartung von noch mehr Lobgesängen auf die Freuden des Wächterlebens.

»Also: Wir kommen beim Reinigen der Gänge und Räumlichkeiten manchmal an Zugänge zu den gesperrten Bereichen. Dort stehen immer zwei Wächter, die niemanden durchlassen. Auch im Zentrum des Erdgeschosses gibt es so eine bewachte Tür. Und neulich war ich dazu eingeteilt, den langen Gang, der innen fast den ganzen Tempel entlangläuft, zu fegen. Auf der Bergseite gibt es nur diesen einen Durchgang, und genau, als ich langsam an dieser Tür und den beiden Wächtern vorbeifegte glitt sie auf, und einer der höheren Wächter trat heraus. Ich schaute ihn an und grüßte ihn, und dabei konnte ich gar nicht anders, als einen flüchtigen Blick durch die Tür zu werfen. Und du wirst nicht glauben, was ich da drin gesehen habe!«

Ich horche auf. Meine trüben Gedanken zum Thema Zweierbeziehung sind plötzlich wie weggeblasen.

»Da drinnen ist ein Innenhof, ein geschlossenes Geviert von Mauern ohne Dach. Ich konnte über den Wänden den Himmel und den Berghang sehen. Ein Innenhof, dessen Lage du sehen kannst, wenn du vom Weg ins Jagdrevier nach unten schaust. Aber wegen der hohen Mauern sieht man von dort oben nicht hinein.«

Ich nicke aufgeregt, denn ich habe diesen Hof vom Bergpfad schon oft gesehen, aber mich nie gefragt, was wohl darin ist. Aber *jetzt* frage ich mich!

»Weiter!«

»Als ich ihn später danach gefragt habe, hat Ghum Andeutungen über mysteriöse Artefakte gemacht, die dort aufbewahrt werden. Er wusste nur, dass der Hof noch nicht lange so ein geheimer Bezirk ist; früher konnte da jeder rein. Aber er erzählte, dass es kurz nach der letzten Flut einmal eine große Aktion gab, bei der

der gesamte Gang vom Bergtor bis zum Innenhof abge-
sperrt wurde. Damals hat ein großer Trupp von Wächtern aus dem Tempel und von oben aus dem Jagdrevier
hier etwas hereingeschleppt, etwas sehr Großes, das mit
Decken eingehüllt und verschnürt war. Ghum und seine
Hauswächter haben einen ganzen Tag gebraucht, um
den Gang wieder sauber zu bekommen. Das ist ja auch
ein ganz schön langes Stück vom Eingang bis zum
Innenhof, das müssen ja mindestens -...«

»Ion!« Ich kneife ihn ärgerlich in den Oberarm. »Was
hast *du* im Hof gesehen? Jetzt erzähl' schon!«

»Ja...« Er reibt sich den Arm und überlegt. »Also, ich
konnte ja nur für einen Wimpernschlag durch den
Türspalt sehen. Und da habe ich etwas gesehen, etwas
großes Dunkles... Es war ein schwarzes *Ding*, das dort
drinnen den Hof fast ausgefüllt hat! Doch der
Torwächter vor dem Zugang hat das Tor schnell
geschlossen und mich energisch zurückgewiesen.«

Mein Atem stockt. »Wie hat es ausgesehen, Ion?
Hatte es so etwas wie ein Auge, ein leuchtendes Auge?«

»Nein, nicht soweit ich es sehen konnte. Es war
einfach schwarz und groß und länglich...«

»Wie ein *Fisch*? Wie ein großer schwarzer Fisch??«

»Na ja, ich weiß nicht...« Er sieht mich unsicher an.
»Du meinst, das könnte das Ding sein, das du oben im
Nebel gesehen hast?«

»Zumindest *so* ein Ding! Aber... groß und länglich
sagst du? Das Ding, das *ich* gesehen habe, war riesig,
viel größer als der Innenhof, mindestens dreimal so
lange, so weit ich es überblicken konnte.«

»Du denkst, das war ein anderes? Es gibt noch mehr davon? Größere und kleinere?«

Ich nicke heftig. »Weißt du nicht mehr, was Khor damals in der Kaverne gesagt hat? Er hatte genau diese Befürchtung, dass es mehrere geben könnte… Jetzt ist mir auch klar, wieso. Er *wusste* es, weil er eins davon in seinem Tempel hat! Ich will endlich wissen, was er uns bis jetzt verschwiegen hat.«

Am liebsten würde ich sofort zu Khor gehen und ihn zur Rede stellen. Aber jetzt naht das Abendsignal, und ich muss aufbrechen, um rechtzeitig oben beim Jagdhaus zu sein.

»Hör zu, Ion«, sage ich entschlossen. »Die nächste Jagdgesellschaft kommt in drei Tagen. Wenn ich danach mit ihnen herunterkomme, sehen wir beide uns bei Khor! Klar?«

»Ja, klar«, sagt er zweifelnd. »Glaubst du, das gibt Ärger?«

»Da bin ich mir sicher«, sage ich grimmig. »Aber ich freue mich darauf!«

KAPITEL 29

SELTSAME DINGE

E s regnet in Strömen. Seit ich vom Tempel zurück bin, hat es nicht mehr aufgehört. Es scheint, als würden die Wolken unter dem Berggipfel jeden Tag dunkler und schwerer.

Rok sagt, solche langen Regenzeiten sind die ersten Anzeichen. Wir sind jetzt nahe an der kommenden Flut.

Ich schöpfe Wasser aus der übervollen Zisterne und stelle die Schalen auf den Tisch im leuchtenden Eingangsraum des Jagdhauses. Dort liegen schon Früchte und Nüsse. Rok schneidet getrocknetes Dinkfleisch und legt es auf Platten.

Ich trete vor das Haus und gehe den Pfad über die Wiese hinüber zum Waldrand. Von hier aus kann man ein Stück der Schlucht überblicken, durch die sich der Weg den Bergfluss entlang heraufwindet. Hinter schweren Regenvorhängen, zwischen nassen Felswänden und dunklen Flecken von dichtem Baumbestand und Buschwerk kann ich da und dort ein kurzes Stück des Steiges ausmachen. Er gleicht heute einem Bach mit glitschigen Steinen und kleinen Kaskaden, anstrengend zu begehen für schwer beladene Jäger aus den sanften Höhenzügen des Waldes und den Ebenen der Küste.

Jetzt kann ich sie sehen: eine Gruppe von sechs Gestalten. Langsam arbeiten sie sich einen steilen Übergang empor; dunkel erscheinen ihre Silhouetten vor dem Hintergrund des lichten Meeres weit unter ihnen. Vier von ihnen tragen prall gefüllte Netze an Speeren über ihre Schultern. Gerade bleiben sie stehen und setzen ihre Last ab. Einer deutet herauf in meine Richtung, die anderen folgen seiner Hand mit ihren Blicken. Ich winke – aber sie scheinen mich nicht zu sehen. Nach wenigen Augenblicken nehmen sie die Netze wieder auf und gehen weiter. Bald verschwinden sie hinter den Bäumen.

»Sie kommen«, sage ich zu Rok, als ich wieder in das Jagdhaus trete. »Om und El sind dabei. Ich gehe ihnen ein Stück entgegen.«

Am unteren Waldrand treffe ich sie. El führt die Gruppe an. Leichtfüßig springt er von Stein zu Stein und stößt einen Freudenschrei aus, als er mich sieht.

Wir begrüßen uns mit einer herzlichen Umarmung.

»Du stinkst nach Fisch«, sage ich mit gespieltem Ekel.

»Ja, heftig, oder?« Er lacht dreckig. »So muss es sein, wenn man auf Dinkjagd geht!«

El ist völlig durchnässt, aber bestens gelaunt und ohne jede Spur von Erschöpfung.

Ich kann mir denken, warum er so aufgedreht ist. »Du hast im Tempel Nhin getroffen, stimmts?«

»Woher weißt du…?«, strahlt er. »Stell dir vor, sie hat mich gefragt, ob ich nicht auch zu den Kampfwächtern kommen will…«

»Na, das würde dir passen«, lache ich. »Aber du weißt schon noch, oder? Wächter dürfen ja nicht...«

»Hm«, brummt er mit gerunzelter Stirn, »das ist der Haken an der Sache. Das will gut überlegt sein…« Er dreht sich seufzend um und macht sich wieder an den Aufstieg.

Die vier schnaufenden Jäger, die hinter El die gefüllten Fischnetze herauftragen, kenne ich aus dem Waldland. Einer von ihnen ist Khel; mit ihm habe ich früher schon einmal gejagt. Er richtet mir Grüße von Ahn aus. »Es geht ihr gut, aber sie wollte nicht mitkommen. Sie hat gesagt, die Zeit zum Jagen ist für sie vorbei. Sie muss sich um den Palmengarten kümmern. Aber sie hat uns ein Fläschchen Palmwein für dich mitgegeben.«

Er händigt mir eine kleine pralle Lederflasche aus.

»Danke! Bitte grüßt Ahn von mir zurück. Und den Wein trinken wir morgen nach der Jagd!«

Zuletzt schließt Om zu uns auf, und auch wir drücken uns zur Begrüßung.

»Ich soll dir von Thi einen Extrakuss geben und dich mit nach Hause nehmen. Kommst du mit?«

Ich weiß, dass er nicht ernsthaft eine Antwort erwartet, und ziehe nur seufzend die Schultern hoch.

»Und dann soll ich dich noch grüßen von …« Om schaut nach vorne zu den Jägern und macht ihnen ungeduldige Zeichen: »Los, geht weiter. Wir wollen doch rechtzeitig zum Abendessen oben sein!« Während sich die Jäger mit El an der Spitze wieder in Bewegung setzen und den Pfad hinaufsteigen, bleiben Om und ich ein Stück zurück.

»… von Khi und Ka?«, frage ich leise, »Wie geht es ihnen?«

»Gut.« Er nickt. »Wir haben uns vor Kurzem wieder bei Ghar getroffen. Sie machen einen glücklichen Eindruck. Deine Schwester blickt so unbeschwert in die Zukunft, ich frage mich, woher sie diese Leichtigkeit nimmt – oder ist es Leichtsinn? Thi und ich machen uns schon manchmal Sorgen um ihr und Kas Leben da draußen, außerhalb der Gemeinschaft der Menschen und des Schutzes der Wächter. Aber es ist, als bräuchten die beiden das einfach nicht, als wären sie ihre eigenen Wächter. Beinahe wie die wilden Tiere draußen im Wald oder die Dinks hier am Berg – sie haben ihre eigenen geheimen Wege und Verstecke, ihre eigenen, für uns unbegreiflichen Gesetze.«

Wir folgen den anderen langsam und halten Abstand, denn wir wollen nicht, dass etwas von unserem Gespräch an ihre Ohren und vielleicht über Umwege zu Rok oder Khor dringt.

»Sie haben uns erzählt, dass sie bei der nächsten Flut nicht mit zu den Kavernen kommen werden«, sagt Om. »Sie wollen Khor aus dem Weg gehen. Sie sagen, sie haben einen geheimen Unterschlupf irgendwo, der Platz für sie und die beiden Dinks zum Überleben bietet, wenn das Wasser kommt...«

»Khi hat so einen Dickkopf!« Die naive Zuversicht meiner Schwester erfüllt mich wieder einmal mit einer Mischung aus Besorgnis und Ärger. »Woher wollen sie wissen, dass es dort wirklich sicher ist?«

»Ich glaube, deswegen brauchst du dir keine Sorgen zu machen«, sagt Om. »Es war Ghar, der ihnen das Versteck gezeigt hat. Es ist keine natürliche Höhle oder ein Tierbau, sondern ein lang vergessener Ort der Alten. Vielleicht stammt er noch aus der Vorzeit, als die Große Kaverne noch nicht entdeckt war. Als Ghar jung war und er, verlassen von seiner Braut, einsam und verzweifelt durch die Wälder irrte, stieß er durch Zufall auf diesen Ort. Er verbrachte eine lange, einsame Zeit dort, bevor er zurückkam. Jetzt weiß niemand außer ihm, Khi und Ka, wo das Versteck liegt.« Er dreht sich um und blickt hinaus über die Bäume und über das Meer. »Ich glaube, wir kennen deine Schwester und unseren Ka gut genug, um uns Hoffnung machen zu können, dass sie dort unentdeckt von den Wächtern ein Leben nach ihren Vorstellungen führen können – auch wenn uns das verrückt erscheinen mag. Ich bin sicher, sie werden uns noch auf irgendeine Weise überraschen...«

»Ich wünsche mir, dass du Recht behältst«, seufze

ich. »Dass sie verrückt sind, da stimme ich dir jedenfalls zu.«

El und die anderen Jäger haben inzwischen die Wiese vor dem Jagdhaus erreicht. Wir schließen zu ihnen auf, als Rok gerade aus der Tür tritt, um die Jagdgesellschaft zu begrüßen. Die erschöpften Männer legen ihre übelriechende Last hinter dem Haus ab. Dann gehen sie zum Bergfluss, um sich mit dem salzigen Wasser den gröbsten Geruch nach verdorbenem Fisch und Schweiß abzuwaschen. Mit Regenwasser aus der Zisterne und einer Handvoll Limssaft verwandeln sie sich danach in erträgliche Mitmenschen, mit denen man die Tafel zum Abendessen teilen kann, ohne die Luft anhalten zu müssen.

Beim Essen hält Rok seine übliche Ansprache für Neulinge bei der Jagd, obwohl jeder der Männer schon ein oder mehrmals hier war. Fragende Blicke und hochgezogene Brauen sind die Reaktion. Doch Rok spricht unbeirrt und laut, und seine Ermahnungen sind noch eindringlicher als sonst.

»Hier oben im Jagdrevier ist das erste Gesetz der Wächter: *Achtet die Grenze!* Ihr müsst auf der Hut sein, wenn wir uns morgen der Nebelzone nähern. Bei diesem Wetter sind die Dinks unberechenbar, es kann sein, dass sie früher und weiter herunterkommen als sonst – doch es kann genauso gut sein, dass wir gar keinen von ihnen zu Gesicht bekommen. Aber es sind nicht nur die Dinks, vor denen ihr euch in Acht nehmen müsst.«

Rok steht jetzt auf, stellt sich vor die Tafel und blickt mit ernster Miene auf uns herab. Dann zeigt er mit erhobenem Arm in die Richtung, in der draußen der Berggipfel liegt.

»Wir jagen an der Grenze, denkt immer daran. *Achtet die Grenze!* Seit Längerem schon gehen da oben seltsame Dinge vor. Solltet ihr etwas Ungewöhnliches bemerken, dann zieht euch zurück und gebt mir oder Dev sofort Bescheid. Haltet euch auf alle Fälle mindestens einen Pfeilschuss vom Rand des Salzwaldes entfernt, dann sollten wir vor unliebsamen Überraschungen einigermaßen sicher sein.«

»Was meinst du mit ,seltsame Dinge'?«, fragt einer der Jäger. »Man hört jetzt öfter mal Schauergeschichten über die Nebelzone. Ein riesiges Ungeheuer soll da oben sein Unwesen treiben. Es heißt, es ist ein großer schwarzer Fisch, der Menschen verschlingt... Ist es das, was du meinst?«

»Wenn ihr ihm gegenübersteht, werdet ihr sofort erkennen, was ich mit ,seltsam' meine.« Rok hebt eine Hand mit hochgerecktem Zeigefinger vor sein Auge. »Aber denkt daran: Alles dort oben ist nicht nur seltsam, sondern auch gefährlich!« Er lässt seinen Blick über die angespannten Gesichter der Jäger wandern. »Vielleicht versucht etwas dort oben, euch zu verwirren, euch Dinge vorzugaukeln und euch hinauf zu locken in den Nebel... « Dabei bedenkt er mich mit einem kurzen Seitenblick. »Aber lasst euch nur nicht täuschen! Es ist böse, es will euch hinüberreißen über die Schwelle, euch ins Nichts zerren und euch töten!«

Beklommenes Schweigen legt sich über die Tafel. Niemand spricht, keiner kaut. In der Stille hört man nur jemanden geräuschvoll schlucken.

»Also!«, rufe ich betont fröhlich in die Runde, worauf einige erschrocken zusammenzucken. »Wenn ihr auf Roks Mahnungen hört und euch daran haltet – und wenn wir außerdem noch ein bisschen Glück haben – dann werden wir alle morgen eine gute und erfolgreiche Jagd erleben!«

Die Männer tauschen zaghafte Blicke untereinander, mit mir und mit Rok. Dann fangen sie langsam wieder an zu essen, zu trinken und sich zu unterhalten. Nach kurzer Zeit zeugen Lautstärke und Gelächter davon, dass für den Moment der Ernst und die Gefahren des morgigen Tages vergessen sind. Wie eh und je vertreiben sich die Jäger am Vorabend der Jagd die Zeit mit unerhörten Geschichten und großen Sprüchen, mit Voraussagen und Mutmaßungen über das Wetter, den Berg und die zu erlegende Beute, bis das Abendsignal sie zu ihren Ruheliegen und zum Schlaf ruft: *Achtet die Zeit!*

Der Morgen ist noch regnerischer als die Tage zuvor. Die Jäger sind jetzt wieder schweigsam und ernst, während wir uns auf den Weg hinauf zur Salzwiese machen. Ich sehe ihnen an, dass sie sich keine großen Hoffnungen machen, heute auf Beute zu treffen. Im dichten Regen werden die Dinks die Köderfische nur wittern, wenn sie ihnen sehr nahe kommen, und es braucht viel Glück, den richtigen Platz dafür auszuwählen. Man darf auch nicht zweimal hintereinander denselben Platz für die Jagd verwenden, weil man vielleicht denkt, dass sich die Dinks daran erinnern, wo sie zuletzt die Leckerbissen gefunden haben. Sie erinnern sich vielmehr daran, wo sie zuletzt mit Pfeilen und Speeren traktiert wurden und werden an dieser Stelle misstrauisch und bleiben weg.

Während wir in unserem Versteck aus Ästen und Grasbüscheln warten, suchen mich beklemmende Erinnerungen heim. Zufällig sind wir heute fast an der Stelle, wo damals bei der Jagd Pa gestorben ist. Die Ereignisse von damals mischen sich mit dunklen Vorahnungen. Ein ungutes Gefühl breitet sich in meinem Magen aus.

Mit regennassen Augen versuche ich, den Waldrand zu beobachten. Der Nebel zieht sich schon in den Salzwald zurück. Doch im spärlichen Licht unter dem Wolkenschirm des Berggipfels kann ich dort oben nur undeutliche Schemen sehen. Ich weiß, dass die verschwommenen dunklen Flecken Büsche und Bäume sind. Aber dort könnten auch Dinks sein oder ‚seltsame Dinge‘. Meine Augen geben sich so sehr Mühe, etwas zu erspähen, dass sie ständig versuchen, mir bekannte Formen zu zeigen: Schleichende Dinks, aufrecht gehende übergroße Gestalten, bizarre Mischwesen oder Fischwesen mit winkenden Armen oder wallenden

Tentakeln, riesige Augen, die zwischen Ästen herunterstarren...

Doch wenn ich mir das Wasser aus den Augen wische und mit zusammengekniffenen Lidern noch einmal hinschaue, bleiben immer nur Büsche und Bäume zurück, deren Zweige sich unruhig im Regen bewegen.

Wir haben uns aufgeteilt: Mit mir im Versteck kauern Om, El und Khel, der Jäger, der mir die Grüße von Ahn ausgerichtet hat. In einigem Abstand links von uns ducken sich Rok und die anderen drei Jäger hinter ihrer Tarnung.

In der Wiese vor uns glänzen die Köderfische. Ich betrachte den übelriechenden Haufen. Unter den strömenden Rinnsalen und klatschenden Tropfen bewegen sich die toten Fische ganz sacht. Ich stelle mir vor, dass das Wasser des Regens sie von Schleim und Blut reinigt und wieder lebendig macht. Ihre trüben Augen werden plötzlich ganz klar, und einer nach dem anderen fangen sie an zu zucken und mit den Schwanzflossen zu schlagen. Sie warten nur darauf, dass die Tide herunterkommt – dann wird sich der ganze Haufen erheben und als munterer Schwarm Richtung Gipfel davonziehen...

Plötzlich stößt Rok einen überraschten Ruf aus.

Er deutet weit nach links zum Waldrand hinauf. Dort bewegt sich etwas quer den Hang herunter auf uns zu!

Im dichten Regen erkenne ich undeutlich eine Gestalt. Es ist kein Dink, sondern ein menschenähnliches Wesen! Auf zwei Beinen läuft – oder vielmehr hüpft und stolpert es – hastig durch das hohe Gras der Salzwiese. Dann bleibt es kurz stehen und dreht sich um in die Richtung, aus der es gekommen ist.

Jetzt kann ich etwas mehr erkennen: Das Wesen ist nicht viel größer als wir, aber seine Gliedmaßen und sein Rumpf sind dick und unförmig, sein Kopf riesig und ohne Gesicht. Während es sich wieder nach vorne dreht, sehe ich dort, wo Augen Mund und Nase sein sollten, eine glatte Fläche, die wie dunkles Wasser spiegelt. Auf der faltigen Haut, die seinen ganzen Körper bedeckt, glänzen Rinnsale von ablaufendem Regenwasser. Seltsamer Schmuck blitzt an seinen Gelenken und um seinen dicken Hals.

Jetzt fängt es wieder an zu laufen, wieder schräg den Abhang herunter. Nach wenigen Schritten bleibt es abermals stehen und dreht sich – schauend oder horchend – um.

In diesem Moment springt Rok auf und brüllt uns zu: »Achtung, Jäger! Macht euch bereit zum Kampf! *Achtet die Grenze!*«

Wir stehen alle gleichzeitig auf.

Die Gestalt dreht sich abrupt zu uns um. Erstarrt steht sie jetzt da, und erstarrt stehen auch wir hier unten. Bögen und Speere fest umklammert, aber wie gelähmt, rührt sich keiner der Jäger. Alle blicken wie gebannt auf die Erscheinung keinen Pfeilschuss entfernt in der Wiese vor uns.

Dann bewegt sie sich…

Langsam, sehr langsam hebt und streckt sie ihren linken Arm, so hoch, dass die Hand mit den ausgestreckten dicken Stummelfingern über ihrem Kopf schwebt. Dort bleibt die Hand für lange Augenblicke unbeweglich in der Luft. Atemlos, mit offenem Mund schauen wir auf diese Hand, unfähig, uns zu bewegen, in Erwartung dessen, was als Nächstes geschehen wird.

Da fängt die Hand plötzlich an, zu wedeln – erschrocken fahren die Jäger zusammen, scharf die Luft einziehend und ihre Waffen vorstreckend.

»Es winkt!«, rufe ich überrascht und hebe ebenfalls die Hand.

»Tötet es!«, brüllt Rok gleichzeitig und hebt seinen Speer.

Ich setze an, etwas einzuwenden – doch in diesem Augenblick ertönt ein dumpfes Krachen aus dem Wald über uns. Einen Augenblick später sehe ich die Ursache:

Ein großer Dink bricht aus dem Unterholz!

Am Rand der Wiese bremst er hart ab und richtet sich langsam auf seinen Hinterbeinen auf. Er schaut suchend über das hohe Gras hinweg.

Für einen Augenblick ist alles still bis auf das eintönige Prasseln des Regens.

Die Gestalt schaut über ihre Schulter nach oben, so wie auch wir jetzt alle unseren Blick auf den Dink geheftet haben.

Das Tier wendet den Kopf hin und her und lässt seine lange Zunge vor und zurückfahren. Es sucht die Witterung seiner Beute.

Jetzt fängt Rok wieder an zu brüllen: »Angriff! Angriff!«

Er macht zwei Schritte auf das Wesen zu und schleudert ihm seinen Speer entgegen. Die Gestalt neigt den Kopf nur ein wenig zur Seite, und der Speer verfehlt ihn um Haaresbreite.

»Schießt! Tötet es!!«, schreit Rok wie von Sinnen, während er seinen Bogen von der Schulter reißt und einen Pfeil anlegt.

Auch die Jäger bewegen sich jetzt nach vorne, mit erhobenen Waffen, aber zaghaft und unschlüssig, ob sie ihre Blicke der dicken Gestalt vor sich oder dem Dink weiter oben zuwenden sollen.

Roks Gebrüll hat die Aufmerksamkeit des Tieres auf sich gezogen – es wendet sich uns interessiert zu. Und fängt an, die Wiese herunterzutrotten!

Die Gestalt blickt zwischen uns und dem Dink hin und her – sie wirkt auf mich mit einem Mal genauso unschlüssig wie die Jäger, die offensichtlich von Roks gestrigen Ermahnungen eingeschüchtert sind. Beim leibhaftigen Anblick des »seltsamen Dings« stehen sie starr vor Schrecken da.

Ein Pfeil trifft die Gestalt am Kopf. Das Geschoss prallt wirkungslos ab und landet in der Wiese.

Rok steht mit seinem Bogen im Anschlag da und brüllt die Umstehenden zornig an: »Ihr sollt es töten! Achtet die Grenze, verdammt nochmal! Schießt!!«

Langsam kommt Bewegung in die Jäger. Einige legen Pfeile an ihre Bögen und zielen auf das Wesen.

Plötzlich hebt es seine rechte Hand. Etwas Glänzendes, Längliches richtet sich nach oben zum Himmel.

Rok duckt sich. »Passt auf! Es hat eine Waffe!«

Ein ohrenbetäubendes Krachen lässt alle zusammenfahren!

Aber Khel, direkt neben mir, springt auf. Er stößt einen wilden Schrei aus und stürmt auf das Wesen zu. Er zielt mit seinem Speer auf dessen Hals. Kurz bevor er es erreicht, senkt das Wesen schnell den Arm mit dem glänzenden Gegenstand – und wieder ertönt ein lauter Knall!

Khel reißt die Arme hoch und fällt mit einem blutigen Loch in der Brust nach hinten. Sein lebloser Körper landet mit einem dumpfen Klatschen auf dem Rücken und rutscht langsam über das nasse Gras den Hang herunter, direkt vor unsere Füße.

Fassungslos starren wir auf den Leichnam.

Dann drehen wir uns alle gleichzeitig um und rennen in kopfloser Flucht den Berg hinunter.

Erst am Eingang zum Hohlweg wage ich es, stehen zu bleiben und mich umzublicken.

Die Wiese ist leer, bis auf den toten Jäger.

KAPITEL 30

EIN SCHWARZER FISCH

»Warum hast du nicht sofort die Jagdwächter gerufen? Du hättest warten sollen, bis Verstärkung kommt!«

Meister Khor geht verärgert vor Rok und mir auf und ab. So aufgebracht habe ich ihn noch nie erlebt. Die drei anderen hohen Wächter sitzen mit ernsten Mienen schweigend auf dem Podest hinter ihm.

»Aber...« Rok ist sichtlich bemüht, sich angesichts dieser Vorwürfe nicht schuldig zu fühlen. »Es war ja diesmal nur einer...«

Diesmal! Bei diesem Wort zucke ich zusammen. Es gab also schon früher solche Begegnungen – und deswegen war Rok gestern so ernst mit seinen Ermahnungen!

»Er kam direkt auf uns zu! Alles ging so schnell, der Eindringling vor uns, und dann auch noch der Dink, der hinter ihm her war! Wir mussten uns verteidigen, bevor der Fremdling seine Waffe gegen uns erheben konnte.«

Ich setze zu einem Einwand an: »Aber er hat doch nur -«

»Aber es war zu spät, trotz des mutigen Einsatzes der Jäger«, fällt mir Rok ins Wort. Er funkelt mich mit einem eisigen Seitenblick an.

»Und keiner konnte ihn treffen?«, fragt Khor missmutig. »Niemand ihn verwunden?«

»Mein Speer ging fehl.« Rok senkt den Kopf. »Mein Pfeil traf, prallte aber von seinem Kopf ab. Und dann... Er hat sofort geschossen, als Khel auf ihn losrannte.«

Khor schaut ihn vorwurfsvoll an und reckt ihm beide Hände mit gespreizten Fingern entgegen. »Du weißt doch, dass ihre Köpfe am wenigsten verwundbar sind«, presst er hervor.

Dann winkt er ab und dreht uns den Rücken zu. »Aber jetzt ist es vorbei.« Er schaut zur Seite auf den Boden und fragt: »Was geschah, nachdem Khel starb?«

»Rückzug«, sagt Rok heiser. »Gegen seine Waffe waren wir unterlegen, und dort oben gab es keinerlei Deckung. Als wir uns hinter die Kante des Hohlwegs zurückgezogen hatten, war der Eindringling fort. Er muss wieder zurück in den Wald gelaufen sein. Und auch der Dink war nicht mehr da – das Krachen der Waffe muss ihn vertrieben haben.«

Khor dreht sich um, steigt die Stufe zu den anderen Wächtern empor und lässt sich seufzend vor ihnen auf seinem Sessel nieder.

»Wir können keine Jäger mehr hinauflassen, solange

die Eindringlinge dort sind«, sagt er an Rok und mich gewandt. »Wir müssen das Revier sperren und die Grenze beobachten. Wir müssen mehr Wächter dort stationieren. Die Gefahr ist zu groß! Und wer weiß, was jetzt noch alles von dort herunterkommt. Und was es im Schilde führt...«

Rok und die hohen Wächter nicken ernst.

Ich hole tief Luft. Ich habe viele Fragen und weiß nicht, wo ich anfangen soll.

»Wer ist das?« bricht es aus mir heraus. »Wer sind diese Wesen, und wo kommen sie her? Ihr habt schon mehr davon gesehen, stimmts? Was wisst ihr über sie?«

»Sie kommen aus dem Nebel«, sagt Rok. »Von jenseits der Grenze. Aus dem Nichts...« Ich höre jetzt Angst in seiner Stimme.

»Sie sind gefährlich!«, sagt Khor. »Du hast gesehen, wozu sie imstande sind!«

Rok nickt. »Wir müssen sie töten, bevor sie uns töten.«

»Aber... Aber, es hat *gewinkt!*« Mein Herz schlägt bis zum Hals. »Das Wesen dort oben hat uns zugewinkt! Es hat erst geschossen, als wir es angegriffen haben! Ich hatte vorher nicht den Eindruck, dass es mit uns kämpfen wollte...«

»Nein?«, fragt Rok wütend. »Du weißt doch noch, was ich euch am Abend gesagt habe über ihre Gaukeleien, mit denen sie uns verwirren und hinüberlocken wollen! Dev! Der Eindringling hat Khel getötet! Und wenn wir nicht geflohen wären, gäbe es sicher noch mehr Verluste zu beklagen!«

»Und du hast richtig vermutet – es gab schon vorher Begegnungen mit diesen Fremdlingen.« Khor schaut mich jetzt abwägend an, als zögere er, mir noch mehr zu erzählen. Seine Kaumuskeln arbeiten, dann atmet er scharf ein. »Und auch dabei gab es schon Tote.«

Ich starre die beiden an, meine Hände zittern vor Aufregung. Haben sie recht? Sind diese Wesen wirklich eine tödliche Gefahr für uns? Und bin ich ein leichtgläubiges Opfer ihrer Täuschungen, wenn ich daran zweifle? Bin ich schon dabei, ihrem Wahnsinn anheimzufallen? »Sie haben etwas mit dem Schwarzen Fisch dort oben zu tun, oder?«

Rok schaut Khor an. Der verzieht sein Gesicht, sieht abwechselnd zu Boden und zur Decke. Er ringt offensichtlich immer noch mit sich, ob er mich in diese gefährlichen Geheimnisse einweihen soll.

»*Khor!*«

Ich trete einen Schritt auf ihn zu. »Khor, sag mir jetzt, was dort oben vorgeht!« Meine Stimme ist laut – wütend und flehentlich zugleich. »Du hast es uns versprochen, mir, Khi und Ion, damals in der Kaverne. Du sagtest, wir müssten uns den Wächtern anschließen, damit du uns ins Vertrauen ziehen kannst. Und hier bin ich – ich habe meinen Eid auf das Gesetz der Wächter geschworen! Hier bin ich, um die Prinzipien der Wächter zu verteidigen! Aber ich muss wissen, wogegen ich sie verteidige! Ich muss wissen, was uns da oben bedroht! Ich muss es verstehen, Khor!«

Rok flüstert tonlos zur Seite: »Da ist nichts zu verstehen, Dev. Nichts.«

»Doch«, fahre ich ihn wütend an. »Ich will wissen, was dort oben ist! Und ich will wissen, was ihr hier im Innenhof des Tempels versteckt!«

Rok zuckt zusammen und sieht mich scharf an: »Woher...?«

»Also gut!« Khor gibt sich einen Ruck und steht auf. Er schaut kurz zu den drei hohen Wächtern hinter sich, und dann mit einem beschwichtigenden Blick zu Rok.

»Also gut, Dev«, sagt er entschlossen. »Ich sehe, dass du dich nicht davon abbringen lässt.« Er schüttelt sacht den Kopf. »Stur wie deine Mutter... Ich frage mich auch, woher du vom Innenhof weißt...«

Er zieht eine Augenbraue hoch und fasst sich ans Kinn. »Und ich habe da einen Verdacht. Ein gewisser Schüler, der bei den Hauswächtern ist, hat da wohl seine Nase drin und konnte trotz seiner Verpflichtung zur Verschwiegenheit den Mund nicht halten!«

Als er mein erschrockenes Gesicht sieht, lächelt Khor plötzlich milde. »Dein Freund Ion kann sicher auch ein Lied von deinem Dickkopf singen... Der arme Junge!«

»Ja, es stimmt!«, sage ich trotzig, »Er hat mir davon erzählt! Schließlich hast du uns *beiden* versprochen, uns einzuweihen!«

»Jaja, ich verstehe ja, dass ihr ein Rätsel lösen wollt, und dass du Klarheit über deine Mutter haben möchtest. Ich gestehe, da geht es mir genauso wie euch! Ich bin jetzt ganz froh, das Wenige, was wir mehr wissen als ihr, mit euch zu teilen.«

Jetzt tritt Khor zu mir und fasst sanft meine Hand.

»Ehrlich gesagt... Ich baue immer noch darauf, dass

deine Schwester bald zur Vernunft kommt und den Wächtern und der Allgemeinheit ihre besonderen Fähigkeiten zur Verfügung stellt. Ich hoffe, wenn wir dich einweihen wirst du einsehen, wie groß die Bedrohung wirklich ist, und dass wir jede erdenkliche Hilfe benötigen, um sie zu überstehen.«

Er wendet sich zu Rok. »Verlieren wir keine Zeit. Ich schlage vor, wir gehen jetzt gleich in den Innenhof. Dort können wir ihr alles zeigen…«

»Ich möchte, dass Ion dabei ist!«, sage ich forsch.

»Dann musst du nicht alles zweimal erzählen.«

Die Haut ist von einem tiefen, nassen Schwarz. Der Regen perlt davon ab.

Ich hebe die Hand und berühre vorsichtig die Oberfläche. Durch das kalte Regenwasser hindurch fühlt sie sich warm an, fast lebendig, wenn auch auf eine äußerst fremdartige, alarmierende Weise.

Wenn ich mit den Fingerkuppen über die Haut streiche, spüre ich keinen Widerstand… Oder doch: Nur in eine Richtung ist es glatt; in die andere Richtung bremst das Material meine tastende Bewegung und ist rau, es erinnert mich an Sand oder… Einmal habe ich an der Küste im Fang der Meerleute einen seltenen Fisch gesehen, einen jungen *Hai*, so nannten die Fischer das Tier. Seine Haut war von ganz ähnlicher Beschaffenheit, glatt und rau zugleich, und wenn man genau hinsah, konnte man erkennen, dass sie aus lauter winzigen, sich überlappenden zackigen Schuppen bestand…

Überhaupt, die Form des Haifisches... Sein länglicher, schlanker Körper, der nach vorne am Kopf dicker wird und in einer rundlichen Schnauze ausläuft, die von der Seite spitz aussieht... die große Schwanzflosse, die beiden kurzen Seitenflossen...

Ich trete ein Stück zurück, um das schwarze Objekt in seiner Gesamtheit überblicken zu können. Es ist mindestens doppelt so hoch wie ich. Seine Länge füllt den Innenhof fast ganz aus. Aber es ist viel kleiner als das, was ich oben im Nebel gesehen habe.

»Ein Hai«, sage ich vor mich hin und drehe mich dann zu Khor, Rok und Ion um. »Habt ihr schon einmal einen Hai gesehen? Das sieht aus wie ein großer schwarzer Hai.«

»Ja, fast«, sagt Khor. »Nur dass es keine Rückenflosse hat, und keine Augen... Zumindest keine normalen Augen.«

Er geht vor ans Kopfende des Fisches und deutet hinauf. »Siehst du die feine Linie dort an der Oberseite? Wo sie verläuft, ist die Haut innerhalb ein wenig anders, noch glänzender.«

Ich nähere mich ein wenig und sehe, was er meint. Dort in der schwarzen harten Fläche, pulsierend hinter den zerfließenden Regentropfen, spiegeln sich die Wände des Innenhofes, dahinter die Berghänge und der finstere Wolkenhimmel.

»Als ich das Ding zum ersten Mal sah«, sagt Khor, » – das war damals bei der Flut, wie ich euch erzählt habe – da sah dieser Teil hier aus wie ein riesiges, leuchtendes *rotes* Auge. Und hier – « Khor geht um die Spitze des Dings herum und zeigt auf etwas, »hier ist noch so eine Linie…«

Ein feiner, kaum sichtbarer Spalt umläuft eine rechteckige Fläche in der Haut, ungefähr so groß und breit wie ein hochgewachsener Mensch.

»Ist das… ist das eine… *Tür*?«

Ion geht mit dem Gesicht ganz nahe an die Oberfläche, den Finger an der Linie entlangziehend.

»Das ist kein Tier!«, ruft er aufgeregt.

»Und das hier?« Er deutet auf eine kleine runde Öffnung, die sich in unserer Augenhöhe im Rumpf, dort wo er am dicksten ist, auftut. Sie ist gerade zu klein, um eine Hand hineinzustecken. Er blickt an der Seite entlang nach hinten. »Hier sind noch mehr von diesen Löchern.« Im Abstand von zwei ausgebreiteten Armen ziehen sich die Öffnungen in einer Linie rund um den ganzen Körper. Unter der Schwanzflosse und vorne unter dem Auge sind sie etwas größer und liegen dichter beisammen.

»Was es mit diesen Löchern auf sich hat, wissen wir nicht«, sagt Khor. »Aber das hier vorne ist tatsächlich eine Tür! Sie war offen, als wir den Fisch entdeckt haben – oder das *Boot*, denn um ein solches handelt es sich wohl. Aber dann wurde sie geschlossen, und wir konnten sie nicht mehr öffnen.«

Ich reiße meinen Blick von dem seltsamen Ding los und frage Khor: »Wo habt ihr es entdeckt? Und wie kommt es hierher? Ihr habt etwas von einem Kampf erzählt – was ist da passiert?«

Khor seufzt und schaut hinauf in den dunklen

Himmel. »Kommt«, sagt er. »Die Geschichte ist zu lang, um sie im Regen zu erzählen.«

Er führt uns an eine der Seitenwände des Innenhofes. Dort öffnet sich ein dunkler Raum, der zum Hof hin offen ist. Wir stellen uns unter und blicken auf das Boot im Regen hinaus.

»Ich hatte euch ja schon erzählt«, fängt Khor an, »dass ich zusammen mit Devs Vater dieses Ding zum ersten Mal vor der Großen Kaverne gesehen hatte.

Als wir nach der Flut zurückkehrten, hoffte ich, dass wir all die Schrecken am Rand zurückgelassen hätten. Doch dann erschien dieses Fischungeheuer wieder, direkt hier am Berg, und mit ihm kamen die fremden Eindringlinge über uns. Es war Rok, der sie zuerst sah…«

Khor schaut Rok an. Der holt tief Luft, seufzt lange, dann räuspert er sich.

»Ich war damals mit einigen Wächtern aufgebrochen«, fängt er an zu erzählen, »um den Weg hinauf zum Jagdhaus zu inspizieren. Da liegt nach der Flut immer viel Geröll und Schwemmholz, das weggeräumt werden muss. Außerdem wollten wir nach den Dinks sehen. Meistens dauert es noch eine Weile nachdem das Wasser sich zurückgezogen hat, bis die wieder aus ihren Schlupflöchern kommen. Aber kaum waren wir losgegangen, da sahen wir dieses große schwarze Ding liegen, nur wenige Schritte hinter dem Tempel, quer über den Pfad und halb im Fluss. Wir waren natürlich ganz aufgeregt, keiner von uns hatte so etwas Absonderliches jemals gesehen. Wir hielten uns im Unterholz versteckt und beobachteten das Ungeheuer eine Zeit lang. Dann erschienen neben dem Ding plötzlich seltsame Gestalten, menschenähnliche Wesen, aber unförmig und mit riesigen Köpfen. Es waren vier von ihnen, die dort oben irgendetwas an dem Ding machten.

Ich wies die Wächter an, im Versteck zurückzubleiben, um die Lage zu beobachten. Dann kehrte ich zum Tempel zurück, um Khor zu informieren. Ich beschrieb ihm das Ding und die fremden Wesen, und Khor ordnete an, dass wir den Eindringlingen beherzt gegenübertreten sollten. Der Befehl lautete, sie zu vertreiben oder zu eliminieren. Khor berief einen Trupp von Wächtern ein, zehn mutige und kampferprobte Männer. Mit ihnen gingen wir wieder zurück zu dem Ding.

Als wir uns näherten, bemerkten uns die Wesen. Wir hielten unsere Waffen bereit und rückten vor. Da richtete einer von ihnen ein glänzendes Rohr auf uns. Er rief laut in einer unverständlichen Sprache und hob abwehrend die Hand. Doch Khor ließ sich nicht täuschen und gab das Zeichen zum Angriff. Da gab es einen Blitz und einen Knall, und einer unserer Männer fiel mit einer blutenden Wunde tot zu Boden. Einen Augenblick später sank der Verursacher des Blitzes von unseren Pfeilen durchbohrt zu Boden. Die anderen Wesen versteckten sich hinter dem Fischding. Sie schossen mit ihren Waffen auf uns und töten zwei weitere unserer Kämpfer. Daraufhin kreisten wir sie ein und griffen sie von allen Seiten an. Einer der Fremdlinge wollte im Maul des Fisches verschwinden, aber er wurde von einem Speer in den Rücken getroffen. Das Maul schloss sich, während er davor zusammenbrach.«

Rok atmet tief durch. »Zuletzt haben wir sie besiegt. Alle Fremdlinge wurden getötet, durch unsere Pfeile und Speere.«

Er verschränkt die Arme und fixiert mich mit düsterem Blick.

Jetzt ergreift Khor wieder das Wort: »Wir untersuchten sie. Sie steckten in dicken, künstlichen Häuten, sodass man nichts von ihrer eigenen Haut und ihren Gesichtern sah. Schaut!«

Er geht in den hinteren Teil des Raumes. Im Dunkel erahne ich dort vor der Wand etwas wie einen breiten steinernen Tisch. Unförmige Haufen liegen darauf. Ich versuche, etwas zu erkennen.

Plötzlich erfüllt helles Licht den Raum. Rok hat einen Vorhang weggezogen, der ein Band von Lichtsteinen über dem Tisch verdeckt hat.

Dort liegen die Häute der fremden Wesen, schrumpelig und abstoßend wie ausgeweidete Kadaver.

Ich betrachte sie mit Abstand. Mein Herz klopft bei der Frage, was in diesen Häuten gesteckt hat. Ich sehe Löcher und verkrustetes Blut.

Ion untersucht fasziniert und völlig ohne Ekel diese besudelten Kleidungsstücke. »Das Material ist fremdartig… ein wenig wie Leder, aber ganz glatt. Schau dir diese vielen Verzierungen an. Ist das Schmuck? Oder ein Verschluss? Jedenfalls aus noch einem anderen unbekannten Material…«

Er nimmt eine der Häute und hält sie mit ausgestreckten Armen vor sich. Wie Tentakel baumeln dicke leere Schläuche herunter, in denen einmal Arme und Beine gesteckt haben müssen. Oben baumelt der große runde Kopf, nicht schlaff wie der Rest, sondern hart und glänzend.

»Hier hinten ist eine große Öffnung.« Ion dreht mir die Rückseite der Hülle zu. »Da steigt der Träger offensichtlich hinein und stülpt sich dann diesen Hut über, der hier oben befestigt ist. Sieht aus wie eine riesige durchsichtige Koko-Schale.« Ion hat seine Hand durch die Öffnung gesteckt und zeigt mir durch die glänzende Vorderseite seine winkenden Finger im Inneren der Kugel.

Er macht Anstalten, seinen eigenen Kopf hineinzustecken, aber Rok hält ihn energisch davon ab. Er nimmt ihm die Haut wortlos aus der Hand und legt sie wieder zurück auf den Tisch.

»Was habt ihr mit ihnen gemacht?«, frage ich.

Khor und Rok schauen sich an.

Als Rok weiter schweigt, antwortet Khor: »Wir entkleideten die Leichen, und Rok brachte sie mit seinen Männern hinauf zur Rückseite des Berges. Dort warfen sie sie in den Abgrund… Es waren Menschen wie wir, jedenfalls ähnlich wie wir. Sie hatten seltsam unterschiedliche Hauttöne, ihre Haare und ihre Gesichter waren fremdartig, aber im Großen und Ganzen waren es menschliche Wesen. Das fremde Gefährt ließ ich später mit Decken und Matten verhüllen und in den Tempel bringen. «

Ich schaue Khor lange an. Ist er fertig? Oder hat er

mir noch etwas zu sagen? Eine Frage kreist in meinem Bauch, schon seit wir hier in den Innenhof getreten sind. Sie bereitet mir furchtbare Übelkeit, aber ich wage es nicht, sie zu stellen. Ich stehe nur schwer atmend da und bringe kein Wort heraus.

Ion legt seine Hand auf meinem Arm. »Was hast du, Dev?«

Als ich nicht gleich etwas sage, antwortet Rok für mich: »Ich denke, sie möchte wissen, ob ihre Mutter bei den Fremden war…«

Ich nicke wortlos, zitternd.

»Nein«, sagt Khor. »Nein, Mha war nicht dabei. Es waren nur Männer. Nur fremde Männer – niemand von uns.«

KAPITEL 31

ALARM

Das Wetter über dem Berg ändert sich. Die Wolken werden dunkler und dichter, aber es regnet kaum noch. Der Nebel kommt nicht mehr so weit herunter wie sonst, und alles – auch die Luft – ist seltsam trocken. Von Zeit zu Zeit gibt es Lichterscheinungen, kaum wahrnehmbar wie ein weit entferntes Wetterleuchten, nur sehr langsam – ein allmähliches An- und Abschwellen von Licht oder Dunkelheit irgendwo im Inneren der finsteren Wolken.

Rok und ich sitzen bei unserem schweigsamen Abendessen im Jagdhaus.

Das Abendsignal erklingt vom Tempel.

Nachdem das gewohnte Dröhnen verweht ist, steht Rok auf und räumt seine Schale beiseite. Plötzlich hält er inne.

Noch ein weiterer, andersartiger Klang kommt jetzt die Hänge herauf!

Wir sehen uns an.

Es ist ein hässlich aufsteigender, lange bis zur höchsten Lautstärke anschwellender Ton.

Das Flutsignal!

Fünfmal wird es wiederholt. Ein tödlicher Ernst liegt in diesem Heulen. Es zieht vom Tempel herauf und hinaus über das Land, durchdringend und schmerzhaft wie die Schnitte einer scharfen Messerklinge.

Alle Bewohner des Landes wissen jetzt, dass die Zeit gekommen ist.

Dass sie jetzt dringend ihre Vorbereitungen treffen müssen, um sich eilig auf den Weg in die Waldlandsiedlung zu machen, zum Sammelpunkt für den Evakuierungsmarsch. Und alle wissen, was ihnen dann bevorsteht – unabwendbar und ohne Aufschub: Eine Armada von Booten und Flößen wird sich in wenigen Tagen auf den Weg zwischen dem Dorf und dem Großen Fall machen; ein endloser Zug von schwer beladenen Menschen wird die Durchquerung der Wüste und des Gebirges wagen, auf den Flößen der Salzleute, zu Fuß, durch die Schrecken der Wüste im heißen Staubwind, vorbei am kochenden Salzpfuhl, hinauf in Dunkelheit und kalten Regen, über die tödliche Glut der Kluft und durch die lauernden Scharen der hungrigen Rander.

Manche werden diesen Zug durch die lebensfeindlichsten Landstriche unserer Welt nicht überstehen. Niemand weiß, ob er nach dem Ende dieser schrecklichen Tage wieder bei den Glücklichen sein wird, die zurückkehren, um den Neuanfang zu erleben.

Doch ebenso groß wie die Angst ist auch die Hoffnung. Und jetzt, da das Zeichen gesetzt ist, kann es für die Menschen kein Zaudern und kein Zagen geben – es gibt für sie nur noch eine Richtung: zum Rand!

Nicht aber für uns hier am Berg: Diesmal werde ich die Flut in den Schutzräumen der Wächter im Tempel durchstehen müssen. Rok und ich werden zusammen mit den Jagdwächtern so lange wie möglich hier oben bleiben. Der hohe Wächterrat hat uns beauftragt, die Grenze im Auge zu behalten, bis uns das letzte Signal hinunterruft. Seit Rok mir das gesagt hat, weiß ich nicht, ob ich erleichtert sein soll, dass ich den mühseligen Weg zu den Kavernen diesmal nicht mitgehen muss – oder ob das Bedauern schwerer wiegt, während dieser Zeit nicht mit meinen Freunden und Verwandten zusammen zu sein.

In diesen Tagen denke ich nach jedem Patrouillengang daran, dass es der letzte gewesen sein könnte. Die Ruhe an der Grenze scheint trügerisch. Ein dumpfer Druck in meinem Hinterkopf wird stärker; ich spüre, wie sich eine Gewalt über dem Berg aufstaut, um in der unvermeidlichen Katastrophe über uns hereinzubrechen.

Die Eindringlinge haben sich seit der letzten Jagd nicht mehr sehen lassen. Als Khel, der Jäger damals bei der Begegnung mit dem Fremdling starb, ließ Khor das Jagdrevier sperren. Das ist schon einige Zeit her, und manchmal hört man davon, dass die Menschen im Wald und an der Küste murren, weil sie seitdem kein frisches

Dinkfleisch mehr bekommen. Auf unseren Kontroll-
gängen gab es seither nichts Ungewöhnliches mehr. Hin
und wieder erlegen wir einen Dink, den wir als Verpfle-
gung für uns selbst und für die Wächter im Tempel als
Trockenfleisch einlagern. Aber in letzter Zeit haben wir
kaum noch welche gesichtet; sie scheinen angesichts der
nahenden Flut noch scheuer geworden zu sein.
Niemand weiß genau, wohin die Tiere sich zurückziehen wenn das Wasser herunterkommt. Irgendwo
zwischen Nebeltide und dem Tempel müssen sie wohl
verborgene Schlupfwinkel haben. Aber niemand hat
diese je entdeckt. Wenn die Wächter und Jäger nach der
Flut zurückkommen, sind die Tiere wieder oben am
Berg, als wären sie nie weggewesen.

Und was mag aus dem Fremden geworden sein, der
uns begegnet ist? Dieses seltsame Wesen, das uns zugewinkt hat? Vielleicht haben es die Dinks doch noch
erwischt? Oder es hat sich wieder zurückgezogen in
den großen schwarzen Fisch, der immer noch dort oben
in der unzugänglichen Gezeitenzone liegen mag? Wird
die Flut es verschlingen, sodass ich nie erfahren werde,
was es damit auf sich hatte? Oder wird das Wasser noch
mehr von ihnen bringen, wie Khor und Rok befürchten,
eine Invasion von Sendboten des Nichts, die uns und
unsere Welt zerstören wollen?

Wie gerne würde ich herausfinden, wer dieses
Wesen ist und woher es gekommen ist. Wie gerne
würde ich das Gesicht hinter dem leuchtenden Auge
dort oben noch einmal sehen… Vielleicht sogar mit ihm
reden?

Ein Gedanke arbeitet schon seit einiger Zeit in mir: Wenn sich die Tide vor der Flut weit zurückzieht, so wie Rok gesagt hat, dann sollte es eigentlich möglich sein...

»Hey Dev!«

Der Ruf einer bekannten Stimme reißt mich aus meinen Gedanken. »Versuchst du, Löcher in die Wolken zu starren? Pass auf – das Wasser kommt noch früh genug herunter!«

»Ion!!«

Er ist es wirklich! Er kommt mit einigen anderen Wächterschülern den Pfad über die Wiese entlang. Rasch springe ich auf und laufe ihnen entgegen.

»Rok hat gar nicht gesagt, dass du hierbleiben würdest!«, flüstere ich aufgeregt, während wir uns umarmen. Ungewissheit mischt sich in meine Freude. Ich schiebe ihn ein wenig weg von mir, um ihn anzuschauen. »Wie geht es dir?«

Er kommt mir ein Stückchen größer vor, seit ich ihn zuletzt gesehen habe. Das war, als Khor uns im Innenhof des Tempels den kleinen Schwarzen Fisch gezeigt und die Geschichte von den Eindringlingen erzählt hat. Danach haben wir uns nur kurz und ziemlich verwirrt voneinander verabschiedet, beide unentschlossen, was wir mit unserem neuen Wissen tun sollten, und ich für mich genauso unsicher wie immer, was ich mit meiner verkorksten Zuneigung zu Ion anfangen sollte.

»Na ja«, sagt Ion jetzt fröhlich, »Ghum meinte, ich wäre am besten dafür geeignet, den Abtransport eurer Ausrüstung und der Vorräte von hier oben zu organisieren und dazu seine Hauswächterschüler herauf zu führen. Für ihn selbst wäre die Kraxelei und das Schleppen nichts mehr. ‚Aber dir wird ein bisschen Bergluft guttun', sagte er mit einem Augenzwinkern zu mir, ‚Und bestell' Dev schöne Grüße von mir!'«

»Danke – Gruß zurück! Aber ich werde ihn ja unten sowieso noch treffen, wenn wir in die Schutzräume gehen.«

»Sicher. Auch wenn er mit der Evakuierung alle Hände voll zu tun hat – für dich nimmt er sich bestimmt Zeit.«

Ion schaut mich an. »Wie gehts dir, Dev? Gibt es was Neues… hier oben?«

»Ehrlich gesagt, war die letzte Zeit ziemlich langweilig, so ohne Jagdgesellschaft und ohne… jemanden zum Reden. Rok kann sehr gut schweigen, wie du ja schon mitbekommen hast, und die Kontrollgänge oben an der Grenze sind ziemlich eintönig, wenn… Wenn man darauf wartet, dass etwas passiert – aber es tut sich nichts. *NICHTS* -« Ich mache große Augen und rede mit gespielter Grabesstimme: »*NICHTS!* Das ist das Allerschlimmste, wie Rok sagen würde.«

Wir lachen ein kurzes, schuldbewusstes Lachen wegen meines Lästerns. Wieder ernst, lege ich meine Hand auf Ions Unterarm. »Ich muss dir was sagen, Ion…«

Aber in diesem Moment tritt hinter uns Rok aus der Türe des Jagdhauses.

»Sei gegrüßt, Ion«, sagt er freundlich. »Gut, dass ihr da seid – die Zeit ist reif, hier zusammenzupacken. Aber kommt doch erst mal auf eine kleine Stärkung herein, bevor ihr anfangt. Es gibt viel zu tun, wenn wir morgen abziehen wollen, und ihr werdet viel Kraft brauchen zum Tragen.«

Ion ruft die anderen zusammen. Bevor er mit ihnen hineingeht, flüstere ich ihm noch schnell zu: »Wir reden heute nach dem Abendessen weiter, gut?«

Er nickt und verschwindet mit der lärmenden Gruppe der Wächterschüler im Haus.

Einen halben Tag später sitzen Ion und seine Helfer wieder um die Tafel des Jagdhauses, müde, aber gut gelaunt. Sie haben schon einen Teil zum Tempel hinuntergetragen, aber noch immer liegen draußen Bündel mit Ausrüstungsgegenständen, Bögen und Pfeile, Speere, Seile, Decken, Geschirr und mehr, verpackt in Lederhäuten, dazu noch ganze Stapel von Paketen mit getrocknetem Dinkfleisch, die als Proviant für den Tempel gedacht sind.

Und wieder einmal tönt das Abendsignal vom Tempel herauf.

Die fröhliche Unterhaltung an der Tafel verstummt plötzlich.

Mit angehaltenem Atem lauschen wir auf das Verklingen der Hornstöße. Für ein paar Augenblicke herrscht Stille. Jemand hebt an, etwas zu sagen, doch plötzlich zucken alle zusammen.

Das misstönige Heulen der Flutwarnung dringt von draußen herein!

Das ist das letzte Alarmsignal. Morgen räumen wir das Jagdrevier.

Nach dem Essen bitte ich Ion, mit mir nach draußen zu gehen, während die anderen im Schlafraum verschwinden.

Wir gehen ein Stück über die Wiese bis vor zum Waldrand. Im trockenen Gras springen kleine Heuhüpfer. Es knistert, als wir uns hineinsetzen. Die Halme stehen so hoch, dass wir die Köpfe recken müssen, um hinüber zum Jagdhaus zu sehen.

Ion muss niesen. Dann ist es still. Weit über uns hängt der dunkle Wolkenschirm des Gipfels. Obwohl er von Tag zu Tag höher hinaufsteigt, scheint sein Schatten immer düsterer zu werden. Doch das Leuchten, das dort oben von Zeit zu Zeit aufflackert, wird immer intensiver.

Ich deute hinauf zur Nebeltide. Sie reicht von oben kaum zum Salzwald herunter. Ich zeige Ion, dass man durch die Dunstfetzen sogar manchmal schon den Schotterhang darüber durchscheinen sieht.

Dann erzähle ich ihm, was ich vorhabe.

»Du willst da hoch?«, fragt er erschrocken. »Aber du weißt doch, wie gefährlich das ist! Du wärst dort schon einmal um ein Haar ertrunken!«

»Ion, schau hinauf! Der Nebel steigt jeden Tag höher. Ich beobachte ihn schon die ganze Zeit. Ich bin sicher, dass das Wasser bald nicht mehr bis zum Schotterhang herunterkommt, und wenn, dann höchstens nur so weit, dass man sich leicht nach unten in Sicherheit bringen kann, wenn die Tide kommt!«

»Aber du weißt doch nicht, was da oben sonst noch alles ist! Die Dinks, du hast doch selbst gesagt, dass sie sich alle dorthin zurückgezogen haben. Außerdem weißt du nicht, wann die Große Flut herunterkommt – es kann jeden Augenblick so weit sein! Und dann die Fremdlinge! Wenn sie noch da sind, dann dort oben!«

»Genau deshalb will ich doch dort hinauf, Ion! Wenn ich es jetzt nicht tue, dann werde ich wahrscheinlich nie erfahren, wer sie sind. Und was mit Mha passiert ist. Das würde ich mir immer vorwerfen. Ich muss dort hinauf, Ion!«

Ion mustert mich mit einer Mischung aus Entsetzen und aufkeimendem Interesse. »Na gut… Und wann willst du da hinaufgehen? Und wie willst du Rok das erklären? Das würde er nie zulassen!«

»Ich werde mir nach dem Morgensignal die Tide ansehen und dann entscheiden, wann ich gehe. Die Flut kommt wahrscheinlich erst in ein paar Tagen – die Wächter senden die letzte Warnung so rechtzeitig, dass alle die Schutzräume erreichen können. Ich muss mich irgendwie unbemerkt von Rok und den Wächtern davonstehlen, entweder morgen während des Abstiegs; oder ich komme noch mal herauf, wenn alle schon beim Tempel unten sind.«

Ion runzelt skeptisch die Stirn. »Ich habe kein gutes Gefühl dabei, Dev…«

»Ich werde nur schnell hinaufgehen und nachsehen, ob dort noch etwas ist«, sage ich beruhigend. »Die Zeit

sollte danach leicht noch reichen, den Tempel zu erreichen. Vielleicht könntest du ja beim Eingang auf mich
warten, bevor du in den Schutzraum gehst?«

»Das kommt gar nicht in Frage!«, sagt Ion entrüstet,
»Ich komme mit dir mit!«

»Wirklich?!« Eine warme Welle der Freude erfasst
mich, ich umhalse ihn stürmisch, und Tränen steigen
mir in die Augen.

Er schiebt mich von sich. »Jemand muss doch auf
dich aufpassen, Dev. Allein bist du viel zu mutig!«

Er steht auf und reicht mir die Hand. »So, und jetzt
lass uns brave Wächter sein und schlafen gehen.«

»Ja, Ion... Achten wir die Zeit...«

Am Morgen haben wir Glück. Rok hält nach dem
Frühstück eine kurze Rede mit letzten Instruktionen für
mich und die Wächterschüler. Er teilt uns mit, dass er
selbst schon zeitig vor uns aufbrechen wird, weil er im
Tempel gebraucht wird. Sobald wir hier oben mit dem
Packen der letzten Ausrüstungsgegenstände und
Vorräte fertig sind, sollen Ion und ich uns mit den Schü-
lern auf den Weg hinunter machen. Die restlichen Jagd-
wächter werden die Nachhut bilden und damit das
Jagdrevier räumen.

Am Ende spricht er noch eine Warnung aus: »Nehmt
euch in Acht. Mit dem Wasser werden über dem Berg
gefährliche Dinge und böse Kräfte freigesetzt! Niemand
will den namenlosen Schrecken begegnen, die bald von
dort herunterkommen. Aber wir müssen auch deshalb

zügig weg von hier, weil erfahrungsgemäß bald die Dinks sich auf dem Weg in tiefere Regionen herab machen werden. Kurz vor der Flut formieren sie ihren eigenen Evakuierungsmarsch. Und wenn sie hier vorbeikommen wird es doppelt gefährlich.«

Er wendet sich halb zum Gehen um. »Also, wir sehen uns heute Abend im Tempel. Trödelt nicht beim Abstieg, aber übereilt auch nichts! Dev und Ion werden euch alle sicher nach unten bringen. *Achtet die Zeit!*«

Mit heißem Kopf und kribbelndem Magen schaue ich verstohlen zu Ion hinüber. Aber der lässt sich nichts anmerken, als wir alle gemeinsam Roks Gruß erwidern.

Dann schaue ich hinauf zum Berg: Die Tide ist heute noch ein Stück höher als gestern. Jetzt am Morgen, wo sie ihren Tiefstand erreicht, ist der obere Rand des Salzwaldes vollständig in der Düsternis unter der Wolkenschicht sichtbar. Im unregelmäßigen Pulsieren des Wetterleuchtens erscheint das Geröll des Hanges als heller Streifen über dem Schwarz der Bäume.

Mein Entschluss steht fest: Sobald die andern nach unten aufbrechen, werde ich mit Ion dort hinaufgehen!

Kapitel 32

Bergauf – bergab

»Geht ruhig weiter!«

Ion weist die Wächterschüler mit den Packstücken an uns vorbei den Pfad hinunter. »Ihr wisst ja, wo es lang geht. Und passt bei der Spitzkehre dort unten auf.«

Als einer der Träger stehenbleibt und zuerst Ion und dann mich mit fragenden Blicken ansieht, sagt Ion in vertraulichem Ton: »Sie muss mal kurz in die Büsche. Und ich pass' auf, dass sie nicht gestört wird.«

Der Träger legt den Kopf in den Nacken und nickt. »Ah ja, verstehe schon – letzte Gelegenheit, bevor wir wieder im Tempel sind.« Er zwinkert Ion verschwörerisch zu. »Dann viel Spaß! Aber passt auf, dass euch kein Dink dabei in den Hintern beißt!«

»Haha, ja genau!« Ion grinst dümmlich und schiebt den Anderen weiter den Weg entlang.

Wir sehen ihnen nach, bis die Letzten hinter der

Biegung verschwunden sind. Dann verlassen wir schnell den Pfad nach rechts ins Unterholz. Leise steigen wir ein Stück den bewaldeten Hang hinauf, bis der Weg nicht mehr zu sehen ist. Auf einem breiten Felsblock lassen wir uns nieder und warten.

Ich ärgere mich über das anzügliche Gerede des Schülers – und ich ärgere mich beinahe noch mehr, dass es keinen Anlass für seine Mutmaßungen gibt.

»Was denkst du, Dev? Du schaust ziemlich finster drein…«

»Ach nichts… Ich überlege, wie das hier weitergehen soll. Was passiert, wenn wir da oben nichts finden… Und was wird aus uns nach der Flut?«

»Wenn sie weg sind – die Eindringlinge – , na, dann ist wieder alles wie vorher – du kannst wieder zur Jagd auf die Dinks gehen, und ich, ich werde Wächter…«

»Aber nichts ist wie vorher! Auch wenn sie weg sind – die Fragen bleiben. Du willst doch auch wissen, was da draußen ist? Und was ist mit Khi und ihren Dinks? Was ist…« Mit einem Mal schwindelt mir heftig angesichts der Ungewissheit dessen, was auf uns zukommt. »Alles ändert sich gerade, Ion, und ich weiß überhaupt nicht mehr, was ich mit dieser Welt anfangen soll…«

Ion legt mir beruhigend die Hand auf die Schulter. »Mein Lehrmeister Vhal würde in diesem Fall sagen: ‚Hebe deine Fragen für später auf, und sie werden von selbst vergehen.'«

Er seufzt. »Ich habe selber auch so viele Fragen, Dev. Aber inzwischen habe ich gelernt, dass es verschiedene Arten von Fragen gibt. Auf manche findest du schnell eine Antwort, aber für andere wirst du keine Erklärung bekommen – vielleicht niemals. Die Kunst ist, diese Art von Fragen zurückzustellen und ihnen keinen Raum mehr in deinen Gedanken zu geben. Sie belasten und quälen dich ohne Sinn und Zweck und rauben dir nur deine Kraft und deine Ruhe. Es macht keinen Sinn, nach Antworten zu suchen, die es nicht gibt! Das ist einer der wichtigsten Pfeiler wahrer Wächterschaft, glaube ich.«

Ich starre auf den Boden, wie gelähmt von Ions Rede. Ion, der Wächter! Er hat sich entwickelt in der Zeit seit unserer letzten Begegnung. Ich weiß nicht, ob ich ihn für seine Haltung beneiden soll, oder ob ich mich ärgern soll, weil ich es nicht über mich bringe, sie zu akzeptieren. Es widerstrebt mir aus ganzer Seele, meine Fragen zu verdrängen – und gleichzeitig habe ich Angst, schon vom Wahnsinn des Nichts befallen zu sein, vor dem uns die Wächter beschützen wollen.

Ich schaue hoch zu Ion. »Aber wenn du keine Antwort suchst – wieso willst du dann mit mir dort hinauf?«, frage ich ihn mit zitternder Stimme.

»Habe ich dir doch schon gesagt: Weil wir Freunde sind, und weil sonst keiner auf dich aufpasst.«

Mit einem kleinen Schluchzer stehe ich schnell auf und drücke Ion einen Kuss auf den Mund. Einen ziemlich langen Kuss…

Von unten herauf dringt das dumpfe Geräusch von Schritten, die den Bergpfad herunterkommen. Stimmen unterhalten sich laut und sorglos, ich glaube, sie reden über Dinks. Ich reiße mich los und spähe mit angehaltenem Atem durch die Zweige.

»Die Jagdwächter!«, flüstere ich. »Wenn sie durch sind, können wir rauf.«

Ion schweigt hinter mir, aber er atmet schwer. Als ich mich zu ihm umdrehe, sehen mich zwei verwirrte Augen aus einem heißen Gesicht an.

»Los komm jetzt«, sage ich knapp. »Dafür haben wir jetzt wirklich keine Zeit mehr.«

Das Jagdhaus liegt verlassen vor uns. Auf der Wiese, wo vorhin noch das geschäftige Treiben des Aufbruchs geherrscht hat, ist es jetzt so still und unheimlich, als hielte der Berg unter der drückenden Düsternis der Wolkenkappe den Atem an. Eine ungewöhnliche Schwüle hat ihren Weg herauf vom Tiefland gefunden, es riecht nach abgestandenem Meerwasser und toten Fischen.

Das einzige Geräusch kommt vom Bergfluss, der leise, fast verstohlen hinter dem Haus herunterkommt. Das sonst so muntere Rauschen seines schnellen Wassers ist nach dem Regenmangel der vergangenen Tage einem trägen Rinnsal gewichen; nur vereinzelt hört man ein schwaches Rieseln oder müdes Glucksen.

Wir lassen das Jagdhaus hinter uns und folgen dem Bergpfad. Unter hohen, lichten Bäumen windet er sich neben dem Flussbett hinauf. Nach kurzer Zeit erreichen wir den Hohlweg, der steil und gerade zum Jagdrevier der Salzwiese hinaufführt.

Wie durch ein Tor im dichten Unterholz betreten wir den finsteren Graben. Dicht an dicht ragen mächtige

Bäume aus dem Gestrüpp, das die Ränder des Weges überwuchert; ihre Kronen verflechten sich über unseren Köpfen zu einem Gewölbe. Kaum etwas von dem düsteren Licht dringt hier von draußen durch, es ist dunkel wie in einer Höhle. Dicke Wurzeln und staubiges Geröll bedecken den Boden, und unter unserem unsicheren Tritt lösen sich immer wieder lockere Steine. Von allen Seiten dumpf zurückgeworfen, hallt ihr Poltern unangenehm laut durch die Röhre.

Immer wieder sehen wir uns um, ängstlich, dass die Schüler oder die Jagdwächter unser Fehlen bemerkt haben und auf der Suche nach uns zurückkommen könnten.

Plötzlich bleibt Ion abrupt stehen und wendet horchend den Kopf. »Hast du auch etwas gehört?«

Auch ich schaue zurück nach unten, lauschend. »Kann sein. Ich bin mir nicht sicher…«

Dann reißen wir beide zugleich die Köpfe herum und sehen nach oben. Von dort ist jetzt deutlich ein Geräusch zu hören: Ein dumpfes Stampfen und ein lautes Scharren kommt vom oberen Ende des Hohlweges… als ob etwas Großes, Schweres den steinigen Weg herabgezerrt würde.

Ich gehe noch einen Schritt und starre angestrengt nach oben.

Im Finsteren bewegt sich etwas den Weg herab, ungefähr einen Pfeilschuss von uns entfernt. Ein Gewoge von massigen, langgezogenen Leibern, die in der Enge des Wegs eilig nach unten drängen – in unsere Richtung.

»Die Dinks«, sage ich tonlos. »Sie kommen herunter…«

»Was machen wir jetzt?«, flüstert Ion und schaut sich beunruhigt um.

Ich folge seinem Blick. Wir können nicht zu den Seiten, um uns abseits des Weges zu verstecken – dazu ist das Gestrüpp viel zu dicht. Also führt der einzige Fluchtweg wieder nach unten, hinaus aus dem Hohlweg.

Das Stampfen und Schleifen von schweren, schuppigen Beinen und Schwänzen über loses Geröll kommt schnell näher. Keuchendes Zischen und quiekende Laute sind zu hören. Die Dinks sind offensichtlich aufgeregt wegen der Enge, die sie in diesem Graben aneinanderpresst. Oder haben sie uns etwa schon entdeckt?

»Lauf!«, stoße ich hervor und fange an zu rennen. »Unten nach dem Hohlweg nach rechts ins Unterholz!«

Ion läuft vor mir, springt mit langen Schritten, über die Steine und Wurzeln setzend, mit den Armen rudernd – so behände! – das hätte ich ihm gar nicht zugetraut – aber jetzt – oh nein – er stolpert! – kommt aus dem Tritt! Doch einen Augenblick später rennt er wieder, seine helle Schülerrobe flattert wild wie ein Signalwimpel vor mir im Dunkel des Hohlweges. Ich höre sein Keuchen, ich beschleunige und habe ihn fast eingeholt, denn ganz nahe hinter mir höre ich ein anderes Keuchen, ein tiefes Schnauben, das mir die Haare zu Berge stehen lässt!

Sie haben uns bemerkt, und sie verfolgen uns!

Vor uns tut sich eine hellere Öffnung auf, wo der Pfad das dunkle Gestrüpp des Hohlwegs verlässt. Gleich werden wir das Freie erreicht haben. Dort können wir seitlich zwischen den Bäumen verschwinden. Ion erreicht kurz vor mir den Ausgang; seine Robe leuchtet hier draußen noch heller – und ich weiß plötzlich, dass das nicht gut ist, um sich im Wald zu verstecken!

Der Pfad weitet sich. Einem Steinwurf vor uns macht er eine Biegung nach links den Hang hinunter.

»Rechts!«, rufe ich keuchend. »Versteck dich zwischen -«

Ion stürzt!

Er ist über eine Wurzel gestolpert und liegt auf dem Bauch mitten in der Biegung des Pfades. Ich renne an ihm vorbei und komme erst an einem mächtigen Baumstamm zum Stehen.

Hinter uns bricht der erste Dink aus dem Hohlweg. Ich ducke mich hinter den Baum.

Der Dink bleibt stehen. Er züngelt ein paarmal. Dann schaut er in unsere Richtung.

Ion springt auf und rennt nach rechts in den Wald. Der Dink sieht ihn und nimmt die Verfolgung auf. Nur einen Arm weit entfernt preschen die zwei an meinem Versteck vorbei. Wie gelähmt schaue ich ihnen nach. Sie verschwinden im dichten Gebüsch.

Ich hole tief Luft. Dann laufe ich wieder los und folge der Schneise, die das große Tier in das Unterholz gewalzt hat -

Ein lautes Poltern, hinter mir! Die anderen Dinks

kommen aus dem Hohlweg gelaufen. Aber sie beachten mich nicht. Auf dem breiteren Pfad verlangsamt sich ihre Bewegung zu einem gemächlichen Trotten. Sie folgen dem Weg bergab und verschwinden hinter der Biegung.

Weiter!

Vor mir im Wald ist wildes Stampfen und Brechen von Holz. Es bewegt sich den bewaldeten Hang hinauf. Ich renne ihm nach und überlege fieberhaft: Wie kann ich den Dink von Ion ablenken, ohne selbst zu seiner Beute zu werden? Nur mit meinem Bogen habe ich keine Chance, das Tier zu töten…

Ein lauter Schrei!

Er kommt vom Hang über mir, und dann ein wildes Brüllen.

Der Dink muss Ion erwischt haben!

Ich haste verzweifelt zwischen den Bäumen hoch. Vor mir wird das Gelände flacher. Eine weite Lichtung mit einer Salzwiese tut sich auf. Dort, ohne den Schutz der dichten Stämme, muss der Dink Ion eingeholt haben. Ich spähe zwischen den Bäumen auf die Wiese.

Da gibt es direkt neben mir einen ohrenbetäubend lauten Knall!

Die Zeit bleibt stehen.

Der Schuss hallt über die freie Fläche, und im selben Augenblick sehe ich dort, einen Steinwurf vor mir, wie der Dink, auf seinen Hinterbeinen aufgerichtet, langsam umkippt. Zu seinen Füßen rappelt sich Ion mühsam hoch und kriecht auf allen vieren weg vom zuckenden Körper des Tieres. Dann liegt der Dink tot auf der Seite.

Ion dreht sich, noch davonkrabbelnd zu ihm um, wird langsamer und sitzt dann, auf die Arme hinter seinem Rücken gestützt, schwer atmend da und starrt ungläubig auf das Ungeheuer, das ihn eben noch zu verschlingen drohte. Seine helle Robe ist dunkel von Blut.

Ich stehe wie angewurzelt am Waldrand.

Was war das? Mein Kopf bemüht sich vergeblich, das, was ich eben erlebt habe, zu verstehen. Ich schüttle ihn ein paarmal heftig. Ein hohes Pfeifen klingt in meinem rechten Ohr, und alles, was ich höre, klingt als hätte ich meinen Kopf in ein dickes Tuch gewickelt.

Der Schuss! Das Pfeifen in meinem Ohr muss von dem lauten Knall herrühren, der ganz in meiner Nähe die Luft zerrissen hat.

Langsam setze ich mich in Bewegung, über die Wiese auf Ion zu. Ich schaue mich dabei um und gehe ein paar Schritte rückwärts.

Da sehe ich es! An der Stelle, wo ich selbst eben noch zwischen den Bäumen gestanden habe, erblicke ich jetzt eine Gestalt! Eine fremde, aber doch bekannte Gestalt! Sie hat unförmige Gliedmaßen und einen großen, gesichtslosen Kopf!

Der Eindringling!

Er hält in seinen Händen das glänzende Rohr, mit dem er bei unserer ersten Begegnung Khel, den Jäger getötet hat!

Das Rohr ist auf mich gerichtet.

Ich wende meinen Blick zu Ion und stelle entsetzt fest, dass er leblos auf dem Rücken liegt. Ich muss zu

ihm! Ich hebe meine Hände und drehe die leeren Handflächen dem Fremdling zu. Dann fange ich an, zu
gehen, zuerst wieder rückwärts und langsam, dann
drehe ich mich um und laufe auf Ion zu.

Als ich ihn erreiche, sehe ich erleichtert, dass er noch
atmet. Aber er hat eine tiefe Wunde in der Schulter und
wahrscheinlich am Rücken, wo ihn der Dink gepackt
hat. Er ist bewusstlos und blutet stark.

Ich beuge mich über ihn und klopfe ihm auf die
Wange. Er stöhnt, aber er wacht nicht auf. Ich falle
neben ihm auf die Knie und rufe verzweifelt seinen
Namen.

Plötzlich kniet der Fremdling neben mir und beugt
sich über Ion. Seine Waffe steckt jetzt in einem Köcher
an seiner Seite.

Mein Atem stockt.

So nahe war ich diesem Wesen noch nie!

Als sich der Fremde neben mir aufrichtet, stehe auch
ich auf.

Einen langen Augenblick stehen wir uns gegenüber.
Ich starre atemlos auf die dunkle, durchsichtige Vorderseite seiner Kopfbedeckung.

Undeutlich glaube ich, dahinter ein Gesicht zu
erkennen...

Ich warte darauf, dass mich angesichts der Fremd-
heit und der Gefahr wilde Panik überwältigt. Doch das
Gegenteil ist der Fall. Eine seltsame Ruhe geht von der
Gestalt aus. Ich spüre, dass sie uns nichts Böses will.
Nach einem tiefen, zitternden Luftholen beruhigt sich

mein Atem, und die aufkeimende Angst weicht einem eigenartigen Gefühl von gespannter Erwartung.

Eben noch wähnte ich mich in Todesgefahr, verfolgt von fressgierigen Dinks und dann im Visier eines außerweltlichen Eindringlings, verzweifelt über Ions Verletzung...

Ion!! – Wir müssen uns um ihn kümmern!

Ich beuge mich über Ion und fasse seinen Arm. Er ist immer noch ohne Bewusstsein. Ich schaue den Fremdling an und deute aufgeregt hinunter Richtung Jagdhaus.

»Wir müssen ihn hinunterbringen und seine Wunden versorgen!«

Der Fremde scheint zu verstehen und fasst Ion unter den anderen Arm. Zu zweit ziehen wir ihn hoch und nehmen ihn in unsere Mitte.

Ion wird wach und schreit auf, als er das Wesen neben sich sieht. Doch es gelingt mir, ihn zu beruhigen, und wir setzen uns mit ihm in Bewegung. Der Schreck scheint ihn belebt zu haben, sodass er sich selbst ein wenig auf den Füßen halten kann, während wir ihn zurück durch den Wald auf den Bergpfad schleppen.

Schweigend stolpern wir den Pfad hinunter, vom Ächzen und Stöhnen Ions begleitet. Immer wieder bleiben wir kurz stehen, um zu verschnaufen. Dann meine ich, aus der Schale über dem Kopf des Fremdlings ein schweres Atmen zu vernehmen.

Bald kommt das Jagdhaus in Sicht. Wir nähern uns von der Rückseite. An der Abzweigung, die über die

Wiese zum Eingang auf der Vorderseite führt, bleibe ich wie angewurzelt stehen.

Vor dem Haus kauern mehrere Dinks im Gras!

Vorsichtig bewegen wir uns wieder rückwärts aus dem Blickfeld der Tiere hinter das Haus. Der Fremdling bedeutet mir, mit Ion zurückzubleiben. Er zieht seine Waffe und verschwindet lautlos um die Ecke.

Gleich darauf ertönt von vorne ein Knall, gefolgt von einem lauten, wütenden Kreischen. Dann ein zweiter Knall. Man hört wildes Rascheln und Stampfen, als etwas den Berg hinunter flieht.

Der Fremde kommt zurück. Als wir zur Vorderseite des Hauses kommen, liegen dort zwei tote Dinks in der Wiese.

Vorsichtig führen wir Ion an den Kadavern vorbei zum Eingang. Ich schaue mich dabei ständig um, für den Fall, dass hier noch mehr von den Dinks herumstreichen sollten. Auch der Fremdling dreht den Kopf mehrmals und schaut über die Schulter. Er wirkt genauso nervös wie ich, und das macht ihn mir weniger fremd.

Ich öffne die Tür, und wir ziehen Ion hinein. Noch einmal schaue ich zurück nach draußen und schiebe dann die schwere Steinplatte hinter uns zu.

KAPITEL 33

你好，我是陈。

Wir legen Ion vorsichtig auf die große steinerne Tafel im Eingangsraum.

Einen üblen Augenblick lang droht mich plötzlich die Erinnerung an Pa zu überwältigen, dessen Leichnam damals auf eben diesem Tisch gelegen hat. Aber eine Bewegung neben mir reißt mich aus diesem Gedanken.

Der Fremdling tritt einen Schritt zurück und dreht seinen Kopf langsam Richtung Decke und zu den Wänden. Er wirkt irritiert oder fasziniert. Kann es sein, dass er das Leuchten von Lichtsteinen nicht kennt?

Ion stöhnt. Ich wende mich ihm zu. Er ist halb wach, sein Kopf bewegt sich unruhig hin und her, seine Lider flattern.

Seine Verletzungen sehen schlimm aus. Die tiefe Bisswunde in seiner Schulter ist stark verkrustet, blutet aber immer noch. Zäher Schleim aus dem Dinkmaul verklebt seinen Oberkörper und die blutige Robe. Ich muss sie ihm ausziehen. Vorsichtig schiebe ich den steifen Stoff hoch und ziehe ihn über Ions Kopf. Sein Rücken ist bedeckt mit dunklen Quetschungen; eine lange, blutige Schramme verläuft quer darüber, aber sie scheint nicht tief zu sein. Er hat großes Glück gehabt, dass der Dink noch nicht richtig zugebissen hatte, als ihn der Schuss getötet hat. Aber die Wunden müssen dringend versorgt werden, sonst entzünden sie sich.

Ich sehe mich im Raum um. Hier oben ist nichts mehr, womit ich ihn verbinden könnte. Wir müssen so schnell wie möglich hinunter zum Tempel!

Ich öffne meinen Trinkbeutel und flöße Ion ein wenig Wasser ein. Ich werde noch etwas mehr von der Zisterne holen, um seine Wunden zu waschen -

Ein leises Zischen lässt mich aufblicken.

Neben mit steht der Fremdling, seine Arme sind erhoben. Langsam fasst er sich mit beiden Händen seitlich an den Kopf. Mit einem sanften Ruck dreht er die große glänzende Kugel ein wenig zur Seite und hebt sie dann vorsichtig in die Höhe.

Mein Herz klopft plötzlich wieder wie wild. Unwillkürlich bin ich um mehrere Schritte von dem Wesen zurück an das Ende des Tisches gewichen. Panisch und neugierig zugleich beobachte ich die Enthüllung.

Unter dem engen Rand der Kugel erscheint kurz eine verzerrte Grimasse, dann fällt ein dunkler, verschwitzter Haarschopf darüber.

Das Wesen legt die Kopfbedeckung auf den Tisch

und streicht sich mit seinen dicken Fingern die feuchten Strähnen zur Seite.

Ein rundes Gesicht mit seltsamen Augen kommt zum Vorschein.

Meine Knie werden weich. Ich erkenne es wieder!

Es ist das Gesicht aus dem roten Auge im Nebel.

Und es lächelt!

Dasselbe verwunderte Lächeln, wie damals, in dem kurzen Augenblick, als mich das Wasser von oben erreicht hat und mir die Sinne schwanden...

Ich glaube, das Wesen hat auch mich wiedererkannt – meine Augen und mein Mund müssen jetzt wohl genauso weit aufgerissen sein wie damals.

Es lächelt weiter.

Mit einer plötzlichen Bewegung, die mich zusammenzucken lässt, fasst es sich an die Hände. Mit einem weiteren leisen Zischen zieht es sich die dicke, wulstige Haut davon ab. Es legt die zwei leeren Hüllen mit den schlaffen Fingern vor sich auf den Tisch neben die Kopfbedeckung.

Dann hebt es eine kleine bloße Hand in die Höhe.

Es winkt!

Gelähmt vor Erstaunen, zitternd und sprachlos starre ich auf das Gegenüber, unfähig, einen klaren Gedanken zu fassen.

Als ich nicht reagiere, lässt es die Hand sinken.

Es scheint kurz zu überlegen. Dann stößt es einen kurzen, rauen Laut aus.

Es klingt, als würde es sich räuspern...

Dann spricht es.

「您好，我叫陈。」

Komische Laute... Ein gedehnter Singsang...?

「你能理解我吗」

Es klingt, wie manchmal, wenn alte Leute mit ganz kleinen Kindern reden...?

Das Wesen sieht mich erwartungsvoll an.

Ich verstehe nicht. Meine Stirn runzelt sich fragend.

Da hebt das Wesen das Kinn und blinzelt mit hochgezogenen Augenbrauen...

「不，我不这么认为…」

Es hebt die Hände zu einer beschwichtigenden Geste.

「好的，等一下…」

Es setzt sich auf die steinerne Bank am Tisch und senkt den Kopf auf die Brust. Langsam legt es sich beide Hände an die Schläfen und schließt die Augen.

Mit angehaltenem Atem schaue ich zu, wie seine Finger in das Haar über seinen Ohren fassen und dort nach etwas tasten. Für den Bruchteil eines Augenblickes meine ich, unter den dichten schwarzen Strähnen etwas durchscheinen zu sehen, hauchfein und glitzernd wie die kunstvollen Maschen eines goldenen Spinnennetzes.

Nach einer Weile blinzelt das Wesen. Dann atmet es tief ein, lässt die Hände sinken und öffnet langsam die Augen.

Seine Miene hat sich verändert. Die Pupillen sind geweitet und eine kleine Falte steht zwischen den gesenkten Augenbrauen. Die Wangen haben sich kaum merklich gehoben und die Nasenflügel geweitet. Das

Gesicht wirkt jetzt in höchstem Maße aufmerksam und auf rätselhafte Weise stark und siegesgewiss.

Es nimmt die Hände aus den Haaren, richtet sich auf und blickt mich durchdringend an.

「好吧小心点」

Dann deutet es auf sein Auge.

Was will es von mir?

Nochmal zeigt sein Finger auf das Auge und sieht mich fragend an.

»Hh?« Ich zucke hilflos mit den Schultern.

Es deutet wieder auf sein Auge, diesmal stupst es mit der Fingerspitze ein paarmal auf das geschlossene Lid und schaut mich wieder auffordernd an. Es zieht die Brauen hoch macht fragende Laute.

»Ich verstehe nicht…? Was ist mit deinem Auge?«

»*Au-ge… Auge?*«

Es deutet jetzt auf eines meiner Augen und wiederholt fragend:

»*Au-ge? Auge?*«

Ich nicke. »Ja, das ist mein Auge!«

Ich glaube… Ich glaube, es versucht, meine Sprache zu verstehen!

Jetzt deutet das Wesen auf seinen Mund, und ich sage aufgeregt »Mund!«

Und es wiederholt: »*Mund!*«

Als Nächstes sind die Nase, die Ohren, die Hände und die Finger dran, und mein Gegenüber wiederholt wie ein kleines Kind die Wörter, die ich ihm vorsage.

In kurzer Zeit haben wir alle Körperteile durch. Jedes neue Wort befördert ein Lächeln auf das fremde

Gesicht, und auch ich kann mich der Freude über dieses Lernspiel nicht entziehen.

Dann geht das Wesen dazu über, mit seinen Händen und Fingern Tiere nachzubilden, und ich muss erraten, was sie gerade darstellen.

»Vogel! Oder Schmetterling? Oder Fledermaus??«

»Vo-gel? Schmet-ter-ling? Fle-der-maus?«

»Frosch? Huhn?«

»Schlange? Fisch?«

Schließlich sind wir bei solchen Dingen angelangt wie »Essen«, »Trinken«, »Schlafen«, »Hören«, »Sehen«, »Sprechen«, und ich suche nach immer neuen Gesten, mit dem ich noch mehr Wörter darstellen kann –

Da hebt mein Gegenüber plötzlich die Hände und schneidet mir mit einer abrupten Bewegung das Wort ab, das ich gerade vorsagen wollte.

「现在就足够了。」

Wie zuvor greift es sich wieder in die Haare über den Ohren und schließt die Augen. Ein paar tiefe Atemzüge folgen. Dann, als ob es aus einer tiefen Trance aufgewacht wäre, schaut es mich völlig entspannt und gutmütig an.

»Hallo!? Verstehst du mich jetzt?«

Mein Kiefer klappt nach unten.

»Ich bin *Chan*. Hallo!?«

Ich traue meinen Ohren nicht. Spricht das Gegenüber jetzt tatsächlich meine Sprache?

»Verstehst du mich? Ja?«, fragt es noch mal. »Mein Name ist Chan.«

Die Stimme hat immer noch diese extrem seltsame Färbung – aber sie ist doch verständlich!

Ich schüttle mich, und dann nicke ich freudig erregt.

»Ja! JA!!«, hauche ich mit zitternder Stimme. »Hallo! Ich bin Dev!«.

»Hallo, Dev!«

Es ist unglaublich! Wie dieses Wesen von der anderen Seite das macht, wissen wohl nur die Götter... Aber wir können uns jetzt verstehen!

Mit großen Augen nicken wir uns aufgeregt zu und lachen dabei, schüchtern und erleichtert zugleich. Und sagen immerzu »Hallo, Dev!« und »Hallo, Chan!«

Chan!

Ich mustere das Wesen von oben bis unten. Ich versuche herauszufinden, ob es weiblich oder männlich ist. Es hat weiche, hübsche Gesichtszüge, fast wie ein Kind, bei dem man noch nicht sagen kann, ob es ein Mädchen oder ein Junge ist. Diese seltsamen Haare! Kurz und dicht und sehr dunkel. Fremdartig und faszinierend... Und vor allem diese Augen, die aus irgendeinem Grund, den ich nicht benennen kann, so fremdartig aussehen.

Ion stöhnt neben uns.

Wir reißen unsere Blicke voneinander los.

»Das ist Ion.« Ich zeige auf ihn.

»Er braucht Hilfe«, sagt Chan ernst. »Er blutet.«

Ich nicke. »Ja. Wir müssen weg. Nach unten.« Ich deute Richtung Tempel.

Chan schaut in diese Richtung. Dann, mit besorgter Miene, sagt es: »Ist gefährlich. Die *Drachen* sind da draußen. Die Tiere.«

»Ja, die Tiere. Wir nennen sie die ‚Dinks‘.«

Ich gehe schnell zur Tür und spähe vorsichtig nach draußen. »Ich glaube, sie sind weg«, sage ich. »Sie sind wohl weiter nach unten gelaufen.«

Chan runzelt die Stirn. »Dann dort unten ist gefährlich. Wir besser gehen nach oben.« Es deutet in die Gegenrichtung, hinauf zum Berg.

»Aber oben ist das Wasser!«, sage ich aufgeregt. »Wir müssen hier weg – hinunter! Bald kommt die Flut von oben! Die Große Flut! Wasser. Viel Wasser! Verstehst du?«

»Ja, ich verstehe.« Chan nickt und sagt mit zweifelndem Blick: »Aber jetzt das Wasser ist fort? Weit oben. Es kommt nicht mehr herunter bis zum *U-Boot*. Ich verstehe doch nicht.«

Was ist *U-Boot*? Egal! Wir müssen dringend nach unten, um Ion zu retten!

»Gefahr!«, rufe ich, »Große Flut! Nicht so wie sonst! SEHR GROSSE FLUT!!! Alles unter Wasser, ALLES! … – Was ist *U-Boot*?«

»*U-Boot* ist Unter-Wasser-Boot. *Schiff!?* Mein *Schiff!* Verstehst du?«

Das Wesen redet vom schwarzen Fisch! Von dem großen Hai-Boot dort oben!

»Schiff ist sicher. Wasser kommt nicht hinein«, sagt Chan eifrig. »Und die *Drachen* – die ‚Dinks‘ – sind nicht mehr da oben!«

»Aber wir müssen in den Tempel zu den anderen!« Ion hat sich aufgerichtet und spricht mit schmerzverzerrter Stimme. »Sie warten auf uns.«

»Du bist schwer verletzt, Ion!«, sage ich und sehe Chan an. »Wir beide allein schaffen es nicht hinunter.«

»Aber sie werden nach uns suchen«, stöhnt Ion. »Sie holen uns, wenn wir nicht nachkommen.«

»Nein«, sage ich. »Das können sie nicht mehr. Die Dinks sind zwischen ihnen und uns, und die Zeit ist knapp. Sie müssen sehen, dass sie nach unten kommen.«

Ion schüttelt hilflos den Kopf. »Aber wir wissen doch nicht, was dieses…« – er sieht Chan mit zusammengekniffenen Augen an – »was uns dort oben erwartet! Denk' an Roks Worte…«

Ich schaue zwischen Ion und Chan hin und her und überlege verzweifelt. Ich spüre, dass Chan uns nichts Böses will. Aber alles in mir sträubt sich bei dem Gedanken, jetzt im Angesicht der Flut mit diesem Fremden nach oben zu gehen, dem Wasser entgegen… Und nach unten? Vielleicht hätten wir doch eine Chance den Tempel zu erreichen, wenn Chan mir helfen würde, Ion zu tragen und uns mit ihrer Waffe gegen die Dinks zu verteidigen… Aber dort unten brächten wir dieses Wesen in größte Gefahr – es würde von den Wächtern als Eindringling gejagt und getötet werden. Das will ich auf keinen Fall!

Ion macht Anstalten, aufzustehen. »Ich muss jetzt gehen«, stöhnt er. Doch dann bricht er mit einem Schmerzensschrei neben dem Tisch zusammen.

»In meinem Schiff es ist sicher. Ist nicht weit!«, meldet sich Chan wieder und deutet hinter sich Richtung Berg. »Und ich habe *Medikamente: Schmerztabletten, Desinfektionsmittel* und Verbandszeug!«

»Ion?« Ich beuge mich über ihn. »Haben wir eine andere Chance?«

Ion starrt an die Decke. Dann seufzt er tief.

»Was ist *Dessi… Dessifezion…*?« frage ich, während Chan mir hilft, ihn wieder aufzurichten und zurück auf die Tafel zu heben. *Verbandszeug* habe ich verstanden.

»Medizin! Heilmittel! Gutes Zeug – macht deinen Freund gesund!«, sagt Chan und deutet wieder hinter sich Richtung Berg.

Ich sehe Ion an. Er sinkt kraftlos auf den Tisch zurück.

Chan redet weiter auf uns ein: »Wir müssen schnell zu Schiff gehen! Bevor Wasser zurückkommt!«

Die Gedanken rasen in meinem Kopf. Ich muss entscheiden – für mich und für Ion. Wir wissen nicht, was uns dort oben erwartet. Aber nach unten zu gehen ist jetzt unmöglich.

Also führt unser Weg nach oben! Und sollten wir dort sterben, bekomme ich vielleicht vorher wenigstens noch ein paar Antworten.

Da meldet sich Rok noch einmal in meinem Kopf zu Wort und mahnt mich, dem Lockruf des Bösen zu widerstehen.

Hütet euch vor dem NICHTS!

Aber meine Neugier ist stärker.

»Ihr braucht keine Angst haben«, insistiert Chan.

»Kommt! Wenn Wasser wieder weggeht, ihr könnt nach unten.«

»Aber die Flut«, sage ich. »Sie dauert lange. Viele Tage, bis das Wasser zurückgeht.«

Und Ion fragt zweifelnd: »Ist da überhaupt genügend Luft in deinem Boot?«

»Kein *Problem*!«, antwortet Chan. »Glaubt mir! Ich bin dort oben schon sehr lange. Halbe Zeit im Wasser, halbe Zeit im Nebel. Das Schiff bewegt sich nicht mehr, aber Luft es gibt immer noch genug. Die *Versorgungstechnik* der *U-DYS funktioniert* sehr gut. Fast wie am Tag eins!«

Chan sieht unsere verständnislosen Blicke und quittiert sie mit kurzem Schnauben und fragendem Kopfschütteln. »Nicht verstanden? Ah…, …was ich will sagen: Es ist sicher in meinem Schiff, und wir sollten jetzt *wirklich* schnell los. Sonst der junge Mann hier verblutet, bevor er seine Medizin bekommen kann.«

Also hinaus und denselben Weg wieder nach oben!

Auf dem Platz vor der Hütte bleiben wir zwischen den beiden toten Dinks noch kurz stehen, weil Chan in Richtung des Gipfels zeigt. Jetzt kann man weit in das tief verschattete Gebiet hinaufsehen: Über der Salzwiese liegt der Waldgürtel, und dahinter steigen steile Schotterhänge auf, mit mächtigen Felsbrocken durchsetzt. Und noch weiter oben, in tiefem Schatten, stürzen die Steilwände unterhalb des Gipfels senkrecht aus den

langsam wallenden schwarzen Wolken, wetterleuch-
tend, unheilschwanger…

Chan deutet auf einen Punkt irgendwo im Geröll-
hang: »Dort ist es. Die *U-DYS!* Seht ihr?«

Mit zusammengekniffenen Augen schauen wir
hinauf.

Ich sehe undeutlich einen kleinen dunklen Fleck im
Geröll. Könnte alles sein, ein Baum, eine Höhle…

Aber ich nicke Chan zu: »Ja, dort oben war das…«

Also los!

Bergauf ist es unheimlich anstrengend, den durch-
hängenden, stolpernden Köper Ions mitzuschleppen.
Wir halten ihn unter den Schultern gefasst und zerren
ihn schnaufend mit uns. In meiner freien Hand trage ich
Chans Kopfbedeckung, damit Chan seine Waffe bereithalten kann.

Doch treffen wir auf keine Dinks mehr. Salzwiese
und Wald liegen verlassen vor uns in der stehenden
Luft. Ungewohnt laut rascheln unsere Schritte durch
das hohe Gras.

Ohne Nebel erkenne ich den Weg durch den Salzwald fast nicht wieder: Statt dichter feuchter Schwaden
im verschwommenen Dunkel zwischen den schemen-
haften Stämmen bestimmen jetzt die Heerscharen der
scharf umrissenen Bäume selbst das Bild: Bäume, bizarr,
ledrig, krustig; Bäume, vielfach hinter- und nebeneinander, Bäume über Bäume, soweit das Auge reicht. Auf
dem Waldboden stehen ausgetrocknete Pfützen mit
Krusten von Salz, dazwischen Kissen von dürrem Gras,

dessen lange Büschel rascheln und knistern, wenn wir mit unserer Last darüberstreifen.

Endlich erreichen wir den oberen Waldrand, schweißgebadet und keuchend. Vor uns steigt die Schotterhalde auf. Ein kaum erkennbarer Pfad führt bergauf zwischen die Steinblöcke. Wir bleiben kurz stehen, um zu verschnaufen. Als ich mich umsehe, fahre ich erschrocken zusammen: Zwei riesige finstere Augenhöhlen starren mich aus einem knochigen Schädel an. Wir stehen zwischen den verstreuten Resten eines großen Skelettes.

Ich erkenne den Platz wieder: Hier lag damals bei der Jagd der getötete Dink mit Ka in seinem Maul. Die meisten Teile des Gerippes hat die Nebeltide verstreut und fortgespült. Aber der schwere Schädel und ein paar Rippenbögen sind noch da.

»*Drache!* Dink!«, sagt Chan und tätschelt den Schädel. Er / sie (?) war wohl schon einmal hier.

Ion schaut den Kopf aus halbgeschlossenen Augen an. Dann fragt er mich leise: »Ist das der, der…?«

»Ja«, sage ich. »Der hier hat Pa getötet.« An Chan gewandt erkläre ich: »Meinen Vater.«

»Oh«, sagt Chan betroffen. »Das tut mir leid.«

»Ja… Aber mein Vater hat *ihn* auch getötet!«

Chan zieht die Brauen hoch. »*Okay*…?!«, sagt er / sie (?) gedehnt und sieht mich und Ion von der Seite an.

Okay? Was meint Chan mit diesem Ausdruck? Für mich klingt es wie eine Frage. Ich schaue Ion an, aber der hat es wohl auch nicht verstanden.

»O…-*was*?«, fragt er Chan.

»*Okay*, ich meine: *A-ha!*… äh…« Chan schaut mit einem zusammengekniffenen Auge nach oben und überlegt. »Also, *okay*, das bedeutet ‚Gut', oder eigentlich in diesem Fall doch nicht… Es bedeutet vielmehr: ich finde es ziemlich *krass*, was bei euch hier so *abgeht*…«

Krass?

Chan kratzt sich angesichts unserer verständnislosen Gesichter hilflos mit der Waffenhand an der Stirn. »Ja, *egal*… Lasst uns weitergehen.«

Wir klettern die Schotterhalde hinauf. Schon auf halber Strecke sehen wir oben, schräg hinter einem Felsvorsprung, das *Ding*. Riesengroß, rund und dunkel ragt es dort aus dem düsteren Schatten der Wolken auf uns herab. Bei dem Anblick muss ich unwillkürlich nach Luft ringen, als hätte ich Wasser in den Lungenflügeln.

Von vorne gleicht es einem riesigen schwarzen Ei. Aber als wir näherkommen, wird über dem Rand der Halde seine unglaublich große, längliche Masse sichtbar, die schräg nach oben ragt, verkeilt zwischen den Felsblöcken am Fuß der Steilwand.

Ich sehe das Auge, das bei meinem ersten Besuch das rote Licht ausgestrahlt hat. Jetzt ist es dunkel und kaum von der übrigen schwarzen Haut des Objektes zu unterscheiden. Eine Spur mehr Glanz ist dort und eine Tiefe, als könnte man durch das Dunkel der Oberfläche das Innere erahnen.

Wir klettern über ein paar Felsbrocken an der Seite des Dings ein Stück weiter nach oben. Mein Blick gleitet über den gewaltigen Körper. Direkt vor uns sind die feinen Umrisse einer Tür in der Wand zu erkennen. Noch weiter hinten am Rumpf, links über unseren Köpfen, sehe ich zwei große, eckige Öffnungen in der Wand; dahinter ist es dunkel. Über diesen Öffnungen erkenne ich an der Außenwand eine Reihe von hellen Ornamenten. Sie bilden ein seltsames Muster aus geraden und geschwungenen Strichen, angeordnet in einer Linie.

Ich deute dort hinauf. »Was ist das?«

»Das ist der Name meines Schiffes«, antwortet Chan. »Da steht *EUDYPTES*. Das ist *griechisch*. Übersetzt heißt es 好 潜 水 员 , beziehungsweise ‚Guter Taucher'. Ist eigentlich der Name für einen *Pinguin*.«

»‚Guter Taucher' – Das verstehe ich!«, sage ich erleichtert, in all diesen Wörtern etwas herauszuhören, das Sinn macht. Diese fremdartigen Ausdrücke, die Chan benutzt – manche scheinen irgendwie zu meiner Sprache zu gehören, aber ich habe sie noch nie vernommen, geschweige denn, dass ich sie verstehen könnte. »Warum nennst du es statt ‚Guter Taucher' ‚Eu... Eudings'... Oder ‚Ping...Pingudings'? Und vorhin hast du noch einen anderen Namen benutzt?«

»Ja, ist verwirrend, nicht? Na ja, *EUDYPTES* klingt einfach *cooler* als ‚Guter Taucher'. Aber es ist ein holpriger *Zungenbrecher*, deshalb das Schiff heißt bei der Mannschaft noch mal anders...«

Das Wesen, das Chan heißt, legt die Hand an die Tür. Mit einem satten, dumpfen Zischen öffnet sie sich. Chan streckt den Arm aus und weist einladend in das Innere.

»Willkommen an Bord der *U-DYS!*«

KAPITEL 34

U-DYS

Hinter dem Einstieg ist es dunkel.
Chan steigt uns voran hindurch und hält sich
dabei an einem der glänzenden Griffe fest, die sich zu
beiden Seiten des inneren Türrahmens befinden.

»Vorsicht! Hier. Benutzt diesen Griff. Da drin alles ist
schräg.«

Ich helfe Ion vor mir hinein und ziehe mich dann
selbst über die erhöhte Kante in die Tür.

Wir stehen in einer kleinen Kammer, deren Boden
wie die Nase des Schiffes nach unten hängt. Alles hier
drin im Halbdunkel glänzt und reflektiert das spärliche
Licht, das von draußen hereinfällt. Jede Bewegung spiegelt sich überall, aber irritierend verzerrt. Alles – Tür,
Wände, Decke und der geschlitzte Boden – besteht aus
dem gleichen Material wie Chans Waffe. Es ist hart wie
Stein, aber es klingt hohl und singend, wenn man dage-
genklopft.

Chan legt die Hand auf eine Fläche innen neben der Einstiegstür, worauf sich diese schließt. Gleichzeitig kommt mit einem Schlag Licht von der Decke und von den Seiten, als hätte jemand plötzlich eine Abdeckung von einer Wand aus Lichtstein weggezogen. Doch dieses Licht ist anders als das Licht draußen oder in den Gebäuden aus Lichtstein: Es strahlt viel heller und so schmerzhaft grell, dass ich die Augen fest schließen muss. Nur langsam und vorsichtig öffne ich sie wieder und sehe, dass es Ion genauso geht. Chan dagegen sieht uns mit weiten Augen fast belustigt an.

Alles wirkt in diesem Licht kalt und beängstigend fremdartig. Und alles, worauf dieses Licht fällt, bekommt ein bizarres Aussehen: Chans Anzug schillert plötzlich in schreienden Tönen; unsere Haare, Haut, Augen bekommen verwirrend verschiedenartige Ausstrahlungen. Am erschreckendsten aber ist der Anblick des Blutes, das Ions helle Robe und seine Haut befleckt – ein intensives, alarmierendes dunkles Strahlen – die *Farbe* der Kluft, und die *Farbe* aus dem Auge des schwarzen Fisches!

Meine Knie geben nach und mir ist plötzlich speiübel. Und auch Ion starrt schockiert auf seine blutigen, zitternden Hände.

»Das *weiße* Licht ist nicht angenehm für euch, stimmt es?«, versucht Chan uns zu beruhigen. »Schon klar, ihr nur kennt eure *grüne Farbe.*«

Wir sehen Chan mit verständnislosen Blicken an.

»Los, kommt rein. Wir müssen ihn *verarzten*«, sagt es und legt seine Hand auf eine weitere Fläche vor der

Innentür der Kammer. Die Tür gleitet zur Seite, ein lautes Zischen von einem starken Luftzug lässt Ion und mich erschrocken zusammenfahren. Irgendetwas stimmt in meinem Kopf plötzlich nicht mehr. Wir pressen uns beide irritiert die flachen Hände an die Ohren. Es fühlt sich an, als hätte ich Wasser hineinbekommen.

»Das war nur *Druckausgleich*. Geht gleich vorbei – einfach Nase zuhalten und ein paarmal schlucken.« Chan macht es vor. Dann führt es uns durch die Türe ins Innere.

Direkt nach der Schwelle bleiben wir stehen. Es ist finster, bis auf ein paar verwirrende Leuchtpunkte mit noch mehr unbekannten Farben in der Dunkelheit. Nach einem Augenblick springt auch hier das grelle weiße Licht an, und Ion und ich zucken wieder zusammen.

»*Okay*… Moment, ich schalte auf *Notbeleuchtung* um, vielleicht *Rot* ist besser für eure Augen…«

Es flackert, dann verschwindet das blendende Licht, und die Vielzahl der grellen Farben weicht einem einförmigen Ton, intensiv und aufwühlend, zugleich warm wie eine Decke, die alles einhüllt: die *Farbe Rot*. Mit einem Mal sieht die Umgebung völlig anders aus, seltsam weich und verschwommen an den Konturen. Doch jetzt, da alles gleichmäßig *rot* ist, verliert die Farbe ihre beunruhigende Signalwirkung von Glut und Blut. Dieses Licht ist irritierend, aber erträglicher als das *weiße*.

Als meine Augen sich ein wenig an die Farbe gewöhnt haben, schaue ich mich um – und gerate erneut in Panik! Der Raum ist ein Chaos von völlig unbekannten Formen in allen Größen, gerade, eckig und gleichmäßig, alles künstlich und unbegreiflich kompliziert. Die Sinneseindrücke dieser bedrohlichen Umgebung zucken so wild durch meinen Kopf, dass ich sie nicht zu fassen bekomme. Wie in einem wahnhaften Pilztraum verdrehen sich Wirklichkeit und Halluzination zu einem rasenden Wirbel.

Ich ringe nach Luft, mache noch einen Schritt, dann gehe ich in die Knie. Auf dem schiefen Boden fange ich zu rutschen an, bis Chan mich festhält und mir wieder aufhilft.

»Ganz ruhig, Dev! Keine Angst, hier drin alles ist *okay*… äh…, alles ist gut! Wir bringen jetzt *Patienten* in sein Bett.«

Chan schiebt und zieht uns vorsichtig nach rechts, den abfallenden Boden hinunter. Immer wieder müssen wir uns an fremdartigen Einrichtungsgegenständen oder Vorsprüngen festhalten, um nicht ungebremst die steile Schräge hinunter zu rutschen.

Die schiefe Ebene endet vor uns an ihrem Tiefpunkt, an einer Wand, die hier schräg nach oben ragt. Rechts von uns befindet sich eine runde Öffnung in der Außenwand des Schiffes – das muss das »Auge« sein, das ich gesehen habe, als ich das erste Mal vor dem Schwarzen Fisch stand. Ein schwacher Schein fällt von draußen herein. In eigentümlicher Weise mischt sich hier das Rot der Innenbeleuchtung mit dem vertrauten Licht und der Farbe meines bisherigen Lebens – Chan hat sie ,*Grün'* genannt; niemand bei uns kennt dieses Wort.

Wir nähern uns dem Fenster. Vorsichtig sehe ich nach draußen. Der Blick geht über den finsteren Berghang weit hinaus übers helle Meer bis an Küste, Waldland und Randgebirge.

In der Nische vor dem »Auge« liegen haufenweise Kissen und Decken; sie sind so gestapelt, dass sich eine nahezu ebene Fläche ergibt.

»Das sieht nach einer gemütlichen Liegestatt mit Aussicht aus«, sage ich zu Chan.

»Ja, das ist mein Lieblingsplatz im Schiff. Allerdings, die Aussicht ist erst seit Kurzem so gut. Bis vor ein paar Tagen hier waren nur ein paar *Meter* Nebel und Wasser und ein paar Steine zu sehen.«

Wir betten Ion auf die Kissen vor dem Fenster. Dann verschwindet Chan nach oben in der Tiefe des Raumes. In der Entfernung und im verschwimmenden Rotlicht kann ich weit oben eine weitere Wand mit einer geöffneten Tür erkennen.

Ion drückt sich auf seinem unverletzten Ellbogen hoch. »Was machen wir hier bloß, Dev«, stöhnt er.

Ich drücke seine Hand. »Fragen beantworten, Ion. Und dir das Leben retten.«

Von oben hören wir Rumoren und Rascheln, und wenig später kommt Chan mit einem Arm voll unbekannter Dinge zurück. Es sind rechteckige Päckchen; weiche Beutel aus durchsichtigem, knisterndem Stoff; lederartige, glatte Würste; eine kleine und eine große

Flasche aus durchsichtigem, hartem Material. Die kleine enthält eine dicke, dunkle Flüssigkeit, die große eine wasserklare.

»Verbandszeug!« Chan legt die Sachen neben Ion und fängt an, die Beutel zu öffnen und helle Stoffbahnen herauszunehmen. »Hier, wir haben *Mullbinden, Schmerztabletten, Salbe, Desinfektionsmittel* und *Grappa*. – *Grappa* eigentlich ist keine Medizin, obwohl manche behaupten. Ich selbst mag keinen *Schnaps*, deswegen der hier hat sich so lange gehalten. Jetzt das Zeug endlich ist für etwas gut. Wartet einen Moment – ich bringe noch heißes Wasser.«

Chan geht noch mal nach oben und kommt dann mit einem glänzenden Behälter mit dampfendem Wasser und ein paar Tüchern über dem Arm zurück.

»Wo hast du denn hier oben heißes Wasser her?«, frage ich erstaunt.

»Wie ich schon sagte: Die *Technik* in der *U-DYS* funktioniert erstaunlicherweise noch immer gut. Der *Meerwassertauscher* und meine *Kochplatte* machen es möglich! Ich zeige dir meine Küche nachher.«

Chan gibt Ion ein paar *Schmerztabletten* und flößt ihm danach noch ein paar Schlucke *Grappa* ein. Die Flüssigkeit riecht schauderhaft, wie stark verdorbener Palmwein, aber Chan sagt, das sei gut zum Schlafen. Wir waschen Ions Wunden mit heißem Wasser, *Desinfektionsmittel* und noch mehr *Grappa*. Chan versorgt den tiefen Biss mit Salbe aus einer *Tube*. Dann wickeln wir die Verletzungen mit *Mullbinden* ein.

»Habt ihr Hunger?«, fragt Chan, als wir mit Ion

fertig sind. Sie schaut uns erwartungsvoll an. »Und wenn die Welt gleich geht unter – ich brauche jetzt Essen!«

Ion stöhnt, schon halb im Schlaf.

Aber ich spüre auf einmal heftigen Hunger! Ich habe das Abendsignal nicht gehört, aber es muss schon lange danach sein, vielleicht auch schon nach dem Morgen... Hier in dieses Schiff scheint die Zeit von draußen nicht durchzudringen. Vielleicht gilt hier eine andere Zeit?

Die Ereignisse, seit wir uns beim Abstieg von den anderen getrennt haben und zurück zum Jagdhaus aufgebrochen sind, scheinen ewig lange zurückzuliegen. Die Welt dort unten ist mit einem Mal unerreichbar fern. Mein Hunger verwandelt sich in ein wehmütiges Gefühl, und etwas wie Heimweh erfasst mich, wie endgültiger Abschied, Verlust und Trauer.

Was machen wir hier bloß?

Ion schnarcht leise.

Ich schaue zuerst ihn an, dann Chan. Ich muss schwer schlucken.

»Mach dir nicht Sorge, Dev. Das wird wieder gut«, sagt Chan zuversichtlich. »Ein paar *Stunden* Schlaf und noch ein paar *Pillen*, und er wird sein wie neu! Jetzt komm, lass uns etwas essen!«

Chan führt mich ans andere Ende des Innenraumes, hinauf über den schrägen Boden. Dabei benutzen wir wieder die Kanten von Tischen und anderen festmontierten Gegenständen, Beine von Sesseln, Türrahmen, Stützen oder andere Gegebenheiten der Einrichtung, um uns hochzuziehen. Chan erklärt mir mit komplizierten Wörtern, welchen Zweck einzelne Dinge haben. Doch ich kann so gut wie nichts davon verstehen.

Oberhalb der Mitte des langgezogenen Innenraumes liegt die Küche, oder *Kombüse*, wie Chan sie nennt. Ein großer glänzender Block ragt dort aus dem schrägen Boden.

»Das ist der *Herd*. Funktioniert nicht in dieser Schieflage, deshalb ich musste mir etwas basteln.« Chan deutet auf einen kleinen rechteckigen Block, der auf dem großen Block platziert und mit untergelegten Gegenständen so verkeilt ist, dass er eine ebene Fläche aufweist.

»Und hier die Wasserleitung.« Chan bewegt etwas an dem glänzenden Rohr, worauf zu meinem Erstaunen kurzzeitig klares Wasser aus dessen Ende fließt. Es verschwindet gurgelnd in einem rechteckigen, ebenfalls schrägstehenden Becken unter der Öffnung der Wasserleitung.

»Probier – bestes Trinkwasser!«

Chan füllt eine Art Schale aus dem durchsichtigen harten Material namens *Glas* und reicht sie mir. Das Wasser schmeckt seltsam – eigentlich nach gar nichts.

»So, bevor ich etwas koche für uns, ich muss mir erst anziehen etwas Bequemeres«, sagt Chan. »Komm, ich zeige dir meine Koje.«

Wir klettern bis ganz hinauf, wo der Boden an der

überhängenden Wand endet. Links und rechts gehen dort Türen ab. Chan zeigt nach rechts; eine transparente Schiebetür führt dort in einen dunklen Gang.

»Da drin ist Vorratslager und Kühlraum«, sagt Chan und dreht sich dann um. Gegenüber der Schiebetür sehe ich durch eine offene Tür in einen kleinen fensterlosen Raum, der von einem roten Licht an der Decke schwach erhellt wird.

»Und das hier ist mein *Schlafgemach*.«

Dort drinnen ist eine Bettstatt zwischen schrägen Boden und Wand verkeilt, sodass man darauf eben liegen kann. In einer Nische der Seitenwand stapeln sich Stoffbündel, Decken oder Kleidungsstücke.

»Entschuldige kurz. Muss aus dem *Anzug* raus.«

Chan schlüpft an mir vorbei in den Raum hinein und setzt sich auf die Liege. Die unförmigen Teile des *Anzugs* werden rasch ausgezogen wie eine zu große Haut. Zuerst liegen die Füße frei, dann kommt aus der Öffnung am Rücken ein kleiner, schlanker Körper mit nackten Armen und Beinen. Zum Schluss fallen auch noch die restlichen verschwitzten Kleidungsstücke, die Chan unter dem schrumpeligen *Anzug* an Ober- und Unterleib getragen hat, auf den schiefen Boden.

Und jetzt endlich kann ich sehen, dass Chan eine Frau ist!

Fasziniert betrachte ich ihre festen kleinen Brüste und den dunklen Haarbusch zwischen ihren Beinen, während sie ohne Scheu in der Nische mit ihren Anziehsachen kramt.

Eigentlich wusste ich es schon von Anfang an,

glaube ich... Männer sind selten so... offen und locker, so gewitzt und... so sympathisch. Meistens ist bei Jungs und Männer da erst einmal eine gewisse Begriffsstutzigkeit, oder etwas Lauerndes, Aggressives. All das fehlt Chan. Vor mir steht eine junge Frau, und das habe ich schon bei unserer ersten, flüchtigen Begegnung gespürt. Trotzdem verwirrt mich die Gewissheit jetzt irgendwie. Dazu kommt, dass diese Frau ein fremdes Wesen aus einer anderen Welt ist, vor dem ich mich gemäß den Gesetzen *unserer* Welt eigentlich schrecklich fürchten müsste. Aber so anders und so geheimnisvoll Chan ist – sie ist keinesfalls ein Ungeheuer...

Als sie sieht, dass ich sie mit großen Augen anschaue, hält sie inne.

»Ich weiß«, sagt sie. »Jetzt ich könnte eine *Dusche* gebrauchen. Aber ich fürchte, das muss warten. Erst essen!«

Schnell zieht sie sich etwas über Oberkörper und Arme und ein anderes Stück über die Beine. Der dunkle Stoff hat Schläuche für Arme und Beine, liegt aber viel enger am Körper an als der monströse *Anzug*. Obwohl ich solche seltsamen Kleidungsstücke noch nie vorher gesehen habe, sieht sie damit plötzlich viel vertrauter aus – und auf seltsame Weise geschmückt.

Sie sieht meinen Blick. »Möchtest du auch etwas anderes anziehen? Ich glaube, ich hätte noch etwas *eine Nummer* größer, das dir passen könnte...«

Ich schaue sie erschrocken an, als hätte sich mich bei etwas Unanständigem ertappt. Ich schüttle energisch den Kopf.

Obwohl…? Vielleicht später…?

»Na dann komm, wir suchen uns etwas aus der *Kühlkammer.*«

In dem Raum hinter der Schiebetür ist es so schmerzhaft kalt, dass ich lieber draußen warte. Ich sehe Chan mit dampfendem Atem zwischen den Regalen hin und her huschen, dann kommt sie mit ein paar Schalen und Paketen wieder heraus. Wir steigen hinunter zu dem schiefen Block in der *Kombüse.*

Chan steigt auf eine Platte vor dem Block, die sie selbst behelfsmäßig dort hingebaut und mit untergelegten Gegenständen in die Waagrechte gebracht hat, um dort gerade stehen zu können. Ich lehne mich bequem an die höher gelegene schräge Seite des Blocks und schaue ihr beim Kochen zu. Dabei erklärt sie mir die Zutaten und die Utensilien, die sie benutzt. Fast alles, was sie an Werkzeugen und Behältern benutzt, ist aus dem harten glänzenden Material – sie nennt es *Metall* oder *Stahl.*

Zuerst zerschneidet sie ein paar schrumpelige Dinger, die sich bei näherer Betrachtung als getrocknete Pilze herausstellen, mit einem Messer in kleine Stücke. Sie lässt Wasser aus dem *Hahn* in einen der glänzenden Behälter laufen, die hinter ihr in allen Größen in einem schiefen Regal liegen. Sie macht etwas an dem kleineren Block, der auf dem großen waagrecht platziert ist und stellt den *Kochtopf* darauf. Sie lässt mich mit der Hand vorsichtig fühlen, dass der Topf auf der schwarzen spiegelnden Oberfläche sehr heiß wird – in wenigen Augenblicken hat das Wasser angefangen zu kochen, und

Chan wirft die zerschnittenen Pilze hinein. Ihr intensives Aroma steigt in meine Nase – ganz anders als die Pilze, die ich kenne.

Ich frage Chan ängstlich, woher die Hitze kommt, die wir sonst nur in tieferen Gegenden im Boden finden können, nie aber oben auf dem Berg. Sie versucht, es mir zu erklären, aber alle Wörter, die sie gebraucht, sind mir fremd und geben für mich weder einzeln noch zusammen einen Sinn.

Nach einiger Zeit – mein Magen hat inzwischen angefangen, laut und deutlich zu knurren – angelt Chan die Pilze wieder aus dem Wasser und legt sie in eine Schale beiseite. Dann schüttet sie aus einem Säckchen getrocknete kleine Körner in das kochende Wasser, legt einen Deckel darauf und stellt den Topf zur Seite.

Jetzt holt sie ein anderes Kochgeschirr, das einen langen Griff hat, aus dem Regal. Sie stellt die *Pfanne* auf das heiße Feld und gibt ein wenig von einer dickflüssigen, klaren Flüssigkeit hinein. Dann holt sie etwas aus einem runden Behälter, das aussieht wie eine Handvoll kleiner Pflanzenkeimlinge – »Das sind *Sojasprossen*, selbst gezogen«, sagt Chan stolz – und wirft sie in die Pfanne, in der das *Öl* so heiß ist, dass es raucht. Es zischt so heftig, dass ich erschrocken zurückfahre. Ein fremder, aber ungemein köstlicher Duft verbreitet sich über dem Block, während Chan die Pfanne mit einer Hand schüttelt und den Inhalt durch die Luft fliegen und wieder zurückfallen lässt. Dann schüttet sie die *Sojasprossen* zu den Pilzen in die Schale.

»Jetzt fehlt leider etwas Wichtiges«, sagt Chan mit

betrübter Miene. »Frische *Frühlingszwiebeln, Knoblauch und Ingwer*. Leider ich habe es bis heute nicht geschafft, diese Zutaten frisch anzubauen. Ich habe ein paar Päckchen *Saatgut*, und neulich ich habe mir sogar eine Ladung Erde von draußen geholt, aber bisher meine Versuche waren vergebens. Na ja, wir müssen solange mit getrockneten Gewürzen und *Instantbrühe* vorliebnehmen. Aber wenigstens ich habe noch eine *1A Chilibohnenpaste* – die reicht wahrscheinlich noch ein paar Jahre. Wobei ich stark hoffe, dass ich so lange nicht mehr hier drin sein werde…«

Während sie munter weiterredet, öffnet sie das Glas mit der dunklen, dicken Paste und gibt ein paar Löffel davon in die Pfanne mit dem restlichen Öl. Es zischt und brutzelt wieder heftig, und der intensive Geruch, der von der blubbernden Masse in der Pfanne aufsteigt, lässt mir heftig das Wasser im Mund zusammenlaufen.

Chan macht ein Glas voll mit Wasser und kippt es in die Pfanne, was eine gewaltige Dampfwolke zur Folge hat. Aus einem anderen Glas mit einem Deckel nimmt sie einen großen Löffel voll eines hellen Pulvers und rührt sie in die Flüssigkeit in der Pfanne.

Während es dort weiterkocht, holt sie noch einen weiteren Behälter hervor. Sie nimmt den Deckel herunter – darin ist Wasser, in dem ein Block einer weißen Masse schwimmt.

»Mein ganzer Stolz«, sagt Chan zwinkernd. »Selbst gemachter *Tofu*. Ist immer eine furchtbare Kleckerei, aber es lohnt sich!«

Sie kippt das Wasser in das Becken mit dem Loch.

Dann zerteilt sie den *Tofu* mit dem Messer in kleine Würfel und lässt sie in die Pfanne gleiten.

Mein Hunger ist inzwischen so bohrend, dass ich mir die Frage, was *Tofu* ist, für später aufspare, damit Chan endlich fertig wird. Ich frage mich gerade, warum sie das alles nacheinander macht – wir im Waldland würden einfach alles zusammen in eine große Koko-Schale mit einem Deckel geben, im heißen Boden vergraben und ein wenig warten, bis es fertig ist – da schüttet Chan noch die Sojasprossen und die Pilze aus der Schale in die Pfanne und ruft fröhlich »Essen fertig!«

Während Chan drei Schalen aus einem Wandregal holt, sehe ich nach Ion. Er schläft tief und fest. Ich beschließe, ihn nicht zu wecken, und klettere zurück zur *Kombüse*.

Chan füllt zwei große Schalen mit dampfendem *Reis* und verteilt den Inhalt der Pfanne darauf – bis auf einen Teil für Ion. Sie hält mir zwei Holzstäbe hin.

»Stäbchen oder Löffel?«

Ich sehe sie fragend an.

»Ich nehme beides für dich mit«, sagt sie.

Dann klettern wir hoch in das *Schlafgemach*. Chan lässt sich mit ihrer Schüssel auf das Bett fallen und klopft einladend mit der flachen Hand auf den Platz neben sich.

»Bitte sehr. Der einzige Platz – außer unten vor dem Fenster – wo man gerade sitzen und liegen kann. Guten Appetit!«

Dann fangen wir an zu essen. Chan zeigt mir, wie sie

sich mit den beiden Holzstäbchen das Essen in den Mund schaufelt. Es sieht schwierig aus – ich nehme den Löffel.

Ich glaube, nie zuvor habe ich etwas Köstlicheres und Raffinierteres gegessen als diese fremdartige Speise, die vor meinen Augen auf so umständliche Weise und mit solch rätselhaften Hilfsmitteln entstanden ist. Meine Ungeduld und meine Zweifel schwinden mit jedem Bissen und machen einem Glücksgefühl Platz, das sich schmeichelnd in meinem Mund und meinem Magen ausbreitet, und das mit der Zeit übergeht in eine angenehme, dankbare Sättigung... und schließlich in wohlige Ermattung.

»Das war das beste Essen meines Lebens!«

Ich lasse mich auf ein Kissen zurücksinken, das praktischerweise hinter mir an der Wand liegt. »Das war Zauberei!«

»Ach, das war doch nur einfache *Hausmannskost!*«, winkt Chan ab. Sie lehnt sich neben mir ebenfalls auf ein Kissen zurück und zieht die Beine aufs Bett. »Du solltest mal probiert haben, was wir früher auf den Tisch gebracht haben, bevor wir hier... *auf Grund gelaufen* sind! Das war richtige *Haute Cuisine*! Mit Zutaten nur vom Feinsten...«

»Wer ist ‚Wir‘? Und von wo kommst du?«

»Oh, das ist eine lange Geschichte...« Chan bekommt einen glasigen Blick. »Und schon so lange her!« Sie starrt eine Weile auf einen Punkt in der Ferne.

Dann sieht sie mich an. »Weißt du etwas von der Welt da draußen? Von… Oben?«

»Oben…? Du meinst… über dem Berg?«

Sie nickt langsam.

Und ich schüttle langsam den Kopf. »Dort oben hausen die Götter, heißt es in unseren Geschichten. In Dunkelheit und Kälte, im NICHTS. Aber niemand weiß es wirklich, glaube ich… Die Wächter sagen, nichts Gutes kommt von dort…« Ich schaue sie an. »Kommst du von dort?«

Chan nickt. »Ja, ich komme von dort. Ich komme aus der Welt Oben. Aus der *eigentlichen* Welt! Ich vermute, niemand dort oben würde glauben, dass es *euch* hier Unten gibt… Es ist ja auch kaum zu glauben… Deine Welt hier widerspricht den bekannten *Naturgesetzen*, soweit ich etwas davon verstehe. Was zugegebenermaßen nicht sehr viel ist…«

Ich begreife nicht viel von dem, was Chan da sagt. Nur, dass dort oben wohl lauter Menschen sind wie sie…

Menschen.

Keine bösen Ungeheuer? Keine Götter?

»Ich glaube, Chan, es ist umgekehrt: *Deine* Welt widerspricht *unseren* Gesetzen…«

»Ja«, Chan lacht kurz auf, »dann scheint wohl überall etwas mit den Gesetzen nicht zu stimmen…«

Ich nicke vorsichtig. »Warum bist du hier, Chan? Was wollt ihr von uns?«

Sie drückt den Kopf nach hinten, tiefer ins Kissen und starrt an die Decke. »Das ist eine komplizierte

Geschichte«, sagt sie mit einem Seufzer. »Ich selbst bin nicht freiwillig hier. Unser Schiff hatte einen Unfall und ist hier unten gestrandet. Aber ich glaube, es gab Menschen *an Bord*, die wirklich hierher wollten. Sie haben euch gesucht, denke ich... Aber etwas ging schief.«

»Erzähl mir von oben... Wie ist deine Welt? Nicht kalt und dunkel?«

»*Sehr* kalt und *sehr* dunkel...«, sagt Chan seufzend. »Manchmal. Aber manchmal auch sehr warm und hell und... sehr schön!« Sie schließt die Augen. »Du müsstest mal die *Sonne* sehen... und ihre Wärme spüren... oder den *Vollmond* in einer *Sommernacht*... Und die *Sterne*... Ich weiß gar nicht, wo ich anfangen soll... Du würdest es mir nicht glauben...«

Mein Kopf bemüht sich, das was er da hört, zu verstehen. Aber es ist mühsam und frustrierend, bedeutungslosen Worten zu folgen... Meine Gedanken bewegen sich darin wie in zähem Schlamm und wollen nicht zusammenkommen. Eine bleierne Müdigkeit senkt sich herab... Der Tag war lange und anstrengend... Und dieses Essen einfach überwältigend...

»Es ist ganz anders bei uns als hier Unten...«

Chans Stimme wird leiser, das gleichmäßige Auf und Ab ihres hellen Singsangs macht mir die Lider schwer.

»Überall sind *Städte*, *Millionen* von Häusern, von Horizont zu Horizont, riesig weit oder himmelhoch, *Straßen*, *Fahrzeuge*, *Maschinen*... es gibt *Maschinen*, die durch die Luft fliegen wie Vögel... Sie sind überall...

Überall sind Menschen und Maschinen… es wimmelt nur so von ihnen… Alle sind ständig unterwegs, immer auf den Beinen, immer auf der Suche… – überall, jederzeit, rund um den *Globus*, rund um die *Uhr*…«

Ich schließe die Augen.

Chans Worte klingen wie eines der Märchen, die mir Mha als Kind zum Einschlafen erzählt hat, voller Rätsel, Wunder und unglaublicher Geschehnisse… voller Gefahren und glücklicher Wendungen… und immer… mit einem guten… …Ende…

Ein tiefes Grollen, weit weg…

…

Ein lautes, dumpfes Krachen! Alles vibriert.

Ich öffne die Augen. Rotes Licht.

Vor mir steht eine schreckliche Gestalt, ein Geist! Gekrümmt, in Lumpen gehüllt. Blutunterlaufene Augen starren mich an.

»Dev!«, stößt der Geist hervor, seine Stimme schauerlich heiser.

Ich fahre hoch und werde wach. Meine Wange kribbelt und Speichel läuft mir aus dem Mundwinkel. Ich habe tief geschlafen, an Chans Schulter gelehnt, die jetzt langsam neben mir aufwacht.

Ich reibe meine Augen. Die Gestalt steht immer noch vor der Liege. Sie greift nach meinem Knie und schüttelt es.

»Dev! Wacht auf!«

»Ion! Was ist los?«

»Hört ihr das nicht?« Er schaut zur Seite und hält den Atem an. Wir horchen. Das Grollen kommt von draußen, es wird leiser und lauter, aber es hört nicht ganz auf. Und wieder zerreißt ein sattes Krachen die Luft in unmittelbarer Nähe des Schiffs und lässt Boden und Wände erzittern.

»Es geht bald los!«, sagt Ion. »Was machen wir jetzt?«

Ich schaue Chan an. »Bist du sicher, dass wir hier drin sicher vor dem Wasser sind?«

»Ja – *zu 99,9 Prozent*!« Sie lacht, als Ion fragend die Stirn runzelt. »Ja, keine Angst, ich bin ganz sicher!«

»Wie kannst du dir so sicher sein?«, frage ich sie, während sich ein kribbelndes Gefühl in meinen Eingeweiden ausbreitet. Mein Körper möchte schnell von hier weg.

»Wenn ich euch richtig verstanden habe, jetzt kommt die ganz große Flut, die hier alles unter Wasser setzt«, sagt Chan.

Wir nicken heftig.

»Und das Ganze geschieht regelmäßig ungefähr alle zehn bis fünfzehn *Jahre* – stimmt es?«

Jahre kenne ich nicht, aber ich bejahe ihre Frage: »Es dauert ungefähr so lange, wie ein neugeborenes Kind braucht, um kein Kind mehr zu sein…«

»Bis es ein *Teenager* ist, ich verstehe«, sagt Chan. »Jedenfalls, das ist genau die Zeit, wie lange ich hier unten bin. Es war also während der letzten Großen Flut, dass die U-DYS hier herunter gespült wurde und Schiffbruch erlitten hat. Damals war hier wochenlang alles unter Meerwasser. Wenn es diesmal nicht schlimmer kommt, das Schiff sollte das aushalten. Ist ja schließlich für die tiefsten Meerestiefen gebaut worden. Nur das Loch, das die Felsen damals *backbords* in den Rumpf geschrammt haben, ist schuld, dass der Antrieb ausgefallen ist. Aber wir liegen hier ziemlich stabil in die Felsen verkeilt, sodass ich optimistisch bin, dass wir die nächste *Sintflut* auch noch überstehen werden...« Sie kratzt sich am Kopf. »Obwohl ich eigentlich keine Lust habe, hier meinen *Lebensabend* zu verbringen. Ihr beide seid sehr freundlich, aber ich hatte schon Begegnungen mit anderen Mitmenschen von euch, die mich einfach umbringen wollten, ohne vorher Guten Tag zu sagen.«

»Ja«, sage ich. »Die Wächter sind da ohne Zögern.«

Mir fällt etwas ein. »Weißt du etwas von einem anderen, kleineren Schiff, mit vier Männern, das auch hier unten war?«

Chan horcht auf. »Was ist damit? Was ist mit den Männern?«

»Sie wurden getötet«, sage ich bedauernd. »Die Wächter haben das Schiff entdeckt und die Fremdlinge umgebracht. Das ist schon lange her, es war kurz nach der letzten Flut.«

»Und jetzt liegt es unten bei den Wächtern im Tempel!«, fügt Ion hinzu.

»Das war eines der beiden *Rettungs-U-Boote*!«, sagt Chan aufgeregt. »Habt ihr die beiden Öffnungen gesehen draußen im Schiffsrumpf? Das sind die *Schächte* für die Rettungsboote. Es gab zwei davon. Habt ihr das andere auch gefunden?«

Ion schüttelt den Kopf, während ich noch nachdenke.

»Nachdem wir gestrandet sind, ich hatte zuerst gehofft, mit einem der Boote von hier wegzukommen«, sagt Chan. »Aber als ich nach vielen Versuchen endlich geschafft hatte, dort oben nachzusehen, waren beide *Schleusen* leer…«

»Es kann sein, dass auch das zweite Boot gesehen wurde«, sage ich. »Meine Mutter ist damals bei der Flut verschwunden. Jemand hat gesehen, wie sie von einem ,Schwarzen Fisch' ,verschluckt' oder mitgenommen wurde. Aber sie war nicht bei den vier Männern, die von den Wächtern bei dem Boot getötet wurden, das sie gefunden haben.«

»Deine Mutter?« Chan schaut mich überrascht an. »Wenn deine Mutter war wirklich in dem Boot, aber nicht bei den getöteten Männern, dann kann das nur das andere Rettungsboot gewesen sein…« Sie springt plötzlich auf. »Aber - dann besteht ja die Möglichkeit, dass dieses andere Boot es nach OBEN geschafft hat, damals!«

Ich wage kaum daran zu glauben, dass Chan recht haben könnte.

Chan wendet sich an Ion: »Du sagst, du weißt, wo das Boot ist, das die Wächter gefunden haben?«

»Es ist unten im Tempel«, sagt Ion. »Die Wächter haben es damals hineingeschafft und versteckt.«

»Ist es noch ganz?«, fragt Chan in höchster Erregung. Sie fängt an, mit nervösen kleinen Schritten auf und ab zu gehen. »Das ist DIE Chance, um hier wegzukommen! Ich will zurück nach *OBEN* – Versteht ihr? Können wir da hin? Ich könnte versuchen, das Boot zu starten. Dann ich könnte versuchen, hier rauszukommen, wenn bald alles unter Wasser steht!«

»Dann müssten wir aber sofort nach unten aufbrechen!«, sage ich atemlos. »Wir könnten es gerade noch schaffen!«

»Das glaube ich kaum«, sagt Ion düster. »Wir schaffen es vielleicht, Chan hinunterzubringen. Aber was machen *wir* beide dann? Vielleicht hätten wir noch eine geringe Chance, mit in die Schutzräume im Tempel gelassen werden – aber sicher nicht, wenn die Wächter uns zusammen mit Chan erwischen. Ich fürchte, am sichersten ist es, hier im Schiff zu bleiben, bis die Flut vorüber ist…«

»Es sei denn…«, sagt Chan vorsichtig, »es sei denn, ihr kommt mit mir mit. Nach Oben!«

»WAS??« Ion schnaubt entrüstet und fasst sich mit beiden Händen an den Kopf.

Ich suche kurz nach einem Wort, das ich von Chan gelernt habe, und dass mir genau für diese Situation zu passen scheint: »*O-kay!?*«

»Ja, überlegt mal«, sagt Chan eifrig, »Dev, wir könnten oben nach deiner Mutter suchen, falls sie wirklich war mit in dem anderen Boot…«

»Das ist verrückt«, sagt Ion, und im Stillen muss ich ihm beipflichten.

Andererseits…

»Es wäre die letzte Möglichkeit«, überlege ich. »Wenn alles gut geht und wir rechtzeitig nach unten kommen, können wir uns ja trennen. Dann kann Chan mit ihrem Boot davon, und wir gehen in die Schutz-räume. Wenn nicht, steigen wir mit ihr ins Boot.«

»Was für eine einmalige Gelegenheit für ein großes Abenteuer!«, sagt Chan und zwinkert mir zu.

Ion starrt uns beide fassungslos an.

»Falls wir das wirklich machen«, sage ich ernst und schaue Chan in die Augen, »werden wir dann jemals wieder hierher zurückkehren können?«

Chan überlegt kurz und runzelt die Stirn. »Das kann ich nicht versprechen. Aber – wir mit U-DYS haben es einmal geschafft, hier herunter zu kommen – wenn auch nicht ganz freiwillig… Ich bin sicher, wenn die *OBEN* davon erfahren, dann irgendjemand wird es wieder versuchen und irgendwann wird es auch schaffen. Früher oder später… Aber vielleicht… Vielleicht euch gefällt es so gut, dass ihr bleiben wollt – Oben?«

Ion verdreht die Augen und schüttelt den Kopf; aber ich denke an die Geschichten von der Welt Oben, die Chan mir beim Einschlafen erzählt hat.

Sollen wir die Reise ins Märchenland wagen?

Ein ohrenbetäubender Donnerschlag schreckt uns auf, lauter als alle bisherigen. Dazu kommt ein anschwellendes Rauschen von heftigem Regen.

Es fängt an.

Ich sehe Ion an. »Kommst du mit? Du könntest auch allein hier drin abwarten, bis die Flut vorbei ist…«

Entrüstet stemmt er sich in die Höhe. »Auf keinen Fall bleibe ich allein hier drin«, stöhnt er, »ohne jeman-den, der mir diese unheimlichen Türen nach draußen aufmachen kann. Ich will doch hier drin nicht alt und einsam sterben. Außerdem -«, er sieht Chan an, »- du hast mir das Leben gerettet. Ich schulde dir etwas. Also lasst uns keine Zeit verlieren und zum Tempel gehen. Aber vorher – gebt mir schnell noch ein paar von diesen *Pillen*!«

KAPITEL 35

DIEBE IM TEMPEL

Draußen herrscht das Inferno.

Das Gewitter erzeugt eine atemberaubende Kulisse von unaufhörlich donnerndem Lärm. Abgrundtiefes Rumpeln vermischt sich mit dem markerschütternden Krachen heftiger Blitzentladungen, schwerer Regen rauscht aus den finsteren Wolken herab, die jetzt dicht unter dem Himmel einen riesigen, sich langsam drehenden Wirbel bilden. In dessen Zentrum streckt der Berg seinen nackten Gipfel in das gähnende schwarze Loch darüber.

Wir rutschen auf den nassen Steinen den Bergpfad hinunter, versuchen, möglichst schnell den Abstand zur Bergspitze zu vergrößern. Ion scheint unter dem Einfluss der *Pillen* seine Verletzungen vorerst vergessen zu haben, aber Chan bremst unsere Eile etwas. Sie trägt wieder ihren unpraktischen dicken Anzug samt dem *Helm* und zusätzlich noch einen großen Beutel, den sie sich auf den Rücken geschnallt hat. Sie hat in aller Eile noch Dinge im Schiff zusammengepackt und etwas an einem seltsam leuchtenden Tisch, den sie *Konsole* genannt hat, gemacht – für mein Gefühl viel zu lange. Dann hat sie noch einen fast wehmütigen Rundblick in das Schiff geworfen, und dann endlich die Schleusentür geöffnet.

Nach kurzer Zeit verwandelt der Regen den Weg in ein Bachbett, in dem wir an einigen Stellen knietief waten müssen. Der Fluss, auf den der Pfad immer wieder trifft, ist ein reißendes Wildwasser. Ich habe Sorge, dass er weiter unten den Weg komplett über-schwemmen und uns das Passieren unmöglich machen wird. Endlich im Talgrund angekommen, können wir gerade noch auf einem handbreiten Streifen über dem Wasser den kleinen Hof hinter dem Tempel erreichen. Neben uns donnert der Fluss in die Öffnung der Tempelmauer, eine wild schäumende Masse aus schlammigem Wasser, erdigen Grasbüscheln und wirbelnden Ästen.

Der Hintereingang zum Tempel ist verschlossen, und niemand ist zu sehen. Haben sich die letzten Torwächter schon abgesetzt in die Schutzräume?

»Was machen wir jetzt?«, schreie ich Ion gegen den Lärm von Donner und Regen ins Ohr. »Können wir hier irgendwo auf das Dach und von dort aus in den Innenhof klettern?«

Ion wischt sich das Wasser aus den Augen und schüttelt den Kopf. »Die Mauern hier hinten sind mit

Absicht so hoch gebaut. Es soll ja niemand an den Torwächtern vorbei hier rein kommen.«

Ich erwäge kurz die lächerliche Idee, ob wir einfach gegen die Tür hämmern und laut rufen sollen. Aber falls uns wirklich jemand hören und öffnen würde – dann wäre Chan den Wächtern ausgeliefert.

Aber wir MÜSSEN hinein, so oder so, sonst ertrinken wir hier draußen!

»Ion! Denk nach – gibt es wirklich keine Möglichkeit, diese Mauer zu umgehen?«

Ion schaut zu Seite, wo der Wasser immer reißender und höher wird.

»Der Fluss!«, schreit er. »In der Mitte des Durchlaufs unter dem Tempel gibt es die Vorrichtung für den Antrieb der Signalanlagen. Ich hab' dir neulich von dem großen Rad erzählt, das dort vom Wasser angetrieben wird. Um das Rad führt ein Steg mit einem Geländer herum, und an der Seite geht eine Treppe hinauf in den Tempel. Die Tür am oberen Ende kann man von außen öffnen, wenn man den Mechanismus kennt! Wenn wir es schaffen, dort drinnen den Steg zu erreichen, kommen wir rein! Aber es ist gefährlich – bei dieser Strömung könnte es uns leicht am Rad vorbei reißen – und dann geht es vorne den Fall hinunter!«

Ich überlege zweifelnd, ob wir das alle drei schaffen können.

Ion packt mich am Arm. »Es würde vielleicht auch reichen, wenn nur einer dort hineinkommt, und dann diese Tür hier von innen öffnet.«

»Ja, dass würde unsere Chance sicher verbessern«, nicke ich mit einem Seitenblick auf Chan.

»Also gut«, sagt Ion, »ich versuchs.«

Ich schüttle energisch den Kopf. »Nein. Du bist verletzt, wie willst du dich mit deiner Schulter auf den Steg hochziehen? Das schaffst du nicht. Lass mich das machen!«

Ion will protestieren, aber ich lasse es nicht zu. »Ion, du musst mir erklären, wie die Türen aufgehen, und wie ich drinnen von der Treppe zu dieser Tür hier komme.«

Er lässt kurz den Kopf hängen, dann sieht er mich aus regennassen Augen an.

»Also gut. Die Anlage ist da drin am rechten Ufer, ungefähr in der Mitte des Tunnels – dort wo das große Rad ist. Der Steg ragt vom Treppenaufgang in der Wand bis fast bis zur Flussmitte. Es sollte also zu schaffen sein, dass du dich daran festhältst und am Geländer hochziehst. Es ist ganz einfach, wenn du erst mal aus dem Wasser raus bist. Du musst nur die Treppe hoch und durch die Tür am Ende. Sie führt direkt in den langen, geraden Gang zu dieser Tür hier – du musst dich nur rechts halten und bis ans Ende laufen. Bei den beiden Türen ist jeweils links in der Wand auf halber Höhe eine kleine Nische. Drück einfach mit der Hand hinein, um sie zu öffnen.«

Ich nicke und wende mich zum Flussufer. »Wenn ich nicht komme…«

Chan legt mir die Hand auf die Schulter. »Komm einfach!«

Ion umarmt mich schnell.

Ich drehe mich um und springe.

Für einige panische Augenblicke steht mein Herz still. Das Wasser ist so kalt, dass mir die Luft wegbleibt – aber meine Haut brennt, als würde ich gekocht.

Die donnernde Strömung reißt mich rasend schnell weg vom Ufer auf die Unterführung zu. Wilde Strudel drehen sich an den massiven Felspfeilern, die zu beiden Seiten den Eingang zur Unterwelt begrenzen.

Ich versuche, mich in der Mitte zu halten, doch schon hat mich der Strudel auf der rechten Seite erfasst und droht mich hinabzuziehen. Er wirbelt mich zweimal um meine eigene Achse und saugt mich in sein Zentrum. Hart schramme ich am Felsen entlang und schlucke schlammiges Wasser. Ich ziehe die Knie an, und bei der nächsten Runde des Wirbels schaffe ich es, mich vom Felsen abzustoßen und der Strömung zu entkommen. Mit einem energischen Schwimmstoß bewege ich mich in die Mitte und werde durch die Tunnelöffnung hineingezogen.

Drinnen ist es stockfinster.

In wildem Ritt schieße ich mit dem Wasser dahin, über mir kann ich nur schemenhaft die gewölbte Decke vorbeisausen sehen. Ich muss mich rechts halten und nach dem Steg mit dem Rad Ausschau halten. Nach wenigen Augenblicken sehe ich vor mir Licht, zwei tanzende Punkte, auf die ich zurase. Weit vorne kann ich das andere Ende der Unterführung erahnen, eine winzige helle Öffnung hinaus ins ferne Licht des Himmels weit draußen über dem Meer. Und näher, am rechten Ufer, nähert sich ein diffuser leuchtender Fleck. Das müssen Lichtsteine sein, die den Steg und den Zugang markieren!

Jetzt muss ich aufpassen.

Im Schein der Steine an der Wand sehe ich das wilde Wasser um eine dunkle Silhouette schäumen, die sich dort aus dem Fluss bis fast unter die Decke erhebt – das Rad!

Doch wo ist der Steg?

Ich sehe dort nur tosendes Fluten um die schwarze hölzerne Konstruktion. Das Rad dreht sich nicht und liegt schon mehr als zur Hälfte unter Wasser!

Der Fluss ist zu hoch, erkenne ich mit Schrecken, der Steg muss schon tief unter Wasser liegen.

Auf und ab geschleudert von der reißenden Strömung sucht mein Blick nach einem Halt. Da erspähe ich unter dem Band aus Lichtsteinen eine dunkle Öffnung in der Wand – das muss der Treppenaufgang sein! Auch der ist schon überflutet, nur noch ein kleines Stück des Einganges schaut oben aus der vorbeischießenden Flut heraus.

Mein Mut sinkt schlagartig. Wie soll ich dort hineinkommen – wie die Türöffnung erreichen, ohne daran vorbeigerissen zu werden? Ich habe nur einen einzigen Versuch – und der scheint mir aussichtslos.

Da fällt mir Chan ein und ihre letzten Worte: »Komm einfach!«

Ich muss es schaffen!

Heftig strampelnd steuere ich auf das rechte Ufer zu. Ich sehe die Tür auf mich zuschießen. Verzweifelt versuche ich, den Kopf über Wasser zu halten. Die wilde Strömung dreht und schleudert mit hart gegen die Steinmauer –

Jetzt!

Ich habe die Öffnung erreicht, ich will mich mit den Beinen hineinstoßen, aber ein Wirbel dort drängt mich ab. Ich bin schon fast vorbei – im letzten Moment bekommt meine Hand die Kante des Türbogens zu fassen. Ich kralle mich fest und strample wild mit den Beinen gegen die Strömung an. Doch die Mauer ist glitschig, Moos wächst dort. Und während ich versuche, meine zweite Hand dort anzulegen, rutsche ich ab und treibe davon.

»VERDAMMT!!!«

Mein wütender Schrei hallt durch den Tunnel und übertönt das Tosen des Wassers. Die Türöffnung entfernt sich schnell und unwiederbringlich zu meiner Rechten, links von mir ziehen die Speichen des großen Rades vorbei… Meine Chance ist verpasst…

Verdammt NEIN!

Im Bruchteil eines Augenblickes sehe ich noch eine letzte Chance. Ich stoße mich mit aller Kraft von der Wand ab und erreiche im allerletzten Moment den Rand des hölzernen Rades.

Jetzt hänge ich eingehakt an einer der mächtigen Speichen in der Strömung. Von hier aus kann ich mich wieder ein Stück zurück flussaufwärts ziehen bis zur vorderen Seite der Rundung. Noch ein Stück, und ich bin fast wieder auf der Höhe des Treppenaufganges.

Nur, wie komme ich von hier zur Wand, ohne abgetrieben zu werden?

Wenn ich das Geländer des Steges erreichen könnte... Er muss von der Seite des Rades entlang zur Tür führen... Unter Wasser!

Ich muss es versuchen!

Dreimal atme ich tief ein, dann lasse ich mich die Rundung hinuntergleiten in das schwarze, wirbelnde Wasser. Ich halte mich am Rand des Rades fest und versuche, mit dem flussaufwärts ausgestreckten Arm das Geländer zu ertasten. Doch da ist nur heftig strömendes, wild zerrendes Wasser. Ich muss schon fast die Unterseite der Rundung erreicht haben und meine Luft wird knapp. Für einen furchtbaren Moment verliere ich den Halt am Rad und werde ein Stück davon getrieben. Panisch rudere ich um mich, bis meine Hand wieder etwas Festes erreicht, eine runde Speiche, an der ich mich hochziehen kann. Prustend tauche ich auf, mein Herz schlägt wild.

Festgeklammert überlege ich fieberhaft. Ich versuche, mir die Konstruktion des Rades und des Steges vorzustellen. Dort wo die Nabe des Rades befestigt ist, muss auch der Steg vorbeilaufen, und damit auch das Geländer. Wenn ich also in der Mitte bei den senkrechten Speichen nach unten tauche, sollte ich auf die Befestigung der Achse stoßen, und daneben oder darunter müsste der Steg und das Geländer zu ertasten sein. Und mit genügend Luft sollte ich mich daran entlang hanteln können bis zur Wand und zur Öffnung des Treppenaufganges.

Ich verfolge auf der Oberfläche den Verlauf, wo ich unter Wasser das Geländer vermute – und sehe mit Schrecken, dass der Fluss weiter angestiegen ist! Von der Tür ist nur noch ein handbreiter Spalt zu sehen.

Höchste Zeit – hinunter!

An den senkrechten Speichen stoße ich bald auf eine dicke Achse, die in einem großen Block verankert ist. Ich halte mich an diesem Block fest und hangle mich an seiner Kante noch ein Stück weiter hinunter, bis meine Hand eine waagrechte Fläche ertastet – das muss der Boden des Steges sein! Ich beschwöre die Wächter, dass er nicht zu breit ist, und strecke den anderen Arm aus. Heftig zerrt die Strömung daran, aber…

Ja! Das Geländer ist da, wo ich gehofft hatte. Es hat Sprossen, und ich ziehe mich an ihnen seitwärts gegen die Strömung. Atemnot kündigt sich pochend an, noch ein wenig weiter, noch ein Stück.

Endlich knickt das Geländer im rechten Winkel ab, es geht zur Wand, nur noch ein bisschen, nur noch ein kleines Stück… Die Hoffnung wird plötzlich von übermächtiger, schwarzer Panik gewürgt! Atme! ATME!! … noch ein… Stück… ATME!!!! Geländer zu Ende! Mauerkante! Hinein!! Und… hochtauchen!! HOCHTAUCHEN!!! HÖHER!!! NOCH!!! EIN!!! STÜCK…

LUFT!!!

Luft…

Ich treibe langsam an einer Mauer entlang, blind, um Atem ringend. Während mein Herz und meine

Lunge sich langsam wieder beruhigen und das Flimmern vor meinen Augen nachlässt, sehe ich mich um. Vor mir steigen Stufen aus dem schwarzen Wasser, das hier drin erstaunlich ruhig ist. Die Treppe ist breit und verläuft in einem hohen gewölbten Gang schräg nach oben. Ein schmales Band von Lichtsteinen im Scheitel des Gewölbes taucht den Aufgang in gedämpftes Licht. Hinter mir, von wo ich hereingetaucht bin, ist im Halbdunkel nur noch eine Wand zu sehen – der Zugang liegt jetzt völlig unter Wasser.

Ich hoffe, Ion behält Recht, und ich habe den schlimmsten Teil hinter mir.

Oben an der Treppe stehe ich in einem kurzen Gang. Links von mir liegt eine Nische, in der ein paar Regale stehen, die mit Werkzeug und allerlei Hauswächterkram vollgestopft sind. Auf der rechten Seite öffnet sich ein breites offenes Tor in einen finsteren Lagerraum. Im Schein der spärlichen Gangbeleuchtung erahne ich darin Haufen von Ästen, Blättern und anderem Unrat – Schwemmgut, das wohl die Hauswächter bei ihren Reinigungsgängen hier zwischenlagern.

Vor mir endet der Gang an einer der breiten Schiebetüren, wie sie hier im Tempel üblich sind. Sie ist mit einer massiven Steinplatte verschlossen.

Wie Ion beschrieben hat, ist links von der Tür die Nische mit dem Öffner. Ohne zu zögern, stecke ich meine Hand hinein und drücke auf die ebene Fläche im Inneren. Ich muss Kraft aufwenden, um den Widerstand zu überwinden, aber dann gleitet die Fläche zurück, und die Steinplatte verschwindet geräuschlos nach rechts in der Wand.

Draußen führt ein Gang vorbei. Von dessen Decke aus Lichtsteinen fällt helles Licht durch die Tür. Ich kenne diesen Teil des Tempels! Das ist der Gang, den ich schon oft mit den Jägern auf dem Weg zum Revier benutzt habe. Ich muss nur noch rechts hinunter an sein Ende, und kann dort Ion und Chan hereinlassen.

Ich will gerade hinaus in den Gang treten, als das Geräusch von Schritten hörbar wird. Sie nähern sich von links, wo ein Seitengang ins Innere des Tempels führt. Schnell husche ich zurück durch die Tür. Es ist zu spät, sie wieder zu verschließen, ohne dass es die Näherkommenden sehen würden. Leise gehe ich in den dunklen Lagerraum und suche mir ein Versteck hinter einem der Schwemmguthaufen.

Ich höre, wie sich draußen die Schritte nach links entfernen, wo der Gang Richtung Vorplatz führt. Doch nach einem Moment halten sie inne, und jemand kommt langsam wieder in Richtung der offenen Tür zurück.

Aus meinem Versteck sehe ich, wie ein Schatten aus dem Gang draußen in den Treppenaufgang fällt.

»Wieso ist diese Tür offen?«, fragt eine tiefe, strenge Stimme.

Ich erkenne sie sofort. Es ist Rok!

Er tritt ein, kommt ein Stück weit in den Gang vor dem Lager und schaut sich um.

»Ist hier noch jemand drin?«, ruft er laut. Dann leiser und verärgert: »Verdammte Schlamperei…«

Er ruft nach draußen in den Gang vor der Tür: »Ihr zwei! Geht zu Ghum, und sagt ihm, dass diese Tür hier offenstand. Das darf nicht sein. Er soll einen seiner Hauswächter abstellen, der dafür sorgt, dass sie geschlossen bleibt, bis das allerletzte Evakuierungssignal kommt.«

Jemand brummt eine Antwort und will sich entfernen.

»Halt, das war noch nicht alles! Wenn ihr bei Ghum wart, geht ihr beiden hinauf aufs Dach über dem Bergpfad. Ich möchte, dass ihr Ausschau nach den beiden Nachzüglern haltet. Ich weiß nicht, was sie aufgehalten hat, aber falls sie noch auftauchen, gebt mit sofort Bescheid!«

Wieder hört man eine dumpfe Stimme etwas Unverständliches sagen. Rok antwortet: »Nur wenn ihr euch sicher seid, dass die zwei allein sind! Solltet ihr noch jemanden anderes oder sonst irgendetwas Verdächtiges bemerken – lasst das Tor zu, bis ich da bin!«

Der Schatten entfernt sich, und die Tür geht zu.

Ich springe auf. Jetzt muss ich sehr schnell sein! Mit banger Ahnung drücke ich in den Türöffner… Den Wächtern sei Dank! – sie geht auf.

Vorsichtig stecke ich den Kopf hinaus. Der Gang ist leer, und es ist nichts zu hören. Ich schließe die Tür mit dem Gegenmechanismus und renne nach rechts – Richtung Hinterhof! Auf der linken Seite des Ganges passiere ich immer wieder Seitengänge, die in die Tiefe des Tempels führen; die rechte Wand ist ohne jede Öffnung. Vor mir liegt der Ausgang zum Bergpfad – niemand ist dort zu sehen.

Geschafft! Ich zwänge mich zwischen den beiden Steinplatten des Tores hindurch, während sie noch auseinandergleiten. Wasser schwappt von draußen um meine Knöchel. Der Fluss ist über die Ufer getreten und hat den Hinterhof überschwemmt. Im Licht, das hinaus in den rauschenden Regen fällt, sehe ich Ion und Chan seitlich an der Wand hocken, mit hängenden Köpfen und völlig durchnässt. Die beiden springen auf und ich ziehe sie hinein.

»Wir dürfen keine Zeit verlieren!«, dränge ich, während ich die Türe wieder schließe. »Die Wächter sind noch hier oben. Sie kommen jeden Augenblick, um vom Dach aus Ausschau nach draußen zu halten. Aber sie könnten auch in den Innenhof sehen und uns dort entdecken…«

Ion schüttelt sich das Regenwasser aus den Augen. »Kommt mit!«

Er eilt uns voraus den Gang zurück, bis zur Abzweigung eines breiten Seitenganges. Dort halten wir an und spähen um die Ecke. Dieser Gang verläuft im rechten Winkel zum Bergpfad und erstreckt sich lang und fast gerade in die Tiefe des Tempels, bis er weit in der Ferne hinter einer sanften Krümmung verschwindet. Auch hier gibt es nur links Abzweigungen von Nebengängen. Einzig weit vorne, auf ungefähr halber Höhe seiner gesamten Länge, liegt in der rechten Wand ein großes, zweiflügeliges Tor.

»Dort vorne ist es«, flüstert Ion. »Ich glaube, wir haben Glück – es steht keine Wache mehr vor der Innenhoftüre!«

Wir rennen wieder los. In der Stille der verlassenen Gänge hallen unsere Schritte laut und verräterisch.

Als wir das Tor erreichen, greift Ion in die Nische mit dem Öffner.

Aber nichts tut sich!

Er versucht es noch einmal. Die Tür bewegt sich nicht.

Ist Ion zu schwach? Ich schiebe ihn beiseite und versuche es selbst. Aber auch ich kann die Platte dahinter nicht hineindrücken. Etwas ist anders an diesem Mechanismus. Die Platte ist nicht völlig glatt, sondern hat ein Loch in der Mitte.

»Man braucht einen Schlüssel!«, stöhnt Ion.

»Einen Schlüssel?«, frage ich entsetzt. »Was für einen Schlüssel??«

»*Diesen Schlüssel*«, sagt eine Stimme hinter uns.

Ich fahre erschrocken herum –

Da steht Ghum, der oberste Hauswächter!

Er muss aus dem Seitengang gekommen sein, der der Innenhoftür gegenüberliegt. In seiner Hand hält er einen kleinen, länglichen Gegenstand. Von seiner sonst so freundlichen Art ist keine Spur zu sehen. Er mustert uns mit kaum gebändigter Panik.

»Was zum *Nichts* macht ihr hier, Ion? Ihr bringt einen *Eindringling* in den Tempel?«

Ion schaut geknickt zu Boden.

Ich nehme Chan am Arm und schiebe mich mit ihr vor Ghum.

»Das ist kein Eindringling, Ghum. Das ist *Chan!*«

Ghum weicht zwei Schritte zurück, sodass er mit dem Rücken zur Wand steht.

»Dev, was redest du da?« Seine Stimme überschlägt sich fast vor Angst. »Der Fremdling hat euch in seinen Bann geschlagen! Er muss sofort getötet werden!«

»Nein Ghum! Hör zu«, versuche ich ihn zu beruhigen, »Sie ist nicht mit bösen Absichten hier. Es war ein Unglück, das sie hergebracht hat…«

»Ja«, sagt Ion beschwörend zu Ghum. »Und sie möchte nichts lieber als wieder dorthin zurück, wo sie hergekommen ist. Wir wollen ihr nur helfen, wieder zu verschwinden!«

»Sie…?«, fragt Ghum irritiert.

Ich drehe mich zu Chan und bedeute ihr, den *Helm* abzunehmen.

Ghum wendet sich entsetzt ab, als Chans Gesicht zum Vorschein kommt.

»Hallo, Ghum!«, sagt Chan freundlich. »Bitte, hilf uns…«

Überrascht wendet er ihr seinen Blick wieder zu. »Sie spricht unsere Sprache? Gehört das zu ihren Verführungskünsten?«

Misstrauisch sieht er uns drei abwechselnd an. Dann ruft er ärgerlich: »Ich muss Rok Bescheid sagen! Er hatte gleich den Verdacht, dass jemand hier eingedrungen ist, als die Tür zum Flusstunnel offenstand. Ich dachte mir schon, dass ihr das wart. Aber dass ihr einen *Eindring-*

ling hier hereinbringt! Das hätte ich nicht von euch gedacht…«

»Bitte, Ghum, glaub mir«, flehe ich ihn an. »Wir sind nicht verhext! Sie will einfach weg von hier und braucht dazu das Boot im Innenhof. Ich verspreche dir, dass sie einfach verschwinden wird, und wir kommen gleich wieder raus!«

Ich hoffe zaghaft, dass ich recht habe – oder wenigstens, dass Ghum mir glaubt.

»Das solltet ihr besser auch! Das Wasser drückt schon in den Tempel!«, sagt Ghum, halb böse, aber schon halb hilfsbereit. Er beißt sich auf die Unterlippe und überlegt einen Moment. Dann schaut er Chan langsam von oben bis unten an. Sein Blick bleibt an dem Halfter an ihrer Hüfte hängen.

»Sie hat da diese Waffe«, sagt er und sieht dann mich an. »Ich habe davon gehört, dass sie damit Menschen auf die Entfernung töten können – ohne Pfeil, ohne Speer…«

Ich nicke langsam und fragend. Chan legt ihre Hand auf das glänzende Rohr.

»Also gut«, sagt Ghum hastig und streckt seine Hände in die Höhe. »Wenn sie mich damit bedroht, kann ich wohl nicht anders!«

Er geht an uns vorbei zur Tür und steckt den Schlüssel in den Öffner. Die beiden Flügel schieben sich auseinander und geben den Weg in den Hof frei.

Chan setzt ihren Helm auf und eilt hinein. Ich folge ihr zögernd.

»Lasst sie allein hinein!« Ghum schreit mit schriller

Stimme, um den Donner zu übertönen. »Kommt mit mir in die Schutzräume!«

Ich drehe mich um.

Ghum legt Ion eine Hand auf die Schulter und hält ihn fest. »Sei vernünftig, Ion – du bist ein Wächter!«

Ion schaut unschlüssig in Ghums Augen.

»Chan hat mir das Leben gerettet...« Er sagt es wie eine Entschuldigung.

Dann versucht er, sich Ghum zu entwinden. Doch der hat ihn jetzt fest am Arm gepackt. Blitzschnell zieht Ghum mit der anderen Hand den Schlüssel aus dem Türöffner. Die Tür fängt an, sich zu schließen.

Durch den kleiner werdenden Spalt sehe ich entsetzt, wie die beiden drinnen miteinander ringen. Ghum hält Ion von hinten mit beiden Armen umschlungen. Ion strampelt mit schmerzverzerrtem Gesicht in Ghums felsenfester Umklammerung.

»ION!«

Ion sackt zusammen und hängt kraftlos in Ghums Armen. Die Torflügel bewegen sich unaufhaltsam aufeinander zu...

»ION!!!«

Bevor sich der Spalt schließt, sehen wir uns an – für den Bruchteil eines Augenblicks.

Sein verzweifelter Blick bricht mir das Herz.

Wir stehen im Dunkel des Innenhofes. Vor uns im prasselnden Regen flackert die nass glänzende Haifischform im Stakkato der Blitze. Aber darüber, über dem

Dach des Tempels sehe ich die beängstigende Kulisse des Berges, über dem sich das Schauspiel der unmittelbar bevorstehenden Flut anbahnt: Die schwarze Wolkenhaube hat sich jetzt wieder weit herabgesenkt, und der Regen fängt an, sich zu unzähligen anschwellenden Sturzbächen zu verdichten, die senkrecht aus dem Himmel fallen und die Berghänge herunterdonnern.

Wir haben nur noch sehr wenig Zeit, bis die große Welle herabkommt!

Der Anblick des Rettungsbootes hat Chan in Hochstimmung versetzt. Aufgeregte Rufe dringen gedämpft aus ihrem Helm, während sie um die Spitze des Fahrzeugs herumläuft und suchende Blicke über den Rumpf wirft.

Beim nächsten Blitz hat sie entdeckt, wonach sie gesucht hat: den Umriss der Tür! Mit klopfendem Herzen sehe ich zu, wie sie ihre flache Hand vorsichtig gegen die Oberfläche drückt. Sie wartet kurz, dann zieht sie die Hand wieder zurück. Noch einmal senkt sie die Hand und zieht sie wieder zurück. Nach ein paar weiteren Versuchen ballt sie die Hand zur Faust und schlägt mit einem zornigen Aufschrei gegen die Tür.

»Das kann doch nicht wahr sein!«

»Was? Was ist??« Meine schrille Stimme durchschneidet das Getöse des Regens.

Wütend schreit Chan mir ins Ohr, dass sie nicht *autorisiert* ist – ihr Anzug bekommt keinen Zutritt!

»Sie haben die *Schleuse* auf die *Besatzung* codiert!« Zum ersten Mal höre ich Verzweiflung in ihrer Stimme.

Sie reißt sich ihren Beutel vom Rücken und holt etwas heraus. Es ist ein dicker Packen von dünnen rechteckigen Blättern. Sie kauert sich auf den Boden, reißt sich den Helm vom Kopf und beugt sich über das Bündel. Hektisch lässt sie die Blätter durch ihre Finger gleiten.

»Was machst du da, Chan?« Ich schaue nervös zum Innenhoftor und zu den Mauerkronen über uns. Es sind keine Wächter zu sehen – aber das Wasser kommt in reißenden Sturzbächen die Wände herunter.

»Ich brauche Licht!«, schimpft sie mit bebender Stimme. »Ich muss nachsehen, wie ich den Anzug auf den *Notfallcode* umstellen kann. Aber es ist zu verdammt finster hier...«

Ich sehe ihr zu, wie sie jedes Blitzflackern auszunutzen versucht, um in den winzigen schwarzen Formen auf den hellen Blättern etwas zu erkennen. Der Regen läuft in kleinen Wellen über die Seiten, es spritzt, wenn sie sie wütend umschlägt und auf den nächsten Blitz wartet. Sie schleudert Wortfetzen in den Regen, unverständlich, aber immer wilder.

Ich habe ein ganz schlechtes Gefühl... -

Mir fällt etwas ein. »Würde es dir helfen, wenn du die Anzüge der Männer hättest, die im Schiff waren?«

Chan reißt den Kopf hoch und fixiert mich mit stierem Blick.

»Warum fragst du?«

»Die Anzüge liegen in dem Raum dort drüben. Sie sind...«

Chan ist schon losgerannt, bevor ich den Satz

beendet habe. Ich folge ihr in die dunkle Nische. Mit ausgestreckten Armen tastet sie sich vor mir in das Dunkel, bis ein weiterer Blitz den Raum ausleuchtet.

Ich eile zur Rückwand und ziehe den Vorhang von den Lichtsteinen. Das grelle Licht blendet schmerzhaft und zeigt plötzlich alles unbarmherzig hell und scharf.

Chan beugt sich über den Tisch mit den Anzügen. Kurz hebt sie jeden davon hoch und untersucht die Vorderseite, dort wo ein kleines rechteckiges Feld mit Zeichen angebracht ist.

»Gut«, stößt sie beim letzten hervor. »Der *Captain* war nicht dabei.«

Sie drückt mir einen der Anzüge in die Hand. »Hier, zieh den an – der hat nur ein kleines Loch.«

Ich starre sie mit offenem Mund an.

»Du wirst ihn vielleicht brauchen, wenn alles voll Wasser ist«, sagt Chan.

Mir wird schlecht.

»Nur für den unwahrscheinlichen Fall«, sagt sie und zwinkert mir grimmig zu. Schnell hilft sie mir, den Anzug überzuziehen und den Helm aufzusetzen. Der grässliche Geruch darin lässt mich würgen.

Chan stülpt sich ihren eigenen Helm wieder über den Kopf, um die Hände frei zu haben. Hektisch nestelt sie an den Anzügen und versucht, die schlaffen Handteile von den leeren Armschläuchen abzulösen. Schließlich klemmt sie sich drei dieser leeren Hände unter den Arm und dreht sich zu mir um. »Komm!«

Wir treten zurück in den Regen hinaus. Da durchschneidet ein lauter Pfiff das Krachen des Unwetters!

Auf dem Dach über dem Hof steht eine gebeugte Gestalt, eine Hand schützend über den Augen, in der anderen einen Speer. Noch ein zweiter Kopf erscheint, und ein zweiter Speer.

Die Wächter haben uns entdeckt!

Rufe schallen vom Dach, und die Alarmpfeife gellt ohne Unterlass. Hat Ghum sie alarmiert? Oder haben uns die beiden, die das Tor zum Berg bewachen sollen, zufällig entdeckt? Wie auch immer – wir müssen hier weg!

Wir hasten zum Boot. Chan steckt sich eine der Handhüllen statt der eigenen an den Anzug. Sie wartet kurz und berührt damit die Tür.

Es zischt, und der Spalt um die Tür leuchtet auf.

»*Wow*, gleich der Erste! – Heute muss unser glücklicher Tag sein!« Chan wirft die anderen Hände weg.

Die Tür schwingt langsam nach außen. Aus dem Inneren des Bootes dringt der rote Schein der *Notbeleuchtung*. Das vordere Fenster des Haibootes leuchtet unheimlich auf – ein riesiges rotes Auge, das ins Dunkel des Tempelhofes starrt.

»Komm!« Chan zieht sich hinauf ins Innere. Gleich darauf erscheint sie über mir hinter dem Fensterauge.

Ich werfe meinen Bogen durch die Tür und fasse den Haltegriff im Inneren, um mich hochzuziehen – da fliegt das Innenhoftor auf.

Rok!

Er und mehrere seiner Männer stürmen aus dem Gang herein, bewaffnet mit Bögen und Speeren. Zusammen mit ihnen ergießt sich ein kniehoher Schwall von Wasser brausend in den Hof. Ein tiefes Vibrieren geht durch Boden und Wände. Der Tempel erzittert in seinen Grundfesten.

Rok brüllt wütende Befehle über das ohrenbetäubende Donnern der Wassermassen. Die Wächter legen ihre Bögen an und stemmen sich gegen das Wasser, das um ihre Beine rauscht. Langsam nähern sie sich dem Boot.

Rok schreit etwas. Pfeile und Speere schwirren in meine Richtung.

Doch ich bin schon im Inneren des Bootes, und hinter mir schwingt die Tür zu.

Chan hockt auf der Kante eines Sitzes vor dem Fenster und beugt sich angespannt über eine *Konsole*. Buntes Licht flackert über die glatte Fläche, während sie nervös keuchend ihre Finger und ihre Blicke darüberfliegen lässt. Wieder stößt sie einen Schwall grober Wörter hervor, die wohl Flüche sind, durchsetzt von ein paar Fetzen »Komm!«, »Komm schon!!« und »Jetzt mach' endlich!«

Ich setze mich in den Sessel neben Chan und spähe aus dem Fenster. Mit der Stirn an der Scheibe schirme ich die Augen mit den Händen gegen das Licht hier drinnen ab und versuche, in der Düsternis draußen etwas zu erkennen.

»Chan!«, schreie ich entsetzt auf. Ein scharfer Trommelwirbel von Pfeilen und Speeren prasselt direkt vor meinem Gesicht gegen das Fenster, prallt aber kraftlos an dem dicken Glas ab.

»Chan, sie kommen! Bitte beeil dich!!«

Sie tippt immer noch verbissen auf der Konsole herum. Güsse von Sturzregen trommeln unaufhörlich auf das Fenster. In dem Lärm scheint sie mich gar nicht gehört zu haben.

Hinter den dichten Wellen, die über die Scheibe wandern, sehe ich mit Schrecken, wie draußen die Flut ansteigt. Und mitten im roten Lichtkegel der Notbeleuchtung taucht die massige Gestalt Roks vor dem Boot auf. Er kämpft sich brüllend gegen das hüfthoch wirbelnde Wasser auf das Fenster zu.

»CHAN!!«

Ein tiefes Grollen kommt aus der Richtung des Berggipfels. Alles bebt. Die Flut schwappt jetzt oben über die Dachkante und läuft die Mauern herab in den Hof.

Hinter Rok drehen sich seine Männer um und ziehen sich fluchtartig zur Hoftüre zurück.

»Es funktioniert!« Chan reißt die Arme hoch und trommelt ihre Fäuste auf meinen Oberarm. Ihr triumphierendes Grinsen ist breiter als das Sichtfenster ihres Helms.

»Alle *Systeme OK!* Jetzt wir brauchen nur noch Wasser!«

»Wasser? Machst du Witze? Reicht dir das noch nicht?«

Plötzlich erzittert das dicke Glas vor uns unter einem dröhnenden Schlag.

Rok steht draußen direkt vor uns und hämmert an das Auge. Er drückt sein wutverzerrtes, aufgeweichtes Gesicht an die Scheibe und brüllt unverständliche

Worte. Mit aller Kraft schlägt er mit seinem Spieß gegen das Fenster, wieder und wieder.

»Du kannst deinen Helm jetzt abnehmen«, sagt Chan mit unglaublich ruhiger Stimme.

Als wir beide vor Roks Augen die Helme über den Kopf ziehen, hört er auf, gegen das Glas zu schlagen. Er schaut uns beide an, zuerst Chan, dann mich. Als er mich erkennt, erstarrt sein rot angestrahltes Gesicht zu einer Grimasse von blankem, ungläubigem Entsetzen.

Dann verschwindet er in einer Wand aus stürzendem, wirbelndem Wasser.

Kapitel 36

In der Flut

Schlagartig ändert sich der Lärm, in dessen Zentrum wir eingeschlossen sind. Das Krachen des Donners und das Prasseln des Sturzregens haben aufgehört.

Für einen Augenblick scheint es still zu sein. Doch dann erreicht das abgrundtiefe Gurgeln und Wummern, das schon die ganze Zeit zu spüren war, meine Ohren mit einem schmerzhaften Druck, der eine panische Übelkeit auslöst. Der Schall dringt über den ganzen Körper ein, bringt Knochen zum Vibrieren und versetzt Haut und Muskeln in ein unkontrolliertes Rütteln. Ich versuche vergeblich, meinen Kopf ruhig zu halten, und verkralle mich krampfhaft mit fest geschlossenen Augen in den Armlehnen des Sessels.

Ein unheimliches, langgezogenes Wimmern dringt durch das Dröhnen der Sturzflut. Nach einiger Zeit öffne ich die Augen einen Spalt und erkenne, dass ich es selbst bin, die diesen Klagelaut mit aufgerissenem Mund und fest zusammengepressten Zähnen erzeugt. Ich halte kurz inne, um ein paar Mal ruckartig zu atmen, dann gehen meine Augen zu, und das Wimmern fängt wieder an.

Irgendwann spüre ich eine Berührung an meiner bebenden Hand. Vorsichtig öffne ich die Augen einen Spalt weit. Ich sehe Chans Hand in der dicken Anzughülle, die nach meiner greift. Sie drückt sie fest. Ich sehe in ihr verzerrtes Gesicht. Ich glaube, sie versucht ein Lächeln.

Plötzlich werden wir in unseren Sitzen heftig zur Seite gestoßen. Das Boot erzittert unter einem hellen Knirschen, dann gibt es einen Schlag am Rumpf, der uns auf die Gegenseite schleudert.

Das Wummern geht unvermindert weiter. Hinter dem rüttelnden Fenster liegt tiefe Schwärze, aufgewühlt von Wirbeln aus Luftblasen, Erde, Steinen und Treibgut, die im schwachen roten Licht der Kabine um uns herumziehen, bisweilen träge knirschend und mahlend, dann wieder rasend wild und schwindelerregend schnell.

Ich schließe meine Augen wieder und konzentriere mich auf den festen Druck von Chans Hand... bis die Welt nur noch aus der Empfindung dieser Kraft besteht, die mich hält.

Nach langer Zeit werden das Beben und das Wirbeln erträglicher. Das Dröhnen ist immer noch unangenehm laut, aber es klingt jetzt, als wäre seine Quelle nicht mehr direkt um uns, sondern weit über uns.

Ich öffne langsam die Augen. Im diffusen Schein der Innenbeleuchtung kann ich im trüben Wasser vor dem Fenster Partikel von Pflanzen, Schmutz und Sandkörner herabsinken sehen. Eine Armlänge entfernt von der Scheibe erkenne ich undeutlich die Struktur von Mauersteinen. Wir müssen vom Wasser gegen die Wand des Innenhofs gedrückt worden sein.

Chan sagt etwas zu mir, aber meine Ohren sind taub. Alles klingt dumpf und entfernt wie durch eine dicke Decke.

Sie nähert ihren Mund meinem Ohr und schreit: »Ich werde versuchen, zu *starten*! Ich möchte rechtzeitig den Durchgang erreichen!«

»Aber die Flut«, schreie ich zurück. »Sie ist noch nicht zu Ende! Es kommt immer noch Wasser herunter.«

»Nur mal versuchen…«

Sie macht etwas mit ihren Fingern an der Konsole, und ein Zittern durchläuft das Boot. Chan stößt einen kurzen Triumphschrei aus. Sie greift nach einem seltsam geformten Ding, das vor ihr aus der Konsole ragt. Als sie es bewegt, bewegt sich auch das Boot. Es steigt ein kleines Stück nach oben, begleitet von einem kurzen Knirschen, als die Unterseite den Kontakt mit den Bodenplatten des Tempelhofes verliert. Gleichzeitig driften wir schnell seitwärts. Es folgt eine heftige Erschütterung und ein hässliches Kratzen vom Rumpf, als wir an die Mauer gedrückt werden.

»Du hast recht.« Chan nickt heftig. »Solange die

Strömung von oben kommt, wir können nicht dagegen an.« Sie lenkt das Boot vorsichtig von der Wand weg und setzt es wieder auf den Boden.

Sie pustet aus aufgeblasenen Backen und schaut mich fragend an. »Wie lange kann das denn noch dauern?«, ruft sie gegen das Dröhnen.

»Wir werden hören, wenn es vorbei ist«, antworte ich in ihr Ohr, »…und spüren! Erst wenn es absolut ruhig ist, hat die Flut aufgehört. Dann haben wir Zeit. Es dauert immer mehrere Tage, bis das Wasser anfängt, Bläschen zu bilden. Sobald das passiert, zieht sich die Flut wieder zurück. Aber dann wäre es schon zu spät für den Aufstieg, denn das Wasser trägt dann nicht mehr…«

»Also gut, dann wir warten noch…«

Chan lehnt sich zurück und nimmt wieder meine Hand.

Wir warten.

Mit der Zeit wird das Rütteln des Bootes weniger angsteinflößend. Mein Körper gewöhnt sich an die Vibrationen und entspannt sich langsam, bis ich die gleichförmige Bewegung fast als angenehm empfinde. Das bedrohliche Getöse der Flut ist irgendwann ein tiefes, ruhiges Rauschen, das unmerklich langsam leiser wird.

Ich werde müde…

Wir warten…

Es ist still…

Ein einzelnes fernes Glucksen irgendwo…
Still…

Mit einem heftigen Zucken fährt Chan neben mir hoch und lässt meine Hand los.

»Ich bin eingeschlafen!«, keucht sie erschrocken und reibt sich das Gesicht. »Wie lange ist das schon so still??«

»Ich weiß nicht…?« Ich bin plötzlich hellwach. Wie lange habe ich geschlafen? »Ich weiß es nicht!!!«

»*Okay!*« Chan holt tief Luft und richtet sich im Sitz auf. »Weg hier!«

Sie beugt sich wieder über die Konsole und betätigt den Steuerknüppel. Und diesmal schafft sie es, das Boot ohne Knirschen vom Boden und weg von der Tempelwand zu heben.

Jetzt steigen wir so schnell auf, dass ich in den Sitz gedrückt werde.

»Wie geht das nur?«, möchte ich von Chan wissen. »Niemand rudert, keine Strömung nimmt uns mit, und trotzdem bewegen wir uns so schnell wie auf einem reißenden Fluss!?«

»Dev!«, sagt Chan nervös ohne den Blick zu heben, »Bitte, du musst mich jetzt für ein paar *Minuten* in Ruhe lassen. Ich muss aufpassen, dass wir nicht noch mal wogegen stoßen. Eigentlich sollte nichts passieren, wenn wir einfach senkrecht nach oben steigen…«

Unter meinen Füßen fängt der Boden an zu vibrieren. Ich klammere mich am Sitz fest, denn ich spüre einen unheimlichen Druck im Magen und an meiner Sitzfläche, als wir direkt in die Höhe schnellen.

Chan murmelt, mehr zu sich als zu mir: »Wenn wir oben sind, wir müssen versuchen, uns an den Berghängen zu orientieren. Ich kenne mich leider nicht so gut aus mit diesen *Apparaten*; bin froh, dass ich das Ding überhaupt *manövrieren* kann. Ah... *okay*... Hier steht *Sonar*. Mal sehen...«

Ich beobachte fasziniert, wie sie auf der farbigen Oberfläche herumtippt, auf der sich ständig sehr verwirrende Formen und Zeichen bewegen. Jetzt erscheint dort ein Bild... In der Mitte ist ein blinkender Punkt, an den Rändern sind viele feine Linien, die zusammen etwas ergeben, das wie Felszacken oder ein Gebirge aussieht – und das Bild bewegt sich, während sich das Boot bewegt.

»Da ist der Berg!«, stoße ich aufgeregt hervor und deute auf eine Seite des Bildes, wo die Linien besonders dicht werden.

»Stimmt!«, sagt Chan und schaut mich anerkennend an. »Wir müssen da hin. Aber erst noch weiter hoch!«

Der Punkt auf der Konsole bewegt sich mit uns.

»Ah ja...«, sagt sie nach einer Weile, »Ich glaube, jetzt es ist nicht mehr weit...«

Sie späht angestrengt durch das Fenster nach oben. »Moment, ich schalte das Licht aus.«

Das diffuse rote Leuchten erlischt, und wir sitzen im Dunkeln. Nach einer Weile wird die völlige Schwärze des Wassers draußen allmählich von einem schwachen Leuchten durchdrungen – das Leuchten eines sehr vertrauten Lichtes. Es kommt von oben; es wird heller und heller, während wir aufsteigen, bis schließlich die ganze Kabine von dem intensiven Licht des leuchtend *grünen* Himmels erfüllt ist.

Eine wohlige Welle von Geborgenheit durchströmt mich.

»Das… Das ist… SCHÖN!«, hauche ich mit großen Augen. Tränen laufen mir über die Wangen…

»Wunderschön«, flüstert Chan und nickt langsam.

»Merke dir das gut!«, sagt sie nach einer Weile. Sie räuspert sich. »Wer weiß, wann du euren Himmel wiedersehen wirst…«

Dann nehmen wir Kurs auf die Mitte der Welt.

Wir halten uns direkt unter dem Himmel und steuern auf eine dunkle Masse zu, die langsam vor uns im trüben Wasser Gestalt annimmt.

Der Berg.

Darüber nimmt das grüne Leuchten schnell ab und macht einer tiefen Dunkelheit Platz.

Die Haare in meinem Nacken sträuben sich, als wir uns dem Zentrum dieser Dunkelheit nähern. Über dem Gipfel ist das Wasser mit einem Mal glasklar und die Sicht völlig frei. Dort schwindet das makellose Leuchten des Himmels und geht über in einen hängenden Kraterrand. Krustige Riefen und schartige Zacken ragen von oben aus der Finsternis herunter, noch einseitig beleuchtet vom rasch abnehmenden Himmelslicht in unserem Rücken. Doch schnell verschwinden diese

Strukturen im Dunkel, als sich die Decke direkt über dem Berggipfel nach oben wölbt in einen Trichter aus schwarzem Nichts.

Das Boot steuert mitten hinein ins Herz dieser Finsternis. Das Gefühl einer abgrundtiefen, schwindelerregenden Leere dringt von dort herab und legt sich kalt über meine Sinne. Ein unheimlicher Sog wirkt dort – nicht im Wasser, sondern in meinem Kopf, in meinem Magen, in meinem Blut....

Unentrinnbar. Grausam. Ewig...

Was erwartet uns dort oben?

Das *Nichts*, von dem Rok immer sprach? Das Märchenland aus Mhas Einschlafgeschichten? Oder sind es doch die unsterblichen Götter der Legenden, die in der ewigen Kälte und Finsternis wohnen? Oder...

»Achtung!«, ruft Chan. »Es geht los!«

Sie drückt wieder meine Hand und lässt das Boot nach oben schießen.

Durch das plötzliche Brausen und Rütteln höre ich uns beide gleichzeitig aus Leibeskräften schreien:

»OOOOOHHHHH-KAAAYYYYY!!!«

NACHWORT

Wie geht es weiter?

Ich hoffe, diese Frage interessiert dich ebenso brennend, wie sie mich beim Schreiben angetrieben hat. Denn ich wusste an dieser Stelle noch fast gar nichts über den weiteren Verlauf der Geschichte. Doch du musst nicht so lange warten, wie ich für die Fortsetzung gebraucht habe: Die nächsten beiden Teile sind fertig – am Ende des Buches findest du Informationen zum Inhalt.

Wie gefällt dir die Geschichte bisher?

Natürlich interessiert mich deine Meinung zum Buch, und ich würde mich freuen, von dir zu hören. Schreib mir also gerne eine eMail an *info@srmueller.de*, besuche die Seite zum Buch *die-gestrandeten.de* oder meine Autorenseite *srmueller.de*. In meinem Blog findest du dort Hintergrundinfos, Illustrationen und Texte zur *Chronik der Gestrandeten* und vieles mehr.

> Treffen wir uns in Band 2?
> Achte die Zeit!
> – *S. R. Mueller*

ANHANG

Personen

Im WALDLAND

Dev
eine junge Jägerin aus dem Waldland auf der Suche
nach dem Halt, den sie mit ihrer Mutter verloren hat.

Khi
Devs zuversichtliche kleine Schwester mit einem
erstaunlichen Verständnis für wilde Tiere.

Pa
Dev und Khis schwermütiger Vater, der lieber Wächter
als Jäger sein würde.

Mha
Devs und Khis verschwundene Mutter war eine Jägerin
von legendärem Ruf – und einst Meister Khors rechte
Hand.

Ahn

Devs alte weise Bogenlehrerin und Devs Jagdgefährtin; Mutter von Ion.

Bo

Ahns Mann und Ions Vater; ein gutmütiger Jäger mit Vorliebe für selbstgebrauten Palmwein

AN DER KÜSTE

Om

Küstenbewohner, leidenschaftlicher Fischer und Gelegenheitsjäger; ein alter Freund von Devs Familie

El

Oms älterer Sohn; ein sympathischer Kraftprotz und Jäger

Ka

Oms jüngerer Sohn; ein kleiner Feingeist mit mehr Sinn für Musik und Humor als für das Jagen

Thi

die Frau von Om und Mutter von El und Ka; leidenschaftliche Köchin und Haushüterin

AUF DEM BERG

Ion

Sohn von Ahn und Bo; ein ehrgeiziger, aber noch viel zu neugieriger Wächterschüler – und in Liebesdingen viel zu unreif für Devs Gefühle.

Meister Khor
der selbstherrliche Oberste Wächter; ein altgedienter
Anführer, der seine Angst vor Veränderungen hinter
strengem Befehlston verbirgt.

Ahre, Dhim, Vhal
die drei Hohen Wächter; Berater und Stellvertreter
Meister Khors; Vhal ist der oberster Lehrer für ange-
hende Wächter

Rok, Wildhüter
der finstere Hüter des Jagdreviers, der das Nichts an der
Grenze fürchtet.

———

Bei der PATROUILLE ZUM RAND

Ghar, Turmwärter
ein schrulliger Einsiedler, der mit seinen tiefsinnigen
Gedichten Dev Mut macht.

Nhin, Kampfwächterin
eine starke Kämpferin, deren Muskeln und Abenteuer-
geschichten großen Eindruck auf El machen.

Han, Kampfwächter
aus gleichem Schrot und Korn wie Nhin; die Rander
sind sein Schicksal.

Rha, Salzbrecher
ein fröhlicher Lotse durch das Labyrinth des Salzsees.

Hauptmann Thur
der Anführer der Randwächter; ein Haudegen mit
Vernunft.

Dchiir, Randerin
altersgeplagte Randbewohnerin, die etwas über Mhas
Verschwinden zu wissen scheint.

AM WÄCHTERTEMPEL

Ghum, Oberster Hauswächter
der Meister der Tempelpflege; meist hungrig und später
überraschend prinzipientreu.
Chan
Ein fremdes Wesen.

KARTEN

NEBELFISCH

S. R. MUELLER

die-gestrandeten.de

EINE VOGELSCHAU DES LANDES UNTEN

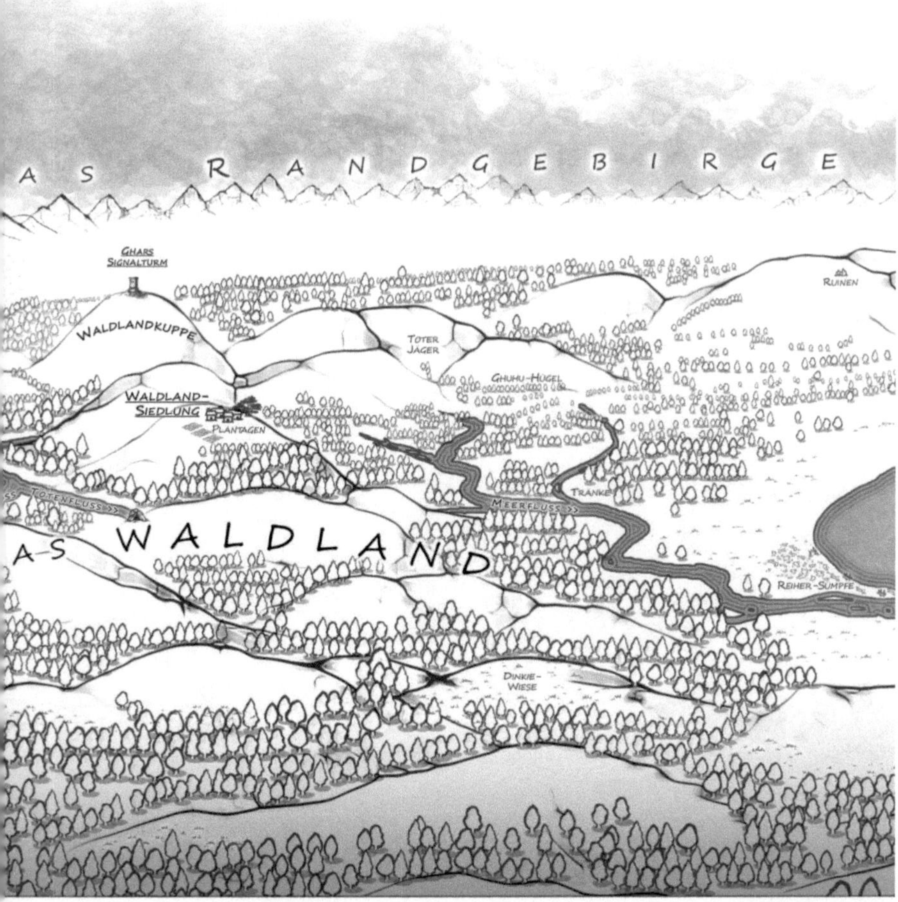

AS RANDGEBIRGE

GHARS
SIGNALTURM

RUINEN

WALDLANDKUPPE

TOTER
JÄGER

GHUMU-HÜGEL

WALDLAND-
SIEDLUNG

PLANTAGEN

TRANKE

MEERFLUSS

RODEFLUSS

AS WALDLAND

ROHER-SÜMPFE

DINKIE-
WIESE

INHALT

BUCH III: FLUT

ANHANG

AUSBLICK

DIE CHRONIK DER GESTRANDETEN

Fortsetzung folgt:

GOLDNETZ

DIE CHRONIK DER GESTRANDETEN 2

Jenseits des Nichts werden die Gestrandeten zu Spielfiguren in den Machenschaften eines perfiden Revolutionärs gegen die Herrschaft einer weltumspannenden Künstlichen Intelligenz. Dev muss sich auf das „Goldene Netz" einlassen, um in der hochtechnisierten Welt von Oben zu überleben – doch als sie schließlich ihrem Feind gegenübertritt, wird sie wieder zur archaischen Jägerin.

———

FEDERGOTT

DIE CHRONIK DER GESTRANDETEN 3

Zurückgekehrt in die Welt von Unten gerät Dev in die erbitterte Konfrontation zwischen den Fremden und den Wächtern – bis eine uralte Macht zum Leben erwacht, die alles verändert.

Mein Atem röchelt und scheint schon mehr Wasser als Luft zu enthalten, die Lunge will rebellieren und wehrt sich gegen das feindliche Element. Und doch kann ich meinen Blick jetzt nicht abwenden vom Berg, von der Richtung, in der der Berg liegen muss, denn in der flüssigen Dunkelheit über mir ist nichts mehr zu sehen, außer undurchdringlicher Finsternis, außer schwarzem Nebel, der dort oben kein Nebel mehr ist, sondern flüssiges, schweres, salziges Meerwasser.

Und doch! Dort oben ist etwas!

Und plötzlich stehe ich direkt darunter. Meine Hand berührt etwas Glattes, Hartes. Eine unerwartet sanfte Wärme strahlt davon aus, irritierend in der nassen Kälte des flüssigen Nebels…